KB262499

나비
매듭

나비매듭 1

초판 1쇄 찍은 날 § 2010년 4월 9일
초판 1쇄 펴낸 날 § 2010년 4월 16일

지은이 § 이바우
펴낸이 § 서경석

편집장 § 문혜영
편집책임 § 유경화
편집 § 조수희

펴낸곳 § 도서출판 청어람
등록번호 § 제1081-1-89호
등록일자 § 1999. 5. 31
어람번호 § 제5-0257호

주소 § 경기도 부천시 원미구 심곡 2동 163-2 서경B/D 3F (우) 420-822
전화 § 032-656-4452 팩스 § 032-656-4453
http://www.chungeoram.com
E-mail § chungeoram@chungeoram.com

ⓒ 이바우, 2010

ISBN 978-89-251-2146-8 04810
ISBN 978-89-251-2145-1 (SET)

Chungeoram romance novel

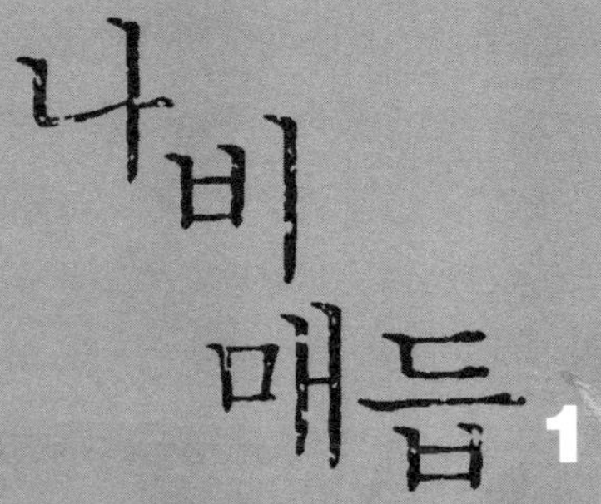

나비 매듭 1

이바우 지음

도서출판
청어람

目次

Prologue. 사내

"전하, 어딜 가려 하심이옵니까!"

사내가 가는 길을 서너 명의 마동(馬童)이 막고 있다.

"무엇 하느냐. 전하를 막지 않고!"

사내의 말이 사납게 발을 구르고 있었지만, 그것이 무서워 앞을 비킨다 해도 죽기는 마찬가지.

"전하, 멈추시옵소서! 가시면 아니 되옵니다!"

군관들도 앞을 막아서며 고하나, 사내에겐 들리지 않는 듯하다. 아니, 들릴 리 없었다.

어느 누구도 사나운 말에게 다가서지 못하고 우왕좌왕할 뿐인데, 그들 사이로 몸을 던져 고삐를 잡아챈 것은 한 명의 내관이다.

"고정하시옵소서, 전하!"

몸부림치는 말에 끌려가지 않으려, 고삐를 죄어 당기는 난장 속에 그가 힐끗 올려다본 사내의 눈은 온전한 사람의 것이 아니었다.

"정히 가셔야 하겠다면 견룡행수(牽龍行首)*가 당도할 때까지 기다려 주시옵소서, 전하!"

이대로 가게 할 수는 없었다. 차림새만으로 그가 뉘인지 모르는 사람은 없을 터. 이 틈에 불측한 일을 도모하는 이가 있을지도 모른다. 셈하지 않은 상황에 호위도 없이 사내를 보낼 수는 없다.

가을사냥이 은수산, 이곳 사냥터로 정해졌을 때부터 불안하였다. 늡사정과 너무나 가까운, 마음만 먹으면 단걸음에 달려갈 수 있는 지척이었으니.

늡사정이 어떤 곳인지 뻔히 알면서 굳이 이곳에 모신 것에는 누군가의 의도가 있음이 분명했다. 아마도 궁 안에 잔재해 있는 이(李)가의 권족에게 보이려는 속셈이겠지. 전하께오서 늡사정의 지근지처인 이곳에서 사냥을 즐기실 정도로 그분을 잊으셨다, 못 박으려 하는 것이다. 이토록 가까운 곳에서 짐승을 도륙하여 그 살을 먹고 피를 마시는 것에 거리낄 것이 없음을. 그분이 계시는 곳에서 이리도 가까운 곳에서 말이다.

---

* 牽龍行首: 왕의 호위를 맡은 경비군의 우두머리

하지만 진정 불안했던 것은 그 때문이 아니었다. 미쳐 가는 주군의 잔인하고 흉포한 모습을 보게 될까 두려웠던 것이 아니다.

차라리 저들이 원하는 대로 짐승의 피를 탐하는 모습이 나을 지도. 무너진 군주가 되는 대신 차라리 그분을 버리고 잔인한 왕이 되기를 문관은 바랐지만, 그의 왕에게 그분을 놓을 마음은 없다.

"전하, 폐비께서는 이미……."

"닥쳐라."

일순, 사내의 눈자위가 파랗게 변했다. 수많은 사람이 달려들 어도 입도 벙긋 않고 앞으로만 나아가던 사내가 문관의 말에는 반응을 보인다. 달려가는 곳 외에 시선을 두지 않던 눈이 음산 한 빛으로 문관을 노려본다.

"지금 무어라 했느냐. 뉘를 폐비라 불렀느냐."

정색하여 묻는 목소리마저 노기(怒氣)에 떨리고 있었다.

"나의 비(妃)는 그 사람뿐이거늘. 이런 곳에 숨겨두면 못 찾을 것 같더냐."

아직도 지어미의 죽음을 믿지 않는 사내의 말에 고삐를 잡은 문관의 손이 '움찔' 경련하며 등을 퉁겼다. 숨기는 것이라도 있 는지 당황한 기색을 감추려 다급히 고개를 숙이지만, 다행히 사 내의 시선은 이미 먼 곳을 향해 있었다.

"만나러 갈 것이다. 얼굴을 봐야겠어. 내 더는 못 참는다."

먼눈으로 허공을 주시하는 사내는 무언가에 홀린 듯했다. 어눌하게 비틀린 입꼬리로 웃고 있는 그의 눈에는 진정 누군가 보이는 것이다. 부정 따위 할 수 없게 완전히 미쳐 가고 있었다.

왜 아무도 모르는 것일까. 검푸른 광기가 저분의 눈을 갉아먹고 있는데. 요사스런 마귀가 저분 등에 달라붙어 갈갈거리며 웃는 모습이 보이지 않는단 말인가.

어쩌면 좋을까. 굳세게 고삐를 움켜쥐고 있던 손에서 스르륵 힘이 빠져나간다. 억세게 잡혀 있던 고삐도 그와 함께 떨어졌다. 고삐를 놓은 손이 춤 자락 사이로 떨어지기도 전, 격한 먼지가 그의 시야를 가렸다. 내관과 마동을 떨쳐 낸 말이 발을 구르기 시작했다.

"내…… 내관 어르신!"

말의 발길질에 나뒹굴어진 군관이 다급하게 문관을 찾지만 문관은 고개를 젓는다.

따르려면 물을 것도 없이 뛰고 봤어야지, 지금 쫓아가 무얼 하겠다고.

다행히 견룡행수와 견룡이 사내를 쫓는 것이 보인다. 저들이라면 곧 따라잡을 수 있다.

하지만 그의 몸은 떨고 있었다. 땅을 디딘 두 다리가 떨려 시야가 흔들린다. 달싹이는 입술 사이 흘러나오는 목소리도 두려움과 불안에 갈라졌다.

“전하……. 비(妃)께서는 이미 아니 계시지 않습니까.”

그가 두려워하던 것은 바로 이것이었다. 더더욱 해괴하게 미쳐 가는 주군을 보게 될까, 문관은 그것이 무엇보다 무서웠다.

“전하께서 버리셨잖습니까.”

그토록 총애하던 지어미를 폐비로 만들어 죽인 것은 그였다. 모질게도 떼어내지 않았는가.

그리해 놓고도 지금껏 죽은 자의 손을 놓지 않고 있었다. 그 손을 놓지 못해 미쳐 가고 있다. 그것을 그 뒤를 뒤쫓는 견룡들도 알 수 있었다. 그들이 향하고 있는 곳이 늡사정이었으니.

그곳은 사내가 내친 지어미가 살던 곳이다. 그리고 그 여인이 자진하여 피를 토한 곳이었다. 이미 여인은 그곳에 있지 않으나 사내는 폐비를 찾을 수 있다 믿고 있었다. 여인을 찾기 위해 한시도 지체할 수 없어 죽기로 말을 달린다. 자신의 지어미가 죽었다는 내관의 말이 거짓임을 확인하기 위해 가풀막을 박찬다. 견룡들도 미친 듯이 달리고 있었지만 그와의 거리는 줄어들지 않았다.

사내의 붉은 옷자락을 놓치지 않으려 기를 쓰고 달린 그들은 이미 숨이 차 있었다. 칼처럼 뱃속을 저미는 바람에 한기를 느낀다. 오장육부가 모두 빠져나가 몸이 뚫린 느낌이다. 어찌나 빨리 달리고 있는지 심장까지 멈출 듯 죄어오는데 그들의 주군은 쉬지 않고 말을 몰았다. 거리가 좁혀지기는커녕 점점 멀어지기만 한다.

제정신이 아닌 것이었다. 온전한 사람은 그렇듯 달리지 못한다. 숨이 차서, 심장이 아파서. 저렇듯 미친 듯 말을 달리고 있는 사내는 진정 미친 것이었다.

늪사정 어귀, 솟대를 지나서도 말을 늦추지 않는 사내를 쫓아 몇 번이나 토악질을 참는다. 사내는 목적한 곳까지 조금도 늦춰지지 않았다. 낯빛이 하얗게 질린 채 달리고, 또 달리던 그가 이윽고 멈춰 선 곳은 사람의 기운이 느껴지지 않는 폐가의 문 앞이었다.

주변이 온통 수목으로 둘러싸여 지나는 사람의 발길조차 없어 보였으나 황폐함은 느껴지지 않는다. 근래까지 사람의 손길이 끊이지 않은 것처럼 정갈한 마당과 세간이 외려 이상타 느껴질 정도인데, 사내는 홀린 듯 말에서 내려 안으로 들어섰다.

한 발자국, 두 발자국. 내딛는 걸음이 초조하고 조심스럽다. 있어야 할 것을 찾아 주변을 두리번거리던 두 눈이 부신 듯 가늘어졌다.

사내는 그제야 멈추어 섰다. 광기로 굳었던 얼굴에 화색이 돈다.

"……."

그가 찾던 여인이 거기 있었다.

"……형아."

날아갈 듯 야리야리한 하얀 연복이 눈앞을 어지럽힌다. 사내가 오기만을 기다리며 퇴(退)에 올라 있던 여인이 그를 반겼다.

"소형아……."

어느새 여인의 옥안을 본 사내의 얼굴도 풀어졌다. 광기 어린 눈매도, 굳게 다물렸던 입귀도 미소를 띠운다.

"소형아."

다급한 마음에 발보다 머리가 앞섰다. 머리에 끌려가는 걸음이 위태롭지만 뛰듯이 걸음을 뗀다. 무릎이 꺾여도 고꾸라질 것을 겁내지 않고 앞으로 나아간다.

헌데 박정하게 쫓아낸 폐비라 인정 둘 것도 없다, 살 만큼 살다 죽으라 내쳤던 처소가 너무 넓다. 들어선 문부터 퇴까지가 너무 멀다. 그것에 마음이 조급해, 가야 할 길은 더욱 아득해지지만 당장이라도 거꾸러질 걸음은 멈추지 않는다.

"소형아."

얼굴이 보고 싶어 문관도 뿌리치고 달려왔다. 만나고 싶었느니. 보고 싶었느니. 손가락을 깨물 만큼 초조했던 것도, 가슴 아프도록 심장이 덜컹거렸던 것도 모두 다 소형이 그리워 생긴 병이었다. 그래, 옥안을 보면 나을 거라 생각했다. 너무 보고 싶어 얻은 병이라 소형을 보면 사라질 거라 생각했다.

그러나 온몸을 저리게 하는 초조함이 가시지 않는다. 방긋, 웃음 짓는 옥안 앞에 두고도 심장은 여전히 벌컥거리며 성을 냈다. 만지고 싶다. 안고 싶다. 조금이라도 빨리 닿고 싶어 온몸이 발끈발끈 열을 냈다. 조바심이 온몸을 내달려 아픈 그것은, 지어미에게 닿아야만 나을 병이었다.

하지만 손끝 하나 대지 못한다. 닿지 않는다. 발그레 고운 뺨을 붉히며 그를 맞던 여인은 사라지고 허공만 손에 잡힌다. 주변을 둘러보아도 있어야 할 여인의 모습은 어디에도 없다.

"소형아?"

환영처럼 사라진 여인의 흔적을 쫓아 걸음을 멈추고 사방을 두리번거린다.

그럴 리가 없는데. 분명 여기 있었는데.

여인이 없다는 것을 믿지 못하고 비칠비칠 앞으로 걸어간다.

"소형아……. 소형아, 소형아."

아무리 불러보아도 소용없는 것을.

"소형아!"

그렇듯 크게 불러도 회답하는 이는 없다.

"소형아……."

고요한 메아리만 돌아옴에 말갛던 얼굴이 굳는다. 여인을 만날 수 있다는 기대가 무너진다. 절망과 눈물이 뒤엉킨 것이, 조금 전과는 완전히 다른 얼굴이다.

이미 알고 있었으니. 자신이 찾는 여인은 이 세상 어디에도 없음을 그 자신이 제일 잘 알고 있었기에 흘리는 눈물이었다.

"아뢰옵기 황공하오나 폐비께서 자진을 하셨사옵니다."

그것은 자수전 왕후라 불리던 여인을 폐하고 늡사정으로 내친 지 보름이 지난 날의 일이었다.

처음에는 믿지 않았다. 믿지 못하였다. 검기울어 가는 하늘과 함께 날이 저물던 그때, 문관이 올린 말을 사내는 믿지 않았다. 말도 안 되는 일이라고, 그럴 리 없다고 되뇌었다. 문관의 손에 들린 천 조각을 보고서야 무언가 잘못되었음을 깨달았다. 정체가 무언지 알 수 없는, 진득진득하고도 붉은 물이 번진 그것에서 익숙한 내음이 묻어나고 있었다. 소형의 내음이었다.

그러니 애닳게 불러도 답해줄 이가 없음을 안다. 그날에 그녀가 죽은 사실을 알았으니. 아니, 어쩌면 살아 있다 해도 이제는 답해주지 않을 목소리였다. 비정하게 내친 것은 사내, 자신이었으니까.

"……형아, 소형아."

체념에 사그라지는 목소리와 함께 어깨가 기울어진 사내는 마당 한가운데 그렇게 서 있었다.

언제 당도했는지 모를 견룡행수가 그 모습을 바라본다.

"전하."

말에서 내려 넌지시 사내를 부르는 목소리가 조심스럽다.

폐비 이(李)씨가 죽던 그날, 이곳에서 벌어진 일을 아는 그였다. 그녀가 어찌 죽었는지 제 눈으로 지켜본 몇 안 되는 사람

중의 한 명. 그는 사실을 숨겨 진실을 왜곡한 이 중에 한 명이
었다.

문관의 뜻을 따랐을 뿐이나 그때는 그리하는 것이 왕을 위하
는 것이라 믿었다. 왕후를 폐한 것만으로 넋이 나간 주군을 위
해 왕후가 죽어야 된다 생각했다.

아직 자파의 숨이 붙어 있던 그때에는 살아 있는 그 자체로
그들의 주군을 위협하는 폐비였다. 폐비를 앞세운 자파가 언제
다시 발을 붙일지는 모르는 일. 다시 폐비와 그 일가에 칼을 들
이대야 하는 날이 온다면 주군은 더 이상 버티지 못할 것이었
다.

하지만 과연 옳았던 것일까. 문관의 뜻대로, 폐비는 스스로의
죄를 물어 자진했으나, 주군은 광인이 되었을 뿐이다. 주군을
감싼 광증은 조금도 나아지지 않았고 지켜보는 그의 눈이 아플
정도로 망가져 갔다.

순간, 지금이라도 사실을 고해야 한다는 얕은 생각이 혀끝을
치받지만…… 번쩍 고개를 든 사내의 시야에 이미 그는 없었
다. 기울어졌던 어깨가 '움찔' 펴지며 무언가에 반응하고 있었
다.

"어서 오시어요."

잘못 들은 게 아니었다.

“어서 오시어요, 전하.”

“소형아.”

정신 나간 사람마냥 이리저리 고개를 돌린다. 어디서 나는 소리냐. 너는 어디 있는 것이냐. 문관이 올린 옷 조각을 보았으면서도 혹시나 하는 기대를 갖고 있던 사내였다.

자신이 또 화를 낼까 숨어버린 게다, 벌을 줄까 도망친 게다, 지금도 어디선가 자신을 지켜보고 있을 게다 그렇게 믿고 싶었다. 아님을 알면서도 슬그머니 머리를 쳐드는 기대를 막을 수가 없다. 그 기대에 옭매여 여인이 살아 있다 믿었다. 마음 졸이고 초조해했다. 언제까지고 죽은 여인의 이름을 부르며 헤맬 수밖에 없다.

아무것도 없는 허공을 향하던 사내의 방황이 멈춘 것은 조금 더 시간이 지난 후였다.

이제야 정신이 들었나 생각했지만 다시 걸음을 옮긴다. 쓰러질 듯 앞으로 나아가던 분이 멈춰 선 곳은 앙증맞은 꽃신이 나란히 놓인 섬돌 앞이었다.

“소형아.”

뽀얀 햇발 아래 사붓이 놓인 꽃신이 여인의 미소처럼 하얗게 빛나고 있었다.

“소형아.”

　함부로 만지지 못하고 한참이나 주변을 맴돌던 손이 머뭇머 뭇 떨리는 모양으로 꽃신을 안아 든다. 해바라기를 하고 있던 꽃신에서는 포근한 온기가 느껴졌다. 여인에게서 느끼던 따뜻 함이다.

　“내가 왔다, 소형아.”

　위로부터 떨어져 ‘폭’ 하고 스민 물기가 붉은 비단 꽃신에 검 은 점을 만들었다.

　“내 비를 모시러 왔어.”

　제가 눈물을 보이는지도 모르는 사내는 고개 숙여 꽃신의 온 기를 느낀다. 여인의 체취와 같은 따뜻한 햇발의 내음을 들이마 신다.

　“너무 늦었느냐.”

　방울지는 눈물과 함께 물기 젖은 사내의 목소리도 꽃신에 스 민다.

　“늦게 왔다 화를 내는 것이냐.”

　포복…… 폭폭.

　점점 더 많은 방울이 검은 쾌를 그리며 붉은 비단에 스며들지 만, 남겨진 것은 사내와 그의 손에 덩그마니 들린 꽃신, 그리고 꽃신의 주인이 전하지 못한 목소리뿐이었다.

　“눈물을 거두시어요, 전하.”

　“울지 마시어요.”

그것은 누구에게도 전해지지 못한 말이었다.

이 가엾은 사내에게도…….

나비
매듭

열려진 문 사이로 말을 탄 사내가 보인다. 급하게 말을 몰아왔는지 괴로워 보일 정도로 숨을 몰아쉬고 있다. 얼굴까지 파랗게 질려서는 숨도 고르지 않은 채 말에서 내려 안으로 들어선다. 어디에 시선을 두는 것일까. 멍하니 이쪽을 바라보고 있어도 그 방향이 어디인지 알 수 없다. 홀린 듯 비틀거리던 사내의 안색이 밝아진 것이 무엇 때문인지도 모르겠다. 곧 울 것만 같던 사내가 지은 미소는 안도감이 느껴질 정도로 평안한 것이었다.

그러나 그것도 잠시. 또 무슨 이유인지 얼굴이 굳어져 버린다. 하얗게 질린 입술이 경련을 일으킨다. 누구를 부르는데 저렇게 애가 타는 것일까.

"……형아. 소형아, 소형아."

버림받은 사람의 표정이었다. 조금이라도 건드리면 당장 울음을 터뜨릴 것 같은 얼굴이다. 어쩌면 이미 울고 있는 건지도 모르겠는데, 사내가 눈을 번쩍 뜬 것은 순간이었다.

무언가를 발견하고는 천천히 그것을 향해 다가간다. 아주 앙증맞은 발을 가진 여인이 신었을 법한 꽃신이다. 뽀얗게 햇살을 뒤집어쓴 그것은 보기에도 포근하고 따사로웠다.

그것이 마음에 들었는지 사내도 꽃신을 잡아 든다. 무슨 향내가 그리도 좋은지 즐겁게 냄새를 들이마신다.

하지만 신을 안아 든 손은 떨고 있다. 붉은 비단신으로는 검은 물 점이 번진다. 사내가 흘리는 것이 분명한 눈물이다. 그 슬픔이 스미는 소리가 들린다. 폭……. 폭폭. 서러운 무게가 실린 소리다.

무어라 웅얼거리며 저 사내는 울고 있을까. 다 큰 사내가 꽃신을 안고 우는 모습은 굉장히 낯설면서도 가슴 아픈 느낌이었다. 왠지 그 슬픔을 알 듯하여 가슴이 아린다. 가여워 눈물이 날 것 같다. 안아주고, 위로해 주고 싶어 자신도 모르게 속삭이고 만다.

"울지 말아요. 그렇게 슬퍼하지 말아요. 울지 말아요."

그 소리가 그에게도 들린 듯 그의 시선이 이쪽을 향했다.

그 순간, 얼굴이 흠뻑 젖은 문영은 눈을 떴다. 아직 창밖은 검은 어둠이 드리워진 때였다. 손을 뻗어 시계 조명을 켜지만 역시나 아직은 잠을 깨기엔 이른 시각.

눈가의 물기를 닦고 시계를 내려놓는다. 이렇게 꿈에 밀려 잠을 깨는 것이 처음은 아니었다. 가끔, 아니, 종종, 아니, 문영이 기억하지 못할 뿐이지 어쩌면 빈번히 일어나고 있는 일인지도 모른다.

하지만 이렇게 가슴이 아픈 것은 처음이었다. 아직도 가슴이 뻐근하다. 얼굴과 머리칼을 적신 것도 땀이 아니다. 얼마나 울었는지 뺨을 타고 목으로 흐른 물기가 잠옷까지 적셔놓았다.

이제껏 오늘처럼 생생했던 적은 없는데, 처음 보는 사내가 이토록 가슴을 아프게 할 수 있다는 것이 이상했다.

날이 밝기까지는 아직 한참. 오늘은 학교도 오후 수업밖에 없으니 다시 잠을 자기에 그리 늦은 시간은 아니다. 그러나 가시지 않는 가슴의 통증에 아무리 잠을 청해도 눈이 감기지 않는다. 그렇지 않아도 예민한 신경이 봄바람에 더욱 민감해진 것이라 자조하며 억지로 잠을 재촉해 보지만, 문영이 다시 잠든 것은 한참이 지난 후였다. 이번엔 아침이 올 때까지 잠을 깨지 않았으나, 다시 빠진 수마 속에서 무슨 꿈을 꾸었는지는 알 수 없었다. 새벽녘, 곤하게 잠든 사이, 문영은 울고 있는 자신을 알지 못했다.

*

"있지……. 꿈에서 어떤 남자가 울었어."

강의 시간 내내 멍하던 문영이 말문을 열었다. 마지막 수업이 끝난 빈 강의실이었다.

"누군데?"

효주는 마시던 커피를 문영에게 내밀지만 문영의 얼굴은 아직도 멍하다.

"몰라."

도리도리. 고개를 젓는 문영의 얘기는 뜬금없는 것이었지만, 이미 여러 차례 들은 효주는 진지했다.

"몰라?"

대수롭지 않은 개꿈이라 웃어넘길 수도 있는 얘기였으나 효주는 언제나 차분하게 문영을 상대해 준다. 이미 농담의 정도를 넘은 문영의 상태 때문이었다. 실은 정신과 치료를 받고 있다는 것도 눈치 채고 있었다. 그것이 별반 도움이 되지 못하고 있다는 사실도 말이다.

"근데 가슴이 너무 아팠어. 너무 슬퍼서 같이 울은 것 같아."

"그 남자 누군데?"

이번엔 효주도 난감한 눈치나, 고개를 절레절레 흔드는 문영은 명치끝만 쓸어내리고 있다.

언젠가는 시집가는 꿈을 꿨다고도 하고 또 언젠가는 피를 토하며 죽었다고도 했다. 도대체 무슨 꿈이 그런지. 그런 날이면 유난히 피곤해하더니 오늘도 과장은 아닌 것 같다.

"그 남자 왜 울었는데?"

마실 생각이 없는 문영에게 커피를 빼앗아 한 모금 삼킨 효주가 물었다. 어느새 책상에 얼굴을 묻은 문영은 효주를 멍하니 올려다보다 뺨이 눌린 목소리로 대꾸했다.

"몰라. 그냥 내 신발을 들고 울더라. 서럽게."

"신발?"

신발이 나오는 꿈은 어떻게 해석하더라? 눈을 굴리는 효주가 되물었다.

"응. 내 꽃신을 들고 우는데……."

"꽃신?"

"그래. 꽃신……."

문영은 아기자기한 수가 놓인 붉은 꽃신을 떠올리며 답했지만, 문득 그런 자신에게 놀라 입을 다문다. 효주도 '웬 꽃신?' 하고 묻는 표정이다.

내 꽃신?

뭔가 이상했다. 이제까지 신어본 적도, 본 기억도 없는 신인데, 꿈에서 본 꽃신은 분명 문영의 것이었다.

뭐지?

멍하게 묻고 있던 고개를 든다. 왜 그것을 제 것이라 생각하는지 다시 한 번 꿈을 되짚어본다.

분명 본 적 없는 남자였다. 그가 부르던 소형이라는 이름도 들은 적이 없다. 그런 옛날 집도 처음이다. 그런데 왜, 그 꽃신만은 자신의 것이라 생각한 것일까.

순간 소름이 끼쳤다. 뭔가 꿔서는 안 될 꿈을 꾼 것 같은 오싹함이 느껴진다.

아냐. 그럴 리 없어.

문영은 다시 꾹꾹 찔려오는 가슴을 문지르며 신발장에서 본 것도 같은 꽃신을 떠올렸다. 언제 신은 것인지도 기억나지 않는 것. 꽃신은 다 그렇게 생겼으니 착각한 모양이다 넘기려 하지만, 여전히 가슴이 두근거리는 떨림은 멈추지 않고 있었다.

떠올리지 말아야 할 기억을 찾은 기분이다. 알 수 없는 불쾌감이 눈물샘을 자극해 후드득 떨어지는 눈물에 효주도 당황한 표정이다.

"아직도 아파?"

그런가, 아픈 건가?

문영은 차가운 눈가를 훔치며 얼얼한 명치끝을 만지지만, 그것은 꿈속의 남자로 인한 아픔과는 또 다른 것이었다.

그것은 기억해서는 안 될 금기의 것을 기억해 버린 문영의 본능이 표현한 최초의 두려움이었다. 과거의 기억이 떠오르는 것에 대한 강한 반동이다.

지금은 깨닫지 못했어도 문영이 그것을 알게 될 날은 그리 머지않았다. 오래전, 눈을 뜬 사내가 문영을 부르고 있었으니. 문영 스스로가 이날의 꿈을 되뇌게 될 터이니.

결국 잠들어 있던 과거가 문영을 찾아온 것은 며칠 후였다.

예의 악몽을 꾸지 않아 기분이 좋았던 아침. 오전 수업이 끝났을 뿐인데, 마음이 불안하고 가슴이 두근거렸다. 급기야 울음이 터지는데, 문영 자신도 그 이유를 알 수 없다.

효주도 '또 그래?' 라는 눈으로 쳐다봤지만, 이유없이 터진 눈물은 거센 흐느낌으로 바뀌었고, 그것은 평범한 생활이 불가능할 정도로 반복되어 어느 날부터는 언제 시작됐는지 모를 흐느낌에 잠을 깨기 일쑤였다.

이제는 무엇이 슬퍼 우는지도 기억하지 못한다. 꿈을 꾸는 느낌도, 무슨 꿈을 꾸었는지에 대한 작은 기억도 남지 않는다. 실제 꿈을 꾸었는가에 대한 자각도 없었다.

오직 하나. 슬프다는 것.

가슴이 시릴 정도로 아프고 슬프다는 것이었다.

그 슬픔에는 문영의 부모인 도명과 정운도 방법이 없었다. 밤마다 소스라치게 놀라 침실로 뛰어드는 딸을 달래지 못한다. 슬픔에 사무쳐 우는 딸은 아무리 안아줘도 잠들지 못했다. 결국 잠드는 것을 두려워하기 시작한 문영은 갈수록 쇠약해졌다.

처음부터 병원에 간다고 해결될 것이 아님은 알고 있었지만,

더는 손쓸 방도가 없었다. 약의 힘을 빌어서라도 재우는 수밖에. 그나마 그것이 효과가 있었던 것인지 문영이 잠을 깨는 일은 줄어들었지만, 어느 날 딸의 방문을 열어본 정운은 아무 말도 할 수 없었다.

조용히 침대에 앉아 있는 아이는 더 이상 그녀의 딸이 아니었다. 처연한 얼굴로 눈물을 흘리고 있는 여자는 문영이 아니다.

"우리 문영이, 왜 이래요?"

정운의 중얼거림에 도명도 나왔지만, 그에게 보이는 사람도 낯선 여자일 뿐이었다. 여자의 얼굴은 분명 문영이었으나, 문영과 다른 눈빛이다.

피하려 했지만, 피할 수 없는 순간이 온 것일까. 더 이상 자신의 딸이 사라졌다는 사실을 목도할 수 없는 도명은 돌아섰다. 돌아서 전화기를 들었다.

"문영이가 이상해. 돌아오질 않아."

그의 힘없는 목소리에 그들을 찾아온 사람은 문영의 삼촌, 도하였다. 일 년에 서너 번, 얼굴을 보는 게 고작이었던 그는 도착하자마자 문영의 방문을 열었다. 그리고 으스름달이 어둡게 비치는 창문 아래, 자신의 조카를 보며 말했다.

"폐비께서 깨어나셨습니다."

第二章

장엄겁(莊嚴劫)
"1122"

＊莊嚴劫 : 과거, 현재, 미래의 삼겁(三劫)
가운데 과거를 이르는 말

나비
매듭

一. 해(楷)

휘는 해(楷), 자는 인표. 어린 나이로 즉위한 소년 왕으로 두 번의 난(亂)에서 왕위를 지켜냈으나 왕으로서의 힘은 갖지 못했던, 혼란한 시대의 왕. 끊임없이 기울어져 가는 왕조의 운명에서 벗어나고자 발버둥 쳤지만 그로 인해 사모했던 여인을 잃어야 했던 사내.

사내의 운명이 그리된 것은, 어쩌면 그가 세자로 책봉되던 날에 정해진 운명이었을지 모른다. 지엄하신 나라의 주인이자 왕조를 이을 군왕이었음에도 이미 자파의 수중에 들어간 왕실은 그를 지켜주지 못했다. 어린 왕의 왕좌를 노리던 간악한 세(勢)를 물리치고 그를 왕으로 만들어준 것이 자파였으니 왕좌에 앉앉어도 그는 왕이 아니었다. 할 수 있는 일도, 해야 할 일도 없는 그림자 왕이었을 뿐.

그러나 그 일생에 단 하나, 그의 뜻을 이룬 바람이 있었다. 언제나 그를 지켜준 여인이자 정 둘 곳이 되어줬던 두 번째 왕후, 소형을 자신의 지어미로 만든 것. 그것은 그가 자신의 전 생을 통틀어 처음이자 마지막으로 가진 왕으로서의 욕심이었다. 또한 군왕으로의 권력을 휘두른 처음이자 마지막의 일이다. 소형만 가질 수 있다면 평생 자파의 그림자 왕이 되어도 좋았다. 왕으로 가질 수 있는 온갖 부귀영화를 소형으로 대신한다 해도 원이 없었다.

하지만 소형을 얻음으로 그가 가진 것은 소형만이 아니었다. 소형은 자신의 아비로부터 그를 지켜주었고, 그를 왕으로 만들어주었다. 그가 딛는 걸음, 걸음 그의 발아래 대지를 받쳐 주었다. 그가 하늘이라면 자신은 땅이 되어 그를 일어서게 하였다.

그러나 해에게 소형은 그저 한 명의 여인이었어야 했다. 왕의 여인이 아닌, 한 사내의 여인이어야 한다. 그랬다면 그가 자신의 하늘을 잃는 일은 없었을 것이니.

소형으로 인해 그는 왕이 되었고, 왕이 된 그는 소형을 죽였다. 자파의 그림자에서 벗어나 빛을 다스리는 왕이 되었지만, 그의 머리가 일 하늘은 없어졌다. 온통 암흑이며 그림자.

과연 소형이 죽던 날 하늘을 잃은 그가 머문 곳은 어디였을까.

모든 일은 해가 자파의 여식을 왕후로 맞기 위해 궁을 떠나던 날에 시작되었다. 왕권이 미약함에 호족의 힘을 빌어야 했던 초기왕조 이후, 왕이 궁을 나가 비(妃)를 맞아오는 것은 전례에 없던 일이지만, 끝 간 데 없이 치솟던 자파의 권세 앞에 궁의 법도나 전례는 무용지물이었다.

신랑이 신부의 집에서 초야를 치르는 염가와 달리, 궁에서 부인을 맞이해 혼례를 치르고, 종실의 하례를 받는 것이 왕가의 예법일진대, 왕께서 염가의 사내처럼 친히 신부를 모시기 위해 자파의 집을 찾았으니 자파의 권세가 왕보다 높았음은 두말할 것이 없었다. 더욱이 자파의 서택을 두고 세간에 하는 말이, 왕께서 계시는 궁보다 더 궁 같다고들 했으니, 왕의 혼례를 게서 치르는 것도 무리는 아니었다.

허나 이날의 혼례는 왕과 그 비(妃)를 위한 예식이 아니었다. 이 나라의 주인이 왕이 아닌 자파임을, 왕이 앉은 옥좌보다 더 높은 곳에 자파가 있음을 백관과 궁인, 그리고 백성들에게 다시 한 번 각인시키는 의례였다.

납채(納采)*와 함께 몸소 자파의 집을 찾으신 왕의 예우만 해도 그러했다. 다음날 비(妃)를 맞아 가시기 위해 하룻밤 지내실 처소가 웅대하고 화려하여 왕께서 머무심에 부족함은 없다지만, 자파가 있는 곳과는 비교가 되지 않는다. 겉으로는 왕의 행

---

* 納采: 혼인 때 신랑 집에서 신부 집으로 예물을 보내는 일. 또는 그 예물

차가 감읍함에 몸 둘 바를 모르나, 짐짓 자신이 왕의 장인이 될
몸이라는 것을 뽐내는 것이었다.

왕의 가례에 참석하기 위해 자파의 집을 찾은 백관들조차 자
파의 눈에 들어보겠다 혈안이 되어 왕의 거동은 눈여겨보지 않
았다. 왕보다 자파를 더 귀히 여기는 것이었으나, 그것이 해에
게는 오히려 다행이었다. 백년세도를 이어가는 자파의 권력 앞
에, 왕실은 왕손의 자존조차 지켜주지 못한 것일까. 처음부터
이것이 자신의 자리였던 양 부유할 뿐, 자파가 자신보다 우위에
있는 것에 분노할 줄도, 자존을 지킬 줄도 몰랐다.

혼자만 떠도는 느낌이 궁에서와 다르지 않았다. 자파에게 모
여든 사람들은 해의 존재를 잊었다. 모두가 나라의 중심을 궁이
아닌 이곳이라 여기고 있듯 왕권의 중심도 그가 아닌 자파에게
있었다.

심지어 별채와 이어진 자파의 방원(芳園)에서도 해는 자신이
이 땅의 모든 것을 가진 사람이 아님을 깨닫는다. 대궐의 후원
에서도 보지 못한 색색의 나비들이 도아하게도 날아다니고 있
었다. 이런 미물들조차 이곳이 궁보다 더 화려하고 웅대함을 알
고 있는 것이다.

괜스레 분한 마음이 들어 치자색 분꽃에 날개를 떠는 나비를
잡아챘다. 익히 알고 있는 사실에 체념했으면서도 분심이 끓어
오름은 어쩔 수 없는 일이었다. 손바닥 안의 얇은 깃은 소스라
치게 놀란 듯 파닥거렸지만, 드러내지 못할 시샘에 잔인한 마음

이 떠오른다. 이 손에 힘을 주어 더는 날갯짓 따위 하지 못하게 만들어 버릴까, 아니면 꽃잎 다루듯 한 장 한 장 떼어내 볼까. 힘차게 저항하는 생물의 몸을 뭉개 더 이상 움직이지 못하게 만드는 것을 떠올려 본다.

그러나 정작 손안의 것이 부서질까 작은 힘도 주지 못한다. 저항의 몸짓도 고작 손바닥을 간질이는 덧없는 몸부림뿐, 아무리 애써도 자파의 손아귀에서 벗어날 수 없는 자신과 다를 게 무엇이던가.

어차피 부러 해(害)를 가하지 않아도 동그랗게 말아 쥔 손안에서 죽게 돼 있다. 죽을 때까지 몸부림치다 힘이 다해 죽거나 다시는 날 수 없다는 절망에 스스로를 죽인다.

그렇다고 놓아줄 마음도 아니지만. 손에 쥐고 있는 한, 적어도 이것만큼은 자신과 같은 처지다 자위할 수 있었다. 손을 놓는 순간 나비는 분방하게 날아가 버릴 것이니. 오늘도 내일도, 그 다음날도. 아니, 언제까지고 자파의 손에서 벗어날 수 없는 자신과 달리, 제 뜻대로 날아오를 나비는 보고 싶지 않다.

하지만 방원 저쪽에서 들려온 여인의 목소리가 고집스런 손을 놓게 만들었다. 잠시 방향을 돌린 눈에 힘차게 파닥거리는 나비의 날개가 보였다. 조금 전만 해도 그의 손에 있던 것이 언제 갇혀 있었냐는 듯 노란빛의 고운 날개를 힘차게 젓는다. 바람을 타고 꽃을 가르며 날아간다. 뒤늦게 그것을 쫓아 고개를 돌리는데, 그곳엔 여인이라 하기엔 아직 앳된 티가 가시지 않은 아이만이 덩그마니 남겨져 있었다.

"아가씨, 그만 돌아가시어요. 어르신께서 아시면 경을 치시옵니다."

시끄럽게 종알대는 몸종의 잔소리에도 여인은 하던 일을 멈추지 않는다. 자신이 누군가의 시선에 놓여 있음도 눈치 채지 못하는 기색이다.

"너만 조용히 하면 되겠구나. 네 소리 때문에 아버님께서 쫓아오시면 어쩌려고 그러니."

복숭아색 비단으로 머리를 반쯤 땋아 늘어뜨린 여인의 자태는 단아하면서도 해사했다. 아랫것의 투덜거림을 다독이는 얼굴이 너무나 유(柔)해 잔잔한 물 향마저 느껴지는 옥안이다.

"파화(播花)*는 저희가 준비할 것이옵니다. 아가씨께서 직접 하실 일이 아니지 않습니까."

시비(侍婢)의 말을 들어보아 혼례 때 쓰일 파화를 따는 모양이었다.

언젠가 잠행에서 민가의 아녀자들이 갓 성혼을 올린 신랑과 신부에게 꽃잎을 던지는 모습을, 해도 본 적이 있다. 궁이나 보통 문벌에는 없는 것이라 참으로 진진하게 지켜본 광경이었다.

"아씨를 잘 지키라 하셨단 말입니다. 오늘 같은 날 이리 돌아다니시면 저가 혼이 난다구요."

안달복달하면서도 꽃은 냉큼냉큼 잘도 따고 있다지. 그녀들

---

* 播花: 경사스러운 날, 꽃잎을 던지는 민습

이 말하는 혼례란 그와 그의 비(妃)가 될 여인의 국혼을 말하는 것이렷다.

자신의 의사와는 무관하게 치러지는 혼례. 그것에 기대 따윈 없었지만, 볼만한 것이 하나쯤은 있겠다 기대하는 용안이 희미하게 웃는다. 직접 파화를 따겠다고 실랑이를 벌이는 그녀들의 하는 양도 퍽 고와 보여 가만히 지켜보려 하는데, 방해를 하고 나선 것은 문관이다.

"전하."

지금, 비록 이곳이 자파의 사저(私邸)라고는 하나 해는 이 땅 모든 것을 가진 주인. 그녀들 아직 해의 존재를 알아차리지 못했다 해도 그 앞에 예를 갖추지 않는 것은 불충이었다.

그러나 조용히 손을 들어 문관을 막은 해는 가만히 있으라 눈짓을 해 보였다.

"아씨도 참……. 음전하지 못하게 이리 돌아다니시면 어째요?"

그들을 보지 못한 여인은 운꽃이 만개한 토담을 따라 돌길을 지나고 있었다. 못마땅한 말과 달리 시비도 주인의 뒤를 따라 열심히 운꽃을 담는데, 얼마 지나지 않아 들려온 나이 든 여인의 목소리에 주인의 뒤로 숨는다.

"아기씨를 뫼셔오라 했더니 뭘 하고 있는 게야."

"저, 그것이……."

여인의 뒤에 숨어 눈만 삐죽이 내밀고 늙은 여인의 눈치를 본다.

"아이, 참. 그러게 제가 꾸중 들을 것이라 말했잖아요."

시비는 제대로 된 변명도 하지 못하고 여인의 옷자락만 잡아 당겼다. 뭐라 말씀해 주셔요, 하는 눈치였지만 늙은 여인에게는 여인의 온순한 표정도 통하지 않았다. 투덜거리는 시비를 한번 엄히 바라보고 말한다.

"어르신께서 오늘은 꼼짝 말고 단장해 계시라 하지 않으셨습니까. 어서 별채로 드시지요, 아기씨."

"유모, 단장은 내일 해도……."

"정이는 아가씨 것을 냉큼 받아 들지 못하겠느냐!"

이 집의 주인마님이라 해도 될 정도의 위엄이었다. 여인에게 유모라 불리는 것으로 보아 그녀가 부리는 사람이 분명했지만, 그녀의 한마디에 입을 다물던 시비와 달리 그녀를 다룰 수 있는 사람이었다.

"그렇게 화내지 마, 유모. 이제 돌아가려던 참이니까."

아무래도 시비에게 엄한 꾸중이 돌아가는 것이 마음에 걸리는지, 시비에게 모잠을 건넨다.

"오늘은 내원을 드나드는 사람이 많으니 별채에서 한 발짝도 나오지 마시라 그리 이르지 않았는지요."

여인은 왔던 길을 되돌아가고 있었지만 나이 든 여인의 걱정은 그치지 않았다.

"어르신께서 아셨다면 별채 아이들까지 경을 쳤을 일입니다."

그때까지 여인의 치마꼬리만 잡고 있던 시비는 자신에게 향하던 꾸지람이 주인에게 돌아가자 슬그머니 뒤에서 나왔다. 주인이 걱정을 듣든 말든 저는 모른다, 살랑살랑 뒤를 따르는데, 연지 빛 고운 물이 발그레한 운꽃을 발견하고는 따르던 걸음을 돌린다. 하얀 운꽃이 붉게 피는 것은 매우 귀한 것이라 아가씨 모르게 요것을 꺾어두었다가 살짝 보여 드리면 좋아하시겠지, '홍홍' 웃으며 섶나무를 헤친다. 그러나 보기보다 큰 꽃송이에 발그레 볼이 상기된 것도 잠시, 손에서 모잠이 떨어지며 운꽃이 흩어진다.

"어마나!"

숨을 삼키는 외마디에 여인도 뒤를 돌아보았다. 시비만큼은 아니나 놀란 기색이 완연하다. 본의 아니게 놀라게 만든 꼴이었지만 그가 있음을 눈치 채지 못했던 것이 외려 이상한 노릇이었다.

"정이는 아가씨를 뫼시고 별채로 들거라. 어서!"

남녀가 교우함이 그리 큰 허물도 아니건만 해와 문관을 발견한 유모는 여인을 자신의 뒤로 숨기며 말했다. 그래도 번듯한 차림새가 집안 경사에 내왕하신 세도가의 자제로 보였는지, 사붓이 인사를 올리고 돌아서는 발걸음이 황망하다. 그 뒤로 늙은 유모에게 떠밀려 가고 있을 여인의 비단 끈이 흩날렸다.

"저 아이가 누구인지 아느냐."

부서져 날리는 운꽃 사이로, 사라진 여인의 뒤를 바라보던 해가, 물었다. 이제 이곳에서는 나이 든 여인의 모습도 보이지 않고 그녀들이 사라진 별채의 문밖에 보이지 않는다.

“아마도 이(李)가의 여식이 아닌지 싶습니다.”

문관의 상답에 닫힌 별채 뒷문에 향해 있던 시선이 바닥에 떨어진 운꽃으로 옮겨진다. 시비가 꺾다 만 운꽃이 바닥을 붉게 물들이고 있었다.

“내 비가 될 여인인가.”

수많은 꽃송이 속에서도 묻히지 않는 그 붉은빛을 잡아 든 해가 읊조렸다. 붉은 꽃잎에 옅게 물든 담홍의 빛깔이 여인의 도화색 머리끈을 떠올리게 했다.

“국공의 여식이라…….”

자파와는 닮은 곳이 없어 보이는 얼굴. 도무지 이(李)가의 핏줄이라 생각할 수 없는 온유함을 가진 아이였다. 순한 껍데기와는 달리 속이 꼭 닮아 있을지는 모르지만, 파화할 꽃을 손수 꺾는 자파의 여식이란 생각해 본 적이 없다. 왕실의 공주보다 도도하고 더 높은 자아를 가진 여인일 것이라 생각하고 있었기에 느껴지는 괴리감은 더욱 큰 것이었다.

하지만 그녀를 보는 순간 느낄 수 있었다. 자신의 손안에서 힘차게 파닥이는 나비의 날갯짓을.

분명 그의 손에서 달아나 버렸지만 손바닥을 간질였다. 어딘가를 날고 있을 녀석을 다시 손에 넣은 듯, 그 분방함을 느끼며 설렌다. 자파에게 옴짝달싹못하는 것은 그대로인데, 갇힌 모양새가 그와 같았던 녀석이 자유로이 날고 있는 움직임에 공명한 것이었다.

소형이 사라지자 곧 사그라진 기운이었지만, 냉정하게 그의 손을 빠져나갔던 나비가 또다시 그를 찾아온 것은 어둠별이 하늘을 떠도는 새벽 무렵이었다. 낯선 잠자리에 몸을 뒤척이다 별채를 나온 때였다.

내당과 마찬가지로 국혼 준비가 한참인 별채는 밤을 잊었다. 촉불이 밝혀진 안으로는 큰방, 곁방 할 것 없이 소곤대는 소리가 분주하고 곳곳에 밝힌 석등의 불빛이 훤한 대낮과 같다. 유모와 정이도 별채 어느 곁방에선가 혼례를 준비하느라 여념이 없었을 것이다.

유모의 성화에 못 이겨 일찍 잠자리에 들었던 소형도 그 틈을 타 별채 문을 열었다. 방원으로 통하는 일각문을 지나 정이가 모잠을 떨어뜨린 돌길로 간다. 이미 시들어 버렸을 것이지만, 그래도 꺾은 운꽃이 아깝다는 생각에 돌아왔다. 그러나 그 자리에는 모잠도, 떨어져 있어야 할 운꽃도 없다.

소형이 규방으로 쫓겨 돌아가자마자 종달이가 싹 쓸어버린 터였다. 집 안 구석구석이 귀객으로 넘쳐 나는 지금, 그것을 그대로 놔두었다면 물볼기보다 더한 벌을 받았을 것이니.

"없네……."

혹시나 하여 나왔다지만 쓸쓸한 마음이 되어 석정으로 다가간다. 잔잔한 물결 위 그림자 진 달이 보인다. 아까는 그렇게 열성이었으나, 다시 운꽃을 꺾을 마음이 들지 않는다.

왕실의 외척이 된다는 사실에 들떠 무심한 사람들이 싫었다. 저들은 선대왕마마의 비(妃)였던 연덕궁주는 까맣게 잊은 것일까. 이젠 아버님도, 어머님도 앞세운 자식을 떠올리지 않는다. 치세에 도움이 되지 않는 자식은 기억하지 않는다.

사실 이번이 처음인 국혼도 아니었다. 오늘로 여덟 번째 왕후를 보는 자파의 가문은 선대왕마마의 비 또한 자파의 여식으로 들였다. 바로 소형의 언니, 연덕궁주였으나 그녀는 왕비로 책봉된 지 4년 만에 절명하였다.

비록 소형과 터울이 큰 자매였지만, 너무 이른 나이에 세상을 등진 언니가 애틋함에 소진의 국혼이 정해진 날부터 소형의 머릿속은 온통 죽은 언니에 대한 생각뿐이었다. 파화할 운꽃을 따 모은 것도 언니, 연덕궁주께서 선대왕마마와 국혼을 치르던 날 민가의 아낙들처럼 하얀 운꽃을 날리게 하셨다는 유모의 말 때문이었으나, 소형 외에 죽은 연덕궁주를 기억하는 이는 없었다.

"언니……."

석정에 비친 달을 바라보며 자매를 생각하는 눈이 흐려진다. 왕통을 이으신 왕께서 타성의 왕후를 맞이하실까 전전긍긍하는 사람들은 연덕궁주를 기억하지 못하는데, 그들을 비추는 달은 왜 저리도 크고 환한지, 그것이 더욱 얄밉다.

그런 소형의 마음을 알아 석정에 비치는 달이 슬프게 일그러졌다. 바람결에 물낯이 일그러지는 것이려니 했지만, 운꽃이 점점이 떠오르며 만든 일렁임이었다.

물결이 흐트러지는 곳을 좇아 뒤를 돌아본다. 머리카락이 바람에 날리며 달그림자를 가렸다. 어둠에 얼굴이 반쯤 가린 낯선 사내가 소형을 바라보고 있었다.

정이가 떨어뜨린 것을 모아 담은 듯 그가 들고 있는 모잠에서 송이송이 운꽃이 떨어져 내렸다. 소형이 이 밤에 찾아 나온 것이 바로 그것이었으나, 별채 밖, 낯선 사내와의 대면에는 한 걸음 물러섰다.

"그대가 두고 간 것이다."

그를 경계함이 분명한 태도였지만 그는 괘념치 않고 손을 내밀었다. 모잠을 뻗어도 좁혀지지 않는 거리였지만 더 이상 가까이 다가올 생각은 없어 보였다. 더는 다가오지 않는 손으로 소형이 한 걸음, 발을 내딛기까지 뿌연 달그림자가 몇 번이나 두 사람을 비추고 지나갔는지 모른다.

남 별채에는 왕께서 머물고 계시니 국혼을 위해 궁에서 나온 궁관임에 틀림없다 생각했다. 왕의 지척 관원이 귀족가의 여인을 희롱할 리 없으니 숨을 이유가 없었다. 더욱이 자파 가(家)의 사람인 자신에게 못된 짓거리를 할 사람은 없다. 특히나 자파의 한마디에 명줄이 좌지우지되는 궁관이라면 말이다.

그래도 안심할 수만은 없는 소형이 조심스레 모잠을 받아 드는데 정말 나쁜 뜻은 없었던 듯 사내도 손을 거둔다.

"헌데 다 시들어 버렸군."

무척이나 높은 품계의 사람이라 느껴지는 사내와 소형은 이
제야 눈을 맞춘다. 소형에게 하대하는 것에 거리낌이 없는 것을
보면, 자파의 집안 사람도 어려워하지 않을 만큼 높은 자리의
사람인 모양이었다. 허기야 그의 출신까지 헤아릴 필요는 없다.
이 밤이 끝나면 다시 볼 일은 없으니.

"그럼 다시 물을 머금게 해줘야지요."

사내의 말에 모잠 속 운꽃을 석정에 띄운다. 반쯤 물에 잠긴
꽃송이가 물결을 따라 호수 가득 퍼진다. 소형의 자매이자 자파
의 차녀였던 연덕궁주께서 선왕(先王)의 비(妃)로 입궁하실 때에
도 이렇게 파화했으리라.

만약 궁으로 들어간 그녀가 곧 죽지만 않았어도 오늘의 국혼
은 없었을 것인데. 아비가 언감생심 왕위를 넘보는 허황된 꿈에
침습당할 일 또한 없었을지도.

소형은 사내의 존재를 잊고 죽은 자매를 그리고 있지만, 해는
운꽃을 날리는 손을 바라보고 있었다. 얼굴만큼이나 나긋하고
유한 손끝이었다. 그 손놀림을 보고 있자니 낮에 잡았던 나비를
보는 듯하다. 단아한 손매가 우아하게 날아다니는 나비와 같지
않은가. 고운 손마디에 넋을 잃은 눈은 작은 손을 보고 또 보고,
다른 데로 향할 줄을 몰랐다. 하얀 손에 쥐어지는 붉은 꽃송이
를 보고서야 소형에게 팔려 있던 정신이 돌아온다.

"아……."

귀하게 피는 자운꽃. 소형도 파화의 손길을 거뒀다.

"그대의 가문 같군."

소형과 함께 붉은 운꽃을 바라보던 해가 말했다.

"……."

뜻 모를 소리에 소형이 그를 빤히 바라봤다. 다시 보아도 자파의 아이라는 것이 믿기지 않는 곧고 순한 얼굴이다.

"단 하나의…… 귀한 꽃이니까."

더 이상의 말은 이어지지 않지만 소형의 손은 굳었다.

단 하나의 꽃, 수많은 꽃 중에서도 단연 빛나는 제일의 꽃. 사내는 그것이 자파의 가문이라 말하는 것이었다.

은근한 가시가 있는 말이었으나, 맞는 말일지도. 여인의 몸이라 내당 밖 소식은 멀어도 부친에 대한 원성까지 멀리 들리는 것은 아니었으니.

"네. 자파가는 탐스럽게 피어난 꽃입니다."

살며시 미소 지으며 말했다.

"하지만 보셔요. 물속으로 가라앉는답니다. 다른 꽃들처럼……."

붉은 운꽃이 소형의 손에서 석정으로 떨어졌다.

먼저 석정에 떨어진 꽃들은 벌써 무거워진 몸을 가라앉히고 있었고 붉은빛의 운꽃도 서서히 물결에 밀려갔다.

모잠 속 운꽃을 모두 파화한 소형이 해를 바라봤다. 달무리 지는 어둠 속에서 해와 소형은 마주 보고 있었다.

"단 하나의 것은 꽃이 아닙니다."

간질간질. 소형의 말간 얼굴과 청명한 목소리가 해의 손바닥
을 간질였다. 그리고 다음 순간, 시계가 하얗게 터지며 온몸이
아스라이 허물어지는 느낌.

"단 하나의 것은…… 꽃을 피우는 것이지요."

두근두근 무겁게 떨어진 심장이 흔들린다. 크게 고동친 가슴
이 아파 숨이 멎는다.

"단 하나의 것은…… 꽃을 피우는 것이지요."

처음이었다. 그리 말해준 것은.

이제껏 그 누구도 그리 말해준 적이 없었다. 승하하신 선왕께
서도, 문관도 하지 못한 말이다. 미약한 왕조라도 지키기 위해
서는 자파에게 의탁해야 했으니, 이(李)가의 세도 앞에 옥좌가
빛을 잃었음은 부정하고 싶어도 부정할 수 없는 사실이었으나,
그것을 부정해 준 이가 지금 그 앞에 있었다.

그러나 가슴 아픈 설렘도 손끝까지 치솟던 희열도 조소로 바
뀌고 만다. 그녀조차 이(李)가의 아이였다.

청명한 얼굴을 가졌다 해도 그들의 권속. 마땅히 경계해야 하
는 한편으로, 아이만큼은 제 편일 것이란 모순된 설렘에 가슴이
아프다. 자파의 여식에게는 기대해서는 안 될 터무니없는 믿음이
었으나 아이의 단 한 마디 말에 그는 이미 희망을 가져 버렸다.

아이가 자파의 세도를 부정했기 때문이 아니다. 앞뒤 없이 제

편이 되어주길 바라서도 아니다.

십수 년간을 혼탁한 궁에서 살아오는 동안 무엇이 옳고 무엇이 그른지 분간할 수 없게 된 그였다. 자신도 모르는 사이, 무도한 자파보다 무력한 자신이 더 악한 존재라 생각하는 그가 있었다.

이제는 자신마저 자파의 사람이 되어가는 건가 실성한 웃음을 흘리고 있는데, 아이의 바름이 어두운 시야를 밝혀주었다. 아이의 곧음에 덩달아 정신이 맑아졌다. 더하여 아이가 가진 밝음에, 그 따스함에 평온을 느꼈다. 지금껏 위태롭게 살아온 그에게는 무엇보다 탐나는 것이었다.

갖고 싶다. 확인하고 싶다. 욕심대로 하자면 지금 당장, 아이에게 제 편이 되어줄 것을 다짐받고 싶었지만, 날이 밝으면 그의 비가 될 아이였다.

그래. 그저 옆에 있어만 준다면 제 편이 되는 것까진 바라지 않겠다. 아주 조금이라도 그를 밝게 비춰준다면. 뿌옇게 흐려진 눈앞을 걷어준다면.

파랗게 번지는 여명 아래, 석정을 이리저리 떠돌던 흰 꽃이 가라앉고 해는 손을 뻗는다. 비껴가는 달무리 사이 하얗게 빛나는 소형의 얼굴을 만지고 싶었다. 눈앞의 아이가 정말인지 확인하고 싶었다.

허락없이 다가온 손을 소형도 피하지 않는다. 뺨을 쓰다듬는 손길이, 턱을 매만지는 손끝이 어릴 적 느낀 어머니의 것처럼 온화했다. 자신을 내려보는 얼굴이 부친이나 오라버니들에게서는 보지 못한 평온한 얼굴이었다.

　그 얼굴을 따라 소형도 희미한 미소를 보였다. 그것에 그의 입귀도 덩달아 늘어났으나, 다시는 만질 수 없는 얼굴이었다. 가례 날, 동뢰하여 마주하게 된 비는 다른 여인이었다. 동그란 얼굴과 단아한 눈매가 닮았으나 그의 아이가 아니다. 어지럽게 풍기는 분향에 물 향의 방향은 찾을 수 없다.

　하루를 되돌리고픈 마음과 되돌려도 소용이 없음을 아는 마음이 머리를 흐리게 했다. 방원의 아이와 닮았으면서도 전혀 다른 여인을 보며 이것은 꿈이라 되뇐다. 끊임없이 자신 앞의 여인과 방원의 여인을 겹치며 눈을 감을 때마다 간절히 빌었다.

　눈을 뜨면 잘못된 꿈에서 깨어나는 것이다. 눈을 뜨면 그 아이가 있다.

　그러나 수없이 눈을 깜빡였어도 바뀌는 것은 없었다. 눈앞에 보이는 것은 낯선 여인이요, 눈을 감아도 주변은 온통 분과 연지 내음뿐, 아이의 체취가 생각나지 않는다. 아이를 만난 새벽녘부터의 물 향이 기억나지 않는다. 진한 분향이 기억 속에 남아 있던 물 향을 지워가고 있었다.

　어찌할꼬. 어찌한단 말인가.

　다시는 아이를 보지 못할 것이란 조바심이 해를 집어삼켰다. 갖고 싶던 것을 얻지 못해 몸이 닳는다. 마음만 먹으면 안을 수 있고, 원치 않아도 취해야 할 여인이 곁에 있지만 그가 느끼는 진득한 기운은 그녀로 인한 욕념이 아니다. 한 번 손에 쥐었던 것을 빼앗긴 허탈감이자 그로 인한 노여움이었다.

원하고 있다 깨달을 새도 없었다. 원치 않아도 쥐어질 것이었고 거부한다 하여 없어질 것이 아니었으니, 안달이 날 이유가 없었다. 그렇듯 아이를 탐내는 자신이 있음도 알지 못했던 것인데, 지금은 제가 갖지 못함보다 그것을 남이 갖게 될 것에 손끝이 아렸다. 제가 가지고 싶다는 욕망 이전에 빼앗겼다는, 곧 다른 사내에게 빼앗기게 될 것이라는 투기심이 차오른다.

더 이상은 참을 수 없었다. 마주한 여인의 얼굴에 아이가 겹치는 것도, 아슬아슬하게 놓친 손을 다시 한 번 잡고 싶은 조바심도 견딜 수 없다.

초야를 치러야 하건만 자리를 떨친다. 지아비를 모시는 첫밤, 기대에 부푼 여인을 남겨두고 침전 문을 걷는다.

"저…… 전하."

침전 촉불이 꺼지기만을 기다리던 문관이 들어가셨던 모양 그대로 나오는 용태에 놀라 왕후께서도 계신 침전 안을 살핀다. 왕과 왕후께서 동뢰에 드셨다 저들끼리 좋아하던 내인들도 화들짝 놀란 눈치였지만, 침전을 나선 해는 급하게 섬돌을 내딛는다.

"전하!"

저지해 보아도 허사다.

"중광전(학문소)으로 갈 것이다."

너무도 갑작스러워 반문할 여지도 없다. 왕에게 이런 호기를 느껴본 적이 있던가. 자파에게 눌려 그가 정한 법도에 벗어난 적이 없는 분이시다. 왕으로서 가질 수 있는 패기마저 가져본 적이 없으신데, 그런 분께서 아무런 까닭도 없이 혼례를 치른 첫날밤에 왕후마마를 홀로 두고 나오실 리가 없다. 더구나 자파의 가문, 그것도 자파의 여식으로 맞이한 왕후가 아닌가.

알 수 없는 왕의 마음에 달안개마저 뿌옇게 흐린 늦은 밤. 왕께서 침전을 뒤로하시는 길을 문관과 십수 명의 내인들이 종종 따르고 있었다.

"국공에게 다른 여식은 없느냐."

의중을 알 수 없어 뒤따라 좌전으로 든 문관에게 해가 물었다.

"정침에 있는 이 말고, 자파에게 다른 여식이 있느냐 물었다."

소형을 두고 묻는 것이었지만, 문관은 이미 방원에서의 일은 잊었다. 밤사이 있었던 해와 소형의 조우 또한 몰랐으니 왕의 물음이 뜻밖일 수밖에 없다.

"듣기로 전하의 비가 되신 왕후마마께오서는 국공의 넷째 따님이라 알고 있사옵고, 오늘 의례에 참석하신 분이 왕후마마와 몇 해 터울이 지지 않는 셋째 따님이라 들었사옵니다."

'그녀다!'

서안(書案) 위에 올려진 손이 하얀 마디를 드러냈다. 그가 알기로 문벌가에서 정혼하지 않은 언니를 제치고 동생이 먼저 혼사를 치르는 일은 없었다.

"그 아이……."

마음에 담은 이가 다른 사내의 여인일지도 모른다는 생각에 목소리가 떨린다.

"출가한 여식이던가."

"아직인 것으로 알고 있사옵니다."

쾅——!

문관이 말을 올림과 동시에 주먹이 서안을 내려친다. 큰소리로 떨어진 손이 부들부들 떨리고 있었다.

아직 다른 이의 소유는 아니란 말이렷다. 그것만으로도 다행한 일이었으나, 왜……. 왜 그 아이가 아닌 것이냐. 왜 그 아이가 아닌 다른 여인이 침전에 있느냐 말이다.

안도감과 함께 알 수 없는 분노가 치받친다. 아직 다른 이의 지어미는 아니었으나 자신의 지어미 또한 될 수 없는 아이 때문에 속이 끓고 애가 닳는다.

하기야 애초 자파가 자신의 셋째 여식을 주겠다 하지는 않았다. 해 또한 자파의 간택으로 이루어지는 국혼이었기에 비(妃)가 될 여인에 대해 관심을 두지 않았다. 어떤 여인인지, 자파의 몇째 딸인지도 상관없었다. 마음에 드는 여인이 있다 하여 비로 앉힐 수 있는 것도 아니었고, 자파가 천거한 그의 여식이었다. 마음에 들지 않는다 하여 내칠 수 있는 입장이 아니었던 게다.

어차피 자신의 의지는 없는 혼사에 해는 눈을 감아버렸던 것이지만 지금은 아니었다. 그 아이가 아니라면 누구라도 안 된다. 단 하나가 아니면 안 되는 일이 있음을 깨달아 버렸다.

"물러가라."

"전하, 왕후마마께서는……."

"물러가라 하였다!"

침전으로 돌아갈 것을 강권하는 문관에게 언성을 높인다.

낭패였다. 아니라 부정하고 싶어도 왕후는 곧 자파였으니, 왕후와 동뢰에 들지 않는다 함은 곧 자파에게 등을 돌림을 의미했다. 왕께서도 그를 모르지 않을 터인데 요지부동이시다. 어떡해서든 왕을 침전으로 모시려 하던 문관도 조용히 물러 나올 수밖에 없었다.

이제껏 한 번도 자신 마음대로 행동한 적이 없으셨던 분인데. 그의 왕은 일찍이 자신의 권위가 자파의 세도에 가려진 것을 받아들였다. 자신의 뜻과 반(反)하는 일이 있어도 마음에 담아만 둘 뿐 내색지 않던 분이다. 그러나 지금껏 인내하고 모르는 척해왔던 일들은 왕 전하 자신이 아니라 왕의 일이었다.

비록 왕의 자리에 올라 있었지만, 그의 왕은 자신을 왕이라 생각한 적이 단 한 번도 없었다. 자신은 나라의 주인 행세를 하고 있을 뿐, 진짜 왕은 자파라 생각하는 그였으니 나랏일에 관해서는 자파가 무슨 짓을 하건 상관이 없었던 것이나, 비를 맞는 것은 달랐다. 왕후니 국모니 하는 것을 떠나 우선은 자신의 여인을 맞이하는 것이다. 온전히 자신과 분리해 생각할 수가 없다.

이번에야말로 어지간히 자신의 뜻과 맞지 않는 거라고 문관은 생각했다. 자파가 억지로 맺은 혼사에 역정을 내고 계신 거라 여겼다. 그것이 마음에 품은 다른 여인 때문임을 알게 된 것은 며칠이 지나서의 일이다.

자파가 농단하는 국사에 처음으로 왕께서 뜻을 세운 날이었다. 또한 자파의 세도 앞에 왕권이 굽혀지지 않은 최초의 의정이었다.

"불가하오."

오늘따라 자파의 심기를 헤아리지 않고 떨어지는 왕의 불허에 신료들이 동요하기 시작한다.

해는 그들 머리 위에 앉아 그들을 내려다보는 왕이었지만, 말 그대로 왕좌에 앉아 있는 것일 뿐, 이때껏 선정전을 움직이는 것은 자파였다. 자파의 뜻이라면 왕의 허락 없이도 상서성과 삼사가 움직이고 군사가 움직였다. 이미 자파의 손에 왕좌가 쥐어진 것이었으나, 가례를 올린 후 왕은 달라져 있었다.

"허면 남송에 있는 군사를 가두로 불러들이심이……."

"불가하다 하지 않았소."

의정을 분별하여 불허하는 게 아니다. 누가 보아도 자파에 대한 무조건적인 경계다.

그에 왕 전하보다 자파의 심기에 더 예민한 신료들, 그의 눈치만 살피고 있는데 자파는 소리없이 웃고 있었다.

자신의 여식과의 가례를 쓸 만한 볼모 하나 얻은 게라 여기고 있는 모양이었지만, 애초에 그는 자신의 여식을 왕에게 올린 적이 없다. 왕이 그의 여식에게 지아비로 주어진 것이다. 자파의 여식을 지어미로 들였다 하여 그와 동등해진 것이 아니란 말이다. 어림도 없지. 그럼.

하지만 실로 모르고 있는 것은 그였다. 해가 그와 대적하는 것은 이제야 정신을 차려 왕권을 공고히 하고자 함이 아니었다. 무엇보다 여인을 방패로 삼을 해가 아니다. 그저 제가 갖고 싶은 것을 얻어내려는 의지를 보였을 뿐. 자파도 알아채지 못한 그 속내가 드러난 것은 정전 조무를 파한 해가 그와 독대한 연영전에서였다.

"원하는 대로 가병을 움직이게 해드리지요. 원한다면 궁의 군사도 드리겠습니다."

정전에서와 달리 군졸로 하여금 북쪽 경계를 세우겠다는 그의 주창을 가한다는 하교였다. 바라던 바였으나, 호기롭던 자파의 얼굴은 어두워졌다.

"국구(國舅)* 의 뜻대로 하겠단 말입니다."

이번만큼은 자파의 눈에도 해가 보이지 않는다. 어떤 심중으로 자신을 떠보려 함인지 알 수가 없다. 왕을 지척에서 모시는 문관 또한 그 뜻을 헤아릴 수가 없었으니 자파는 더더욱 알 수

---

* 國舅: 왕의 장인

없는 왕의 속내였다. 그러나 이윽고 드러난 해의 속심에는 모두가 할 말을 잃는다.

"대신, 따님을 주셔야겠습니다."

어찌나 놀랐는지 문관은 무엄함도 잊은 채 왕을 올려다봤고, 자파는 해를 덮칠 듯 노려보며 입매를 굳혔다. 한동안 정전 안은 어느 누구의 말도 없었다. 그들 중 스스로 침묵을 지키고 있는 자는 해뿐이었지만 그것도 잠시, 무거운 침묵이 내려앉은 어전으로 자파의 차가운 웃음이 퍼졌다.

"소신의 따님께서는 이미 곤성전(왕비전)에 계시질 않습니까, 전하."

하얀 수염을 쓸어내리며 다독이듯 말하는 것은 자신의 넷째 딸을 이르는 것이었으나, 껄껄 소리 내어 웃는 그를 보는 용안에는 움직임이 없다. 그녀가 아닌 것이다. 그의 넷째 여식을 두고 던진 말이 아니었던 게다. 이내 터무니없는 하교라 웃던 자파의 얼굴에서도 웃음이 걷힌다. 왕이 조르듯 달라 하는 아이가 뉘인지 알 것 같았다.

그럴 리가. 그 아이를 알지 못할 터인데.

그럼에도 지금, 왕의 눈에 들어 있는 아이가 소형, 그 아이일 거라는 생각이 들었다.

"전하께오서 도통 여색엔 관심이 없는 듯하여 내심 후사를 걱정하던 참인데, 그리 염려할 일이 아니었나 보옵니다."

다행한 일이라는 것처럼 눈은 웃고 있었지만 입은 웃지 않는다. 은근히 소진과 동뢰하지 않은, 그리고 지금껏 소진의 처소조차 찾지 않은 것에 대한 뾰족한 속내를 보이는 말이었다. 그러나 심기가 불편해 보이지는 않는다. 왕께서 욕심내고 있는 아이 또한 그의 여식이 아닌가. 한 아이가 실패했다면 다른 아이를 들여보내면 된다. 어전에서는 마뜩지 않은 얼굴로 수염을 쓸어내렸으나, 소진과 해 사이에 소형을 끼워 넣을 궁리 중인 자파의 뒷모습은 웃고 있었다.

결국 해가 소진과 가례를 올린 이듬해 정월. 원대로, 소형은 그의 두 번째 비(妃)로서 입궁한다. 금군(禁軍)*을 자파의 손에 넘기고 얻은 지어미였다.

---

* 禁軍: 왕궁을 수비하고 왕을 호위 경비하던 왕 직속의 군대

二. 소형(小炯)

　처음부터 왕을 뛰어넘는 힘을 가지려 했던 것은 아니었다. 그저 선대에서 내려온 왕의 신임과 그로부터 부여받은 특권으로 가문의 세(勢)를 유지하려 했을 뿐, 그에게도 왕 앞에 몸을 굽히던 때가 있었다. 그런 그가 모든 권력의 중심에 자신이 있음을 깨달은 것은 실로 자신도 모르는 사이였다.

　언제부터였는지도 기억하지 못한다. 문득 고개를 돌린 곳에는 아첨하는 이로 넘쳤고 왕의 지척보다 그의 주변으로 더 많은 사람들이 북적였다. 급기야 그들 위에 군림하는 것이 당연해진 그에게 왕은 나이 어린 소년일 뿐이었다. 선왕의 고명(顧命)*에

＊顧命 : 왕의 유언

따라 자신을 아비처럼 여기는 어린 왕이었으니 그런 왕에게 욕심이 고개를 든 것은 어찌 보면 자명한 수순이었다.

이미 그에게는 자신의 얼굴에 씐 탐욕을 씻어낼 힘이 남아 있지 않았다. 남은 것은 누구보다 우위에 있다는 교만과 방종뿐. 안하무인의 절대 권력으로 왕실을 장악해 가는 그를 막을 수 있는 것은 아무것도 없었다.

모두가 두려워하는 존재가 된 그였다. 두려움이 아니라면 그와 비슷한 욕념으로 그를 우러르는 이들뿐이었다. 그것은 그의 피를 이은 자식이라고 다르지 않았지만, 단 한 명, 그의 어린 여식만은 달랐다. 다른 마음은 한 치도 품지 않은 목소리로 그를 부르는 아이가 있었다. 다른 생각은 조금도 없는 눈으로 올려다보던 아이. 바르고 올곧았던 그의 셋째 딸, 소형은 그에게 있어 단 하나의 빛이자 그림자였다.

자식으로서 마땅히 아비를 은애하는 마음을 알고 있었지만, 그 눈망울에 담긴 망설임 또한 그는 보았다. 원망 어린 눈빛. 옳지 못한 아비의 행동에 대한 죄스러움이었다. 아비이기에 등 돌리지 않았지만 부끄러워하는 것이었다.

왕보다 더한 권력을 가진 그를 대하는 것으로 불경하기 그지없는 태도였으나, 그는 그런 딸을 총애했다. 어리고 순진하여 물정없는 것들을 볼 때면 어리석다 혀를 찼지만, 소형만큼은 향이 좋은 꽃이었다.

그렇기에 귀히 여기는 한편으로 멀리할 수밖에 없는 존재였다. 아이의 눈을 마주하지 않고 말을 섞지 않았다. 어여삐 여기면서도 두려워했다. 아이의 빛이 크면 클수록 그에게 드리워지는 그림자 또한 크고 어두웠다. 자신을 바라보는 맑은 눈이 두려웠고, 자신을 두려워하지 않는 아이가 무서웠다.

자신에게 원망을 드러내는 자가 있었던가. 왕조차 제대로 마주하지 못하는 눈인데, 그것을 자신의 어린 딸이 저어하지 않음이 그를 두렵게 했다.

하지만 그런 두려움을 가지게 하는 것마저 어여뻤다. 강한 힘을 가진 자가 더욱 강한 힘을 우러르는 법. 그는 자신 앞에서도 꺾이지 않는 소형의 기를, 자신의 그림자에 가려지지 않는 아이의 빛을 갈망했다.

어쩌면 그 빛을 잊지 말아야 했는지 모른다. 소형이 있는 곳이 얼마나 밝았는지, 아이가 가진 빛이 얼마나 크고 강했는지를 기억했어야 한다. 그리고 조금 더 제 손에 쥐고 있어야 했다.

소진이 태어나고 다른 자식들이 장성함에 따라 소형은 점점 잊혀져 갔다. 진하디진한 탐욕으로 혼탁해진 눈에는 아이가 제대로 보이지 않았다. 빛 없이는 살 수 없는 아이임을 알면서 눈앞의 어둠으로 던져 넣었다. 자신은 절대 가질 수 없는 것을 가져, 아끼던 아이를 자신의 어둠 속으로 끌어들이고야 만다.

"곤성전 마마께서 계신 궁입니다, 아버님. 소녀는 가지 않겠습니다."

아이는 원치 않았지만 그의 어둠이 그녀를 삼킨다.

"잊지 말거라. 너는 이 가문의 아이이니라."

이미 한 명의 여식이 지아비로 섬기고 있는 사내에게, 또 다른 여식을 떠밀며 남긴 말은 그것뿐이었다.

붉은 자파가의 아이, 소형은 그렇게 입궁하였다.

✳

을사년 정월(1125년 1월). 왕부 서쪽의 별궁인 계림궁으로 자파의 셋째 따님이 드셨다. 새로운 비 마마를 모시기 위해 차견된 궁인들은 소형이 모습을 보이기 전부터 답답증에 목을 빼고 있었다. 대체 어떤 분이기에 왕 전하가 이리도 목을 매고 계시나 궁금하였던 게다.

곤성전에 계시는 왕후마마와 가례를 올린 지 달포도 지나지 않아 나온 혼사였다. 더구나 왕께서 고집하시는 상대가 왕후마마의 친족이라니, 궐 안은 그 사실에 대한 진위로 들썩였다. 또한 이미 왕후 책봉을 받으신 비(妃)가 있어 새로 입궁하실 분, 비록 왕후마마와 자매지간이라고는 하나 후궁의 품계일 수밖에 없을 것인데, 왕께서는 이분과의 가례를 왕후를 맞이함과 같게 하겠다 하셨으니, 궁금증 많고 말 많은 궐 안 궁인들이 가만히 있을 수 있을까.

더욱이 오늘 아침엔 별궁에 드실 분을 맞이하기 위해 어연(御輦)*

---

* 御輦: 임금이 타는 수레

까지 내리셨다. 이렇듯 입궁도 하기 전부터 지극한 총애가 넘쳐 나니 관심 또한 넘쳐 날 수밖에.

무엇보다 왕 전하만이 오를 수 있는 수레였다. 그것에 왕후 책봉도 받지 않은 여인이 오름은 있을 수 없는 일이었으나, 그 여인이 누구인가. 자파의 여식이다.

왕께서 어연까지 내리시어 자신의 아이를 극진히 여기고 있음을 만천하에 공표하는 것인데, 자파도 굳이 만류할 까닭이 없었다. 아직은 그도 오르지 못한 어연이었으나 게에 딸이 올랐으니 자신이 오른 것과 다를 게 무엇이랴. 자파의 눈치를 보는 대관들 또한 무어라 입을 뗄 리 없었다. 가문에서 두 분의 왕후마마가 난 것에 신명이 난 자파에겐 가지가지로 흥이 오르는 일이었다.

하지만 소형이 입궁하는 오늘, 그 누구보다 들떠 계신 분은 따로 계셨다. 길일을 택하지 못해 우선은 별궁으로 들이는 것이었지만, 왕은 소형의 입궁 길시가 되기 한 시진 전부터 승평문과 가까운 동락정에 자리 잡고 앉으셨다.

"왜 아니 당도하는 게지? 벌써 오시(午時)*가 아니냐."

귀 두 쪽이 쨍하니 떨어질 것 같은 추운 날씨에도 하얀 입김을 내뿜는 용안이 해맑다.

"아직 오시가 지나지 않았습니다, 전하. 조금만 더 기다려 보시지요."

---

* 午時: 오전 11시~오후 1시

해가 오매불망 기다리고 있는 오시는 도감청에서 올린 소형의 입궁 길시였다.

아침나절부터 일각(약 15분) 사이로 어린아이 보채듯 안달하는 해를 보며 문관은 숨소리로만 웃는다.

이처럼 기운이 넘치는 왕은 본 적이 없다. 광화문에서 성문이 열리는 것을 지켜보겠다는 분을 억지로 모셔 앉게 하지 않았는가.

"삼이가 있으니 곧 기별이 올 것이옵니다."

어린 녀석 하나를 세워두고, 성문이 열리거든 당장에 달려와 고하거라 이른 참이었다. 그나마 광화문보다는 볕이 비추는 예가 따뜻했지만, 어차피 기다리실 것 새로운 비 마마께서 입궁하실 별궁에 들어 계실 것이지 왜 추운 예서 달싹이고 계신지 문관은 고개를 저었다.

그는 아직도 모르는 것이었다.

연영전에서 왕 전하가 마음에 품은 여인이 방원의 여인이었음은 알았지만, 왕께서 그녀를 탐하는 것을 단지 사내가 가진 욕념 때문이라 생각했다.

눈에 담아둘 만한 자색은 아니었으나, 사내가 여인을 탐하는 것에는 수만 가지의 이유가 있는 터. 문관도 그녀가 대귀족가의 여식답게 자태가 고왔음을 기억하고 있다. 왕도 사내였으니 그런 고운 여인이 눈에 들었다면 품고 싶은 게 마땅한 욕심인즉. 허나 그것이 그저 단순한 욕념이 아니었음을 그도 곧 깨닫게 될 것이었다. 머지않은 날에.

지금은 그도 그저 왕께서 연정을 가진 여인이 궁금하기만 할 뿐인데, 성문을 지키던 삼이가 달려오고 있었다. 뭐라 크게 고하는 것도 같은데 녀석의 소리는 먼 거리와 헐떡거림에 묻혀 잘 들리지 않았다. 아마도 별궁마마께옵서 당도하셨다 이르는 소리일 게였다.

삼이는 어서 고하고 싶은 마음에 달음박질치고 있었지만 해는 기다리지 않았다. 멀리 녀석이 뛰기 시작했을 때 이미 자리를 박찼다.

"전하!"

단번에 높은 섬돌을 뛰어내려 문장으로 걸어가신다. 뒤늦게 따르기 시작한 문관은 따라잡지 못할 정도로 성큼성큼 걸어가시는데 그것이 점점 빨라지신다. 문관의 뒤로 삼이와 궁인들이 오졸오졸 따르는 사이엔 내달리기 시작하셨다.

왕의 체모나 궁인의 이목을 가릴 겨를이 없었다. 또 엇갈리게 될까 초조해 견딜 수 없다. 자신이 꿈을 꾼 것이라, 애초에 없던 사람이 아닌가 하는 불안이 일었다. 조급한 마음이 심장을 헐떡이게 만들고 땅을 박차게 했다. 마음이 그의 것이 아닌 것처럼 몸도 그의 것이 아니었다.

"저…… 전하, 어인 일이시옵니까."

왕 전하의 거둥에 놀라 멈춘 금군별장도 본체만체, 행렬을 멈춘 수레로 난딱 다가선다. 급하게 달려온 가슴이 크게 오르내리

고 있었다. 갑작스러운 왕의 행차에 놀란 것은 행렬을 따르던
궁인과 궁관들도 다름이 없어, 뒤늦게 예를 올리느라 정신이 없
지만, 왕의 시선은 그들에게 있지 않았다. 멈춰 섰을 때부터 숨
을 고르는 동안에도 연(輦)에 올라 있는 여인만을 바라보고 있었
다.

망설임없는 발걸음으로 연으로 다가선다. 연마꾼 사이를 헤
치고 붉은 휘장을 걷어 올린다. 옥으로 엮인 주렴이 청명하게
뒤엉킨 사이로 그의 여인이 보였다.

'내 아이다.'

바라던 옥안을 확인한 눈이 커졌다. 예고없이 마주하게 된 용
안에 소형 또한 숨을 멈췄다. 가슴을 들썩이며 뚫어져라 바라보
는 눈에 꼼짝없이 갇혀 움직이지도 숨을 쉬지도 못한다. 의중을
알 수 없는 옥안에 예도 갖추지 못하고 무엄하게 눈을 마주하고
있다. 조금이라도 시선을 돌렸다가는 잡혀 버릴 것 같아 두려웠
다. 한 손으로 휘장을 휘어잡은 해의 모습은 그만큼 위협적이었
지만, 그것은 그가 숨을 가라앉힐 때까지였다. 당장에 잡아먹을
것 같은 시선은 달라지지 않았으나, 휘장을 내리며 물러선다.

"모시어라."

어연에서 물러난 그가 명하자 멈췄던 바퀴도 다시 슬금슬금
구르기 시작했다.

소형도 그제야 참았던 숨을 내쉰다. 적어도 수레가 멈추기 전
까지 다시 침범당할 일은 없을 터였다.

그러나 연마꾼들의 걸음은 얼마 가지 않아 멈췄고 소형이 오른 연도 멈춘다. 행렬을 지휘해야 할 금군별장이 나서지 않고 있었기 때문이다.

그, 비록 국공의 여식이자 곧 왕후마마가 될 여인을 모시라는 엄명을 받잡았다 하나, 왕을 앞에 두고 연을 움직일 수는 없었다. 군왕께서도 걸음을 옮기고 계신데 어찌 그리 무엄한 짓을 할 수 있단 말인가. 더군다나 왕께서는 앞서 가지도 않으신다. 아무리 준엄한 어명일지라도 주군을 앞서는 것만큼은 할 수 없었던 것이나, 정작 해는 무얼 꾸물거리느냐는 표정으로 연마꾼들을 채근한다.

"무얼 하느냐. 모시라 하였다!"

연마꾼들도 난처한 표정으로 금군별장을 쳐다보다가는 우물쭈물 걸음을 옮겼다. 비껴 선 금군별장에겐 관심이 없는 해도 연을 따라 걸음을 옮긴다. 앞서지도 뒤서지도 않은, 소형이 앉아 있을 딱 그즈음의 자리였다.

결국 금군별장도 해의 뒤를 따르기 시작했으나 실로 민망함에 차마 고개를 들지 못했다. 그것은 행렬을 따르는 궁인과 궁관도 마찬가지여서 머리를 조아리고는 힐끗힐끗 서로의 눈치만 본다.

왕보다 높은 곳에 소형이 있는 것이었다. 하늘을 이고 왕을 내려보는 자가 있어서는 안 된다 믿는 이들에게는 하늘이 두 쪽 날 일이었다.

소형 또한 왕께서 나란히 걷고 있을 줄은 꿈에도 상상치 못했다. 그러니 별궁에 당도하여 다시 마주하게 된 용안에 놀라는 것은 당연했다.

덜커덩, 연이 움직임을 멈추고, 올랐을 때와 마찬가지로 휘장과 주렴을 걷어줄 궁인을 기다리지만 거칠게 휘장을 걷어 올린 이는 해였다.

두근. 진정됐던 가슴이 다시 요동치기 시작했다. 주렴과 휘장을 걷고 내민 손을 잡지 못한다. 이대로 잡히는 것이 두려워 되레 물러앉아 버린다.

그것에 해의 눈언저리가 꿈틀 조여들었다. 놀라게 하려던 것이 아니었다. 두렵게 하고 싶지도 거칠게 대하고 싶지도 않았다. 기다릴 여유가 없었을 뿐.

연으로 반쯤 몸을 들여 소맷부리에 가린 손을 덥석 잡아 끌어내린다. 그 자신은 꺼릴 게 없다는 말간 낯빛이지만, 어수에 잡혀 연에서 내리는 소형의 얼굴은 얼어 있었다. 모두가 보고 있었으니. 연마꾼들은 머리를 조아리고 있다지만 행렬을 따른 십수 명의 궁인과 궁관, 그리고 금군별장과 대전 궁인들이 눈을 껌뻑이고 있었다.

그 많은 눈들이 왕 전하와 자신을 보고 있음에 소형은 면구스러워 죽을 지경이었지만 해는 개의치 않았다. 곧 지어미가 될 여인의 손을 잡은 것이었고, 접하고 싶어 안달이 났던 아이에게 닿은 몸이었다. 이러고 싶어 궁으로 모셔온 것이 아닌가. 눈치

볼 것도, 부끄러울 것도 없이 손을 잡은 채 섬돌로 올라선다. 걸음나비가 좁은 소형은 끌려오듯 오르고 있었지만 해는 다급하고 또 다급하였다. 닿고 싶은 것은 손만이 아니었으니 별궁 가는 걸음이 더디게만 느껴졌을 터였다.

해는 소형이 섬돌 머리에 오르고 나서야 손을 놓아주었다. 그때까지 왕 전하 손에 잡힌 별궁마마 옥수(玉手)를 훔쳐보느라 정신이 없던 별궁 내인. 두 분 마마의 신을 벗겨 드리려 고개를 숙이는데 살짝 웃음을 주고받던 이들 내인, 무슨 까닭인지 서로 눈치만 살필 뿐 어찌할 바를 모른다. 해가 소형을 먼저 댓돌 위에 올려놓았기 때문이다.

올라서신 별궁마마께 도로 내려가시라 할 수도 없고, 그렇다고 댓돌로 올라서지 않은 왕 전하의 신을 대뜸 벗겨놓아 버선발로 댓돌을 딛으시게 할 수도 없는데, 더욱 곤란한 것은 그게 아니었다.

금빛의 주의(周衣)*가 그들의 시야를 가렸다. 등 뒤로 선득선득한 식은땀이 솟아났지만 허리를 구부린 채로 꼼짝하지 못한다. 왕께서 허리를 굽히시어 별궁마마 발치에 꿇어앉아 시중을 들고 계셨다.

"올라서거라."

응당 내인의 시중을 받아야 할 별궁마마의 신을 왕께서 벗기려 드신다. 별궁 궁인과 궁관, 그리고 해의 뒤를 따른 문관과 대

---

* 周衣: 두루마기

전 궁인 모두가 민망하여 고개를 들지 못하나, 이 순간 누구보다 송구한 것은 소형이었다.

다소곳하게 댓돌에 올라섰던 몸이 굳었다. 모여 있는 모든 이들의 이목이 쏠려 있는 발은 빼지도 못하는데, 그런 형편이나 주위의 술렁임 따윈 아랑곳 않는 해가 버선으로 감싸인 발목을 잡는다. 뒤축에 아슬아슬하게 걸려 빠지지 않는 발을 억지로 잡아 빼 움직이지 않는 소형을 채근한다.

"올라서래도."

사내에게 발목을 잡혀 화들짝 놀란 소형이 뛰어오를 듯 대청으로 올라섰다. 그 덕에 아무렇게나 벗어 던져진 것들을 댓돌에 올리는 해의 눈에 웃음이 번졌다. 궁인들이 눈치 챌 새도 없이 제 것은 되는대로 벗어버리고 다시 소형의 손을 잡는다. 내인들은 여적 몸을 숙이고 있는 참이라 기다리지 않고 별저 내당 문을 열어젖힌다.

끼이익.

경첩이 맞물리는 소리와 함께 소형이 내당 안으로 밀어 넣어졌다. 그 뒤를 별궁 궁인과 교전비(轎前婢)*로 입궁한 영기가 따르려 하나, 소형을 앞세워 들어간 해는 그들 앞에서 문을 닫아 건다.

졸지에 내당 밖으로 내쫓긴 궁인들은 머쓱하여 어쩔 줄을 몰랐다. 문전박대를 당한 모양새도 모양새였지만, 곧 혼례를 올릴

---

* 轎前婢: 혼례 때 신부가 데리고 가던 계집종

사이라도 가례를 올리기 전까지 단둘이 마주하지 않는 것이 법
도. 야밤에 몰래 만나는 것도 뉘 눈에 뜨일까 눈치를 봐야 할 판
에, 해는 소형이 성문에 들어섰을 때부터 별스럽기만 했다. 온
당한 방법으로 맞은 비 마마도 아니라, 더 이상 구설에 오르내
리게 해서도 아니 될 텐데 막무가내다.

"홍 내관, 어찌 좀 해보오. 이러시면 아니 되는 거 아닌가."

별궁마마께서 거처하실 내당이라 가까이 오진 못하고 멀찍이
서 있던 문관이 별궁 내인의 채근에 지척까지 다가왔다. 이도
저도 못하는 내인들을 대신해 일을 바로잡아야 했으나 그에게
도 내당 문은 열리지 않는다.

"전하, 법도에 따라주십시오."

면구함을 무릅쓰고 고해봤자, 그것을 듣는 이는 해에게 끌어
안겨 눈만 껌뻑이고 있는 소형뿐이다. 문관이 속을 태우거나 말
거나 해는 제 속 채우기에만 여념이 없다.

문을 닫아버릴 때만 해도 손을 잡고 있었을 뿐인데, 지금 소
형은 해의 팔 아래 있었다. 언제 품었는지 모를 정도로 유한 손
놀림이었지만, 억세게 끌어안은 팔은 그간의 조급했던 마음을
여실히 내비쳤다. 지아비가 될 분이라고는 하나, 갓 만난 사내
품에 안겨 면구스러운 소형의 체모는 알 바가 아니었다. 밖에서
진을 치고 있는 이들의 기척도 헤아릴 여력이 없다. 해는 다급
했고 그들보다 눈앞의 아이가 더 중했다. 제 살과 맞닿아 꼼지
락거리는 아이를 만지는 일이 그에게는 더 화급한 일이었다.

아이가 제 앞에 있는 것을 믿지 못해, 순식간에 사라져 버릴까 눈 한 번 감지 못하고 예까지 온 그였다. 눈을 감으면, 또 다른 여인이 되어 있을까 아린 눈을 감는 것도 겁이 났다. 아이가 맞는지 확인하기 전까지는 숨도 쉬지 못할 것 같았다. 조금만 더 시간이 지체되었다면 정말 숨이 멎었을지도 모르는데, 이제야 기억이 난다. 아이가 가진 내음이 얼마나 온화했는지, 그리고 얼마나 고왔는지. 잊었던 물 향의 기억이 떠올랐다.

더 이상 가까울 수 없을 만치 꼭 끌어안은 형세였지만, 한숨 쉬듯 소형의 향을 취한 해는 더욱 가까이 죄어 안으며 말했다.

"어서 오너라. 기다리고 있었다."

소형의 정수리에 턱을 괸 해의 눈이 비로소 감긴다.

"전하! 문을 여시옵소서."

장지문을 통해 초조한 문관의 목소리가 들렸지만 이제 그의 아룀은 소형에게도 들리지 않는다.

三. 외연(外緣)

가장자리, 둘레, 밖에서 이루어져 업과(業果)를 생기게 하는 인연

　천지 사방으로 운꽃이 날리던 날. 드디어 정전, 건덕전에서 왕과 제2비(妃)의 가례가 치러졌다.

　제1왕후와의 가례가 얼마 전이었음을 배려하여 소례로 하자는 논의도 있었으나, 이날의 성혼은 책비(册妃)* 까지 행하여진 엄격한 의례로 치러졌다. 소형이 별궁으로 입궁한 날부터 낮, 밤을 가리지 않고 왕의 발길이 이어졌지만, 이미 곤성전에는 왕후로 책봉된 제1왕후가 계신 바, 별궁 내인들조차 후궁 첩지가 내려질 것이라 짐작하던 터에 소형 또한 엄연한 해의 왕후로 책봉된 것이었다.

＊册妃:왕비가 책명을 받는 의식으로 왕비와의 가례에만 있는 절차

본디 동생이었던 곤성전 왕후를 웃전으로 모시게 된 소형을, 명문대가의 여식으로 졸지에 후비의 처지에 놓이게 된 그녀를 측은해하고 있던 차라 별궁마마에게 왕후 책봉이 내려진 것은 그들에게도 갑작스러운 일이었다. 더구나 왕께서 친히 별궁으로 납시어 맞이해 가셨으니, 왕의 총애를 제일의 지위 기반으로 여기는 궁인들 사이에서는 소형이 명실상부한 제1왕후나 다름이 없었다.

민가에서나 한다는 파화도 왕께서 직접 명하시어 운꽃의 장관을 이룬 것이라 하는데, 별궁마마를 친영하여 건덕전으로 오르시는 분의 용안 또한 장관이었다. 대례복으로 성장하신 마마가 어여뻐 어찌할 줄 몰라 하신다. 적관 양박빈이 찰랑이는 사이로 마마의 얼굴을 힐끗힐끗 훔쳐보느라고 정신이 없으시다.

옥수를 잡고 싶으신 것은 또 어찌 참고 계신지. 그들이 있든 말든 별궁마마 손을 덥석덥석 잡는 왕 전하였으니, 별궁 내인들은 제 웃전 손에 들린 규(珪)*를 보며 웃음을 참는다. 백옥의 규를 들고 계신, 소매 속 옥수가 보고 싶어 근질근질하실 것이었다.

웃전을 대하는 것으로는 무엄하기 그지없는, 짓궂은 눈길들이었지만 그리 보는 눈이 어디 별궁 내인들뿐이랴. 자파의 사람들 또한 시물거림을 감추지 못했다. 먼저 입궁한 곤성전 왕후에 대한 심란한 마음은 없지 않다만, 누가 되었든 왕의 눈을 가릴 아

---

* 珪: 옥으로 만든 홀(笏)

이라면 왕후쯤이야 세 분이 되던 열 분이 되던 상관이 없었다.

왕께서 벌써 두 분의 비(妃)를 보셨겠다, 타성바지로 후궁 들일 걱정도 없어진 자파의 족당들은 거든하기 그지없었던 것이나, 건덕전 모두가 왕의 두 번째 가례를 흥겨워하고 있지는 않았다. 자파의 요속들이 왕실 구석구석을 점령하고 있다 해도 모든 왕족과 문벌귀족이 그 줄에 서지는 않았으니, 왕과 새 왕후의 해행을 보며 그들이 느끼는 것은 불길하고 꺼림칙한 사위스러움이었다.

먼저 가례를 올린 곤성전 왕후 또한 자파의 여식인 것은 같으나, 왕께서 탐탁지 않아 하셨기에 안도하던 그들이다. 그간의 세도에 국구(國舅)가 된 것만으로도 더할 수 없는 부귀영화를 누릴 것인데, 그의 여식의 몸에서 아기씨라도 생산돼 보아라. 세자마마의 외조부가 되는 것이다. 그렇다면 지금과는 다른, 아니, 지금과는 비할 수 없이 큰 권세를 손에 쥐고, 더한 힘으로 왕좌를 흔들 것이 뻔했다. 그나마 다행히 왕께서는 곤성전 왕후와 동뢰에 들지 아니하셨고 이후에도 곤성전을 찾지 않으셨다. 후사를 구실로 후비를 논의할 절호의 기회였다.

왕후에게 태기가 없음을 빌미로 자파와 등을 진 문벌(門閥) 여식을 입궁시킬 생각이었다. 대략 중서령 임원후의 여식이자 문하시랑 이위의 손녀인 아이로 마음을 정하고 후비 간택을 벌일 참이었는데, 쓸데없는 짓이 되었다. 왕께서 두 번째 왕후를 저리도 총애하시니 후궁에 대해서도 입 뗄 자리가 없다. 눈을 감고 앞날을 생각하는 입이 썼다. 그들의 시름이 기우가 아니었기에 더더욱 그러했을 것이다.

가례 이후, 왕은 자수전에 새 비를 모셔다 놓고 댓돌이 닳도록 드나들었다. 동뢰한 그날부터 해가 질 무렵이면 자수전으로 찾아들어 다음날 아침 수라까지 들고 나오심은 물론이고, 애당초 자수전이 당신의 처소였던 마냥 선정전 일과를 파하면 게로 달려가신다. 보문각의 석강마저 자수전으로 옮겨갔으니 게서 자수전 왕후와 강론을 하는지 놀음을 부리는지 알게 무어냐. 자파의 섭정으로 설 자리가 없는 조정인데, 이제는 왕 자신의 관심도 없어져 버렸다.

참으로 자파는 딸을 제대로 들인 것이었다. 첫 번째 간택은 실패했으나 두 번째 왕후로 입궁한 자수전 왕후는 자신의 친정 아비를 진정한 왕으로 만들어주었다. 또한 자수전 왕후의 납채는 금군이었으니 금상첨화도 그런 금상첨화가 없다. 이루 말할 수 없는 흡족함에 자파는 쓰디쓴 보약마저도 달 것이었다.

하지만 자수전에 있는 소형의 마음이 어찌 아비와 같을 수 있을까. 거느리는 궁인들 보기가 민망한 것은 둘째 치고 자수전 밖을 다닐 수가 없다. 동생을 받드는 곤성전 궁인의 눈도 있거니와, 무엇보다 왕을 치마폭에 감싼 격인 자신을 곱지 않아 하는 왕족이 있는 궐 안이었다.

엔담*을 따라 산책을 할라 쳐도 손부터 잡고 보니 맘 놓고 길

---

* 엔담: 사방으로 빙 둘러쌓은 담

을 걸을 수가 없다. 아랫것들이 있든 없든 도통 감추지 않는 눈길 때문에 어디로 시선을 둬야 할지도 막막한 일이었다. 이제는 질릴 만큼 보아 놀랄 것도 없고, 또한 그것이 저들의 일인 양 자수전 궁인들은 흥이 났지만, 궐 안의 다른 눈들은 민망하고 흉하다 할 것이었다.

생각만으로도 한숨이 나올 일이었으나, 소형으로서는 처소에 숨어 지내는 것 외에 어찌할 방도가 없다. 처음부터 해에게 부끄러움이라곤 없었으니.

별궁에 있을 적에도 무시로 찾아와 영기를 쫓아낸 게 한두 번이 아니다. 지금도 대청 위에 시립해 있던 내인을 멀리 보내고 들어오는 길이다. 저희가 있어도 아무렇지 않게 손을 잡는 분이, 저들을 몰아내고 또 무얼 하실까 분명 이야기를 짓고 있을 게였다. 그렇지 않아도 어찌 저리 새 왕후마마를 귀히 여기시는지 까닭을 모르겠다 저희끼리 농을 주고받는데, 진정 그 까닭이 궁금한 이는 소형이었다.

왕의 두 번째 비로 입궁하라 기별을 받았을 때에는 아직 아버지, 자파가 원하는 만큼 자리를 차지하지 못했기 때문이라 생각했다. 왕을 누르고 서려면 왕실을 아비의 사람으로 채워야 했으니.

때문에 왕후의 자리에도 소진을 세웠다. 타성의 외척이 득세하지 못하게 아예 자신이 왕의 외척이 되어버렸다. 거기에 태기가 있었다면, 그리하여 소진의 몸에서 세자가 생산되었다면 아비의 뜻대로 왕의 주변은 온통 아비의 사람으로 세워졌을지 모른다. 아직 가례를 치른 지 여섯 달도 지나지 않은 때였으니 그것은 시간이 이루어줄 바람이었다. 미리 셈하지 못한 자리가 공론되기 전까지는 말이다.

적어도 한 명, 왕이 가질 수 있는 후궁의 자리가 비어 있음을 간과했던 것이 화근이었다. 더하여 왕이 곤성전을 가까이하지 않음이 왕당파에게 빌미를 주었다. 부부간의 금슬이 좋지 않은 것이 소진의 탓만은 아닌데, 왕족들은 왕후의 자질을 문제로 삼았다.

왕후가 세자를 생산할 수 없다면 후궁이라도 들여야 한다는 논의의 시작이었다. 다른 외척을 만들어 이(李)가를 견제하려는 속셈이 뻔히 드러나는 정쟁이었다.

결국 자파는 완벽한 이(李)가의 세상을 만들기 위해서는 다른 가문 아이가 들어오기 전, 자신의 아이를 들여야 했다. 큰일이지 않은가. 다른 가문에서 용종(龍種)이 난다면 자파라 할지라도 앞날을 기약하지 못한다.

허나 소형의 입궁을 바란 건 그녀의 아비가 아니다. 어연에 올라 별궁으로 들어오던 날에, 소형은 내인들의 수군거림을 들었다. 왕이 자신을 비(妃)로 들이기 위해 아비 앞에 금군을 가져다 놓았다고.

무서운 말이었다. 얼굴 한 번 본 적 없는 이(李)가의 여식을 무슨 까닭으로 그리 탐하는지 알 수 없음에 두려웠다.

궁문을 넘고서야 왕이 뉘인지, 첫 낯이 아님을 알았지만, 그가 자신을 대하는 태도는 여전히 알 수 없는 것이었다. 어디든 살이 닿지 않는 것을 견디지 못했다. 손을 잡지 않으면 머리터럭이라도 지분댄다. 별궁에서도 문밖의 문관이나 내인들이 걱정할 만한 일은 하지 않았지만 눈빛은 언제나 몸을 더듬고 있었다.

한번은 입이라도 맞추는가 했다. 가만히 바라보던 눈이 가까워진다 싶더니 따뜻한 입김이 쏟아졌다. 손을 만지고 겹겹이 덧입은 의단 위를 더듬은 적은 있어도 직접 몸을 닿은 적은 없었기에 놀란 교접이었다.

팽팽하게 당겨진 팔에 목과 턱이 움찔거리며 조였다. 짧은 경련과 함께 입술 사이로 숨이 뱉어졌지만 한눈을 파는 사이, 무슨 일을 당할지 몰라 다가온 얼굴에서 시선을 떼지 못했다. 정면으로 마주침에 두어 번 치를 떨며 고개를 뺐지만 멀어진 만큼 가까이 움직여 온다. 짧게 헐떡이는 소형의 숨과 길고 뜨거운 해의 숨이 섞이고 있었다.

하지만 그게 다였다. 살짝살짝 고개를 돌리며 왼쪽 뺨에서 오른쪽 뺨으로, 부드러운 살이 닿을 듯 말 듯 다가왔다 멀어진다. 혀를 내밀어 맛을 볼 듯 말 듯 더운 숨이 입가를 핥는데, 그것은 가례를 치른 초야에도 꼭 같았다.

신봉문까지 나와 침전으로 소형을 맞이해 들어간 해는, 양박빈이 늘어져 옥안을 가리는 것이 마음에 들지 않았던 적관부터

벗겼다. 고개 한 번 까딱할 수 없던 목은 그제야 자유로워졌지만 가릴 것 없이 곧장 쏟아지는 시선에 소형은 여전히 고개를 들지 못했다. 별궁 생활 적부터 지아비가 해온 일이 머리 타래를 귀찮게 하거나 뚫어져라 바라보는 것이었으나, 여전히 익숙해질 수 없는 관심이었다. 이젠 아예 몸까지 돌려 앉아 옆태를 보는 것이, 작정을 한 듯하다.

샅샅이 살피는 시선에 민망하여 몸이 굳는다. 굳센 시선이 민망하여 몸 둘 바를 몰라 하나 해는 바라보기만 할 뿐, 다가오거나 움직이지 않았다. 끝내 무(無)의 상태를 견디지 못한 소형이 별궁 상궁에게 들은 대로 박잔에 술을 따르는데, 술을 따르는 모습 하나하나도 놓치지 않고 주시한다.

술이 넘치지 않게 내려봐야 하는 것이 다행이었다. 눈을 마주치면 움직이지 못할 것을 그간의 경험으로 알고 있었다. 매번 집요한 눈빛에 쫓겨 눈이라도 들었다 치면 다른 곳으로 고개를 돌리지 못했다. 몸을 움직이는 것도 시선을 거두는 것도 그가 풀어주어야 가능했다. 위해를 가하는 것은 아니었으나 무서운 기운이었다.

지금도 떨고 있는 속내를 들키지 않으려 술을 따르는 손에 힘을 주지만, 소용없는 짓이었다. 손이 휘어 잡힌다. 놀람 때문이었을까, 아니면 손을 잡힌 반동 때문이었을까. 고개를 들어 올린 얼굴이 해의 얼굴과 맞닿았다. 시선이 부딪히고 코가 얽히고 입술이 마주쳤다. 아니, 부딪혔다. 뒤로 꺾여 버린 소형에게 해의 얼굴이 달려들었다.

　습격이었다. 기척을 느끼지 못했을 정도로 갑작스러운 공격
이었다. 쏟아진 술이 의대를 적시고 있었지만, 축축한 물기의
불쾌감보다 몸을 더듬는 억센 힘이 먼저였다. 놀람에 눈이 커진
소형과 달리 급습을 감행한 해의 눈은 날큰하면서도 매서웠다.
마주 닿았다고, 부딪혔다고 생각한 입술은 바로 멀어졌지만, 한
번 혀로 핥아진 입술은 다시 마주쳤다. 조금 더 길고 깊은 느낌
의 연접이다.

　적의 위를 오르내리던 손도 어느새 소매 안을 침범해 온다.
적의와 중단, 겉의의 넓은 소매로 들어온 손이 좁은 단의 안까
지 살을 훑으며 더듬더듬 올라왔다. 다섯 개의 가느다란 손가락
을 매만지고 뼈가 솟은 손등을 스치고 올라와 톡 하니 솟은 뼈
를 문질렀다. 통이 좁아 들어오는 게 여의치 않음에도 단의 안
까지 긴 손가락을 집어넣어 갈고리처럼 팔을 휘감는다.

　그렇게 손과 팔을 오가며 몇 번이나 더듬고 훑었을까. 입술은
또 얼마나 오랫동안 부비고 핥았을까. 더, 더. 안까지 만지고 싶
어 힘이 실린 손이 소형의 몸을 내리눌렀다. 여린 입술 사이로
자신의 것을 밀어 넣으려는 욕심이 목을 꺾는다. 도망가지 못하
게 팔을 그러잡은 악착스런 손에 만져지는 살이 아프고 뜨겁다.
단의 안으로 깊게 들어온 손길에 소름이 돋는다. 입을 맞추는
느낌이 이상스럽고 살을 파고드는 악력이 무섭지만 해에게는
짧은 접촉일 뿐이다. 원하던 만큼 만지지 못했고 바라던 만큼

닿지 못했다. 갖고 싶은 만큼 얻어낸 것도 없었으니 이제부터가 시작이었다.

소형의 몸이 침상으로 거칠게 밀어진다. 겹겹이 솜을 댄 금침이었으나 예고 없이 밀쳐진 등으로 우직한 압통이 올라왔다. 놀람과 통증에 한숨이 터지지만, 신음 한 자락 흘릴 새도 없이 팔딱이는 몸 위를 해가 타고 오른다.

좁은 소매 탓에 역정이 나 있었다. 다급함으로 무뎌진 손이 겨우 옥대(帶)를 풀었으나 겹겹이 싸고 있는 폐슬(蔽膝)*과 후수(後綬)*가 짜증을 부추겼다. 풀어도, 풀어도 끝이 없는 고름에 의단은 벗기지 못하고 헤쳐 놓기만 하는데, 벌려놓은 앞섶으로도 만족하여 거친 손놀림을 멈춘다. 가늘게 뜬 소형의 눈앞에 나른하게 달아오른 사내의 한쪽 입시울로 혀가 핥고 지났다. 이번에야말로 아이를 가지는 것이었지만, 손은 거둔 채 노려만 보지 조금 전과 같은 서두름은 없다. 옷고름은 죄다 풀어놓고 헤쳐진 옷섶에 손을 넣지 않는다. 어디부터 먹어치워야 할까 고민하는 듯 기웃거리며 통통히 살이 오른 곳을 찾아 의단 위를 가늠해 볼 뿐이다.

한 손으로 목을 잡았다 어깨를 훑어 내리고, 어깨로부터 골격을 확인하듯 팔을 진득하게 더듬어 내린다. 덜컥 고개를 내려 또 입을 맞추는 듯했지만 얼굴의 이쪽저쪽으로 입술을 떨어뜨

---

* 蔽膝: 무릎을 가리는 하의
* 後綬: 예복이나 제복을 입을 때 뒤에서 띠 아래로 늘어뜨리던 수놓은 천

리다 만다.

이 밤에 무엇을 해야 하는지 알고 있는 소형으로서는 숨이 막힐 노릇이었다. 닿고 싶어 안달이 난 사내와 달리 아직은 가까이 있는 것만으로 벅찬 지아비였다. 유모와 별궁 상궁에게 금침 속 일을 익혔어도 지아비가 왜 자신에게 닿고 싶어하는지, 왜 자신을 만지려 하는지 이해하지 못한다. 혼례를 치른 모든 여인이 그렇듯 받아들이려 하지만 해가 뜸을 들이면 들일수록 두려운 마음만 커진다. 그러나 무서운 마음과 함께 커지는 것은 안타까움이다. 자신을 덮친 사내가 무서우면서도 측은해 보인다. 자신의 가엾은 지아비는 제 것을 가지는 법도 모르고 있었다. 정작 제 앞에 가져다 놓고는 손에 쥐는 것이 두려워 주변만 맴돈다.

손을 대기 무서울 만큼 두려운 것이리라. 너무나 갖고 싶어, 하나도 남김없이 가지고 싶어서, 그 욕심이 너무 커 두려움도 큰 것이다. 혹여 싫어하면 어쩌나, 미움이라도 받게 되면 어쩌나 눈치를 살핀다. 온전히 손에 넣고 싶어 손을 대는 것도 망설인다.

입궁한 날에도 몸부터 부딪혀 오는 사내를 뿌리치지 않은 것은 그 때문이었다. 원하는 마음을 조금도 감추지 않는 것에 마음이 동했다. 그만큼이나 자신을 원하고 있음에 경계가 무너졌다.

수많은 형제 속에 소형은 언제나 혼자였다. 자파와 형제들이 흑색이라면 소형은 잿빛이었고, 그들은 소형이 자신과 다른 빛을 가졌음을 알고 있었다. 아버지, 자파마저 소형이 머무는 곳에 금을 그었으니 모두에게 소형은 쓸모없고 불길한 존재였다.

그런 소형에게 해는 무서운 이가 아니었다. 자신을 원하고 또 원하고 있는, 너무나도 원하여 어찌할 줄을 모르는 궁지에 몰린 어린아이였다.

먼저 손을 뻗은 것은 그 모습이 안타깝고 애처로워서였을 것이다. 아이는 움찔 놀라 물러섰지만, 소형은 그의 검은 머리칼을 쓰다듬었다.

"괜찮습니다, 전하."

머리칼을 만지는 온화한 손길에 아이는 눈물이 날 듯 가슴이 아팠다.

"괜찮습니다."

어느새 모후와 같은 눈으로 자신을 올려다보고 있는 여인이 애틋해, 따뜻한 품으로 얼굴을 기댄다.

'내 아이다. 나의 지어미다.'

처음으로 원한 것이었고 또 처음으로 얻은 제 것이었다. 그렇게 소중하고 아까운 거라 손에는 쥐지 못하고, 손에 넣고 나서는 가슴이 벅차 어쩔 줄을 모르는 것이었으나, 실은 병이었다. 다른 이가 보기엔 참으로 아낀다 하는 것이었지만, 소유욕은 두려움을 부르고 두려움은 집착이 되었다. 소유욕 가득한 연병(戀病)* 이 해를 침범해 망가뜨리고 있었다.

---

* 戀病: 상사병

그 시작은 극히 가벼운 집착으로, 소형이 할 수 있는 일은 궁인 앞에서 손을 잡지 못하게 하거나 머리치장을 흐트러뜨리는 것을 막는 게 고작이었다. 그것이 남우세스럽고 낯간지러우면서도, 소형마저 빙긋한 웃음을 보였으니 딱히 해를 탓할 수만은 없으리라. 보고도 못 본 척 궁인들은 뒤돌아 몰래 웃느라 입술이 씰룩거렸지만, 보는 눈을 피해 지분거림을 멈추지 않는 해의 눈치는 빨랐다.

어느 모로 보나 어여쁘기만 한 부부간의 금슬이었으나, 가례를 치르고 반달이 지나도록 계속되는 그 모습이 종실의 눈에는 달갑지 않다. 어떻게든 왕의 세를 키워 자파가 장악한 왕권을 되찾고자 하는 대방공과 한인 세력들에게 소형의 존재는 독이었다.

"어찌 저리 정신없이 빠지셨는지, 원."

자수전을 바라보는 그들의 눈은 사악한 요부를 바라봄과 다르지 않았다. 그들에게 소형은 자파의 사주로 왕을 현혹시키는 요녀였다.

"전하를 가까이서 모시는 홍 내관은 그 까닭을 알고 계신가."

보다 못한 대방공이 왕을 지근지처에서 모시는 문관에게 방책을 찾아보고자 넌지시 운을 띄워보지만, 문관은 선하게 웃기만 할 따름이었다.

"대방공께선 빼앗긴 것을 되찾는 재미를 알고 계시는지요."

자신의 물음에 답은 않고 한다는 소리가 뜬금없어 대방공은 인상을 굳혔지만, 문관의 눈에는 궤젓한 기운이 서려 있었다. 소형에 대한 왕의 극렬한 집착이 태양이 떠오르기 전, 비추는 동살에 불과한 것임을 알고 있기 때문이다.

그것이 단순한 여인에 대한 애집(愛執)뿐이라면 그도 자수전 왕후를 보는 눈이 곱지만은 않았을 것이나, 공교롭게도 그의 저주스러운 왕후는 왕에게 오기를 심어준 시작점이었다. 이대로 자파의 손에 왕을 쥐어줄 수도 있지만, 반대로 왕이 자파를 휘두를 힘이 되어줄 수도 있다. 치명적인 독인 동시에 달콤한 약비인 게다.

과연 자수전 왕후가 어떤 존재가 될지는 장담할 수 없으나, 문관이 자수전 왕후에 대한 거론에 선하게 웃을 수 있는 이유가 무엇이겠는가. 대방공이나 다른 왕당파 세족들은 눈치 채지 못한 듯하지만, 자수전 왕후는 왕권을 공고히 하는 데 썩 쓸모있을 배필이었다.

물론 자파의 손에 금군을 쥐어준 것은 그도 납득할 수 없다. 그것은 왕께서 왕좌를 포기하시는 게다 여길 수밖에 없는 결정이다.

왕을 지키고 궁을 지키는 금군은 자파가 장악한 문벌의 사병에 대항할 마지막 보루이자 미약하나마 해가 왕일 수 있게 하는 힘이었는데, 그것을 내어준다 함은 왕좌를 내어준다는 것과 같았으니 문관에게 있어서도 자수전 왕후는 왕을 왕좌에서 끌어내린 자파의 계집에 불과했다. 이미 자파의 그림자 왕인 것으로 부족하여 별궁을 들락거리며 왕으로서의 체모도 벗어던지게 했고, 결국엔 왕 전하 스스로 왕이길 거부하게 만들 계집이라 여겼다.

하지만 자수전 왕후는 그저 그런 계집이 아니었다. 왕의 발목을 옭아매어 주저앉히는 여인이 아니다. 그녀는 아직 아장아장 걸어보지도 못한 왕을 일으켜 세웠고, 무기력하기만 하던 왕에게 욕심이란 것을 갖게 만들었다.

이제껏 자파에 반(反)하는 행동은 하지 않았던 왕께서 자파와 흥정을 하셨다. 가지고 싶은 것을 얻기 위해 왕으로서 가진 힘을 내세우셨다. 궐 안 이목에 옴짝달싹못하던 분이 가례도 올리지 않은 별궁마마의 처소를 밤낮으로 찾아드셨고, 급기야 그제 밤에는 자수전 왕후에 대한 총애를 옳게 보지 않는 걱정에 역정을 내셨다.

"입 다물어. 다시 한 번 왕후에 대한 말을 올렸다가는 왕후를 선정전에 옮겨 앉힐 게야."

그 길로 진노한 왕은 자수전으로 걸음을 옮겼고, 중광전에는 문관만이 홀연히 앉아 있었지만 남겨진 문관의 입가엔 억지로 참는 웃음이 가득했다. 관원의 조하를 받는 편전에 자수전 왕후를 모셔다 놓겠다라? 다시는 자수전 왕후에 대해 입도 떼지 못하게 겁박을 놓으신 게였다.

왕만이 부릴 수 있는 억지고 오기다. 왕께서 그리하신다면 막을 자가 뉘에 있을까. 그리하고자 마음먹었던 적이 없었을 뿐,

하지 못하는 것이 아니었지 않는가.

그날 밤, 문관은 처음으로 자수전 왕후를 생각하며 웃음을 터뜨렸다. 왕후는 왕을 잡아먹을 요녀가 아니라 외려 왕에게 잡아먹힐 먹잇감이었다. 입맛을 잃은 맹수 앞에 던져진 생기 넘치는 먹잇감. 무력하던 맹수가 발톱을 드러내고 달콤한 피가 흐르는 먹잇감을 쫓아 달리려 하고 있었다. 자파는 자신에게 되돌아올 칼을 들여보낸 것이다.

하지만 애당초 자파가 정한 정혼의 상대가 자수전 왕후였다면 어떠했을까. 우연치 않게 후원에서 만나 마음에 둔 여인이 왕후가 되었다면 말이다.

믿어 의심치 않았을 것이다. 후원에서 만난 여인이, 자파의 여식이라는 그녀가 바로 자신의 비가 될 것임을 한 치도 의심하지 않았을 게다. 그나마 정을 줄 수 있겠다 안심하며 제 것으로 주어진 여인에 안도하고 있었겠지. 빼앗겼음을 알기 전까지 말이다.

하룻밤 사이, 제 손에 들어올 것이라 생각한 것이 빠져나가버렸다. 자수전 왕후가 있어야 할 자리엔 곤성전 왕후가 있었고, 곤성전 왕후와 치른 가례를 되돌릴 수는 없었다. 어쩌면 자신이 다른 여인과 가례를 치렀다는 사실보다, 자수전 왕후가 다른 사내와 혼례 올리는 모습을 먼저 상상하였을지 모른다.

그토록 생생한 빼앗김의 상실을 가져본 적은 없었으니 당황하였을 것이다. 처음부터 옳게 쥐어진 것이 없어 빼앗겼다 여길 것도 없었는데, 졸지에 빼앗겨 버린 자신의 것에 조바심이 생겼을 것이다. 처음부터 제 것이 아니었다면 몰랐을 것. 생생하게 손안에 있던 것을 놓쳐 버렸음에 처음으로 안달이 났다. 자신이 잃어버린 것이 얼마나 크고 귀한 것이었는지 그제야 깨달았다.

그냥 그대로 그분의 것이 되었다면 좋았을 텐데. 한번 빼앗겼다 되찾은 여인은 왕의 모든 것이 되었고 다시는 빼앗겨서는 안 될 보물이 되었다. 그것이 애착의 시작이었고 광적인 집착의 이유였다. 그분의 심장은 자수전 왕후를 빼앗겼던 그때 한번 오그라들었다. 눈 깜짝할 사이, 다시 빼앗길 수도 있다는 사실이 각인되어 버렸다. 또한 아끼는 것일수록 빼앗기는 것에 대한 두려움은 크고, 귀하고 어여쁜 것일수록 움켜쥐는 법이었다.

결국 처음으로 당한 상실과 조바심이 자수전 왕후의 존재를 더 크게 만든 것이었지만, 나쁘지 않은 일이었다. 왕이 되는 것이었으니. 자수전 왕후를 대가로 금군을 넘긴 것도, 자수전 왕후에 맹렬히 집착하는 것도 왕이기에 가능한 일이었다. 자신이 가진 왕의 힘을 보였기에 가능했던 일이다.

기묘하게도 자파의 여식인 자수전 왕후를 빼앗김으로써 해는 그것을 알았고, 문관은 왕께서 자신의 것을 지킬 힘이 있음을 알았다. 남은 것은 빼앗긴 것을 되찾아오는 것뿐인데, 문관의 바람대로 왕이 움직이기 시작했다.

신료 접견을 마치기가 무섭게 자수전으로 향하던 다른 날과 달리, 오랜만에 입궁한 정의대부 녹연과 한담을 나누느라 저녁때를 겨우 맞춰 소형을 찾은 밤이었다. 낮때 옥안을 뵈고 나가, 떨어져 있던 것은 고작 반나절인데, 그 시간이 왜 그리 길게 느껴지던지. 녹연을 몰아내듯 퇴궐시키고 단 걸음에 찾아든 터였다. 벌써 수라를 받은 참이면 따로 올릴 것도 없이 소형의 것을 빼앗아 먹어야겠다 자수전으로 드는데, 해를 맞이하는 목 상궁의 얼굴이 편치가 않다. 소형의 일이라면 참견하지 않고는 배기지 못하는 영기도 대청에서 멀찍이 물러서 있었다. 사달이 난 낌새였다. 무슨 일이 있었느냐 목 상궁에게 묻고 들어갈 만도 했지만 소형의 기분을 살피는 것이 우선이었다.

"소형아."

안에 있는 이의 기색을 살피며 처소로 드는데 진정 어인 일인가 싶었다. 불러도 답하는 이가 없다. 답삭 품에 안겨 감기진 않아도 해가 들어서면 방긋 웃는 옥안을 보이던 소형이다. 교태스레 반겨준 적은 없지만 오셨나이까 화답하며 살짝 눈웃음을 보이기도 했는데, 앉아 있는 사람이 점심나절과 같지가 않다.

"몸이 편치 않은 건가."

걱정이 되는 마음에 손을 잡으며 물어보지만 돌아오는 것은 쌀쌀맞게 내치는 손뿐이다.

"소형아……."

그를 내치고 쌩하니 돌아앉는 지어미 때문에 더는 말을 붙이지 못한다. 냉랭하게 뿌리쳐진 손도 겸연쩍고, 고집스럽게 입을 다물고 있는 소형에 기가 죽었다. 무엇에 성이 났나 흘끔흘끔 눈치를 보다가는 거절당한 것에 토라져 애매한 목 상궁에게 성풀이를 한다.

"저녁 수라는 올렸느냐!"

언제나 이즈음 하여 수라를 올린다. 평상시보다 늦은 때가 아님에도 해의 물음은 마마께 저녁 수라를 올렸느냐, 아니 올렸느냐를 타박하려는 것처럼 지엄했다.

수라가 물려지기는 아직 이른 시간. 연대(燕台)*에 찬상이 올려 있지 않았으니 아직 수라 전이라는 것을 진정 모르고 물은 것은 아니니라.

실상 묻고 싶은 것은 소형이 무심해진 까닭일 텐데 그 물음마저 일축당할까 겁이 나, 소형은 다시 쳐다보지도 못하고 애꿎은 목 상궁만 잡는 꼴이다. 한 번 더 내밀어볼까 손만 부질없이 쥐락펴락 옴찔거리고 있을 뿐, 소형에게는 볼멘소리 한번 하지 못한다.

"그것이…… 아직 전이시옵니다."

그에 두 웃전 심기를 살피느라 숨을 죽이고 있던 목 상궁이 아뢰어 올리는데, 답은 들었으되 애초에 알고 싶었던 것은 그게 아니었던지라 괜한 역정만 더해졌다.

---

* 燕台:탁자

"지금껏 수라도 올리지 않고 무얼 한 게야!"

애먼 분풀이라는 것을 안다. 왕답지 못하고 사내답지 못함도 알지만 조바심에 사고를 잃어버렸다. 소형의 손에 거절당한 때부터, 아니, 시선을 외면당한 때부터 손끝이 저리고 다리가 후들거렸다. 초조함에 마디가 부딪혀 가닥거리는 손은 소매로 가리고 흠칫거리는 다리는 의단 아래에 숨겨도, 안절부절못하는 모습까지 감출 수는 없었다. 목 상궁에게 향한 성노도, 별일 아닌 것에 버럭 큰소리를 내는 것이 소형에게 들으라 하는 말이었다. 나 여기 와 있으니 아는 체를 해달라 떼를 쓰는 것이다.

그것이 통했는지 한참이나 말이 없던 소형이 입을 열기는 했으나, 그 입에서 나온 말에 용안이 굳는다.

"곤성전으로 드세요."

옥안을 들여다본다. 그 말을 한 사람이 그대 맞는가 표정을 살핀다. 그러다 불을 집어먹은 듯 지어미를 바라보던 용안이 까맣게 타버렸다.

영락없는 얼굴이었다. 곤성전 동생을 만나고 온 게였다. 무슨 소리를 듣고 왔음이다.

"……내가."

숨이 막혀 말이 제대로 나오지 않는다. 초조함으로 차갑던 손에 땀이 솟았다.

"내가 나중에……. 나중에 하라 이르지 않았느냐."

소형의 동생이라도 해에게는 제1왕후. 같은 품계의 왕후라도 차비(次妃)인 소형이 소진과 같은 서열일 수는 없었다. 법도에 따랐다면 가례를 올린 다음날로 곤성전 알현을 청해야 했지만, 해는 자신이 가하다 할 때까지 곤성전 왕후와의 대면을 미루라 엄히 일러두었다. 곤성전에도 그리 기별을 넣었고, 자수전 궁인에게도 소형이 곤성전 이들과 사사로이 만나게 해서는 안 된다 단단히 주의를 두었는데, 어느새 만나 무엇을 하고 온 것이냐.

화풀이하듯 의대 자락을 주먹으로 휘둘러 치며 목 상궁에게 몸을 돌린다. 소형의 앞에서는 보인 적 없는, 진노한 얼굴이다. 아랫것들을 다스리는 왕의 표정이었다.

"내가 곤성전 사람은 들이지 말라 하지 않았느냐! 왕후를 곤성전으로 들이지도 말라 했거늘!"

그러나 그 격한 분노 밑에 도사리고 있는 것은 두려움이었다. 겁 많은 짐승일수록 이를 드러내듯 두려움이 해의 화를 더 크게 했다. 소형에게 외면당할 것이 두려운 것이면서 그것을 감추려 외려 화를 낸다.

곤성전 이가 거센 성정의 사람임은 목소리만으로 알 수 있었다. 시샘도 많고 욕심이 많아 곤성전에 가만히 앉아 있을 사람이 아니라는 것 또한. 그 자존에 차비(次妃)의 처소로 친히 나섰을 리는 없었다. 언니라 할지라도 후비(後妃)의 품계인 소형을 저의 처소로 들라 명했을 테고, 소형은 웃전의 명을 받든 곤성전 상궁에게 끌려가듯 곤성전으로 들어갔겠지.

거기에 본디 곤성전 왕후는 소형의 동생. 곤성전 왕후가 소형을 대하는 것은 투기일지 모르나, 소형이 곤성전에 가지는 마음은 동생의 지아비를 빼앗았다는 죄악감일 것이었다. 해가 알고 있는 소형은 그랬다. 뉘로 인해 이리되었든 자신이 동생에게 큰 죄를 지었다 자책할 사람이었다.

그래서 만나지 말라 하였다. 될 수 있는 한 마주치지 않게 하려 했다. 자책감에 자신을 멀리하는 일이 없게. 자신의 손을 잡는 것에 조금의 저어함이 없게. 오늘처럼 다른 여인에게 가라, 등 떠미는 일이 없게 눈을 가리려 했다. 자신은 소형의 것이었지만 소형은 아직 그의 것이 아니었기에.

마음을 주기도 전에 닫아버린다면 영영 얻을 수 없는 연심이다. 그것이 해가 가진 불안이고 화였다.

"물러나 있거라."

그렇게 호통을 치는데도 교의만 지키고 있는 소형을 쏘아보며 해가 명했다. 고개만 숙이고 있던 목 상궁은 소형이 염려되는 눈치이나 두말없이 자수전에서 물러났다. 이제는 매서운 눈초리로 소형을 노려보는 해와, 연대 아래 바닥을 내려다보고 있는 소형만이 남았는데, 주위는 온통 먹먹한 기운이 흐른다. 고요하고 잠잠하나 그들이 제각각 가지고 있는 노여움은 사그라지지 않은 채였다.

"다시 말해보아라."

마음을 다스리려 몇 번이나 주먹을 쥐어보지만, 분기를 참지 못한 해는 소형에게까지 노기를 터뜨렸다. 그가 내뿜는 기운은 가까이 다가오는 것으로도 위압을 느낄 만큼 엄한 기운이었으나, 그에 지고 들어갈 소형이 아니었다.

"동뢰에 들지도 않으셨다지요."

또랑또랑한 옥음이 그를 나무라듯 차갑다.

자신이 첩의 자리에 놓였음에 화내는 것이 아니었다. 졸지에 동생을 소박맞게 만든 첩이 되어버린 사실에 화가 났다. 혈육에게 원망받는 사람이 된 것이 슬프고 그것에 화가 났다.

입궁한 뒤로 지아비가 자신의 처소만 찾았던 것은 알고 있으나 자신에게 첫정을 준 것이라 생각한 적은 없었다. 소형이 입궁하기 전까지는 소진의 지아비였으니 왕을 자신만의 지아비라 여긴 적도 없다.

헌데 왕은 자신을 그런 여인으로 만들었다. 동생의 것을 빼앗고 동생을 조롱하는 여인이 되어버렸다.

"사가에 있을 적, 신첩은 곤성전 왕후마마와 자매지간이었사옵니다. 그것도 신첩, 언니였지요."

그도 알고 있다. 그래서 만나지 말라 하였다. 생각도 하지 못하게, 눈으로도 보지 못하게 하려던 것이다.

"언니가 동생에게 해줄 수 있는 일이 무엇이겠습니까. 아끼고 보살펴 주어야 하지 않겠습니까."

소형은 아랫사람의 것을 가로채라 배운 적이 없다. 오로지 양보해야 한다, 관대해야 한다 가르침받았고, 인내하고 순종하는 법만을 배웠다. 그녀의 천성 또한 그러했으니 왕의 총애가 옳게 느껴질 리 없었다.

"언니가 되어서 동생의 지아비를 빼앗는 것은 있을 수도, 있어서도 아니 될 일이지요."

할 말이 없다. 틀리지 않은 말이니. 어쩌면 두 자매를 비로 들인 것부터가 해의 잘못이었다. 소형이 곤성전의 혈육임을 알고도 부린 욕심이 틀린 것이고, 소형이 이런 모양새를 견디지 못할 것임을 알면서도 강제했던 그가 나빴다. 소형이 상처받을 줄 알았으면서 제 욕심 채우기에 급급해 입궁시킨 것은 그였으니, 이럴 줄 몰랐다 발뺌할 수도 없다. 덩달아 화를 낼 자격도, 화내지 말라 다독일 자격도 없다. 그렇게 선한 소형이 갖고 싶었으니까. 동생의 지아비를 빼앗은 사실에 화내고 자책할 소형을 원했던 거니까.

"소형아."

"신첩을 그리 부르지 마셔요."

다시 다가오는 손을 물리치고 앙칼지게 소리친 소형이 앉아 있던 의자에서 일어난다. 해를 앞에 두고 마주 선 자리였지만, 용안을 올려보는 대신 곧장 해의 가슴께, 진자색 의(衣)를 바라본다.

"신첩은 이제 소형이 아닙니다."

지아비가 그리 부르는 것이 싫지 않았다. 왕후로 책봉된 순간 버려야 했던 이름이지만, 어렵고 무서운 궁이 사가처럼 편했던 것은 지아비가 이름을 불러줬기 때문이다.

허나 그것은 소진을 소외시키는 일이었다. 궁인들 앞에서 소형이라 다정하게 부르는 것 또한 제1왕후인 소진의 입장을 난처하게 만드는 것이었지만, 소형의 부정에 한동안 말을 잃은 해는 반문했다.

"소형이 아니다?"

눈도 마주치지 않으려 가슴께에 시선을 모으고 있는 머리꼭지를 바라보며 기가 찬 듯 웃는다. 그에게 소형은 소형일 뿐이었다. 왕후도, 지어미도, 대통을 이을 후사의 어미도 아닌, 자신만의 소형이다.

자파의 후원에서 만나, 그토록 가지고 싶었던 아이. 그 아이의 이름을 알고 얼마나 기뻐하였던가. 그 아이가 입궁하기 전까지 얼마나 많이 그 이름을 되뇌었는지도 소형은 모르겠지.

"그래? 소형이 아니야?"

쓰게 웃은 해가 소형의 손을 움켜잡았다. 손등이 부대끼도록 억센 힘을 이번엔 털어내지 못한다.

다른 손은 소형의 두 볼을 잡아 억지로 고개를 들어 올렸다.

"그럼 곤성전을 염려할 것도 없지. 그대가 소형이 아니라면 곤성전에 있는 이도 그대의 혈육이 아니니까. 그렇지 않은가?"

들어봤자 자신의 어깨에나 겨우 닿는 옥안에 고개를 숙인다. 소형의 코끝에 닿는 숨이 무겁다. 내려다보는 눈은 웃고 있지만 입매가 비틀어졌다.

"그대가 소형이 아니면 곤성전도 그대와 아무 관계가 아닌 게야."

“······.”

손등에서 팔을 훑어가는 손도 거칠었다. 손마디가 느껴질 정도로 드세고 거친 지분거림이다. 이제껏 소형을 안는 손이 나긋했던 적은 없으나, 오늘처럼 아프게 느껴진 적도 없었다. 조급하고 우악스러워도 언제나 소형을 더듬는 손에는 조심스러운 떨림이 묻어 있었다.

침상으로 덮쳐 오를 때조차 이렇듯 욕념을 드러낸 적이 없다. 사냥감을 몰아가는 것처럼 천천히 뒷걸음치게 하더니 침상에 걸터앉힌다. 갑자기 뉘어져 등골을 내달리는 둔통보다 더한 압박이 소형의 몸을 내리누른다.

“나더러 곤성전에 가라? 게서 내가 뭘 하게.”

어언간에 소형의 위로 오른 손이 가느다란 목선을 덮고 귀 뒤로 넘어가 목덜미를 움켜잡았다. 코끝에 느껴지던 따가운 숨도 어느새 귓가로 낙하해 있었다.

“내가 게에 가면…… 이런 놀음을 할 텐데.”

누운 그대로, 천장만 올려다보고 있는 소형의 귀에 진득한 음조가 비집고 들어옴과 동시에, 더디게만 움직이던 손이 외의와 내의 깃을 한번에 잡아 뺀다. 거칠게 풀어진 옷자락 사이를 성마른 손이 파고들었다.

“내가 각 전마다 후궁을 들이면 그건 또 어찌하려고. 그때도 내 품 나눠 주고, 차례 기다려 나를 보려는 게냐.”

성글게 풀린 옷고름 사이로 빗장뼈를 더듬으며 속삭인다.

"나는 그대가 호종과 있는 것도 참지 못하겠는데, 그대는 다 같이 나누어 갖자 양보하려는 건가?"

가슴을 만지작거리다 가슴뼈를 타고 올라 동그란 어깨를 움켜잡는 해의 눈은 흐려져 있었지만, 지아비가 움직일 때마다 몸을 움츠리는 소형에게 그의 눈은 보이지 않았다.

집착이었다. 연모하는 마음을 돌려받지 못해 걸린 속병이다. 그것이 해를 희미하게 만들고 있었으나 소형은 알지 못했다. 온화한 소형의 옥안을 좋아하지만 도통 싫증의 기색을 모르는 그 얼굴에 줄곧 불안했음을 알까. 그와 자파의 욕심에 밀려 자신의 비가 된 것을 어쩔 수 없는 도리로 받아들이는 것은 아닐까, 제 처지를 낙망하면서도 고운 성품대로 인내하며 살아가려는 것은 아닐까, 그와 접하는 것을 혐염하면서도 지아비기에 받드는 것은 아닐까. 입을 맞출 때에도 지레 겁포하여 싫어하면 물러나야지, 얼굴을 찡그리면 놓아줘야지 하며 덜덜 떨던 해의 속내를 소형은 알고 있을까.

자못 두려울 것 없이 덮쳐 든 지금도 다를 게 없었다. 제 뱃속대로 보듬고 쓸어내리는 듯해도 정작 옥안 언저리는 얼씬도 하지 못한다. 접문하려 맴돌던 입술은 소형의 차가운 기운에 놀라 뒷걸음질을 쳤다. 아닌 척하는 것뿐이다.

가슴이 떨리고 손이 떨린다. 괴어오르는 심장이 터질 듯 조여와 단숨이 토해졌다. 동요를 감추려 낮아진 음성에 간헐적인 떨림이 섞여들지만 그것이 무서움 때문인지, 욕념 때문인지 소형은 몰라야 했다.

곤성전에 대해서 다시는 입에 담지 못하게 만들어야 했다. 아무리 저를 아낀다 해도 무슨 고집이든 다 들어주지는 않을 것이다 다짐을 두려, 꾸며 보이는 것이었다. 무서워하고 있음을 들켜서는 안 된다. 두려워 떨고 있는 것이 들통나는 순간, 소형에게 휘둘리게 될 것이니.

떨리는 숨소리에 꼬리를 밟힐까 소형을 가렸던 몸을 들어 올린다. 숨은 멀어졌으나 소형을 타고 앉은 것은 그대로. 윗몸을 일으켜 무릎으로 버티고 앉아 소형을 내려다보며 숨을 고른다. 초연함으로 가장하기 위해 따가울 정도로 마른 입안을 핥는다.

"빼앗아 온 것은 나지. 그대를, 그대 가문에서 빼앗아 온 건 나란 말이다."

가만히 내려만 보고 있다가는 벌어진 저고리 사이 치마 매듭을 잡아당기며 말한다. 어떻게 잡아먹을지 묘안을 생각해 낸 눈이 빛났다.

"그대는 빼앗겼을 뿐이야. 그대 자신을……."

사실이었다. 소형을 원한 것은 해다. 그 혈육을 비로 맞이하고서도 염치없게 아이를 탐한 것은 그였다. 그러니 모든 것은 해의 탓이었다. 모두 그가 받아야 할 원망이고 죄업이다.

"그러니 나에게 다오. 밀어내지 말고."

더욱더 어두워진 목소리와 함께 허리끈이 풀려 설핏해진 치마 속으로 손이 넘어 들어온다. 매끈한 배를 쓸어 올릴 때마다

가는 몸은 흠칫흠칫 떨었다. 갈빗대를 세어 내릴 때에는 허리가 흔들려 가만히 내려다보던 해의 얼굴이 웃음을 머금었다.

간지럼이 많은 소형은 허리춤에 손을 대기만 해도 기겁을 한다. 그것을 놀려줄 생각에 간질간질 더듬으면 아이처럼 쪼르르 달아나는데 보통의 진중한 소형에게는 찾아볼 수 없는 귀염성이었다. 지금의 형편과 어울리지 않게 그 모양이 생각나 약한 살결을 더듬거리지만, 움직거리던 손은 머리맡에서 들려온 소형의 음성에 멈춘다.

"더 이상 전하를 아껴 드리지 않을 겁니다."

홑옷을 벗겨내려던 손이 그대로 굳었다.

"곤성전에 가시지 아니하면…… 신첩, 전하를 다시는 아끼지 않을 참입니다."

치마에 올려져 있던 손은 바들거리기 시작한다.

"전하를 은애하지도 않을 겁니다."

떨리는 손이 애바삐 치마의 허리끈을 둘러 잡는다. 입힐 줄도 모르면서 서툴게 매듭을 만들고 끈을 동여맨다. 내의 앞섶도 꼭꼭 여며 옷고름을 잡고 모양새를 갖춰 고름을 매었다. 그렇게 제가 벗겨낸 것을 도로 입혀놓고도, 떨리는 손은 몇 번이나 소형의 존체를 쓸어내렸다.

용서해 달라고 비는 손짓이었지만 소형은 꼼짝도 하지 않는다. 참으로 곤성전에 들고 오기 전까지는 봐주지 않을 모양이었다.

결국엔 연정에 목마른 자가 물러난다. 측은한 모양으로 소형 위에 앉아 있던 해가 침상 밖으로 힘없이 내려섰다.

"오늘뿐이다."

문을 나서는 해가 등을 돌리고 말했다.

"이 밤만 곤성전으로 드는 게다."

"……."

"한 번뿐이다."

장문을 넘어 발소리는 멀어졌지만 소형은 자수전을 나서는 지아비를 보지 않았다. 문에서 고개를 돌리고 앉아 처음으로 자신이 아비의 딸이라는 것을 원망했다. 그리고 자신을 입궁시킨 아비를 원망했다. 소진을 생각하여 해서는 안 될 짓이었다.

한 번도 제 것을 다른 이와 나눠본 적이 없는 아이다. 아비가 그리 키웠지 않은가. 막내둥이로 태어나 아비와 오라비들의 어여쁨만 받으며 자랐다. 갖고 싶다 하는 것은 모두 손에 쥐어주고 귀한 것들만 곁에 두고 좋은 것만 보게 했다. 부족함이 무언지, 어려움이 무언지를 느껴본 적이 있을까.

그런 아이에게 지아비를 나눠 갖게 한 것은 잔인한 일이었다. 왕이 제 자신을 더 총애한다 해도 분해 못 견딜 것이었다. 지아비에게 다른 지어미가 있다는 사실 자체가 기막히고 끔찍할 것이니. 소형이 궐 밖으로 나가지 않는 이상, 이날 밤으로 끝날 일이 아니었다.

일각으로 어둠은 깊어지는데 어찌해야 하나 근심 중에 잠을 이루지 못한다. 지금부터가 시작이라는 쾌념에 밤은 또 얼마나 깊어졌을까. 시각은 알 수 없으나 부엉새의 울음도 멀어진, 어둡고 깊은 밤이었다. 살그머니 문이 열린다.

"영기냐."

기척도 없이 침전에 들 이는 영기밖에 없었다. 자신은 국구에서 마마를 보필하기 위해 입궁하였다며 간혹 고하지도 않고 침전으로 든다.

하지만 오늘 밤은 영기도 목 상궁도 아니었다. 수그러진 달빛을 등지고, 검게 그림자 진 자리에 서 있는 사람은 조금 전 처소를 나선 이였다. 낯없어하는 용태를 보니 곤성전에 다녀온 기색이 아니다.

"못하겠다. 나는……."

몹시도 지친 목소리. 어둠에 가려 얼굴은 보이지 않으나 소형의 동정을 살피는 듯 말을 잇지 못한다.

뭐라든 말해주기를 기다리는 눈치다. 바라는 것은 괜찮다 손을 잡아주는 것이었지만, 왜 다시 돌아왔냐 화를 내도 상관없었다. 해는 자신이 여기, 옆에 있다는 것에 반응을 보여주는 것만으로 족했으나 소형은 아무 말이 없다.

무엇보다 두려워했던 일이었다. 소형이 그를 보지 않고, 거부했다. 소형에게 가치없는 존재가 되어버린 것이다.

막연했던 두려움이 사실이 된 것에 주저하던 발걸음이 침상으로 이어지고야 만다. 쫓아가는 다리는 머뭇대는데 몸은 끌려

가듯 내밀어졌다.

냉대를 당해도 꿋꿋이 버틸 참이었다. 그래도 지아비고 왕인데, 내쫓진 않겠지. 분명 돌아올 때의 마음은 그러했으나 소형의 침묵이 두려움을 가중시켰다. 자수전을 떠도는 적막감이 너무 무섭다.

"다른 건 다 하겠다."

겨우 침상으로 걸어가 소형의 다리에 고개를 묻으며 말한다. 비단 보료가 깔린 평상 위였으나 소형의 발치다. 왕이 왕후에게 머리를 조아린 모양새다.

"그대가 원한다면 뭐든 하겠다 약조하마."

소형이 도망이라도 칠 줄 아는지, 다리 위로 팔을 가로질러 감싼다. 모든 걸 체념한 얼굴과 다르게 강고한 힘이다.

"뭐든 다 하겠다. 그러니, 소형아……."

이젠 빼앗을 사람도 없는데, 소형을 지키려는 듯 굳건한 해에게서는 그 말만이 되풀이되고 있었다. 자신을 떠밀지 말라는 애원이다. 다행히 그런 지아비를 밀쳐 내지는 않으나 그렇다고 보듬어주지도 않는다. 과오를 저지른 것은 그이면서 또한 그가 아니기 때문이다.

그저 빨리 날이 밝아 하루가 지나고 또 하루가 지나길 바랄 뿐이었다. 이 같은 애염(愛染)도 시간이 지나면 사그라질 테니.

허나 다음날도 달라진 것은 없다. 곤성전에 걸음을 두지 아니하면 귀히 여기지 않겠다는 겁박도 소용이 없다. 무시를 당해도 찾는 곳은 소형이 있는 곳이다. 차마 문전박대를 할 수는 없어 중광전으로 침수 들러 가시라 하여도 침상 옆, 평상에 기대앉아 꼼짝을 하지 않는다.

"곁에 오지 말라면 게에 올라가지는 않을 게야."

그럼 침수는 어찌 드시겠다는 겐지, 목 상궁은 물론이거니와 자수전 궁인 모두가 어찌할 바를 모른다. 자꾸 그럴 참이면 소형이 곁방으로 물러나겠다는 말에 쫓겨가기도 하지만, 어느 틈에 다시 돌아와 침상에 엎드려 잠든 옥체를 마주하는 것이 며칠이다. 더욱이 아직 춘기도 지나지 않은 때. 보료가 깔린 평상이라도 올라오는 한기를 막진 못한다.

언제까지 이리 지낼 수는 없었다. 소진의 뒤틀린 투기심은 여전하였고, 소형에 대한 해의 애착 또한 조금도 엷어지지 않는다. 날이 가도 달라지지 않는 형편이 한숨만 쌓이게 한다.

지켜보는 문관도 속이 막혀 가슴을 칠 노릇이었다. 자수전 아기 궁인에게 마마께서 곤성전으로 불려갔다는 귀엣말을 들은 것이 열흘쯤 전의 일이었지만, 대수롭지 않은 마마들의 투기라 생각했을 따름이다. 다행히 자수전 마마의 성품이 유하시고 두 분 마마께서는 한 집안 형제였으니 큰 분란은 없을 거라 여겼다. 그 일로 큰 사달이 날 일은 없을 것이라 믿었던 것이나 그 밤이 지나기도 전, 그는 그것이 잘못된 생각이었음을 깨달았다.

자수전에 드셨던 왕께서 돌연 곤성전으로 납신다 나서셨다.

격앙된 용안에 자수전 마마와 언짢은 일이라도 있었나 싶었지만, 그렇지 않아도 초야부터 소박맞은 곤성전 마마를 염려하고 있던 차라 곤성전으로 드시는 걸음을 반기는 마음도 없지 않았다.

하지만 왕께서는 곤성전으로 드시지 않았다. 곤성전 전정(前庭)을 밟기는 하셨으나 더는 들어가지 아니하시고 내내 서 계시기만 하셨다. 그것이 해시(亥時)*부터 자시(子時)* 사이의 일. 그때 곤성전 마마는 왕께서 납신다는 기별에 곧장 마중을 나오심이라, 망극하게도 왕께서 서 계시는 동안 왕후께서도 서 계셔야 했다.

"바람이 차옵니다, 전하. 안으로 드시지요."

춘풍이 분 것이 한참이었으나 한증이 느껴지는 새벽녘이었다. 고뿔이라도 앓으실까 곤성전 마마께서 침전으로 드시길 권하였지만 무슨 생각을 하고 계신지 그대로 움직이지 않으셨다. 곤성전 마마께서 앞에 계셨으나 왕께선 그분을 보고 있지 아니했다.

기대에 들떠 발그레하던 왕후마마의 용안도 민망함에 점차로 붉어졌다. 종국엔 마음이 상하시어 새치름한 눈으로 발끝만 내려다보고 계셨다. 그걸 아는지 모르는지, 서너 시각 동안이나 왕후마마를 세워두셨던 분은 또 당신 마음대로 걸음을 돌리셨다.

"돌아가겠다."

---

* 亥時: 밤 9시~11시
* 子時: 밤 11시~새벽 1시

여전히 기가 빠진 옥안이었지만, 계속 돌아갈 생각만 하고 있었던 분은 앞에 계시는 왕후의 안색은 살피지도 않으셨다. 공연히 또 소박맞은 처지가 된 왕후마마보다 곤성전 궁인들이 더 민망해하는 눈치였으나, 마음이 상할 대로 상한 왕후마마께서는 왕 전하를 붙잡지도 않으셨다. 차마 뒤를 돌아보진 못했지만 날이 선 눈으로 왕 전하 가시는 뒷모습을 지켜보고 계셨을 것이었다.

참으로 소용없는 일이었다. 자수전 왕후께서 왕 전하를 곤성전으로 내모신 것은 괜한 짓이었다. 외려 곤성전 마마의 독기만 짙게 하지 않았는가. 왕 전하 또한 어찌 되었는가. 자수전 마마 눈치를 살피느라 쪽잠을 자고 계신다. 그리한다고 해결될 일이 아닌 것을.

급기야 보다 못한 문관이 자수전으로 들었다. 자수전 왕후가 다른 사내와 면대하는 것에 신경을 곤두세우는 해 때문에 문관이라도 좀처럼 없던 일이다.

"묻고 가주십시오."

어인 일로 들었느냐 묻기도 전, 바닥에 꿇어앉아 머리를 조아리고 간원한다.

"무슨 일입니까, 홍 내관."

예를 올리는 것은 좋은데 납작 수그린 채로 일어나지 않는 문관에 소형이 당황했다. 무슨 일인지 짐작지 못함은 아니었으나, 무릎까지 꿇고 고하는 것에는 당혹할 수밖에 없다.

“성상께오서는 왕후마마를 입궁시키기 위해 금군을 내어놓으셨사옵니다.”

모르는 일이 아니었다. 궐 안은 물론, 궐 밖에까지 귀가 있는 자라면 모두가 알고 있는 사실을 소형이라고 모를까. 그것을 지금 와 탓하는 것은 아닐 테고, 무슨 까닭에 꺼낸 이야기인지 그 속을 헤아릴 수가 없다.

“일어나 앉으세요. 바닥이 찹니다.”

아비의 수중으로 떨어진 금군에 대한 거론이 불편하기도 하고, 바닥에 꿇어앉은 사람을 내려다보는 것이 편치 않아 자리를 옮겨 앉으라 권해보지만 요지부동. 문관은 제 뜻이 전해질 때까지 일어나지 않을 모양이었다. 그리고 역시나 굳건히 갖춘 자세답게 아무도 입에 담지 못한 말을 고한다.

“왕 전하께서는 왕후마마를 위해 왕권을 국구께 내어주셨단 말입니다.”

궁의 군사를 자파가 쥐고 있는 이상, 허울뿐인 왕쯤은 언제든 바꿀 수 있었다. 그야말로 해는 자파에게 왕권을 내어준 것인데, 그 또한 모두가 알고 있는 사실임에도 자파의 눈치를 보느라 아무도 내색지 못한 것이었다.

허나 소형이 그것을 알고 있다 한들 할 수 있는 일이 무엇이더냐. 왕후라 하여도 내전을 지키는 일개 아녀자에 불과했고, 자파의 여식이라 한들 아비가 하는 일에 관여할 수도 없었다. 그것은 문관도 뻔히 알고 있는 사실이었으니 무언가 다른 할 말이 있는 것이렷다.

"내게 하고자 하는 말이 무엇입니까. 말씀해 보시지요."

결국 그에게 다른 심중이 있음을 눈치 챈 소형이 물으나 문관으로서도 아뢰기 어려운 청이었다. 이것이 왕을 위한 것인지 한참을 곱씹어본다. 밤마다 밤도둑처럼 자수전을 드나드는 왕을 지켜보며 몇 날 며칠을 생각하고 또 생각한 일이었다. 이 자리에서 거듭 헤아려 본다 해도 달라지지 않을 뜻이다.

"전하께서 금군을 버리셨듯……."

망설이며 끊어지는 말 사이로 문관이 고개를 들었다.

"마마께서도 곤성전 마마를 묻고 가주십시오."

결심을 굳힌 문관은 소형을 거침없이 올려다보고 있었다.

"전하께서 곤성전 마마와 하룻밤 침석에 드신다 하여 달라지리라 생각하셨사옵니까."

소형의 안색이 무겁게 내려앉고 있었지만 물러나지 않는다.

"혹여 전하께서 매일 밤 곤성전으로 드신다 하면 안심이 되시겠사옵니까. 전하를 독차지하고도 마마를 내칠 궁리를 하시겠지요. 설혹 마마께오서 폐비되시어 궁 밖으로 나가신다 한들 그것이 끝이겠사옵니까."

소진이 입궁한 지 아직 반년이 지나지 않았다. 해가 곤성전을 찾은 것도 몇 번 되지 않으니 문관이 소진과 대면한 것도 손에 꼽을 정도다. 그럼에도 문관이 보는 곤성전 왕후는 그랬다. 같은 혈육임을 믿지 못할 정도로 소형과는 다른, 오롯이 자파만을 닮은 여인이었다.

하지만 곤성전 왕후의 투기심과 거친 성품만을 가지고 하는 소리는 아니었다. 소진을 잘 알고 있는 만큼 소형도 잘 아는 문관은 지아비를 곤성전으로 보내려 하는 자수전 왕후의 마음이 동생의 원망과 강샘을 피하고자 하는 것만이 아님을 알고 있다.

동생을 아끼고 싶은 것이었다. 속을 앓게 하고 싶지 않아 자신이 지아비의 총애를 체념해 버린 것이리라.

허나 곤성전 왕후는 왕의 여인이 될 수 없다.

"마마께서도 알고 계시지 않습니까."

속내를 꿰뚫는 시선에 소형의 눈동자가 무겁게 흔들렸다. 그가 알고 있는 것을 그녀라고 모를까. 해를 소진에게 억지로 보낸들 무슨 소용이 있을 것이며 하룻밤, 아니, 더 많은 밤을 곤성전에 들게 한들 소진이 얻을 수 있는 것은 무엇이랴. 해가 소진과 같은 금침에 드는 날이 있어도 그것은 수많은 날 중의 한두 밤뿐인 게다.

그 한두 밤을 함께 보낸다 하여도 소진은 해의 시선을 잡지 못한다. 혹여 해의 총애를 받는 소형이 궁에서 쫓겨난다 하더라도 소진은 해를 갖지 못한다. 소형이 없어도 해의 마음은 소진에게 가지 않는다. 소진이 갖지 못한 마음은 소형이 죽어 이 세상 사람이 아니게 되어도 돌아오지 않을 것이었으니, 문관은 그것을 말하고 있는 것이다.

"마마께서 전하와 연(緣)이 닿은 이상 곤성전 마마는 접어두셔야 하옵니다.”

알고 있었다. 알고 있는 사실이었지만 애써 부정하려던 마음이 무너진다. 문관과 마주하던 시선도 다른 어딘가로 흩어졌다.

지아비와 자신이 조우하는 일이 없어야 했다. 소진에게 형제로서의 도리를 지키고 싶었다면 그날 밤, 후원에 나가지 말았어야 한다.

때를 거슬러 갈 수도 없고 다시 돌아간다 한들 변할 수 있을까. 그날과 마찬가지로 소형은 해와 조우했고, 해의 두 번째 비로 지금 이 자리에 앉아 있을 것이었다. 문관의 말대로 소진은 소형이 묻고 가야 할 이생의 빚인 것이다.

어쩌면 입궁하며 묻고 와야 했을 사가의 가속이었는지 모른다. 더 이상 소진을 동생이라 부르지 못하는 것처럼 궁에서의 아이는 곤성전 왕후일 뿐이다. 소진이 소형을 언니라 부르지 않는 것처럼.

“정말 어쩔 수 없는 겁니까, 홍 내관.”

문관을 향한 소형의 눈이 공허하게 웃었다.

한 번 하늘이 정한 인연은 아무리 애써도 헤어날 수 없는 모양이었다.

四. 난(亂)

매일 밤 몽중에 눈을 뜨는 것은, 그리 깊지 않은 시각이었다.

험한 자리에 몸이 불편하기도 하거니와 등 뒤로 전해지는 찬기가 한증을 느끼게 했다. 살짝 잠이 들었다가도 계수 들추는 소리에 화들짝 놀라 잠을 깨는 게 연일 괭이 새끼처럼 숨어들어 도둑잠을 자야 하는 것에 신경이 곤두서 편히 잠을 청할 수 없었다.

하지만 이 밤, 눈을 뜬 것은 그 때문이 아니다.

꽤 오래전부터 깨어 있었던 듯 침상에서 일어나 앉은 인영(人影)이 그를 보고 있었다. 아니, 어쩌면 처음부터 깨어 있었는지 모른다. 아니, 언제나 깨어 있던 것을 안다. 자신이 몰래 들어와

잠을 청하는 것을 알면서도 모르는 척해주고 있는 것을 알고 있다.

장문을 열다 옥 주렴을 건드린 밤에도, 옥발이 부딪히는 소리에 깰 만하건만 소형은 일어나지 않았다. 이미 추운 절기가 지나 곁방에 내어두었던 화로단지도 며칠 사이 침전에 옮겨져 있었다. 포단을 덮어주지 않았어도 냉증이 가시지 않은 평상을 염려해 주었던 모양이다. 제 뜻을 꺾진 않았으나 숫제 야멸차게 굴 수는 없어 지아비의 행동을 눈감아주고 있다.

헌데 이 밤은 왜 그리하지 않는 것일까. 매번 그가 침소에 드는 것을 묵인하더니 오늘은 몸을 곧추세우고 보란 듯이 바라보고 있는 것이 이상하다.

뻔뻔스레 마주하고 일어나 앉을 수도 없고 어찌 벌써 기침하신 게냐 묻지도 못한다. 소형에게 타박을 당하거나 다시 곤성전으로 쫓겨가는 것이 두렵다. 어떻게든 지금을 모면하기 위해 눈을 감고 상황을 외면한다. 소형이 일어난 것은 변명을 듣기 위함도, 곤성전으로 쫓아내기 위함도 아닌데, 해는 몰래 하던 짓을 들켜 무안하고 두려울 따름이었다.

사실 소형은 지아비가 들어오기 전, 이미 깨어 있었다. 머리를 내리고 침수 단장 받았으나 자리에 누워도 잠을 청할 수 없었다. 이윽고 새벽의 어두운 기운을 빌어 자수전 안으로 들어오는 기척을 느꼈지만 눈을 감았다. 무엇이 최선인지를 생각해야만 했다.

문관의 말대로 소진의 성정을 누구보다 잘 알고 있었으니. 이제 와 지아비의 총애를 독차지한다고 만족할 아이가 아니었다. 한때일지라도 지아비 눈에 들었던 여인을 갈기갈기 찢어 없애야 성이 찰 것이다. 그 여인이 혈육인 소형이라도 말이다.

또한 떠민다고 마음이 달라질 해도 아니어서 소형은 잠든 해의 숨소리를 들으며 몸을 일으켰다. 달빛이 뜨락 문창에 비치는 것이 인시 초(寅時初)*쯤인가 싶었다. 이제 막 잠이 든 해의 얼굴에는 희미한 달그림자가 지고 있었다.

차라리 자기 마음먹은 대로 하면 좋을 텐데. 소형이 싫다 하여도 해는 지아비다. 또한 이 나라의 주인이시기도 하니 소형이 내쫓는다 하는 것도 시늉일 뿐, 어디 그 말조차 함부로 할 수 있는 것인가. 궁 안의 어떤 여인이라도 왕이 원하면 웃음을 지어야 하는데, 하물며 왕의 비인 소형이 그것을 거부할 수 있을까마는 오늘도 어수만이 살며시 침상 위로 올려져 있다. 소형의 손이 있던 즈음. 잡고 싶은데 만지지도 못하고 주변만 맴돈 눈치다.

'이 일을 어찌하면 좋겠는지요.'

침상에 엎드린 용체를 내려보며 깜빡이는 눈에 측은함이 스민다. 어린아이마냥 떼쓰다 주눅 든 모습이 애처롭고 안타까워 가슴이 아프다. 지아비의 끝을 알 수 없는 애착이 어디에서 나오고 있는지 알 것 같았다.

---

* 寅時初: 새벽 3시~4시

마음 둘 곳 없는 황망함이 그를 이렇게 만들었다. 거듭된 외로움과 불안이 그를 병들게 했다. 모후이신 문경태후께서도 이분이 열 번째 탄신일을 맞기도 전 승하하였고, 선왕께서 모후의 뒤를 따른 것도 그로부터 다섯 해 뒤였다. 그 후로 선왕의 비빈들마저 궁을 나가 거처하게 되었으니 궁 안에 남은 왕족이라고는 당신밖에 없으셨다. 지켜줄 어른도, 따사로이 안아줄 품도 없이 넓고 횡횡한 궁 안에 열넷의 어린아이가 홀로 남겨졌던 것이다.

온통 아비의 사람들에게 둘러싸여 위협당했을 아이의 얼굴이 떠올라 가슴이 뭉쳤다. 아끼고 지켜주고 싶다는 마음이 가슴을 무겁게 한다. 이런 측은함이 사모하는 것인지는 알 수 없으나 실로 이분의 의지할 곳이 자신이라면 기꺼이 버팀목이 되어드리리라. 이분의 혈종으로 왕위를 이을 수 있게 아비로부터 지켜드리겠다.

소형의 마음을 알지 못하는 해는 애가 타지만, 각오를 다진 소형의 눈은 나른해진다. 해를 바라보던 어두운 기운이 사라졌다. 그러나 무슨 생각을 하는지 알 수 없어 무서운 옥안이었다. 또 곤성전으로 가라 하는 건 아닐까, 공연히 화난 옥안을 보게 될까 무섭다. 드디어 소형이 입을 연 것은 중광전으로 도망가야겠다는 생각이 들던 참이었다.

"금군을 찾아오시어요."

한순간, 곤성전으로 내치는 말은 아니라 한껏 긴장했던 몸이 풀어졌지만, 또 다른 불안이 스멀스멀 기어오르는 용안은 아득했다. 속내를 알 수 없는 지어미의 말에 말단까지 오그라들었다. 이번에도 할 수 없다 하면 어찌 되는 것일까. 절대 자수전에는 발도 들이지 못하게 할 것이란 생각에 입이 떨어지질 않는다.

지어미 앞이었지만 왕이고 지아비고의 체면은 없다. 그가 자파의 손 위에 올라 있는 종잇장이라는 사실을 모르는 이가 있던가. 불가능함을 알지 않느냐는 표정을 지어보지만 소형은 물러설 뜻이 없었다.

"아버님에게 금군을 돌려받아 오세요."

어느새 밤이 지나 희끄무레한 새벽 동이 트는 가운데, 소형의 얼굴로 파란 여명이 비추고 있었다.

"아버님께서 금의 난적을 구실로 금군을 출진시키셨다지요."

일찍이 선왕께서 왕좌에 오른 때부터 금과 경계를 둔 북쪽으로 금나라 도적의 약탈과 해코지가 끊이지 않았다. 자파가 가두로 궁의 군사를 출진시키는 것에 관료들이 힘을 실어준 것도 그 때문이었으나, 더 이상 금나라 난적을 빙자해 금군을 거느리는 짓은 못하게 해야 한다.

"이미 금나라와의 국계(國界)는 정비되었다고 하니 금군을 장진으로 불러들이시어요. 곧 가뭄이 들 터이니 물길을 만들어야 하지 않겠사옵니까."

그러나 소형을 바라보던 해의 눈은 하얗게 질렸다.

"금군을…… 장진으로?"

소형은 궁에서 가까운 장진으로 금군을 불러들이려는 생각이었다. 이제 금군까지 나서 가두를 지킬 필요는 없었고, 물길을 트는 데 그들이 필요하다면 금군이 움직이는 것에 반대를 하고 나설 여지도 없다. 그리된다면 여름을 장진에서 지낸 금군이 궁으로 복속되는 것 또한 당연한 일. 굳이 군사가 필요치 않은 함흥까지 다시 금군을 보내야 할 명분은 없었다.

물론 자파는 그리 내버려 두지 않을 것이다. 금군을 가두로 출전시킨 것도 금의 난적을 구실로 금군을 빼돌리려는 계책이었으니까. 금나라 상인이건 도적이건 할 것 없이 함부로 국계를 넘을 수 없게 된 게 벌써 두 해도 전의 일이었으나, 가두는 자파의 사병이 본(本)을 두고 있는 곳. 필요없이 그곳으로 끌어들인 금군을 제 사병으로 규합해 왕을 위협하려던 것이었으니 금군을 철수시킨다는 하교는 받아들일 리 만무했다.

허나 가뭄의 난리로부터 백성을 보호한다는 것은 그 누구도 감히 불복할 수 없는 사안이니 참으로 시기적절한 묘안이 아닐 수 없다.

그럼에도 십수 년간, 자파에게 길들여진 해는 선뜻 고개를 끄덕이지 못하고 있었다. 사방 천지가 자파의 사람인 궁에서 위협과 구슬림 속에 자란 그에게 이제 와 제 뜻대로 국정을 논할 힘은 없었다.

"신첩의 아비가 두려우십니까."

"……."

아니라 답하지 못한다. 두려웠으니. 지어미 앞에서 두려움을 인정하는 것이었지만 부끄럽게도 수치스러움보다 두려움이 더 컸다.

새삼 왕좌를 빼앗기는 것이 두렵지는 않다. 폐위돼 유배를 당하는 것도, 끝내 목숨을 빼앗기게 되는 것에도 저어함은 없다.

해에게 두려운 것은 그런 것들이 아니었지만, 그런 자신의 마음을 알 리 없는 소형에게서 눈을 돌린다. 유약한 사내라 낙담해도 좋고, 원하는 것마다 하지 못한다 하여 미움을 사도 어쩔 수 없다. 소형의 미움을 받는 것보다 더 두려운 것이 있었던 것이나, 이어지는 소형의 간청에 가슴이 들썩였다. 움찔, 심장이 조이며 힘없이 늘어져 있던 눈이 크게 뜨였다.

"신첩, 다른 것은 바라지 않겠사옵니다. 전하께서 금군만 되찾아오신다면 곤성전에 듭시라는 말도 더는 올리지 않을 것이옵니다."

소형을 뚫어져라 바라본다.

"그래도 아니 하시겠사옵니까."

되묻는 것에는 답도 하지 않는다. 가만히 숨죽여 바라보고만 있는 듯하지만, 아무것도 없이 텅 빈 눈이 아니다.

"참이냐……."

느릿하게 마른침을 삼키고 침상에 한쪽 무릎을 걸친다. 성긴 손은 작은 양어깨를 그러잡았다. 너무 센 힘이라 소형의 양팔이 조여왔지만 가까이 몸을 기울인 해는 물러나지 않았다.

"약조한 게다. 다시는 곤성전으로 보내지 않겠다 약조한 게다."

마치 싸워야 할 상대가 소형인 것처럼 몸을 지탱하지 못해 밀려나는 소형에게 얼굴을 들이밀며 말한다. 망설이고 두려워하던 모습은 없다.

"분명 약조하였다."

다시 한 번, 어깨를 거머잡고 못을 박는다. 단단히 다짐을 받아내려는 게다.

"정말이다."

혹여 그런 적 없다 발뺌이라도 할까, 초조해하는 모습이 애잔하기도 하고 가엾기도 하여 소형은 손을 내밀며 속삭였다.

"네, 전하. 약조하였사옵니다."

가까이 다가온 속삭임이 해의 입술에 닿는다. 어쩐지 간지럽고 아린 감각. 그 느낌이 마치 접문하는 듯하여 숨이 달아올랐지만, 입술을 더듬는 여린 손끝에 해는 가슴이 아프다. 과연 이 손을 지켜낼 수 있을까. 길고 단단한 손가락이 작은 소형의 것을 감싸 가슴에 품는다. 그 손에 힘이 깃든 것처럼 힘주어 잡는다. 두터운 손에 감싸인 채지만 크게 뛰고 있는 심장이 소형에게도 느껴진다. 의대를 차리지 않은 맨가슴을 맞댄 게 몇 번인데, 오늘처럼 서로가 가까이 있음을 느낀 적이 없다. 그 애틋함에 눈물이 새어 나오려 할 때쯤 해는 손을 놓아주었다. 떨어지지 않는 것을 억지로 떼어내느라 움직임은 느리고 무거웠지만 침전을 나서는 발걸음은 단호했다. 잡은 손을 놓지 못해 몇 번이나 쓰다듬고 돌아선 것과는 다르게 주저없는 모습이다.

그 뒤를 바라보는 소형의 가슴은 뛴다. 처음으로 지아비에게 가슴이 두근거린다.

'그것이 전하의 모습이셨습니까.'

조금 전, 장문을 열고 나간 지아비에게서 왕의 모습을 보았다. 처음으로 본 자신의 지아비, 왕이었다.

어느새 문창에 스미기 시작한 햇귀*가 어둠을 밀어내고 있었다.

마치 해의 뒤를 따르듯 퍼지는 빛을 보며 소형은 아비의 몰락을 내다보았지만, 그것을 알지 못하는 자파, 이날도 왕이 제 손 안에 있다 자신하고 있었다. 마침 소진이 보낸 반 상궁에게 기별을 받고 일찍부터 곤성전에 들어 있던 참이다.

"아버님, 어찌 이러실 수 있습니까. 언니라니요. 제가 이 왕후전에 있는데, 어찌 언니를 입궁시키실 수가 있습니까."

해가 곤성전 전정까지 발을 들였다 돌아간 이후, 소진의 화는 극에 달해 있었다. 매달릴 곳이 없어 아비에게 하소연을 하고 있지만 애초 모든 것은 다, 그 아비의 탓이었다.

아비가 언니를 입궁시키지만 않았어도 지아비의 옆은 자신의 차지였다. 총애를 받는 것도, 용종을 생산하는 것도 다 저의 것

---

* 햇귀: 해돋이 때 처음으로 비치는 빛으로 귀하고 소중한 느낌의 햇볕

이었다.

언니, 소형이 입궁하며 사그라진 꿈이지만, 처음 언니가 입궁할 적에는 그래, 그래 봤자 후궁, 입궁해서 무얼 하겠느냐 조소했었다. 지아비의 여인이 되어도 후비일 따름이었고 아들을 낳아도 저가 생산할 세자보다 서열 낮은 왕자 따위 낳아 무얼 할까 했다.

그러나 소형이 입궁한 뒤로 모든 것이 달라졌다. 소형은 지아비의 후궁으로서가 아닌, 소진과 같은 정비의 예로 가례를 올렸고, 후궁전에 처박힐 것이란 생각과 달리 자수전에 모셔졌다. 그래도 저는 정실 부인에 왕실 여인 중 으뜸이라는 자부심 하나로 버티려 했던 자존심이 완전히 뭉개져 버렸다.

자수전이 어디던가. 선대왕의 비(妃)께서 일찍이 승하하시어 오래전부터 비어 있던 대비전이었다. 제1왕후인 저가 왕비전에 있는데 차비로 들어온 소형이 저보다 더 높은 대비전을 차고앉은 것이다.

참으로 이럴 수는 없다, 가슴 치며 분통해했으나, 지아비 용안을 뵈어야 하소연이라도 하지. 실로 저를 대하는 지아비의 태도가 이래서는 안 된다 이를 갈고 있던 차에, 지아비께서 소형의 눈치를 보며 쪽잠을 자고 있다는 소문까지 들으니 참을 수 없는 지경이 되었다. 너무나 원통하고 분한 마음에 소진은 아비에게라도 따져야 잠이 올 것 같았지만, 소진의 강다짐에도 자파는 그저 웃을 뿐이다. 소진의 하소연은 반 상궁이 국구로 들었을 때부터 예견하고 있던 터였다.

"아버님! 웃음이 나오십니까."

아비의 웃음을 본 심기는 더욱 뒤틀린다.

"소녀 더는 못 참습니다."

아비의 웃음에 심기가 더욱 뒤틀린 소진은 급기야 울분을 터뜨리려 했지만, 웃음이 걷힌 아비의 얼굴에 입을 다물고 만다. 조금 전과는 확연히 다른 얼굴이었다.

"이 아비가 공연히 자수전 마마를 입궁시켰다 생각하십니까."

왕도 좌지우지하는 아비였다. 딸이라 하여 눈에 거슬리는 것을 봐주지 않을 것임은, 누구보다 소진이 잘 알고 있는 것이다.

"자수전 마마가 계시는 한, 전하도 이 아비에게 함부로 맞서지 못할 겝니다."

지금도 아비를 경외하고 있는 왕인데 걱정할 게 무어라고. 소진은 입술을 달싹이지만, 이어지는 차가운 목소리에 다시 말문이 막힌다.

"혹여 자수전 마마에게 쓸데없는 짓을 할 생각이거든 버리거라. 이 아비가 가만있지 않을 터이니."

소형을 흔들어도 지아비의 머리카락 한 올 보지 못했다. 그래도 아비를 조르면 달라지려나 했는데 아비도 소진의 편이 아니었다.

서럽고 원통하겠지만 어쩌겠는가. 소진은 자파의 정전(停戰)에 아무런 도움이 되지 못했고 그것은 앞으로도 그럴 테지만,

소형은 달랐다. 궁 밖 입질꾼 사이에서도 차비에 대한 왕의 애착은 보통 재미난 이야깃거리가 아니었다. 모르는 이가 없을 정도의 대단한 총애였다.

그러한 소문에 자파의 입귀 또한 늘어졌지만 여식의 홍복이 기뻐서가 아니었다.

소형은 해에게 쥐어준 당과였다. 더구나 아직은 맛만 보여준 것, 언제든 마음만 먹으면 빼앗아 올 자신의 아이였다. 그것을 해도 알고 있으니 자신과 겨루겠다는 마음 따위는 먹지 못한다. 소형을 아끼면 아낄수록 그에 대한 두려움도 커질 것이니.

하지만 자파도 생각지 못한 것이 있었다. 그가 억지로 입궁시킨 소형이 더 이상 그의 아이가 아님을. 왕의 두 번째 비(妃)가 된 자신의 여식이 바르고 올곧은 아이였음을 그는 어느새 잊고 있었다.

그 안일함의 결과, 자파는 금군을 퇴군시키게 된다. 그의 뜻이 꺾인 최초의 일이었다.

그에게 그것은 헛웃음이 날 만큼 사소한 패배였으나, 그것이 자신이 잃어갈 많은 것 중 아주 작은 것에 불과했음을, 그때의 그는 눈치 채지 못했다. 그의 모든 것이 무너져 내릴 날은 조금씩 다가오고 있었지만, 그것을 먼저 직감한 것은 그가 아닌 소형이었다.

"내가 무슨 짓을 해도 용서해 줄 수 있느냐. 미워하지 않겠느냐."

지아비가 그렇게 묻던 날 소형은 느꼈다. 그날이 오고 있음을. 머지않아 지아비와 이별해야 함을.

해는 자신이 빼앗긴 모든 것들을 되찾으려 하고 있었다.

"그대는 무슨 일이 있어도 내 비(妃)로 있어야 한다."

하지만 그것이 그와의 헤어짐임을 아는 소형은 그저 웃었다. 웃으며 고개를 끄덕였다. 자파의 딸이기에 할 수 없는 말은 속으로 삼킨 채.

'살아남으셔야 합니다.'

그리고 그로부터 나흘 뒤. 그날이 왔다.

✽

왕의 밀서를 받은 동지추밀원사와 최탁, 오탁, 권수 등 무장이 거사를 도모하기 위해 모였다. 국공이자 국구인 자파를 제거하는 것이 그들의 뜻이었다.

그날 새벽, 자수전을 나서는 해는 아무 내색도 하지 않았지만 소형은 알 수 있었다. 오늘의 아침이 어제와 다르다는 것을. 머지않아 오게 될 날이다 각오는 하고 있었으나 가슴이 싸늘한 것은 마지막이 다가오고 있었기 때문이다.

지난밤, 이른 때부터 자수전으로 찾아든 해도 소형을 품에 넣고만 있었다. 곁동(겨드랑이) 밑으로 둘러진 팔은 가슴이 눌리도록 끌어안았지만, 얇은 의단 위 몸을 더듬는 손은 침의를 들추지 않았다. 한 몸이 되려 애쓰는 기색도 없이, 그저 조금이라도 가까이 닿으려 할 뿐. 커다란 손이 뼈마디 감촉을 익히려는 듯 등뼈를 더듬거리다 살이 저릴 만큼 세게 끌어안았다. 가슴과 가슴이 닿고 서로의 배가 맞닿을 때까지 집요한 손은 힘을 풀지 않았다.

단단한 팔이 연한 어깨를 휘어 감고, 해의 긴 다리가 소형의 다리 사이를 파고들어 틀어쥘 듯 옭아맸다. 아귀가 꼭 맞는 틀처럼 조금의 틈도 없이 맞닿은 몸은 두 개의 심장마저 연접해 뛰었다. 소형의 심장 소리가 해의 가슴에서 들리고 해의 심장이 소형의 가슴에서 뛴다.

이것이 한 몸이 아니고 무얼까. 가례를 올리고 거의 매일을 한 몸이 되어 보냈지만, 해에게는 교접도 몸의 일부를 연결한 것에 지나지 않았다. 소형을 안으며 그가 진정 원했던 것은 어미 뱃속의 태아처럼 자신의 몸에 소형을 집어넣는 것이었다.

지금도 꼭 붙은 몸은 누가 보나 하나였으나, 그 정도로는 성에 차지 않는다. 정말로 소형을 집어삼키고 싶다. 그것이 뜻대로 되지 않아 더듬거리는 손이 마냥 격해졌지만 소형은 눈을 감았다. 한참이나 몸을 어루만지다 붙여온 지아비의 물음에도 답하지 않았다.

"나를 사모하느냐."

듣게 될 답이 두려워 망설이고 망설이다 물은 것이었다. 지아비로서 아끼고 귀히 대해주고 있음은 모르지 않으나 사내로서 가진 욕심이었다. 왕이라 경외하고 지아비라 우러르는 것이 아닌, 은애하는 마음으로 어여삐 여겨주기를 바랐다.

어차피 마음을 드러내지는 않을 것은 알고 있었다. 사모한다 말해준들 진심을 확인할 수도 없다. 또 그리 묻는 지아비에게 사모하지 않는다 할 지어미가 어디 있을까.

하지만 거짓이라도 듣고 싶었다. 부끄러워 그러는 거라면 고개라도 끄덕여 주면 좋을 텐데. 묵묵부답의 침묵에 허탈한 웃음이 나왔다. 마냥 수줍어하는 성정이 아님을 알고 있는데, 암묵으로 속내를 보이는 것이 야속하다.

"조금도 아닌가."

덤덤히 말하며 서운한 마음을 감추지만, 소형의 머리를 부비는 턱은 거칠었다. 마음이 상한 게였지만 소형은 잠든 척 눈을 뜨지 않았다. 울먹임이 목구멍을 막아 소리가 나오지 않았다. 몰래 눈물을 삼키는 것이었지만 해는 체념한 듯 혼잣말로 중얼거렸다.

"그래도 나는 그대를 사모한다."

고스란히 듣고 있다는 사실은 모르고 있었다. 팔 안의 고개를 바로 뉠 때에도 소형은 잠들어 있었으니.

그렇게 어둠이 넘어가고 다시 날이 밝아올 때까지 해는 소형을 안고 있었고, 소형은 그의 품을 벗어나지 않았다. 누구도 잠들지 않았지만 침전 안은 고요했다.

그리고 아직은 어두운 새벽, 조심스럽게 팔을 거둔 해가 소형을 내려다본다.

눈을 감고 있어도 시선이 느껴지는데 곧 의대를 갖추는 소리가 들린다. 단장을 위해 궁인이 들기까지는 한 시진이나 남은 시각이었으나, 서두르는 것은 오늘의 거사 때문이리라. 드디어 일이 벌어지는 것이었다.

새삼 뇌까지 와 닿는 그 생생한 느낌에 소형의 목이 움츠러들지만, 묵색의 연복을 갖추고 침상에 돌아온 해는 소형이 깨어 있음을 눈치 채지 못했다.

옥안을 쓰다듬고 싶어 앞으로 내밀다 잠을 깨우게 될까 거둔 손은, 얼굴 근처에도 가지 못했다. 가만가만히 머리칼을 쓸다 넘어올 듯 말 듯 이마를 스친다. 포단 위 살포시 올려진 손에는 닿을 듯 말 듯 사이를 두고 맴돌기만 했다. 함께 거사를 치를 이들이 기다리고 있는데, 지난밤 그렇게 만져 대고도 더 담아둘 것이 있는지 해는 그렇게 침전을 떠나지 못하고 있었다.

날이 밝기 전, 궁 안에 있는 자파의 분파를 없애야 하니 한가로이 멈춰 있을 때가 아니었으나, 사모하는 이의 얼굴을 다시 보지 못할지도 모른다는 생각에 걸음이 떨어지질 않았다. 하늘의 뜻이 그에게 있지 않아 일을 그르친다면 모든 걸 잃게 될 터였다. 소형마저 다시 만날 수 없다.

그럼에도 안도할 수 있는 것은 그리 길지 않을 것이기 때문이다. 일이 뜻대로 되지 않음은 곧 그의 죽음을 말했고, 자신에게 칼을 들이댄 그를 자파는 그리 오래 살려두지 않을 것이니 그리움도 아주 잠깐이었다. 그 잠깐에 대한 생각만으로도 눈이 아렸

지만 해는 소형을 갖기 위해 소형을 잃는 두려움을 무릅쓰기로
했다.

사모한다 말해주었다면 그대로 주저앉았을 수도 있었다. 어
젯밤, 그리 답해줬다면 앞으로도 지금처럼 미련한 왕으로 살았
다. 자파의 그림자가 되어도 소형만 있으면 상관없을 테니.

허나 해는 보았다. 금군이 장진으로 퇴진하던 날 환했던 소형
의 옥안을. 전에 없이 환한 얼굴로 소형이 웃고 있었다.

그제야 세상을 얻는 기분을 알았다. 그때만큼은 소형도 그에
게 연모의 눈길을 보내고 있었다.

강해져야 했다. 누구에게도 눌리지 않고 바로 설 수 있어야
했다. 왕이기 때문이 아니라 소형이 그런 지아비를 원하기 때문
이다. 그러니 가야 한다.

굳게 마음을 잡고 소형에게 고개를 숙였다. 반쯤 묶어 올린
머리칼이 쏟아졌지만 소형에게는 닿지 않았다. 소형을 감싸듯
침상으로 뻗은 팔이 기울어진다. 조금만 더 내려가면 닿을 거리
에서 소형의 숨을 들이마신다. 부드러운 숨이 입술을 간질였다.
입을 맞추지 않아도 접문한 것이나 다름없었다.

아…… . 어쩌면 좋다지.

일어나고 싶지 않다. 고개 들고 싶지 않다. 이 모든 것을 위협
하면서까지 왕이 되고 싶지 않다.

짧은 순간, 그를 흔든 것은 그런 간사한 생각이었지만, 소형
의 웃는 옥안이 떠올라 팔을 거둔다. 천천히 몸을 일으켜 돌아

선다. 다시는 돌아보지 않아야 한다. 중광전으로 갈 때까지 돌아봐서는 안 된다. 힐끗 곁눈이라도 돌렸다가는 또 발목을 잡히고 말 것이니. 이를 물고 침전에서 발을 뗀다. 흔들리는 마음을 붙잡고 드디어 장문을 연다.

하지만 해는 침전을 벗어나지 못했다.

"전하."

소형의 목소리였다.

"내가 잠을 깨웠나 보구나."

아무렇지 않은 낯으로 돌아섰다. 지금 자수전을 나서는 것에 다른 이유는 없는 것처럼, 아침 문안도 없이 서둘러 나감에 다른 일은 없는 것처럼.

돌아보는 얼굴에 억지웃음을 띠운다. 알게 할 수는 없었다. 지금 가는 길이 소형의 아비, 자파를 사(死)하기 위해 가는 것임을 눈치 채게 해서는 안 된다.

"아직 때가 이르다. 조금 더 누워 있지 않……."

소소한 일이 있어 일찌감치 기침하였다, 속여야 했지만 말은 이어지지 못했다. 소형이 급하게 침상을 내려선다 싶더니 어느새 그의 품 안이다. 봐라, 버선발 그대로이지 않느냐.

"왜…… 왜 그러느냐."

갑자기 달려든 기세에 놀라 벌어진 팔은 품 안의 것을 안지도 못하고 어정쩡한 모양으로 허공에 떠 있다. 소형이 덥석 안겨오는 것은 매일 바라 마지않았던 일이지만 지금은 기쁨보다 당혹감이 먼저였다.

허나 놀랄 건 그게 아니었다. 애써 감추려 하던 것을 소형은 이미 알고 있었다.

"신첩은 여기서 기다릴 것입니다."

자그마한 머리를 내려다보던 얼굴이 어두워졌다. 갈 곳을 몰라 허공을 헤매던 손이 소형의 어깨를 잡아 품에서 떼어놓는다. 떨어지지 않으려 하는 몸을 억지로 떨어뜨리지만 작은 두 손은 검은 포 자락을 놓지 않는다.

"알고…… 있었느냐."

일부러 말하지 않았다. 모르게 하려 했다. 내가 너의 아비를 죽이러 간다, 어찌 말할 수 있었을까.

옥안을 보려 수그린 고개를 들어 올렸다. 크고 두터운 손가락이 소형의 얼굴을 감싸 올리는데 표정이 없는 옥안이 슬프다.

"알고 있었던 건가."

대답 대신 고운 눈썹이 처량하게 휘어진다.

"알고 있었구나."

찡그린 얼굴로 곤란하게 웃는가 싶더니 소형의 얼굴을 보듬던 손이 얇은 속단 아래 허리를 휘어잡는다. 가느다란 허리가 꺾이도록 격하디격하게 끌어안는다.

"죽이지는 않는다."

죄를 고변하는 듯 소형의 목에 얼굴을 묻은 해는 말했다.

반역도당의 우두머리라도 소형에게는 피와 살을 준 아비. 죄가 있어도 감싸고 덮어주고 싶은 아비였다.

과연 그런 자파를 죽이고도 소형의 마음을 얻을 수 있을까. 이미 자파를 죽이라 밀서를 내렸지만 자신이 없다. 아비를 죽인 자를 어여삐 보아줄까. 정이 깊은 소형을 알고 있기에 더욱 두려운 것이었다.

"국공을 죽이지는 않을 것이야."

불안한 마음에 자신을 안심시키듯 다짐하지만, 정작 소형은 고개를 저었다.

"아버님은 전하를 죽이실 겁니다."

"그래도 죽이지 않는다."

소형을 다치게 하는 짓은 조금도 하지 않는다. 후일을 생각하면 자파를 참해야 하나 죽이지 않는다.

그래야만 소형의 웃는 얼굴을 지킬 수 있는 것이나, 아무리 생각해 보아도 우스운 일이었다. 아직 자파의 목숨을 논하기엔 이르지 않은가. 그가 자파의 목숨을 쥐게 될지, 자파가 그를 손에 넣게 될지는 아직 모르는 일이다.

하지만 마음을 정한 해는 말했다.

"그대가 이(李)가의 여인이라 다행이다."

오늘이 지나면 세상이 바뀐다. 어쩌면 그는 더 이상 왕이 아닐지도 모른다. 더는 이생의 사람이 아닐 수도 있으나 이미 죽음을 각오한 그였다. 자신이 죽는 것 따윈 아무 상관이 없지만 걱정이 되는 것은 소형의 안위다. 만약 소형이 이(李)가의 아이가 아니었다면 그와 함께 죽임을 당할 수도 있다. 그러나 자파가 제 손으로 입궁시킨 여식을 죽일 리는 없다. 해가 죽어도 소형은 살 수 있다. 결국 소형만 살 수 있다면 설혹 실패하더라도 해는 괜찮았다.

처음으로 소형이 자파의 여식이라는 사실에 안도한다. 정말 다행이라는 듯 말하고 소형에게 얼굴을 겹친다. 초조함에 쫓긴 입술이 아플 정도로 세게 부딪혔다. 불안과 안도감 속에 혀가 뒤엉키고, 마지막일지 모른다는 안타까움과 입술을 맞대오는 아이로 인한 희열에 숨이 얽힌다. 이 새벽, 죽음을 뒤로한 해가 소형과 나눈 접문은 애틋함과 열망이 섞인, 가슴 시린 희락이었다.

소형도 여느 때라면 빨리고 깨물리는 소리에 귓불이 뜨거워 졌겠지만, 지금은 마음이 더 뜨겁다. 제 것이 아닌 살점이 점 막 깊숙한 입천장까지 더듬어 절로 몸이 물러나지만, 그만큼 해에게 매달린 손에 힘을 준다. 점막이 핥아지고 쓸려지는 그 대로 되돌려준다. 희열이 북받친 해에게 입술을 아프게 깨물 리지만 그보다 아픈 건 가슴이었다. 소형에게는 마지막이었으 니까.

“여기에 있어라.”

타액이 엉키는 끈적한 소리와 함께 입술을 뗀 해가 다시 소형의 입가를 빨아들일 것처럼 깊게 입을 맞추며 말했다.

“내가 올 때까지……. 여기…… 여기에 있어.”

다시 한 번 물기 어린 점막을 핥고 싶어 가까이 다가가지만, 이내 망설이다 떨어진다.

시간이 없었다.

"무슨 일이 있어도 밖으로 나와선 안 된다."

소형에게 손을 떼고 뒤로 물러난다. 졸지에 의지할 곳을 잃은 소형이 휘청거리지만 잡아주지 않는다. 이번에야말로 돌아보지 않고 가야 한다. 다시 잡히면 이번엔 정말 주저앉아 버리고 말 것이었다. 소형의 손이 발목을 잡고 있지만 해는 자수전을 나선다.

그 뒤, 지아비의 모습이 사라질 때까지 멍하니 서 있던 소형은 그제야 말한다.

"어찌 사모하지 않겠습니까."

행동은 거칠고 투박하지만 그 눈엔 언제나 연심이 담겨 있었다. 열렬히 연심을 바치는 사내가 어여쁘면서 측은했다. 귀한 물건 다루듯 자신에게 벌벌 떠는 그에게 마음이 동했으니, 그것이 사모하는 마음이 아니고 무엇일까.

"그대가 이(李)가의 여인이라 다행이다."

그의 왕좌를 빼앗으려는 반역도당의 핏줄이어서 다행이라니. 해는 일이 잘못된 후까지도 생각하고 있었던 것이나, 소형은 이(李)가의 여식이기에 그의 곁에 있지 못한다.

다른 죄도 아니고 역모다. 역모의 죄를 지은 가문의 여인이 왕의 비(妃)로 남을 수는 없다. 소형은 이(李)가의 아이이기에 살 수 있고 또한, 이(李)가의 아이이기에 버림받아야 한다.

"마마, 기침하셨는지요."

밝을 녘, 입직한 목 상궁이 침전에 들어 장문을 닫으려 하지만 소형은 고개를 젓는다.

"그대로 두어라."

지아비에게 아무 도움이 될 수 없는 소형은 예서 지켜보려 한다. 오늘의 거사로 바뀌는 천하가 지아비의 것이 되기를 기도하면서.

날이 밝기 전, 자파의 연줄로 궁중 내시가 된 준신과 순의 시체를 궁문 밖에 던지는 것으로 변란은 시작되었다. 밀서를 내린 왕은 선정전을 지켰고 녹연과 최탁 등의 무장이 자파의 목을 따기 위해 그 행방을 쫓았다.

왕이 왕좌를 걸고 국공을 파하는 날이었지만 궁 안은 괴괴할 정도로 차분했다. 그럴 수밖에 없는 것이 내시지후와 내시녹사, 동지추밀원사 외 몇몇의 무관들만이 알고 있는 거사였다. 자파가 뒤늦게 궁에서 일어난 변을 알게 됐을 때는 왕당파(王黨派)의 은밀한 움직임에 허를 찔려 사병을 취합한다 해도 몇십 명이 되지 못한다. 왕을 틀어잡고 있다 믿고 있다 꼼짝없이 당하게 되는 것이다.

여직 궁 밖이 잠잠한 것을 보면 왕당파의 계획은 틀리지 않았다. 준신과 순을 죽였어도 아직 궁에는 자파의 눈과 귀가 되어주는 심복들이 남아 있었으니 지금껏 궁에서 생긴 변고를 모르진 않을 터인데, 이(李)가에서는 아무런 움직임도 없다.

이리 가만히 숨죽이고 있을 자파가 아닌데. 국구 자파라면 벌써 안으로 들이닥쳐 선정전에 앉아 있는 왕을 끌어내려야 한다.

그런 자파가 아무 움직임이 없는 게 무얼 의미하는 것이랴. 여전히 적연부동(寂然不動)한 기운만 보아도 승세를 잡은 쪽이 뉘인지 확연했다. 이날이 가기 전, 이(李)가는 멸문을 당하고 소형 또한 가문과 함께 사라진다.

그것을 느낀 소형의 고개도 수그러졌다. 장문과 광창을 모두 열어두고 좌정해 있던 소형의 얼굴로 쓸쓸한 미소가 서렸다.

애초에 해와 자파, 어느 쪽이 살아남든 이 싸움에 소형이 기대할 평안은 없었다. 지아비를 지키면 아비를 잃고 아비를 지키면 지아비를 잃는다. 누가 되었든 은애하는 이와의 이별은 정해진 일. 하지만 어느 한쪽을 택해야 한다면 지아비가 살아남기를 빌었다.

지아비가 아비보다 중하기 때문이 아니다. 지아비를 아비보다 더 은애하기 때문도 아니다. 왕으로 태어난 지아비가 왕으로 살고 신하로 태어난 아비가 왕을 섬기는 것, 그것이 순리였으니 하늘이 정한 운명을 억지로 바꾸려 하는 아비가 자멸함이 옳았다. 그리돼야 마땅하다.

해가 아니어도 좋았다. 다른 누구라도 아비가 저지를 죄업을 막아주길 원했으니. 오늘 아비가 절명하고 자신 또한 불귀의 몸이 되어도 해를 원망치 않는다. 지아비의 다정한 용안을 다시 볼 수 없음에는 눈가가 뜨거워지지만 옥안에 어두운 그늘은 없다.

슬퍼도 슬퍼하지 않을 것이다. 아파도 아파하지 아니할 것이다. 눈물지어도 미소를 거두지 않을 것이다. 아비가 죽어도 아비로 하여금 더 이상 죄를 짓지 아니하게 되어 기쁘고, 지아비를 섬길 수 없는 몸이 된다 하여도 지아비가 살아 있음에 기쁠 것이니.

그래도 한번은 그 옥안을 뵈올 수 있겠지. 왕이 되신 늠름한 그 용체를 눈에 담을 수 있겠지.

소형은 지아비가 남기고 간 말만 곱씹으며 어서 오늘이 지나기를 기다렸다.

"여기에 있어라. 내가 올 때까지……. 여기…… 여기에 있어."

하지만 해는 오지 않았다. 아니……. 오지 못했다.

아른아른대는 아지랑이처럼 웅성웅성, 궁 안에 소란이 번지기 시작할 무렵 자수전을 찾은 이는 지아비가 아니었다. 언제, 어디서 다가왔는지 모를 발자국 소리가 적연함을 거두고 금무가 들어왔다.

“무슨…… 일…… 이냐.”

불길한 기운. 덜컹거리는 심부(心府)에 앞섶을 움켜잡지만, 죄이는 가슴에 목성이 떨렸다. 묻지 않아도 알 수 있었으니.

침전으로는 발을 들인 적이 없는 호종무사 금무였다. 안으로 들라는 허락이 떨어져도 얼굴을 바로 보지 못하던 그다. 그가 목 상궁에게도 고하지 않고 장문을 넘어 소형을 올려다보고 있었다. 차갑게 변한 그 낯색만으로 알 수 있는 소란의 정체였다.

“아버님이 오셨느냐. 그런 게냐?”

거칠게 교의가 밀리는 소리와 함께 소형이 일어났다. 이제야 바깥 기운을 눈치 채고 승평문을 내다보려 하지만 금무가 그 앞을 막아선다. 무례하게도 왕후를 한 팔로 안아 장문을 닫는다.

“전하께 무슨 일이 생긴 게냐? 아니, 아니다. 전하께선 지금 어디 계시느냐?”

의대가 흐트러지는 것도 모르고 몸부림친다. 안은 팔을 뿌리치려 거세게 저항하지만 금무에게는 한 줌도 되지 않는 몸이었다.

“내가 지금 선정전으로 갈 것이다.”

악을 쓰고 고집을 부려도 놓아주지 않는다. 끼어 안은 채로 광창까지 모두 닫고 억지로 침상에 앉힌다.

“안에서 지키라 하셨사옵니다.”

'뉘께서……. 어찌하여!'

묻고 있는 옥안을 보지 않으려 고개를 들지 않는다.

"밖으로는 나서시지 못하게 하라 하셨습니다."

소형의 시선을 피해 돌아선 금무가 장문을 열자, 열려진 틈 사이로 매캐한 내가 스미는데, 그 밖으로 한 발, 또 한 발 내딛어 그 문을 닫으며 말했다.

"무슨 일이 있거든 자수전을 지키라 명하셨사옵니다."

여전히 고개를 숙이고 있어 눈이 보이지 않는 얼굴이, 그림자에 파묻힌 모습이, 닫히는 문 사이로 사라진다. 굳게 닫힌 문으로 걸음쇠가 걸리는 소리에 놀라 장문 고리를 당겨보지만, 밖에서 잠긴 문은 열리지 않는다.

"무슨 짓이냐, 금무!"

예에 있으라. 예서 꼼짝 말고 기다려라. 지아비도 그리 말했지만 기다릴 수 없었다.

두려웠다. 무슨 일이 닥칠지 모르는 것에 대한 두려움이 아닌, 어찌 될지 너무나도 잘 알기에 생기는 두려움, 그 때문이었다.

"나를 전하께 보내다오! 금무, 내 말 듣고 있느냐!"

거칠게 문을 두드리는 소형을 막아도 소용이 없다. 두려움과 공포로 장문을 두들기는 손에 피멍울이 잡히는 것도 모른다. 양쪽에 시녀, 시서와 운삼을 매단 채 장문을 때리는 손은 거두어지지 않는다. 분명 금무는 이 문밖에 있을 테니까. 이 장문 밖에서 지키며 서 있을 것이니까. 해가 아닌 소형을.

자신의 호종무사로 입궁했어도 그가 누구의 사람인지 소형은 알지 못했다. 아비의 은밀한 명을 받아 입궁한 영기처럼, 자신의 곁에 붙어 아비의 눈과 귀가 되어준 것은 아닐까. 지금도 자신을 볼모로 삼아 불리한 상황을 역전시켜 보리라, 지아비의 곁에서 떨어뜨려 놓으라 한 것은 아비가 아닐까 하는 의구심이 고개를 들었다.

괜한 파심(波心)이 아니다. 궁인들의 비명 소리가 지근지처에서 들려오고 있었으니.

점점 더 가까워오는 비명에 팔부림을 멈춘 소형이 시서와 운삼을 내치며 광창을 연다. 급박하게 쫓기며 내지르는 외마디와 날붙이가 부딪히는 청명하고도 날카로운 울림, 무도한 자들의 난폭한 짓이김 아래 궁이 무너져 가는 소리가 생생하다. 난동하는 모래바람 속에는 희미한 핏내가 섞여 속을 역하게 하는데, 정작 토기가 느껴질 만큼 가슴을 울렁거리게 만든 것은 궁인들의 울부짖음이나 난동자들의 칼부림 소리가 아니었다.

"마마!"

"왕후마마!"

하얗게 굳어 선정전을 바라본다. 검은 화염에 꾸역꾸역 먹혀 가는 선정전이 보이고 있었다. 온통 아수라장이 된 궁이 소형의 눈으로 스민다. 까만 눈동자를 어둠의 잿빛과 붉은 자색의 사위가 물들였다. 이미 선정전을 주저앉힌 화마는 소형의 심장까지 삼켜 버렸다. 머리를 두드리는 비명이 자수전 뜨락까지 번져 왔지만 멍하니 선정전을 바라보는 소형은 도망치는 궁인들을 쫓아 역도들이 들이닥친 것도 몰랐다.

"시서와 운삼인 무얼 하느냐. 왕후마마를 모시거라!"

지척에서 들리는 사내들의 몰이 소리에 다급해진 목 상궁이 소형이 서 있던 광창을 내려 닫는다. 소형이 반란의 주축인 국구의 따님이라고는 하나 피 냄새에 흥분한 광폭한 사내들이다. 난리 중에 어떤 해를 당할지는 알 수 없다. 역시나 장문 하나를 사이에 두고 이(李)가의 사병들과 실랑이를 벌이는 금무의 목소리가 들린다.

"이곳은 국구의 따님이 계시는 자수전이다. 듣지 못하였느냐! 소형 아씨께서 계시는 곳이다. 물러가거라!"

그 말에 자수전 앞으로 발을 들였던 사내들이 물러나는 듯했다. 우왕좌왕하던 발소리가 하나둘 궁 안 다른 어딘가로 사라진다. 하지만 어째서일까. 어째서 아직도 국구의 여식인 것일까. 어째서 아직도 소형 아씨라 부르는 거지? 어째서 왕의 비가 아니라 이(李)가의 아이라 말하는 것일까. 소란은 자수전에서 멀어지고 있었지만 소형은 알 수 없었다.

또한 저들에 의해 지아비가 어찌 됐는지도 알 수 없었다. 이제껏 생각한 것은 아비의 반란뿐. 그 이후는 괘념해 본 적이 없다. 막연히 그런 일은 없을 것이라 생각하였기 때문일까. 아비의 거병이 절대 성공할 수 없다 믿었기 때문이었을까.

치욕스럽게 살아가라 폐위시켜 쫓아낼까. 아니면 평생 꽁꽁 묶여 살라 귀양살이를 보낼까. 그것도 아니면 죽이는 것일까. 죽인다면 어찌 죽일까. 그래도 왕 전하이셨던 고귀한 분, 곱게 보내 드리기는 할까. 괴롭히고 또 괴롭히다 흥이 사라지면 그제야 죽일지도 모른다. 어쩌면 벌써 이승의 분이 아닐지도 모르는 일. 불길에 무너져 내린 선정전 안에 같이 묻힌 것인지도.

차마 속엣말은 하지 못하고 안절부절, 제 할 바를 모르는 시서와 운삼도, 태연함을 보이고 있지만 창망함에 입을 열지 못하는 목 상궁도 어찌할 도리가 없다. 그나마 국구의 따님을 모셔 목숨은 보존할 수 있었어도 갇힌 처지. 웃전의 눈과 귀가 되어 드리지 못한다.

할 수 있는 건 아무것도 없이 덧없는 시간만 흐르고 그런 난리 중 자수전 장문의 걸음쇠가 풀린 것은 저녁 무렵이다. 아직 수습되지 않은 난리 속에 어찌 준비한 것인지 영기가 저녁수라를 차려 들여왔다.

"걱정하지 마셔요, 아씨. 전하께선 아직 살아계신답니다."

영기는 아직 핏내가 가시지 않은 내궁과 어울리지 않게 고소한 맛을 풍기는 반기를 내려놓으며 말했다.

비록 영기가 전하는 소식이었지만 지아비가 무사하다는 희보였다. 기뻐해야 할 사실이다. 그러나 눈귀가 파랗게 변한 소형

은 연대에 오른 찬기를 쓸어 던졌다. 연한 복숭아빛의 소매가
국구에서 들여온 것이 분명한 음식에 더럽혀졌다.

"마마! 괜찮으시옵니까!"

영기의 무례함에 목 상궁도 따끔히 혼을 내어주려던 참이었
다. 아무리 옥좌의 주인이 바뀔 변고에 처했대도 지엄한 법도가
살아 있는 궁 안인데, 왕후마마를 사사로이 부르는 것으로도 모
자라 감히 왕 전하의 옥체를 입에 올리다니. 그것도 한낱 교전
비로 들어온 천것에게는 세 치 혀를 잘라도 모자랄 죄이나, 제
가 무얼 잘못했는지도 모르는 듯 온전한 식이를 챙기는 얼굴은
웃고 있었다.

"이러시면 아니 되어요, 아씨. 국구께오서 아씨를 잘 보살피
라 하셨는걸요. 소녀에게 말이지요."

그러나 노여움에 두 손을 움켜잡은 소형은, 새로이 차려진 수
라는 돌아보지 않고 침전으로 돌아섰다. 지아비의 온전한 안위
를 알지 못하는 두려움 속에 조용히, 조용히…… 날이 졌다.

그리고 지아비가 국구의 사가, 중흥택에 유폐되어 계신다는
풍신(風信)이 들린 것은 그로부터 한 달 후였다.

✻

모든 가병을 끌어 모아 궁에 불을 놓는 것으로 궁 안을 장악
한 자파는 결국 해를 옥좌에서 끌어내렸다. 자파의 사병 모두가

취합됐어도 사실 그리 많은 수는 아니었으나, 문하시랑이 꾸민 허실의 계책이 왕당파를 혼란케 만들어 궁문을 열게 만들었다. 그리고 자파가 궁에 발을 들인 이후로는 끝이었다.

자파는 왕을 자신의 서택으로 끌고 갔다. 표면상으로는 폭도에게 현혹되어 성정을 망친 왕을 보호하기 위함이라 했지만, 그것이 왕을 자신의 감시 아래 두려는 속셈임을 모르는 이는 없었다.

그러나 정작 왕을 잡아온 뒤에는 이러지도 저러지도 못한 채 쓴 침만 삼켰다. 생각다 못해 자수전으로 사람을 보낸 것은 한 달이나 지난 다음이었다.

"소형이를 끌어내거라."

명을 받은 소형의 둘째 오라비, 공의도 알 수 없는 자파의 속내였으나, 온전히 왕좌를 얻기 위해서는 다른 수가 없었다.

진정 가지고 싶어 안달이 난 왕좌였다. 귀족은 말할 것도 없고 왕족까지 고개를 숙인다는 권세나, 왕을 휘두르는 실세(實勢)만으로는 더 이상 만족할 수 없었다. 자파 또한 왕에게는 다른 사람과 다를 바 없이 머리를 조아려야 했고, 제 마음껏 정사를 재단하면서도 문벌귀족들이 납득할 만한 명분을 끌어다 붙여야 했으니, 근본부터 거죽까지 왕으로 있는 자는 해였고 뭐라 해도 자파는 그의 신하에 불과했다. 왕을 꼭두각시처럼 부리고 있다고 하나 그는 왕의 그림자일 뿐이었다.

이는 소형이나 소진이 왕자를 생산해 세자의 외조부가 된다 해도 마찬가지였다. 보위를 이을 세자의 혈족이 되는 것이었으나, 이도 어디까지나 세자의 외조부가 되는 것일 뿐, 결코 그 자신이 왕으로 군림할 수 있는 것은 아니었다. 만족할 만한 권력이 아니란 말이다.

다행히 이제 남은 문제는 어떻게 왕이 될 명분을 얻느냐 하는 것뿐이었으나, 그가 가진 권력과 국구의 위치만으로는 힘든 일이었다.

그에게 줄을 댄 문벌귀족들에게 왕실에 대한 충성심이 남았다거나 그들이 왕실 혈통의 고유성을 인정하기 때문은 아니었다. 곧이 말하자면 자파의 섭정으로 더 많은 이익을 얻는 것이 그들이었으니 그가 왕이 되기를 외려 바라야 했지만, 왕좌의 주인이 바뀜으로 나라의 근본이 흔들리게 될 것은 물론 그들의 부(富)마저 위협당할 수 있었다. 송나라와의 관계가 무엇보다 큰 난제로 버티고 있었던 것이다.

문벌귀족이 담합하여 해에게 부덕의 죄를 묻는다면 힘없는 왕을 폐위하고 자파로 새로운 왕을 옹립하는 것은 어렵지 않으나, 만약 지금의 왕을 몰아내고 자파가 왕좌에 오른다면 현 왕실과 우호가 깊은 송나라에서 군신대의의 불명을 물어 군사를 보내올 수도 있었다. 그것이 전란으로 번지게 될지는 확언할 수 없어도 그들의 위치를 위태롭게 하기엔 충분한 불안이었다. 그러니 지금도 제 잇속 챙기기에 부족할 것이 없는 문벌귀족들이

송나라의 위협을 감수하면서까지 왕의 폐위에 동조할 리는 없었다.

그런 이유로 자파에게는 명분이 있으면서 화근이 없을, 그럴듯한 계책이 필요했다. 반정이 아닌 독살로 왕좌의 주인을 제거할까도 생각했지만, 이제 와 애써 닦아놓은 길을 애먼 놈들에게 내어줄 수도 없는 노릇이었다.

그라면 물증을 남기지도 않고 일을 도모할 수 있을 테니 그것이야말로 송나라의 해코지를 면할 묘책이었으나, 어린 세자 해를 두고 선대왕이 승하하셨을 때에도 선대왕의 형제인 대군들이 조카를 제치고 왕위를 차지하겠다 혈안이 되었던 터다. 그런 그들이 아직도 호시탐탐 왕좌를 노리고 있는 지금, 보기 좋게 떡을 던져 줄 수는 없다. 왕실은 이미 이(李)가의 파벌이 장악해 옥좌가 비게 된다면 응당 국구로 하여금 정무를 보는 것이 가하다 공론될 것이 분명했지만, 저들이 정통성을 내세워 왕위를 잇겠다 하면 자파로서도 어찌 될지 장담할 수 없는 일이었다.

해를 잡아놓고도 어찌하지 못하는 것은 그 때문이었다. 잘못 손댔다가는 대군들에게 구실을 주어 왕당파에게 기득권을 빼앗기고 만다. 한때는 자신의 뒷덜미를 쳐내려 한 것에 격노하여 폐위를 의론할까도 했지만 뒷일을 생각하여 손가락 하나 까딱하지 못하고 있다. 그 분개함은 아직도 가시지 않았으나, 돌이켜 보면 해가 먼저 일을 도모해 준 것이 도리어 요행한 일이 되었다. 생각지도 못한 묘안이 빙긋이 떠올랐으니 말이다.

자파는 느긋하게 수염을 쓸어내리며 웃었다.

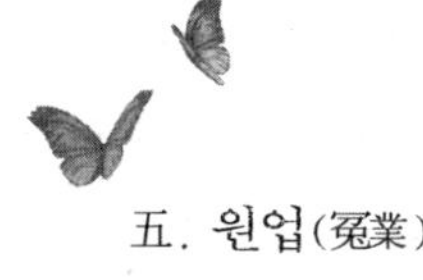

五. 원업(冤業)

과거, 전세에서 뿌린 악(惡)의 씨

해가 소형의 옥안을 마지막으로 보았던 날, 목숨을 걸고 거사를 도모한 그 어둠의 날. 소형에게 돌아서 자수전을 나섰던 해는 녹연과의 독대를 끝으로 선정전을 나서지 않았다. 무장들이 자파를 잡아들이기 위해 출성한 뒤로 날이 밝은 게 한참이었지만, 여직 새벽의 어둠 속에 있는 것 같았다.

모든 움직임이 멈춰 시간의 흐름도 가늠할 수 없었다. 문관도 처음 지키고 앉은자리 그대로였고 버들잎이 사락거리는 문창도 새벽녘과 다르지 않았다. 그때까지 변한 것은 아무것도 없었다. 여전히 해는 왕이었으며 자파는 국구였다. 적어도 버들잎이 부비 치는 소리뿐인 정적이 이어질 때까지는, 승평문에서 전문으로 이어지는 아우성이 적막을 깨기 전까지는 말이다.

쥐 죽은 듯 잠잠하던 궁성 안이 궁인들의 비명 소리로 아비규환의 수라장이 된 것은 순식간이었다. 어찌할 바를 모르고 우왕좌왕하는 궁인과 무관의 소리가 혼란 속에 뒤엉키고 있었다. 일이 잘못된 것이다.

문관도 그제야 난당의 틈입을 눈치 챘다. 전문 회랑 창문으로 춘덕문에 치솟는 불길이 보였다. 궁문을 열기 위해 화공(火攻)을 벌인 것이었다. 온 궁 안이 검은 연기와 화마에 휩싸여 눈앞을 흐린다.

결국 이렇게 되는 것인가. 이제 다른 방도는 없었다. 자파의 역당이 내전 안으로 들이닥치기 전, 피하는 수밖에.

누가 보아도 오늘의 일은 역모. 제아무리 자파의 세에 있는 귀족이라도 역모죄에 명분을 갖다 붙일 수는 없다. 그러니 역모의 죄를 묻기 전까지, 그때까지만 안위를 지키고 있으면 될 것이었으나, 그것은 그만의 생각이었다. 그의 왕은 화적들이 몰려오는 앞에서도 태연하였다. 몸을 숨길 생각도, 궁을 버리고 피신할 생각도 없다. 문관이 부복하여 간곡히 고하는 것에도 꿈쩍을 하지 아니한다. 궁성을 지키던 상장군 또한 내전에 들어 왕을 호위하고자 했지만 소용없는 짓이었다. 어느새 동화문을 열고 들어온 난신들은 선정전이 있는 창합문까지 불을 지르고 내전으로 밀어닥치고 있었다.

더 이상 물러설 곳이 없었다. 상장군이 검을 뽑아 합문 앞을 가로막고 부복해 있던 문관도 일어나 검을 빼어 들었다.

"아직 끝나지 않았사옵니다, 전하."

무예가 출중하다 해도 무사가 아닌 내관, 날고 긴다는 자파의 사병에게는 제 목숨 부지하기도 힘들 것이나 그가 검날에 새기는 것은 하나였다. 지켜야 한다. 지켜야 한다. 이분을 지켜야 한다.

하지만 적은 폭도였다. 예법이나 도리를 알지 못하는 짐승이었고 자파의 썩은 고름을 핥아먹는 개였다. 누구를 베고 누구를 베지 말아야 할지 모르는 살수(殺手)를 상대로, 아무렴 왕 전하께 칼을 들이대랴 생각한 것은 실수였다. 저들이 겨누는 활은 정확히 옥좌를 향해 있었다.

도망치지 못하게 겁박을 놓는 게 아니었다. 역도들의 활시위는 한 치의 망설임도 없이 왕을 향해 당겨졌다. 다행히 첫 번째 활은 옥좌를 비껴갔으나, 팽팽한 가름 소리와 함께 날아간 화살은 보좌를 둘러친 연전 병풍 깊숙이 박혔다. 참으로 왕을 해하려는 것이다.

"어느 안전이라고 활을 겨누느냐! 썩 물러서지 못할까!"

난적의 작태에 상장군이 검을 휘두르며 호통을 치지만 그도 통하지 않는다. 몇몇 주춤거리는 사병이 있기는 하나 무리를 끌고 온 문하시랑 척준경은 활을 거두지 않았다.

"네놈의 주인이 허락한 일이더냐! 왕 전하께 변이 생기면 국구 또한 무사치 못할 것임을 알고 있느냐 말이다!"

왕의 심장을 꿰어 맞추기 위해 단단히 당겨진 활시위 앞을 문관이 가로막는다.

옥좌에 눈이 멀었다 해도 자파는 선대왕을 모신 국공이자 충과 효를 익힌 문신이었다. 거기에 왕의 장인인 국구의 자리까지 오른 권신이었으니 그가 왕을 이리 험하게 다루려 할 리는 없다. 더욱이 그에겐 서둘러 왕의 목숨을 끊는 위험을 감행할 필요가 없었다. 송나라가 갑작스런 왕의 죽음을 묵과치 않을 것임을 누구보다 잘 알고 있으니 죽이는 것은 정당한 명분을 찾은 뒤였다.

허나 왕에게 활을 겨누고 있는 자가 누구인가. 이른 새벽 송장이 되어 궁 밖으로 던져진 내시 준신의 형이자 순의 아비가 되는 문하시랑이었다. 복수에 눈이 뒤집혀 보좌에 앉아 계신 왕 전하도 알아보지 못하고 쉬이 물러날 생각이 없다. 자파가 당도하지 않았다면 그의 화살은 기어이 왕의 가슴을 꿰뚫었을 것이다.

“그만두지 못하겠는가! 어서 그 활을 거두시게.”

모순되게도 뒤늦게 어전으로 든 자파의 일갈이 왕을 구했다.

“궁은 온통 불이 번져 위험하오니 소신을 따르시지요, 전하.”

문하시랑이 어쩔 수 없이 활을 내리자 왕에게 돌아서서 말한다.

제가 벌인 일이면서 왕의 안위를 염려하는 양, 왕을 포박하여 끌고 가려는 수작이면서 옹위하고자 하는 것인 양 그가 하는 짓거리는 역모를 꾸민 자라 볼 수 없으리만치 무치하고 당당했다.

“문하시랑은 무얼 하시는 겐가. 전하를 뫼시지 않고!”

자파의 명은 거역치 못하는 문하시랑이 검붉은 족적을 남기며 옥좌로 걸어왔다.

"함께 가주셔야겠습니다, 전하."

말은 뫼시라 했어도 끌고 가려는 태세인데 왕께서는 움직일 생각이 없어 보인다. 마치 이 자리에서 죽기로 작정한 것 같았다. 죽일 테면 죽여보라는 결연한 모습이다.

그쯤 되니 자파의 명에 한 번은 물러났으나, 이제 곧 제 맘대로 도륙할 즐거움에 들뜬 문하시랑이 옥체에 손을 올린다. 붉은 지척으로 번져 오는데, 고집을 꺾지 않는 왕을 정말 끌어낼 판이었다. 하지만 역도의 손이 용체에 닿는 것을 문관은 용납할 수 없었다.

"감히 뉘께 손을 대느냐!"

파랗게 날을 세운 문관의 검이 그의 목으로 치고 들어간다.

"내가 모신다. 물러서라……. 물러서시지요, 국구."

가소롭다는 듯 눈을 치뜬 문하시랑은 자파에게 답을 구하는 눈치였으나, 느긋하게 고개를 저으며 한 발 물러서는 자파를 따라 그도 물러섰다. 마음에 들지 않는 내관을 죽여도 되는지 허락을 구한 것이겠지만 정작 문관 자신은 어찌 되든 상관없었다.

지금으로서는 자파가 하고자 하는 대로 따르는 것이 후일을 도모할 수 있는 유일한 방법이었다. 최소한 새로 옹립할 왕을 찾을 때까지는 함부로 대하지 못할 터, 지금은 목숨을 살피는 것이 우선이었다.

헌데 그의 왕은 단념한 눈이 아니다. 왕께서 꿈쩍도 하지 않는 것이 그저 죽을 작정인 게다. 싸움을 버리고 목숨마저 단념한 것이다, 문관은 믿었으나 왕의 눈은 아직 살아 있었다. 왕께서는 옥좌를, 이 왕의 자리를 누구에게도 넘겨줄 생각이 없으신 게였다. 죽어도 이 자리를 지키다 죽으려는 것이다.

처음부터 승산이 있어 시작한 싸움이 아니었다. 성공하기만을 바라며 일으킨 싸움도 아니다. 다시는 소형을 보지 못할 수 있다 각오한 이상, 죽어도 좋다 생각한 싸움이었다. 죽는다 하여도 왕으로 죽는 것이니 족한 일이었다.

왕이 되는 것. 해에겐 그것 하나뿐이었으니까. 지금 죽어 단 하루뿐인 왕이 된다 할지라도 소형에게 왕으로 남을 수 있다면 겁날 게 없었다.

그래. 겁나지 않는다. 애닳게 보고 싶어 가슴이 아픈 것도, 손에 쥐고서도 갖고 싶어 미칠 것 같은 소유욕도 죽으면 그만이었다. 지금도 그리움에 심장이 떨어질 듯하지만 숨이 끊기면 아픔도 멎는다. 다시는 만날 수 없다는 두려움도 그토록 사모했던 마음도 사라져, 모든 고통은 무(無)가 될 것이니 죽는 것에 망설임이란 없다. 차라리 죽이라지.

요지부동의 용안은 그렇게 말하고 있었으나 문관에게는 해가 살아남는 것이 먼저였다. 허울뿐인 왕일지라도, 종당엔 폐위당하고야 말 왕일지라도 말이다.

다행히 그는 왕을 움직일 방법을 알고 있었다. 왕을 움직일 분이 뉘인지를 알고 있다.

"자수전 마마께서는 살아계시옵니다."

작은 귀엣말에도 눈이 흔들린다.

"그리고 전하께서도 아직 살아계시지요."

부동의 용체도 불살에 맞은 듯 화들짝 굳었다. 보좌에 올려진 어수가 비틀리는 것을 본 끝으로 문관도 더는 말을 잇지 않았다. 더 이상의 재촉도 설복도 없다. 옮겨붙는 불길에 조바심이 나는 것은 문하시랑뿐, 해도 문관도, 자파도 초연하기만 하다.

자파는 그저 해의 거동을 주시할 따름이었지만, 사실 당장에 해가 죽는다면 곤란할 처지가 그였다. 조급하지 않은 것은 겉모양으로, 속으로는 바작바작 다가오는 불길이 언제 내전을 덮칠까 시간을 재고 있다. 종내엔 갈급증을 감추고 있던 그도 더는 기다릴 수가 없어 문하시랑에게 눈짓을 해 보였지만 문하시랑이 다시 나서야 할 필요는 없었다.

"따르겠다."

맞물린 뼈가 물러앉도록 주먹을 쥐었다 편 해가 보좌에서 내려왔다. 서문으로 불이 번지기 직전이었다.

이제야 비로소, 진정 왕을 손아귀에 쥐게 된 자파는 음습하게 입술을 늘였지만 문관은 안도의 숨을 쉰다. 참으로 다행스럽고 또 다행한 일이었다.

허나 후회할 일이었다. 어떻게든 목숨을 부지해 후일을 꾀하려 했던 것은 참으로 짧은 생각이었다. 왕의 안위를 오롯이 그만의 무사함으로 판단한 것이 잘못이다.

자파의 자택 중흥택 서원에 연금되고 얼마 지나지 않은 해의 모습은 위엄있는 왕의 용태가 아니었다.

단지 열흘이 조금 지났을 뿐인데 움푹 들어간 두 눈이 우물이 패인 듯 횅하다. 까맣게 윤기 흐르던 머리카락도 잿빛으로 변하고, 머리를 올리지 않아 길게 늘어뜨린 것은 가례 전의 모습을 보는 것 같은데 용안은 십 년도 더 쇠어 보인다. 게에 마음까지 망가져 사나흘 전부터는 문관을 붙잡고 억지를 부리기 시작한다.

"보게 해다오, 응? 만나게 해다오."

낯선 모습이다. 문관이 입궁한 것이 그가 아홉이고, 세자였던 해의 연치가 여섯이 되었을 무렵인데, 그때부터 지금껏 떼를 쓰는 왕은 본 적이 없다.

"그래, 얼굴. 얼굴만이라도 좋다! 멀리서라도…… 얼굴만이라도 보게 해다오!"

갈퀴 같은 손으로 문관의 허리춤을 부여잡고 하는 말은 그것뿐이었다. 절박하게 손마디까지 덜덜 떨어가며 부르는 이름은 소형뿐이다.

"대체 소형인 어디 있지? 궁에, 자수전에 있느냐? 내가 기다리라 했다. 그대로 있으라 했어. 내가 갈 때까지 기다리고 있으라 했는데……."

이대로 두었다가는 서원에서 번을 서는 자파의 사병에게도 무릎을 꿇어 보일 지경이다. 나가게 해달라고, 소형을 만나게 해달라고. 소형을 데려와 달라고 애원할 태세다.

"아니, 아니야……. 궁은 불타지 않았느냐. 그럼…… 소형인 어디 있지?"

문관은 두려웠다. 발광해 가는 왕이 두려웠고 광인이 된 왕의 모습을 저들에게 보이는 것이 두려웠다. 그리고 왕을 죽일 것 같은 자신이 두렵다.

목숨보다 중한 왕의 체모였다. 아랫것 앞에서도 거리낄 게 없다는 무치와는 다르다. 아랫것들에게 무릎 꿇고 사정하는 왕은 있을 수 없었다. 광인이 된 모습을 보이고 조소당하는 왕을 문관은 견디지 못한다.

죽일 것이었다. 정말 그런 순간이 온다면 왕을 죽일 것이다. 참으로 그리한다. 험한 꼴을 보이기 전에, 고고한 왕으로 있을 적에 제 손으로 죽인다.

"설마…… 소형일 어쩌진 못했을 거야. 그렇지?"

앞날에 대한 막막함과 두려움으로 문관의 눈은 선득한 빛을 보였지만, 이미 제정신을 잃은 해는 방 안을 뱅뱅 돌며 중얼거리기만 했다.

"헌데……. 헌데 왜, 찾아오지 않는 게지?"

문관에게 떼를 쓰고 저 혼자 말을 하다 급기야는 성을 낸다.

"왜!"

이를 악문 고함과 함께 나무를 내려치는 난폭한 굉음이 울린다.

"왜! 왜……. 나를 보러 오지 않는 게냐."

화풀이라도 하는 것처럼 연대를 내려치더니 이내 소형을 원망하며 고개를 숙인다.

"나는 죽을 것 같은데……."

엉긴 수발 사이로 유난히 붉은 입술이 들릴 듯 말 듯 한숨 같은 소리를 토한다.

"이렇게 보고 싶은데. 보고 싶어 죽을 것 같은데."

이내 사그라든 목소리 뒤로 떨어지는 눈물에, 앉아 있던 문관이 고개를 돌렸다. 그에게 있어 붉은 연대를 퉁명하게 튕기는 저 수적(水滴)은 왕이 흘리는 옥루가 아니었다.

아무것도 보지 못했다. 연병(戀病)에 몸과 마음을 먹혀 비틀거리는 사내는 모르는 사람이었다. 망가진 왕을 보아서는 아니 되니, 지금 자신 앞의 사내는 왕이 아니었다.

그러나 모르는 척한다고 감출 수 있는 일이 아니다. 이곳은 온통 자파의 눈과 귀가 붙어 있는 적의 소굴. 서원 밖을 지키는 이(李)가의 사병과 처소 밖 시립해 있는 견룡(牽龍)*이 왕의 일거일동을 낱낱이 고해바치고 있을 것이었다. 더하여 연병은 며칠 사이로 깊어지고 있었으니 왕이 발광했다는 소문이 자파의 귀에 들어가는 것은 시간문제였다.

완전히 정신을 놓은 왕은 이혼병(離魂病)*에 걸린 병자와도

---

* 牽龍: 왕의 호위장교
* 離魂病: 몽유병

같았다. 비칠비칠 서원 안을 헤매다 높다란 돌담 사이의 대문 고리를 움켜잡는다. 문관이 막지 않았다면 문밖을 지키는 사병에게 문을 열어달라 애걸할 참이었다.

"내가 소형일 찾으러 갈 것이다!"

이대로 둘 수는 없었다. 월담을 해서라도 나가려는 듯 밖을 향해 손을 뻗는 왕을 서원 곁방에 가두고 첩*을 박는다. 행랑으로 둘러싸인 곁방은 중문에서도 멀리 떨어져 있어 견룡들도 안에서 일어나는 사정을 알 수 없다. 광창도 뚫려 있지 않아 첩을 떼지 않는 이상 밖으로 나갈 방법도 없다.

"무슨 짓이냐, 문관!"

자파에게 연금된 것도 모자라 좁은 곁방에 갇히게 된 해가 널문을 두드리며 소리를 지르지만, 문관은 귀를 막았다.

"감히 네가, 내관 따위가 나를 막겠다는 건가!"

가로지른 첩이 들썩일 만큼 문을 두드리는 힘은 셌다.

"열지 못하겠느냐, 문관!"

무섭게 문을 두드리는 소리와 해의 성난 목소리는 점점 커지고 있었으나, 곁방을 지키는 문관에게는 들리지 않는 소리였다. 걱정이 되는 것은 서원에 바짝 귀를 붙이고 있을 이들에게 소리가 새어나갈 것이었지만 저녁수라를 들여왔을 때 즈음, 소리는 잦아졌다.

자파의 노비를 물리치고 직접 소반을 든 문관이 곁방 문을 열

---

* 첩:출입을 막기 위해 문을 닫고 그 위에 가로질러 박는 나무

었다. 안쪽 구석에 몸을 기댄 해는 그가 들어오는 것도 모른다. 소반을 내려놓고 그 앞에 무릎을 굽히고 앉지만 기척도 느끼지 못한다. 용안을 가린 머리카락 사이로 보이는 눈이 지독히도 까맸다. 어느 곳에 시선을 두는지 알 수 없는, 초점을 잃은 눈이다.

“전하, 하저(下箸)하시어야…….”

수라가 절반 이상 물려 나간 것이 벌써 며칠이라, 더는 보고만 있을 수 없어 수저를 쥐어줄 양으로 우묵하게 뼈가 드러난 손목을 잡아 올리는데, 수라를 권하던 문관은 말을 잇지 못한다.

“…….”

목이 꽉 막혀 한숨도 나오지 않는다. 문관의 손에 들린 것은 힘없이 오므라진 어수였다.

온통 파랗고 검붉은 피가 맺힌 손은 살갗이 짓이겨져 검붉은 실타래를 보는 것 같다. 구부러진 손가락에, 손톱도 나무 깍지와 피가 엉긴 채 부스러져 있다. 드세게 두드리고 짓이겨 뭉그러진 손은 마른 나무 껍질처럼 거칠게 갈라져, 그 사이로 굳어서 엉긴 피가 영견(領絹)* 으로도 잘 닦이지 않는다.

문이 부서져라 두들겨 댄 손이었고 열리지 않는 문을 갈퀴질하며 나무살을 긁은 손톱이었다. 겹으로 댄 문이 얼마나 단단한지도 모르고, 그것을 두드리는 살이 아픈 것도 모르고 드세게

---

* 領絹: 손이나 몸을 씻는 데에 쓰려고 만들어놓은 베 조각

두들긴 결과였다.

"마마를 뵈신다 하셨사옵니까."

피와 엉켜 덩어리진 손톱 밑 나무 껍질을 빼내며 문관이 물었다. 어금니를 꽉 문 잇새로 나오는 목소리는 떨렸다.

"마마를 뵈시오면 어찌하시려 하셨사옵니까. 마마께 보이시려는 생각이셨는지요."

피가 번진 손에 열이 오른다. 살점이 비칠 정도로 떨어진 손톱이 쓰라릴 만도 한데 아무 반응이 없다. 상한 것은 어수였으나 못쓰게 된 것은 그뿐이 아니었으니.

"무엇을 위해 도모한 일인지 잊으셨사옵니까."

상한 몸과 함께 마음까지 비틀어져 버렸다. 그렇지 않다면 자수전 왕후에 대한 말에 이렇듯 조용할 수 없다.

"어느 분 때문이었는지 잊으셨사옵니까."

"……."

아예 정신을 놓은 모양으로 소형마저 기억하지 못하는 듯하다.

이제 문관도 수라를 강권(强勸)할 생각은 사라진 지 오래. 영견을 적셔 어수를 닦다 곁방을 나선다. 상처에 바를 약이 필요했다. 더불어 자꾸 모진 소리를 쏟아내려는 자신을 다스릴 시간도 필요했지만, 눌러두려던 속내는 문을 나서기도 전, 제멋대로 비어져 나온다.

"왕후마마께서 지금의 전하를 뵈오신다면 다시는 전하를 뵈려 하시지 않을 것이옵니다."

곧 회랑(回廊)*으로 문관의 발소리가 멀어지고 방에는 영견 조각에서 떨어지는 물기 어린 소리만이 남았지만, 고요함이나 침묵은 존재하지 않았다. 무수한 사념이 해의 주변을 어슬렁거리고 있었다.

어찌 잊었겠는가. 이토록 후회하고 가슴 뜯는 일을 어떻게 잊을 수 있을까.

혹시나 싶어 만지고 또 만졌다. 만나지 못하게 되더라도 미치지 않게. 보고 싶어서, 그리워 미치지 않게 눈 안에 담아두고 손으로 기억하려 했다. 죽기 전까지만 떠올릴 수 있게 각인시켜 두려 하였다. 그래서 하룻밤 동안을 거머안고 놓지 않았다. 꼭 껴안고 쓰다듬으면 분명 기억할 수 있으리라 생각했다. 그렇게 믿었다.

하지만 허튼짓이었다. 아무것도 기억나지 않는다. 향내와 감촉이 손안에 남아 있질 않다. 품이 얼마나 따뜻했는지 얼마나 유했는지 떠올려지지 않는다. 그를 부르던 옥음도 언제 들었는지 모르게 아련하다. 하얀 옥안마저 떠오르질 않는다.

선정전에서 죽어야 했을까? 소형을 잊기 전에 죽는 것이 나았을까? 차라리 그때 죽어야 했는지 모른다. 그리워 보고 싶다 느끼기 전에 죽어야 했다.

이제는 보고 싶다는 간절함에 죽지도 못한다. 죽으면 소형과

---

* 回廊: 양옥의 한 방을 중심으로 둘러댄 마루

는 영영 만나지 못한다. 살아 있으면 만날 수 있다는 덧없는 기대에 죽지 않으려 발버둥 친다.

지금, 그의 명줄을 태우고 있는 것은 그리움이었지만, 그를 죽지 않고 버티게 하는 것 또한 그 그리움이었다. 죽음보다 더 무서운 고통과 죽고 싶어도 죽을 수 없는 괴로움을 알아버렸다.

욕심이었다. 섣부른 행동이었다. 소형의 마음에 들기 위해 강건한 왕이 되려 했던 것은 잘못된 생각이었다. 유약한 왕이어도 좋았던 것을. 사모하는 마음은 받지 못해도 소형과 함께 있다는 것에 만족해야 했다. 그랬다면 소형과 떨어지는 일은 없었다. 연정에 사무쳐 광인이 되지도 않았다.

해도 자신이 미쳐 가고 있음을 알고 있다. 선왕께서 물려주신 왕좌도 집어던지고 나약한 그림자가 되어간다. 이젠 소형이 원하던 강인한 왕은 고사하고 허울뿐인 왕도 되지 못한다. 더 이상은 은애받을 수 있는 사내도 아니요, 남아 있는 것은 오직 그녀의 지아비라는 명목뿐이었다.

아마도 이처럼 나약한 지아비는 다시없을 것이다 자조하는 얼굴은 망연했지만, 순간 넋을 빼고 떨어져 있던 손이 짧은 떨림을 보인다.

그래. 지아비였다. 아직은 그가 소형의 지아비다.

"왕후마마께서 지금의 전하를 뵈오신다면 다시는 전하를 뵈려 하시지 않을 것이옵니다."

이제야 심장이 동요하기 시작한다. 진정 소형에게 버림받는 것이 무엇인지 깨닫는다. 이대로라면 정말 소형에게 버림받고 만다.

강하고 굳센 군주가 되기를 원했다. 당당하고 위엄이 넘치는 왕좌의 주인이기를 바랐다. 금군이 장진에서 퇴진하던 날, 소형은 그런 자신을 보며 환하게 웃었고, 자신이 그리되기를 바라며 아비를 죽일 전장으로 보내주지 않았는가.

연심을 돌려받지 못해도 좋다. 무능한 왕이라 사모하지 않아도 괜찮다. 지아비로서 버림받지 않는다면 그것으로 족하다. 그러니 강해져야 한다. 강건한 왕은 되지 못해도 강인한 사내가 되어야 한다.

엉망으로 찢어진 손이 연대에 있는 소반에서 수저를 든다.

죽지 않는다. 소형을 만날 때까지는 광인이 되지도 않겠다. 검게 부어올라 주먹도 쥐어지지 않는 어수였지만 해는 수저를 쥐었다. 곧 도약과 약제를 갖춘 문관이 돌아왔지만 시중 없이 수라를 들고 있는 해의 모습에 놀라지 않는다. 자수전 왕후에 흔들리지 않을 왕 전하가 아니었다.

그러나 왕께서 아직 미치지 않았다 안도한 것도 두 날뿐, 갑작스러운 연경궁으로의 이어(移御)에 문관은 선뜩함을 느꼈다.

이것은 또 무슨 속셈인 것일까. 문관은 왕을 자신의 서원에서 내보낸 자파의 의중을 알 수 없었다. 단순히 왕을 궁으로 모시

겠다는 충심은 아닐 텐데. 뭔가 음흉하고도 불길한 기운이 느껴
졌다.

그러는 중에도 시간은 착실히 흘러 왕께서 유폐된 지 한 달하
고도 보름이 지났다. 연경궁으로 이어한 지는 정확히 이레 만이
었다.

아침 수라를 들여오고 얼마 지나지 않은 시각. 수라를 들여오
거나 왕의 동태를 살피는 것 외에 출입이 없던 연경궁으로 낯선
사병의 무리가 들어서는 것에 문관의 가슴이 덜컹 내려앉는다.
폐위 전교를 가지고 온 것일까. 아니면 왕의 명줄을 끊어놓으라
는 자파의 명을 받았나.

허나 왕께서 유폐되신 지도 벌써 달포가 지났는데 외부와 소
통이 불가하게 가둬두기만 했을 뿐, 폐위를 시키지도 칼을 들이
대지도 않는 것이 오히려 불안했다. 그렇다고 원하는 것이 따로
있지도 아니한 것 같으니 어느 날이든 왕을 해하기 위해 사병을
보내오겠구나 각오한 터지만, 점점 가까이 다가오는 무리에 바
짝 긴장한 몸은 굳었다.

변란이 있던 날, 자파는 자신을 축출하는 데 동의한 왕당파의
무리는 물론 궁중에 숙직하고 있던 이들까지 모조리 죽였다. 왕
의 곁에서 손과 발이 될 만한 궁인들은 모두 떼어내 버렸다. 그
나마 문관을 살려둔 것은 왕과 소통할 최후의 가교(架橋)가 필요
했기 때문이다.

그렇듯 그 외의 다른 이는 왕 전하의 시중들 궁인 한 명 허락

지 않고 수라조차 자파가의 사람이 들여올 만큼 경계가 삼엄하였으니, 지금 들어오고 있는 무리가 목 상궁을 데리고 오는 자들임을 어찌 알 수 있으랴. 다가오는 무리를 불길하게 바라보다 목 상궁을 발견하고서야 얼굴이 환해져 석단을 내려온다.

"오래간만에 뵙습니다, 홍 내관."

"어찌 오셨습니까!"

반갑고 놀란 마음에 한걸음에 내려섰다. 목 상궁이 든 걸 왕께서 아시면 참으로 기뻐할 것이었다.

헌데 이상하게도 불안한 기운이다. 목뒤가 서늘하다. 중흥택 서원에서 연경궁으로 이어한 지금까지, 자파의 사람들만이 드나들던 이(李)가의 소굴로 목 상궁을 들게 한 저의가 의심스럽다.

"전하께오선 무탈하신지요. 왕후마마께서 많이 걱정하셨사옵니다."

목 상궁은 아직 자파의 모반에 대해 자세히 들은 바가 없었다. 그저 왕 전하의 안위를 확인할 수 있다는 것에 벅차 다른 생각은 하지 못한다.

"전하께선 강녕하십니다. 왕후마마께서는 어떠신지요. 마마께서도 무탈하신지요. 무사하십니까."

왕께서 무사하시다는 말에 안도하던 얼굴이 어두워지는 것이 심상치 않다. 물음에 답은 하지 못하고 시선을 피하는 모습에 문관은 다급해졌다.

“무슨 일이 생기셨습니까.”

“마마께오서는…….”

목 상궁은 차마 떨어지지 않는 입을 억지로 뗐다. 국공의 명으로 왕 전하의 시중을 들기 위해 든 것이었으나, 그보다 우선 왕후마마께서 사가로 출궁하셨단 사실을 왕께 알려야 한다 생각했다.

“마마께서는 사가로 돌아가셨사옵니다.”

“마마께서 출궁하셨단 말씀이십니까!”

왕께서 유폐되셨는데 궁을 떠나시다니, 한 번도 생각지 못한 일이었다. 곤성전 마마도 아니고, 자수전 마마가 그리하셨다는 것이 문관은 믿기지 않는데 진짜 큰일은 달리 있었다.

“마마 스스로 출궁하신 게 아닙니다. 끌려가셨습니다. 국구의 오라버니들 손에 억지로 끌려 나가셨습니다.”

지금껏 자파의 사병 무리 속에서도 위축되지 않았던 목 상궁이 오열을 삼키며 말하지만 아무것도 떠오르지 않는다. 아무 생각도 할 수 없다. 자파가 어찌 나올까 그리도 많은 궁리를 했건만 지금은 머릿속이 하얗기만 하다.

자수전 마마의 소식에 참으로 기뻐하실 왕 전하만 생각하고 있었다. 어찌 지내고 계신지, 많이 걱정하고 계신다는 말을 전해 드리면 전하께서도 기운을 차리실 것이라 생각했는데, 일이 틀어져 버렸다. 목 상궁을 만나게 해서는 안 된다. 자수전 마마께서 사가로 돌아가셨다는 사실을 알게 해서는 안 된다. 왕후마

마를 빼앗겼다는 사실을 알게 된다면 그의 왕은……. 왕께서
는…….

생각을 멈춘 문관에게 피리새의 울음이 유난히 크게 들려왔다.

문관은 이제야 자파의 생각을 알았다. 아마도 자수전 왕후의
소식이 왕의 귀에 들어가길 바란 것이리라. 왕의 마음을 흔들어
놓으려는 심산이었다.

그것을 눈치 챈 문관은 서둘러 말했다.

"전하께 목 상궁이 다녀가셨다 전하겠습니다. 오늘은 일단 돌
아가시지요."

자파가 가진 속내가 그것이라면 목 상궁이 왕을 알현하게 둘
수 없었다. 목 상궁이 들었었다는 사실조차 전하지 않을 생각이
다. 그러나 자파가 목 상궁을 그냥 들여보냈을 리는 없었다.

"왕후께서 어디에 계신다고?"

의경할 새도 없이 뒤를 돌아본 곳에는 해가 있다. 예전의 용
체는 찾았으되 문밖출입은 좀처럼 하지 않던 해가 하필 지금 이
곳에 있는 까닭이 무엇인지는 의심할 필요는 없었다. 층대 난간
에 서 있는 해의 뒤로 견룡, 동도의 모습이 보인다. 자파가 그에
게 미리 말을 넣어둔 것이다. 목 상궁이 그냥 돌아가는 일이 없
도록 왕을 나서게 했다.

"왕후께서 어디 계신지 물었다!"

목 상궁이 입시했다는 동도의 귀띔에 서둘러 달려온 모양으
로, 거친 숨을 삼키며 묻는 용안이 창백했다.

"전하……!"

자파의 간계를 모르는 목 상궁은 용안을 뵈자마자 땅에 부복하여 눈물로 아뢴다.

"마마의 사가 오라버니들께서 마마를 모셔갔사옵니다."

자파가 원하는 대로 되어가고 있었다. 어느새 해의 눈이 변했다.

"곤성전도 출궁하였느냐."

초조함에 흔들리는 시선이 격하게 뛰는 심장을 보는 것 같다. 목 상궁의 대답 여하에 따라 멈춰 버릴 심장이 발아래 부복해 있는 목 상궁을 내려다보고 있다.

"곤성전 마마께오서도 출궁하시긴 했사오나 상궁, 나인들이 함께 사가로 돌아가셨다 하온데, 자수전 마마께서는 궁인 아이도 대동치 못하셨사옵니다. 또한 송구하옵게도 국구의 어느 사저에 거처를 두셨는지 알 길이 없사옵니다."

명백한 도발이자 겁박이었다. 제 여식을 화마가 휩쓴 궁에서 거처를 옮기게 한 것이 아니라, 해에게 보란 듯이 감춰 버렸다. 이젠 아무것도 가진 게 없는데 무얼 더 빼앗으려 함인가.

올려다봐야 하는 시선에 용안보다 층대 난간을 움켜잡은 어수가 먼저 문관의 눈에 들어온다. 격분으로 붉어진 손에 하얗게 도드라진 뼈가 주인을 대신해 울부짖고 있었다. 겉으론 차분해 봬도 오히려 그것이 위태롭게 느껴지는 함묵이었다.

"전하……."

두려워 입을 떼지만 이을 말
는 곳에 갇혀 있대도 어쩔 수
상후의 행방을 찾는 것조차 불가
는 곳을 알아낸다 한들 손쓸 방도
를 골몰하는 왕의 머릿속에 무슨 생
자수전 왕후에 관해서라면 자신을 통
니 무슨 일이 벌어질지 가늠할 수 없었

제미……

다.

결국 그런 불안감은 실제가 되어 차라리 왕께서 발광한 채로 있는 게 나았을 거라 생각을 하게 만들었다.

"나의 비를 돌려받겠다."

문관이 몰랐을 뿐, 이미 발광해 있었는지도 모른다.

"선위를 할 테니 왕후를……."

이번에야말로 왕좌를 내어주는 것이다. 소형을 갖기 위해서.

"내 비를 돌려달라 전하라."

문관의 왕은 그렇게 미쳐 가고 있었다.

연경궁으로 승지가 들었다. 왕이 유폐된 궁에 승지를 들게 허락하는 자파의 얼굴은 희희낙락이었다. 이미 선위에 대해 동도에게 전해 들은 바가 있기 때문이나, 생각지도 못한 훼방꾼이 끼어들어 그 앞을 가로막을 줄은 몰랐던 때다.

"이 무슨, 말도 안 되는 소리요! 양위라니. 전하께서 친정을 하신 지 얼마나 되었다고."

왕의 전위 소식에 문하부와 밀직사, 양부 공론이 일어났다.

"그렇고말고요. 전하의 보령 이제 열여덟, 앞으로 한창이실 땐데 누구에게 전위를 한단 말입니까. 거기다 정녕 양위를 하신 다면 전하의 왕숙들이 계시질 않습니까. 뭐, 반역을 도모한 대방공이나 대원공은 그렇다 쳐도 제안공이나 원명국사가 있는데 국공에게 양위를 하심도 말이 되질 않지요."

그들의 말대로 마땅히 왕좌를 이을 왕족이 없는 것도 아닌데, 왕실의 곁가지도 아닌 그가 종실 혈통을 제치고 나설 수는 없는 노릇이었다. 두 왕후 중 한 명이 세자를 생산하였다 해도 불가능할 일에 귀족들 또한 왕의 정통성을 내세워 반대하는 눈치였으나, 불행히도 그것을 드러내고 반대할 귀족은 몇 없음이 문제였다.

"허나 왕께서 직접 선위의 뜻을 밝히신 이상 분명한 명분이 있지 않소. 국공으로 치자면 명실 공히 선대왕마마 때의 공신이자 지금의 왕 전하의 국구이신데 안 될 것도 없지요."

문하시랑이 나서 자파를 두둔하고 나서자 둘러앉은 대부분이 고개를 끄덕인다.

"암요. 설마하니 전하께서 아무 생각 없이 국공께 양위를 하신다 하셨겠습니까. 모두 그만한 이유가 있는 게지요."

"그래, 사실대로 말하자면 전하께서 보위에 오르신 3년간 국사를 돌본 게 누구인가. 국공이시지 않나. 더 공론을 벌일 필요가 무에 있을라고."

중신들의 옹호가 이어지고 왕의 양위 고지도 있는 마당에 송나라의 해코지를 당할 구실도 없겠다, 이젠 못 이기는 척 따르면 될 참이었다. 자파의 재종형제 이수의 고사가 없었다면 말이다.

"설마하니 국구께서 그 같은 조서를 받아들이겠는지요. 어찌 신하 된 자로 주군의 자리를 이어받을 수 있겠습니까. 국구께서 양위를 받아들이지 않으실 게요."

여기서 더 욕심을 부렸다가는 처음부터 왕좌를 넘본 흑심이 들통날 것이었다. 물론 그러한 흑심은 이미 만천하에 드러난 터였으나, 적나라하게 들추어져서는 아니 될 일. 또한 끝내 이수가 뜻을 굽히지 않아 군신간의 예우를 빌미로 선위에 대한 당위성을 문제 삼기라도 한다면, 선위교지가 왕당파의 엉뚱한 이에게 흘러갈 수도 있었다.

기다려야 하는 것이다. 지금이야말로 야욕을 이룰 다시없는 기회였으나 솟구치는 탐심을 삼켜야 원하는 것을 이룰 수 있다.

결국 그렇게 해는 왕위를 지킬 수 있었지만, 자파의 욕념은 쓰디쓴 인내에 더욱 이악스럽고 검측해진다.

"소형이를 연경궁으로 보내주거라."

마뜩지 않은 기색으로 소형을 내어주는 것엔 또 무슨 흑심이

있을꼬. 그의 셋째 딸이야말로 왕을 마음대로 휘두를 수 있는
무기일 텐데 순순히 보내주려 하는 저의가 의심스럽기만 하다.

소형도 앞마당의 적거(翟車)*를 보는 순간 가슴이 철렁 내려
앉았다. 궁 밖으로 끌려 나왔어도 궁에서 그리 멀지 않은 남경
별저라 안도하던 참인데, 이보다 더 먼 곳으로 보내지는 건가
덜컥 겁이 났다.

마정(馬丁)*이 준비해 있던 것은 두 식경 전. 행차를 이끌 금
무가 든 것도 벌써 일각 즈음이 지났으나 소형은 문밖에 발을
딛지 못한다. 그럼에도 아비의 뜻이라면 거스를 수 없어 문가에
붙박인 채 움직이지 못하는데, 그런 소형이 안쓰러워 말에서 내
린 금무가 맞으러 왔다. 그는 소형이 가진 주저함의 이유를 알
고 있었다.

"전하께서 계시는 연경궁으로 입궁하시는 것이옵니다, 마
마."

그의 말도 믿을 수 없는 소형은 고개를 저었다. 아비가 지아
비께서 계시는 연경궁으로 보내줄 리는 없었다.

그래도 금무의 확언에는 귀가 기울어져 슬쩍 눈치를 살핀다.

"아버님께서…… 나를 보내주신다 하였느냐?"

"그러하옵니다, 마마. 국구께서 두 분 왕후마마를 연경궁으로

---

* 翟車:왕후가 타는 수레
* 馬丁:말을 부려 수레를 모는 사람

뫼시라는 하명이 있었사옵니다.”

그제야 안색이 밝아 퇴를 뛰어내린다. 궁을 나온 뒤로 단장을
하지 않아 처녀 아이처럼 땋아 내린 머리였으나, 단장은 아무래
도 상관없는지 몹시도 서두른다. 조급한 소형의 마음을 아는 금
무도 바삐 말에 올랐다. 뒤에는 마정이 걷어준 야청빛 휘장 사
이로 몸을 들이는 소형이 보였다. 그 뒤로 함께 입궁할 영기가
수레에 오름에 출발할 차비를 하는데 무슨 일인지 이미 올랐던
소형이 적거에서 내린다.

“너무 오래 걸린다.”

어리둥절해하는 영기를 남겨두고 금무의 가라말 앞에 섰다.

“네가 데려다다오.”

적거는 길을 따라 돌아가야 하기도 했고 호위하는 행렬이 있
어 말을 몰아가지 못한다. 그만큼 연경궁에 당도하는 시각도 지
연된다. 그보다 서둘러 당도할 방법은 직접 말을 타는 것뿐이지
만 금무에게는 난감한 일이었다. 호위가 여의치 못함도 문제고
소형과 함께 말에 오르는 것도 큰일이었다. 호종에 불과한 비천
한 몸이 옥체를 가까이하다니, 불경을 저지르는 짓이었으나 금
무는 말에서 내린다.

“잘 잡으셔야 하옵니다.”

소형을 안아 올리고 자신도 서둘러 올라 고삐를 조인다.

“금무!”

자파의 명으로 소형의 감시를 서던 청위가 막으려 하지만 금

무의 검은 말은 이미 땅을 박찼다.

"꽉 잡으시옵소서!"

말을 빠르게 모는 만큼 달리는 것은 거칠고 난폭했다. 자파의 사냥 행렬을 따라나선 적은 있어도 이렇듯 숨이 차도록 달렸던 적은 없었다. 비탈지고 기울어진 산길을 말이 뛰어오를 때마다 하늘이 움푹 꺼졌다 다시 올랐다. 당장에 하늘과 함께 떨어질 것 같은 느낌이었지만 무섭진 않다. 귀한 옥체를 상하게 할까 고삐를 잡은 금무의 팔이 몸을 답삭 안아 조이고 있다. 지아비 가 아닌 다른 사내와의 접함이었으나 저어함은 없다. 땀방울이 맺힌 이마에 달라붙는 머리카락도, 목을 조이는 숨통도 느끼지 못했다.

"왕후마마이시다. 문을 열어라!"

어느새 몸을 곧추세우며 멈춰 선 말이 연경궁 문 앞에 당도했 지만, 아직 다다른 것이 아니었다. 지아비의 용안을 보기 전까 지는, 지아비의 무사함을 확인하기 전까지는 조급증이 멈추지 않는다. 한시도 멈추지 않은 급행에 이제야 숨을 고르지만, 요 동치는 가슴은 가쁜 숨 때문인지 지아비를 만난다는 앞선 마음 때문인지 알 수 없다. 이젠 지아비가 있는 곳이 지척이라, 문 하 나만 넘어서면 용안을 뵈올 수 있었다.

행렬이 없는 소형을 알아보는 이가 없어 발도 들이지 못할 뻔 한 궁문은 요행히 금무와 안면이 있는 이(李)가의 사병이 열어준 다.

"전하께오선 어디 계시옵니까."

"제일 안쪽 전각에 거처를 두셨네."

입궁한 뒤로 소형이 정궁 내전을 떠난 적은 없다. 소형이 그러하니 연경궁이 처음인 것은 금무도 마찬가지. 안쪽 전각이라 일러주어도 그곳이 어딘지 알 리가 만무했으나, 금무는 그가 가리키는 방향을 따라 말 머리를 돌렸다.

어전까지 말을 몰아가는 것은 있을 수 없는 일이지만 그런 법도를 차릴 만큼 여유가 있지 않다. 중문을 지나 겹겹이 둘러쳐 번을 서고 있는 사병들을 헤치고 동쪽 전각의 앞뜰로 달려간다. 시야로 들어오는 전각에 숨이 더욱 가빠진다.

이곳이었다. 이곳에 지아비가 계신다. 점점 가까워지는 전각을 보며 밭은 숨을 뱉는 입술로 미소가 어렸다. 진정 한 걸음도 되지 않는 거리만 남은 것이었다.

하지만 소형이 걸음을 뗄 새는 없었다. 궁문부터의 짧은 거리를 참지 못해 말을 재촉해 가는데, 전각으로 사람의 그림자가 비춘다. 흑색 포를 입은 사내가 전각 쪽마루를 지나 층대를 뛰어내려 오고 있었다. 소형이 가까이 가는 만큼 사내도 거리를 좁혀왔다. 지체없이 다가오는 사내에 금무가 말고삐를 잡아챘다. 말이 고개를 푸드덕거리며 앞발을 치켜세웠지만 사내는 말을 지척에 두고서야 멈춰 섰다.

해였다. 왜 이제야 오는 것이냐 호통 치듯 올려보고 있는 사내는 소형의 정인이었다. 소형이 이(李)가의 여식이라 다행이라던 소형의 지아비였다.

지아비 앞에서 다른 사내의 품에 안겨 있는 것도, 말에서 내리는 것도 잊은 소형의 허리를 해가 그러안았다. 지탱할 곳 없는 손이 지아비의 어깨를 잡고 말에서 내리지만, 발이 땅에 닿지 않는다.

"아니 오는 줄 알았다."

허리를 잡았던 손이 등마루를 휘어 감아 소형의 몸을 감쌌다.

"돌려주지 않는 줄 알았어."

세게 안긴 몸 아래, 거칠한 머리카락이 소형의 얼굴을 감싸고 해가 물어뜯을 듯 고개를 묻은 어깨가 뜨거웠다.

"정말 그댄가? 그대가 맞나?"

잔뜩 쉬어버린 목소리는 물기 젖은 말을 속삭였다.

"정말 소형인가?"

살을 헤치고 들어올 것처럼 어깨를 단단히 붙든 손가락은 덜덜 떨며 소형의 몸을 확인한다.

궁에서 처음 상면했을 때와 같았다. 몸을 옭아맨 채 떨고 있는 겁먹은 어린아이. 차마 우악스러운 손길을 떨칠 수 없어 마주 안아주던 그때와 다르지 않다.

"무탈하셨사옵니까."

애틋하고 측은한 마음이 복받쳐 해의 머리를 품어 안는다. 문관과 어린 내시, 견룡이 있었지만 그들의 시선은 상관없다.

"나는 괜찮다. 그대가 왔으니 괜찮다."

필사적인 응대였다. 아직도 이것이 꿈일 줄 아는 것이었지만 소형에게 코를 묻고 내쉬는 숨에는 안도감이 묻어 있다.

"정말…… 소형이구나."

제 품에 있는 몸을 만지고 더듬어 제 여인을 확인한다. 그렇지 않아도 살이 눌리고 뼈가 물러나도록 안겨 있는 몸은 더욱 아프게 조였지만, 그렇듯 기쁜 것이었다. 소형의 내음과 감촉을 다시 기억할 수 있음이 믿을 수 없을 만큼 좋다.

"들어가시어요, 전하."

한참을 안겨 있다 주위를 돌아본 소형의 말도 듣지 않는다.

제가 만족할 만큼 부비고 끌어안고서야 내당에 들 때에도 잡은 손을 놓지 않는다. 몇 날 며칠, 제대로 잠을 청하지 못한 게 분명한 용안에 잠을 청해도 얽은 손은 풀지 않았다. 눈을 감는 것도 아까워 잠 자락이 매달린 눈꺼풀을 무겁게 들고 바라본다. 천천히 내려앉는 수마 속에 마주 누운 옥안을 시선으로 쓰다듬고 또 쓰다듬는다. 깊은 잠에 빠져서도 깍지 끼어 잡은 손에 힘을 놓지 않는다.

그 손을 소형은 가만히 바라보았다. 마르고 거칠어진 어수는 크고 단단하면서도 곱고 유했던 예전의 모양이 아니었다. 뼈 마디마디가 성기고 날카로워 곧 부서질 것만 같았다. 그 마른 모양이 안쓰러워 도드라진 뼈를 문지르는데, 달라진 것은 손만이 아니다. 움푹 파이고 파리해진 것은 눈에 보이는 모든 것이었다. 어둑어둑한 눈 밑에 길게 자리를 잡은 주름이 연치를 한참은 더 들어 보이게 한다. 광대뼈가 잡히게 마른 용안은 유했던 인상을 모지게 만들었다. 본연의 검은빛을 잃고 잿빛으로 퇴염된 머리칼도 불에 그슬린 듯 거칠었다. 이마를 가린 몇 가닥을 넘기는 데도 바스라질 것 같아 조심스럽기만 하다.

그 짧은 동안 지아비는 이렇게나 변해 있었다. 아니, 변한 게 아니라 망가진 것이었지만, 무엇이 이분을 이토록 허물어지게 한 건지 모른다. 머리카락이 하얗게 변하도록, 몸이 부서질 정도로 애달파했던 것이 바로 자신 때문이었음은 알지 못한다. 다음날로 시서, 운삼과 함께 입궁한 목 상궁에게서 그간의 사정을 듣기 전까지는 아무것도 알지 못했다.

자수전을 나온 뒤 근 열흘 만의 상면인데, 목 상궁의 문안을 받은 소형의 얼굴이 하얗게 질린다. 지난번, 목 상궁이 지아비를 배알했을 때의 일을 전해 들은 후다.

선위교지를 내렸다 했다. 아비에게 양위를 했단 말이다. 숙부의 일갈로 양위가 이루어지진 않았으나, 지아비와 아비 사이에 선위교지가 오고 갔다는 사실에 정신이 아득해진다. 그것도 자신 때문이라니. 자신을 돌려받기 위해서라니 숨이 막힌다.

가례를 올릴 때에도 해는 자파에게 금군을 내주었다. 종국에 그것을 돌려받게 된 것도 소형 때문이었으나, 소형이 궁에 들어온 이래 있었던 왕권의 실추는 모두 소형 때문이고 또 소형 때문이었다. 그리고 이제는 그것으로도 모자라 양위였다.

싫다. 원망스럽다. 왕친과 왕당파 귀족들의 말처럼 자신 때문에 망가져 가는 해가 밉고 싫다. 그들의 말대로 지아비를 망치고 있는 자신마저 소형은 미운데, 정작 해는 태연하다.

"아니 될 일입니다. 아니 될 일을 하셨사옵니다, 전하!"

오히려 소형이 화를 내는 것에 신경을 곤두세운다. 지어미에게 미움받는 것에만 온 정신이 쏠려 있다.

"그런 나는 싫은가."

부왕께 물려받은 왕위를 버린 것에 자책하는 기운은 조금도 없다. 오직 소형의 안색을 살피기에만 급급하다. 왕위를 버린 나약한 자신을 싫어하게 된 것은 아닌지, 지아비로서 왕이 아닌 평범한 사내는 부족하다 생각하는 것은 아닌지 가슴은 불안으로 움츠러들었지만 그것을 숨기려 평온함을 가장한다.

"싫어하는 건가."

소형을 바라보며 웃어도 그늘진 용안이 처량하다. 소형이 싫어해도 어쩔 수 없다는 듯 웃고 있지만 한숨에 묻힌 미소는 다른 말을 하고 있었다.

'그대가 싫다고 하면 나는 아프다. 많이…… 아플 것 같다.'

하지만 모르는 척해야 했다. 물기 어린 눈이 전하는 말을, 그렇게 애원하는 눈빛을 소형은 외면한다. 자신 때문에 꺾어지는 지아비를 볼 수는 없다. 자신에 대한 연심으로 망가지는 지아비는 용서하지 못한다.

"신첩이 전하를 더 이상 아끼지 않겠다면…… 그리하겠다면 되돌리시겠는지요."

금군을 돌려받은 것도 그녀 때문이었다. 소형의 뜻을 거스르지 않으려 자파에게 대적했고 잘못된 것을 바로잡았다. 자파 대신 이번엔 소형에게 좌지우지되었을 뿐이지만 필요하다면 이번에도 그리되어야 한다. 군주로 군림하지 못하더라도 그에게는 왕가의 혈통으로 보좌를 이을 의무가 있었으니 이(李)가의 세상에서도 왕은 그여야만 한다. 그의 혈육으로 하여금 대통을 잇게, 그가 자리를 지켜야 한다.

허나 해는 죽음이 무엇인지를 알았다. 두려움이 무엇인지, 아픔이 무엇인지를 안다. 그것을 알기 전, 그에게 그 무엇보다 무서운 것은 소형의 외면이었고, 소형의 마음을 얻지 못하는 상실감이었지만, 지금은 그것이 욕심이었음을 안다. 진정 두려워야 했던 것은 소형이 곁에 없는 것이었다. 그에게 죽음이란 소형을 보지 못하는 것이었으니 소형에게 미움받는 것은 두렵지 않다.

"아니. 그리하진 않는다."

웃음의 허울을 쓴 용안이 일그러지지만 물러서지 않고 소형에게 맞선다.

"그대가 나를 불호(不好)한다 해도…… 양위를 거두진 않아."

자파가 거절했다 하여 양위의 뜻까지 사라진 것은 아니었다. 해가 그 뜻을 거두지 않는 이상, 자파는 언제든 마음을 바꿔 왕이 될 수 있었다. 체면상 한번은 고사했지만, 문하시랑이나 다른 권신들이 한 번만 더 말을 놓아준다면 이번엔 기회를 놓치지 않는다.

그것을 알면서도 해는 선위를 거두지 않았다. 선위교지는 소형을 되찾기 위한 제물이었으나, 소형을 돌려받은 지금에도 거둘 마음은 없다. 소형을 다시 빼앗기게 될 위험은 조금도 만들지 않는다.

"그런 건 백 번이든 천 번이든 내어줄 수 있다. 그런 건……
없어도 돼."

이젠 소형의 미소를 얻기 위해 소형을 거는 짓은 하지 않는다. 소형의 외면에 아파도 참는다. 아픈 것쯤은 참을 수 있다. 모든 것을 잃고 소형의 냉대에 고통스럽다 하여도, 지금, 해가 바라는 것은 단 하나뿐이었다.

"다시는…… 떨어지지 않는다."

소형을 보고 듣고 만지는 것.

"보내지 않는다. 다시는……."

부들부들 떨리는 입가가 잇새를 베어 문 소리를 토한다.

"그대를 잃지 않아. 그대를 잃을 짓은 하지 않는단 말이다!"

옷자락에 가린 주먹의 떨림이 의대를 흔들고, 이를 갈 듯 뱉어내던 중얼거림은 이내 거친 고함으로 변해 터졌다.

얼마나 후회했던가. 소형의 마음을 얻겠단 욕심에 불가능한 일을 벌이고, 가슴을 저미는 통곡에 얼마나 아파했던가.

"왕이 아니어도 좋다."

성을 내던 눈은 금세 기울어졌다. 강해 보이려 애쓰지만, 슬픔이 일렁인다.

"이런 옷도 필요없다. 배불리 먹지 못해도 좋아. 이 손으로 풀을 베고 천한 일을 해도 상관없어. 나는 그대만 있으면…… 그대만 있으면 된다."

그것은 마음이었다. 간절한 가슴을 쏟아내고 소형이 받아주기를 바라며 기다리고 있었다.

그러나 끝내 거부당할 마음이었다.

"전하께서는 왕이시옵니다. 신첩의 지아비이시기 이전에 왕 전하이시고 이 나라의 군주이시옵니다. 그것을 잊으셨는지요."

다른 것은 필요치 않다고, 한쪽으로 고개를 기울인 해가 애처롭게 바라보지만 소형은 단호했다.

"신첩이 없어도 이 땅은 흔들리지 않습니다. 사라지지 않습니다. 허나, 전하는 다르시지요. 전하께서는 바로 이 나라이시옵니다. 전하께서 굳건하지 못하시면 이 땅이 흔들리고, 전하께서 아니 계시면 이 땅도 없습니다. 그러니, 그러니 전하……."

애틋하게 바라보는 시선에 목이 메지만 냉정하게 말을 잇는다.

"전하께서는 신첩 없이 살아갈 수 있어야 합니다."

해에게는 있을 수 없는 일이었으나, 그것이 왕후로서의 소형을 위하는 일이자 그녀를 깊이 사모해 준 그녀의 지아비, 바로 그를 위하는 일이었다. 그리해야만 그가 폐주의 낙인을 피하고 소형은 왕을 망치고 나라를 망친 계집이라는 오명에서 벗어날 수 있다.

그렇기에 소형에게는 죽어도 바뀌지 않을 신념이었지만, 서럽고 원망스러운 시선에 더는 해를 다그치지 못한다.

"나는……."

애련한 혼잣말과 함께 옥루가 흘러내렸다.

"그대와 살고 싶다."

원망스럽게 바라보다 한참이 지나서야 이은 말이었다.

"나에겐 그것뿐이다. 나에겐……. 나는, 그대만 있으면 된다."

그에게는 이 땅이 없어도 소형이 있어야 했다. 소형이 없으면 이미 죽은 것과 다를 바 없었다. 소형이 없으면 그도 없는 것이었다.

여전히 아픈 심장이 그리 말하고 있었다. 소형을 눈앞에 두고도 마음이 저렸다.

"여기가 아파서…… 내 여기가 너무 아파서."

지금도 저린 심장을 더듬어 잡는다. 가슴을 움켜잡는 손에 의대가 찢어질 듯 비틀어졌다.

"그대가 너무 그리워서, 너무 아파서……."

옥안을 마주하고 있어도 가슴이 아픈 것은 소형을 빼앗겼을 때의 두려움을 잊지 못해서다.

"죽을 것 같아서……."

아직도 그때의 아림이 남아 가슴을 쥐어뜯는다.

"보고 싶어서……."

저의 고통을 모르는 소형을 야속하게 바라보며 제가 아픔을 말한다.

낙루(落淚)를 보이고 있는 자신은 모르는 것이다. 결코 유약한 모습을 보이지 않으리라던 소형 앞에서, 혹여라도 나약함을 보일까 전전긍긍하던 그가 옥루를 보일 리 없었다. 태연한 얼굴로 눈물을 보이고 있는 그는 진정 모르고 있는 것이다.

가엾으신 분. 이분을 어찌해야 할까. 말없이 바라보던 소형의 눈가도 물기가 스민다. 서럽고 애달프게 우는 지아비가 애처로워 모질게 먹었던 마음이 흔들리고 만다.

작은 손에 끌려온 사내의 머리가 연 하늘빛 비단에 파묻힌다. 울지 못하던 사내는 지어미의 품에 안겨 서럽게 울었고, 지아비를 품에 안은 여인은 소리없이 눈물 흘렸다.

'아버님께서는 전하를 죽이실 겁니다. 전하를 그냥 두시지 않을 겁니다.'

자파는 해가 왕이어도, 왕이 아니어도 죽인다.

'살려두실 리가 없습니다.'

한번 발톱을 보인 해를 살려두시지 않는다. 살아 있으면 두고두고 불씨가 될 존재. 자파에게 그 불씨를 살려둘 인정은 없었다.

소형으로서도 이제는 막을 수 없는 일이었다. 자파는 벌써 조용히 움직이고 있었으니.

과연 그로부터 며칠이 지나지 않은 날의 해시(亥時)* 즈음.
그 야심한 시각까지 연경궁 북편 전각에는 꺼지지 않은 촛불이
있다.

"이것이 무엇입니까, 오라버니."

달빛도 구름에 가린 어두운 밤, 위태롭게 흔들리는 불빛 아래
비치는 얼굴이 음습하기 그지없다.

"이것이 가문과 마마를 살리는 길입니다."

궁의 드나듦이 자유로운 왕후의 오라비가 밤이 되길 기다렸
다 누이의 처소를 찾은 것이 불길하다. 아무도 없는 주변의 눈
치까지 보며 소곤거리는 모양새를 보아, 나누는 말도 불측한 것
이 틀림없는데, 저희끼리 밀담을 속살거리다 다시 한 번 주변을
두리번거리더니 처소를 나선다. 들어올 적엔 하물이 들려 있던
사내의 손은 빈손이었다.

"그래, 잘 처리하고 왔느냐."

연경궁 뚫린 담, 남쪽 처소에서 사내를 기다리고 있던 노부(老
父)가 돌아온 그를 보자마자 물었다.

"네. 무사히 전하고 왔습니다."

"잘 알아들은 것은 같고?"

초조할 게 없던 노부가 간만에 여유없는 목소리로 묻지만, 불
안한 얼굴은 곧 다시 환해진다.

"곤성전 마마가 아니십니까, 아버님."

"그래. 그 아인 소진이었지."

작은 소리라도 감추려 하는 사내와 달리 노부는 간교한 웃음을 숨길 생각이 없다. 일이 틀어진 줄은 모르고 곧 천하를 손에 쥐게 될 것이라 간소를 터뜨린다. 소진의 속내에 자신만큼이나 헤아릴 수 없는 검측함이 있음은 까맣게 모르고 있었다. 믿었던 여식이 기대를 저버릴 줄은 꿈에도 생각지 못한다. 그래서 자신의 뜻대로 되지 않은 상황에 대한 분노는 더욱 컸다.

곧 흉사가 생길 것을 기대하고 있던 그에게 뜻밖의 소식이 전해진 것은 그 이튿날이다.

"뭣이라! 그것을 까마귀에게 던져 주어?"

연경궁 동정을 살피던 내시의 비밀스런 전함에 희소식을 기다리던 자파의 언성이 높아졌다.

"그것이 마음이 변한 게 아니더냐."

왕에게 먹이라 건넨 두텁떡을 후원에 던져 버린 소진에게 의심이 생긴다.

"그럴 리가 없습니다, 아버님. 혹여 의심을 사 그러하신 것은 아니겠는지요."

누이동생이 그들을 배신할 리 없다는 공의의 말에도 자파의 노함은 사그라지지 않았다. 다른 사람이 보기 전에 소진의 처소 아이들이 죽은 까마귀를 치웠다지만 누군가 눈치 챘을지도 모르는 일이었다.

"상식국(尙食局)*에 일러 봉어(奉御)*를 들라 하여라. 내 이번엔 직접 보아야겠다."

이번에야말로 끝장을 낼 것이다, 왕이 죽어 고꾸라지는 모습을 보고 말겠다, 작정한 자파는 다시 한 번 소진의 처소로 음식을 보낸다. 왕의 수라에 올릴 탕이었다.

"다시 한 번 해주셔야겠사옵니다, 마마."

문하시랑의 여식이자, 소진과 소형에게는 올케가 되는 척씨 부인이 탕을 올리며 넌지시 시아버지의 뜻을 넌지시 전한다. 자파가 노린 것은 그도 동석하게 될 왕의 저녁 수라였다. 소진이 다른 마음을 먹지 못하게 두 눈으로 지켜보고 있으려는 심산이다.

그러나 탕이 올려진 팔각반을 받아 든 손은 떨렸다.

"대전 상궁에게 직접 올리라 하지 않고서요. 어주(御廚) 나인들도 있지 않습니까."

소형과 소진이 든 이후, 대전 상궁, 나인들도 모두 연경궁으로 입궁했지만, 어차피 연경궁 안의 모든 사람들은 이(李)가의 요속이었다. 자파가 명하는 것이면 왕을 독살하는 일이 아니라 그보다 더한 일도 할 것이니 굳이 소진이 나서야 할 필요는 없는데, 시아버지의 뜻을 받든 척씨는 단호했다.

"아니지요. 이것은 반드시 마마께서 하시어야 할 일이옵니다."

---

* 尙食局: 왕의 식사와 궐내의 음식을 마련한 관청
* 奉御: 상식국 관원

잔뜩 긴장한 소진에게 슬쩍 곁눈을 주고는 다리*를 드린 머리에서 은비녀 하나를 뽑아 탕에 담근다.

"어주에서 올리는 수라는 상궁내인들이 미리 기미를 보지 않사옵니까. 미리 기별을 넣어 기미를 보지 않게 하는 것은 어렵지 않을 것이나, 오늘따라 기미상궁이 들지 아니하면 전하께서 어찌 생각하겠는지요. 공연한 의심을 사지 않겠사옵니까."

잠깐 동안이었을 뿐인데 뽀얀 탕국에서 꺼낸 비녀는 담겼던 깊이만큼 검게 변해 있었다.

소진은 뉘가 보기라도 할까 가슴이 덜컥 내려앉지만 척씨는 대단한 일도 아니라는 얼굴이다. 아무렇지 않게 독이 스민 비녀를 다시 머리에 꽂으며 말한다.

"그러니 마마께서 올려주셔야지요."

하기야 왕후가 올린 탕을 감히 기미할 수 있을까. 어주에서 올라온 수라라면 응당 기미하는 것이 먼저겠지만 소진이 손수 올리는 것이라면 왕의 시저부터 닿게 할 수 있었다. 상궁들에게는 기미를 보지 않을 구실이 생기는 것이었고, 왕께서 그것을 이상타 여길 일도 없다.

"아버님께서는 곤성전 왕후마마를 믿는다 하셨사옵니다."

소진에게 다시 한 번 다짐시키려 함인지 아비를 배신하지 못하게 당부하는데, 척씨의 머리에 틀어져 있는 비녀 중 어떤 것이 조금 전 그 비녀인지 분간할 수 없다. 검게 변한 부분은 머리

---

* 다리: 여자의 머리숱을 많아 보이게 하기 위해 덧넣었던 딴머리

채 속에 감춰져, 보이는 것은 모두 칠보로 장식된 비녀뿐이다. 아무도 그것이 독에 그을린 비녀임은 알지 못한다.

소진도 그렇게 숨겨야 했다. 탕 속에 들어 있을 독을 숨기는 것뿐 아니라, 아무 일도 없었던 것처럼 태연하게 속내를 감출 줄 알았어야 했다. 그래야 아무 의심 없이 지아비를 해할 수 있었을 텐데, 소진은 그러지 못했다.

남궁에서 수라를 받고 있는 해와 소형을 보는 순간, 소반을 받친 손이 떨리기 시작한다. 욕념은 강하고 표독스러웠으나 배포는 그렇지 못한 까닭이었다.

"우리 마마께오서 어이 이리 늦으시나 하였더니, 손수 전하께 올릴 수라를 준비하고 계셨습니다."

지아비를 죽이라, 딸에게 극약을 쥐어준 자파는 소진의 얼굴이 하얗게 굳는 것을 보면서도 태평했다. 두려울 게 없기도 하거니와 초조한 모습을 보여 괜한 의심을 살 필요는 없었다.

"어서 전하께 올리시고 마마께서도 수라를 받으셔야지요."

이번엔 소진도 어찌하지 못한다. 도망칠 곳도 물러설 곳도 없다. 지금까지 어찌 참았는지, 속히 탕을 올리라 재촉하며 소진의 손에 들린 소반에서 눈을 떼지 않는다. 무슨 핑계로 아비의 눈앞에서 탕 그릇을 돌려 나간단 말인가. 자파가 노려보는 시선에 손의 떨림도 멎었다. 대신 치맛자락에 감긴 다리가 후들거렸다. 한 걸음씩 발을 뗄 때마다 심장이 떨어지고 혀가 굳는다. 손은 차갑게 얼어오는데 손바닥은 땀으로 흥건했다.

모르겠다. 이제는 모르겠다. 자신은 그저 탕을 올리고 언니 옆에 마련된 수라를 받기만 하면 될 뿐. 지아비가 탕을 잡숫든, 고꾸라지고 피를 토하든 뒷일은 상관없다. 아비가 시키는 대로 했으니 그것으로 된 것이다.

두어 발만 더 떼어내면 두려움에서 벗어날 수 있는 소진은 질끈 눈을 감는다. 상궁내인들이 소반을 받아가기만 하면 끝나는 것이다. 하지만 끝이 나기 전 갑작스러운 둔통에 다리가 꺾인다. 소반을 바로잡으려 했지만 탕국은 이미 아스러지는 꽹음과 함께 난파된 후다.

잠시 멍하게 앉았던 소진의 시야에 차갑게 굳은 얼굴의 자파가 보였다. 아니, 저도 모르게 아비의 눈치부터 본 소진이었다.

"왕후마마!"

시립해 있던 반 상궁이 달려들어 부축하지만 일어설 수가 없다.

"괜찮으십니까!"

소형도 아연하여 동생이 넘어진 자리를 살피는데, 정작 소진은 뜨거운 탕국물을 손으로 쓸어 담느라 정신이 없다.

"마마! 열상을 입으시옵니다."

반 상궁이 말려도 소용없다. 떨리는 손으로 탕국물이 널려 있는 바닥을 더듬어 잡히는 대로 소반에 담는다.

"뭘 하고 있느냐. 어서 치우지 않고!"

반 상궁의 다그침에 내인 둘이 잔해를 치우기 시작했지만 소진은 일어나지 못했다.

두려웠다. 탕에서 꺼낸 비녀처럼 탕국물이 널려진 바닥이 검게 변할까 봐 불안하고 무서웠다.

이미 오라비에게 떡을 받은 때부터 불길함을 느꼈던 소진이다. 어차피 가질 수 없는 사내. 자신이 가질 수 없다면 소형도 갖지 못해야 했으니 지아비를 죽이는 것에 죄악감이나 저어함은 없었으나, 만에 하나 아비와 함께 도모한 짓을 들킬까 두려웠다.

"자수전 마마의 수라상에 부딪히신 모양이옵니다."

반 상궁이 웃전의 과실에 변명을 올렸지만 해의 반응은 싸늘했다.

"왕후를 처소로 모시고 어의를 부르라."

소진이 올리려 한 탕에도, 뜨거운 탕국에 상했을지 모르는 소진에게도 관심이 없다. 그나마 예를 지킨 건 소형 때문이었다. 소진이 자신의 지어미여서가 아니라 소형의 혈육이기 때문이다.

그처럼 무심하기는 자파도 매한가지라, 그는 자신의 여식에게 해가 보낸 만큼의 눈길도 주지 않았다. 어쩌다 탕 그릇을 엎었는지, 왜 쏟아진 잔해를 더듬고 있는지, 그 이유도 중요치 않다. 오직 해를 죽이지 못했다는 사실에 노여울 뿐.

노한 마음에 이제는 더욱 위험하고 흉악한 방책을 떠올린다. 금나라의 궐기로 세력이 약해진 송나라 눈치도 더는 볼 필요가 없었다. 오늘이 내일로 늦춰졌을 뿐, 기회는 많았으니 오늘이 마지막은 아니었다.

"이젠 어찌해야 합니까, 아버님."

준비한 석찬을 망치고 돌아와 저녁상도 받지 않은 채 차향을 즐기고 있는 자파에게 지원이 물었다. 이미 안사람 척씨에게 전해 들은 것이 있는데, 얘기와 달리 밝은 아비의 얼굴이 다른 방도가 생긴 눈치였다.

"내 그것의 투기심을 이용하려 했거늘……."

그 짐작대로 새로운 묘책이 떠오름에 가히 상심이 크진 않았으나, 아무리 해도 소진에 대한 괘씸함이 풀리지 않는다. 찻잔을 내려놓는 손에는 짜증이 묻어 있었다.

"워낙에 배포가 없는 분이질 않습니까. 담은 외려 자수전 마마가 크셨지요."

얼마 전까지는 둘째 형 공의와 함께 소진을 두둔하던 그도 두 번은 안 되겠는지 소진의 심약한 기질을 변명 삼아보는데, 자파는 소형에 대한 말을 기다리고 있었던 것처럼 붉은색 비단 염낭(囊)을 꺼내놓았다.

"그러니 네가 자수전 아이에게 다녀와야겠다."

지원에게 염낭을 쓰윽 내밀며 하는 말이 그것을 전해주고 오라는 뜻이다.

"그렇다면…… 혹."

아들의 물음에도 칼처럼 날카로운 미소를 짓는다.

“왕의 총애를 한 몸에 받는 아이이지 않느냐. 그리 어려운 일은 아닐 게야.”

음흉하게 입귀를 비튼 자파의 얼굴엔 잔잔한 미소가 번지지만 지원은 따라 웃지 못한다.

“아버님, 자수전 마마는 아버님의 뜻을 따를 분이 아닙니다. 알고 계시지 않습니까, 그 아이 성정을.”

소형 때문에 선위교지까지 내린 왕이니 소진보다 일이 쉬울 것은 자명했지만, 지원은 자신의 누이를 너무 잘 알고 있었다. 제 손으로 지아비를 죽일 아이가 아니다. 가문을 위해 도리를 저버릴 아이가 아니었다.

그 곧은 성품을 알기에 지원은 소형을 찾아가는 것조차 두려웠지만, 아비인 자파가 그런 소형을 모를까.

“그러기에 그 아이에게 주라는 것이야. 그 곧은 기질에 그 아인 가문을 버리지 못한다. 다른 마음을 품고 이 아비를 고해바칠 건 소진이지 그 애가 아니야. 일단 손에 쥐어주고만 오너라. 그럼 저도 어쩌지 못할 테니.”

과연 그럴까. 자파의 명을 거스를 수 없는 지원이 염낭을 집어 들었다.

“내가 왜 그 아일 왕에게 주었다 생각하느냐.”

차갑게 식은 찻잔에도 제가 생각해 낸 계책이 뿌듯하여 속웃음을 짓는 자파는 이 밤, 다시 한 번 왕이 되는 몽환에 젖고 있었다.

*

“오늘은 꼭 학문소에 나가셔야 하옵니다.”

소형의 강청(强請)에 마지못한 해가 고개를 끄덕였다. 이미 기침 때부터 약조한 것이었으나 용안을 살핌에 오늘도 순순히 나갈 기색이 아니라, 아침 수라를 물리며 또 다짐을 받아내는 참이다. 그러고도 미덥지 못해 참참이 눈치를 준 터인데, 아니나 다를까, 낮 수라 즈음이 되었을 때의 해는 어찌하면 가지 않을 수 있을까 머리를 굴리고 있었다.

학문소로 나서보았자 본궁의 보문각처럼 서책이 많은 것도 아니고, 자파에게 줄을 대고 있는 학사와 강론을 할 마음도 없었다. 궁 밖 출입만 막아놓았을 뿐, 연경궁 내에선 못 갈 곳이 없었지만 어딜 가나 염탐꾼이 도사린 곳을 돌아다닐 기분도 아니다. 거기에 조정의 논의 또한 자파가 죄다 맡아 조의에 나아갈 일도 없었고 문관은 뭐에 바쁜지 통 얼굴을 보이지 않는다. 그야말로 한량 신세가 된 것인데, 소형이 해를 밖으로 몰아내는 것은 무엇을 하게 하고자 함이 아니었다. 혼자 사색을 하던, 낮잠을 자던 해는 소형과 떨어져 있을 필요가 있었다.

소형이 연경궁으로 든 것도 벌써 열흘. 그간 그가 한 일이라고는 소형과 수라를 들거나 아무 일 없이 소형을 바라보는 것이 전부였으니 선위는 고사되었어도 물러앉은 왕이나 다름없었다.

자파에 의해 왕실이 도탄에 빠진 지금은 아무리 괘념해 봤자 소용없는 일일지 모르나, 훗날을 생각하면 이대로 있을 수만은 없는 노릇이었다. 자파가 언제까지고 지금의 자파이겠는가. 이미 머리칼도 하얗게 세어 연로한 춘추에 섭정을 하는 것도 몇 해뿐이다. 자파가 없다면 그 뒤를 이어받을 이(李)가의 사람이 있을까. 소형의 수많은 오라비들, 비록 정쟁에 능하다 하나 자파만큼 뛰어난 이는 없다. 지금의 이(李)가가 있는 것은 자파가 아니면 불가능했을 것인데, 그가 없다면 그것을 지키는 것 또한 불가능하다. 여전히 무소불위의 권력을 가진 이(李)가일 것이나 지금처럼 완전히 왕실을 장악하긴 힘들다. 그때야말로 해의 세상이 오는 것이다. 미약한 왕권으로, 귀족가에 휘둘리는 것은 여전하겠지만, 왕의 자리에 서는 것이니 그때까지 해는 살아 있어야 한다. 왕의 위세를 누르고 있는 자파가 사라질 때까지 살아남아 광영을 돌려받아야 한다. 그러기 위해 지금은 왕의 모습을 지켜야만 한다. 언제 다시 용상에 앉게 되더라도 위엄을 세울 수 있는 왕으로서의 덕목을 갖춰야 한다.

그래서 소형은 해를 몰아낸다. 여인의 치마폭에 싸인 나약한 사내로 만들지 않기 위해 해를 떨어뜨려 놓는다.

하지만 오늘은 그러지 말 것을……. 다음날부터 나가마 하던 사람을 밀어내지 말 것을.

"그간 강녕하셨사옵니까, 마마."

오라비의 알현에 옥안이 굳어진다.

"어인…… 일이시옵니까, 오라버니."

마음에도 없는 웃음을 짓는 지원의 얼굴에 가슴이 조여왔다.

"아버님께서 마마께 전해 드리라는 것이 있어 들었지요."

품 안의 것을 꺼내는 얼굴에서 선웃음이 사라지지 않는데, 그 웃음이 더욱 흉흉하고 섬뜩하다.

"이것이…… 무엇입니까."

무엇이냐고 물으면서도 염낭을 받아 든 손은 떨리고 있었다.

"아버님께서 마마께 올리라 당부하신 것입니다."

여전히 웃고 있는 오라비를 보며 소형은 자신을 탓했다.

해를 떠미는 것이 아닌데. 그랬다면 오라비와 독대하는 일은 없었으니. 그랬다면 불길함 서린 이것을 받아 들지 않았을 테니.

후회하는 소형의 머리 위, 파랗게 솟은 하늘. 사뿐한 갈맷빛이 섞인 바람 사이로 햇발이 운다.

六. 밀(謐)

"찾아계시온지요, 마마."

아비의 명으로 찾아들었던 오라비, 지원이 쫓겨나듯 연경궁을 떠나고, 소형의 처소로 부름을 받잡은 금무가 들었다. 소형이 무슨 까닭에 찾은 건지는 모르나, 그녀 앞의 남빛 금낭을 발견한 금무의 눈에 경련이 인다.

한참이나 말이 없던 소형이 입을 열어 하는 말 또한 금무로서는 헤아리지 못할 속내였다.

"혹여 내게 무슨 일이 생긴다면…… 내가 전하의 곁에 있지 못하는 날이 온다면 말이다."

어찌 그런 망측한 말씀을 하시느냐는 시선에도 소형은 잔잔히 웃으며 말을 잇지만, 금무는 고개를 끄덕일 수 없다.

"네가 전하를 지켜 드려야 한다."

소형의 말을 듣잡던 얼굴도 굳었다.

"그래 주겠느냐."

소형이 답을 재촉해도 금무는 소형의 가지런한 손톱 끝에만 시선을 두고 있다.

소형의 호종이 된 지 반년. 그동안에도 그가 옳게 소형과 눈을 마주쳤던 적은 없다. 언제나 시선은 소형의 소맷부리 즈음이었지만, 지금 그가 고개를 들지 않는 것은 왕후마마의 옥안을 감히 쳐다볼 수 없기 때문일까, 아니면 자신의 마음을 감추기 위해서일까. 여전히 시선은 소형의 손끝에 둔 채 금무가 입을 열었다.

"아뢰옵기 황공하오나 소인의 주인은 국공이시옵니다. 국공의 명이 아닌 것은 따를 수가 없사옵니다."

그의 말대로 그는 이(李)가의 종복이었다. 예닐곱 살 때쯤이었을까. 노예로 팔려와 자파의 눈에 든 이후, 험한 일을 도맡아온 것이 십수 년. 소형의 호위무장으로 입궁하기 전까지 그는 자파의 암살귀(暗殺鬼)였다. 자파의 명에 따라 기밀을 훔치고 사람을 죽였다. 자파가 하라는 대로 복종했고 길들여졌다.

허나 지금은 아니었다. 사가에서는 그랬을지 몰라도 지금은 아니다.

"아니. 너의 주인은 나다."

소형이 금낭의 매듭을 풀어 보이며 말했다.

"아버님께서 내게 주셨다."

주머니 속에 보이는 것은 검은 머리터럭 한 움큼. 금무가 이(李)가의 암살귀로 들어갔을 적, 주인에 대한 충성의 맹세이자 가노(家奴)의 증표로 자른 머리터럭이었다.

이미 금낭 속 물건이 무언지 알고 있던 눈치나 보고 있는 눈은 편치 않았다. 처음부터 그의 의지와는 상관없이 강제로 잘린 머리였고, 자파의 최측근 호종무사에 오른 것에 본의는 없었으니.

"사가에서 본 적이 있다."

소형은 어릴 적 보았던 소년을 말하지만 금무는 그것이 자신을 말하는 것인지 모른다.

"나는 네가 다친 줄 알았다."

아마도 처음 살신령(殺身令)*을 받잡은 날이었을 것이다. 소형과 비슷한 나이의 사내아이가 후원에 앉아 피를 닦으며 울고 있었다. 아무리 닦아도 닦여지지 않는 핏자국에 아이는 울고 또 울었다.

"온몸에 피를 묻히고 울고 있었지."

이제야 소년이 누군지 눈치 챈 모양. 아래로 향했던 시선이 소형과 마주친다.

"기억하느냐. 너는 울고 있었다."

---

* 殺身令: 사람을 죽이는 명령

금무도 기억하고 있다. 칼로 사람을 헤집는 느낌이 어떤 것인지 처음으로 안 날을. 지워도 지워지지 않는 피 냄새에 토악질을 삼키며 몰래 울던 밤이었다. 그 후로는 어떤 명을 받들어도 울지 않게 되었지만, 그날, 눈물과 함께 버린 것은 그 자신이었는지도 모른다.

살기 위해서는 올곧음을 버려야 했다. 자파의 수하로 살려면 자기 자신을 그대로 버려야 했을 정도로 그는 바르고 곧은 사람이었다.

"전하를 지켜주세요."

그런 금무를 알기에 소형은 금낭을 돌려주면서 청한다. 표정을 드러내는 이가 아니건만 놀란 눈이 커진다.

"이제 누구의 명도 따를 필요가 없습니다. 그대의 주인은 아버님도, 이 사람도 아니니까요."

그리 말해도 철이 들 때부터 종복이었던 몸이다. 거기에 주인이었던 국공의 따님이자 왕 전하의 비(妃)가 되시는 분께서 자신에게 존대함에 놀라지 않을 수 있을까. 손앞에 금낭이 놓여 있어도 십수 년간 자신을 옭아매고 있던 천노(賤奴)의 징표인 그것을 쉬이 잡지도 못하는데, 소형은 그런 금무에게 다시 한 번 간청했다.

"내가 없어도 전하의 곁에 있어주세요."

믿을 수 있는 사람이 필요했다. 지금의 해가 의지하고 믿을 사람은 오직 문관뿐이기에 그를 지켜줄 사람을 한 명이라도 더 남겨두어야 한다.

"약조해 주시겠습니까."

그러기 위해 소형은 금무를 재촉하지만 약조를 받기도 전, 낮수라 때를 맞춘 해가 돌아오고 말았다.

"오셨사옵니까."

먼저 자리에서 일어난 금무가 예를 갖추고, 뒤이어 소형이 해를 맞이하지만, 모든 움직임은 장문 앞에 멈췄다.

"소인, 이만 물러가겠사옵니다."

몸을 낮춰 물러가는 금무의 뒤를 지릅뜬 두 눈이 좇는다. 관을 갖추지 않아 수발에 가린 얼굴은 보이지 않았다. 까맣게 내려앉은 눈동자도 어둠에 가려 상한 속내를 드러내지 못했다. 다정히 수라를 받고 차를 따르던 소형이 지아비의 하문에 뒤를 돌아볼 때에도 그녀의 지아비는 어두운 낯이 아니었다.

"종사(從土)는 언제부터 왕후를 호종한 건가."

어떻게 받았는지 모를 수라를 물린 해는 평상에 기대 지어미를 바라보고 있었다.

"금무를 말씀하시는 것이옵니까."

돌아보는 소형의 시선을 피해 고개를 돌리며, 그냥 물어보는 것이라는 듯 무심한 표정을 짓는다. 사실은 묻고 싶은 게 많으면서. 아까부터 묻고 싶어 안달이 났으면서 나른하게 턱을 괴고 속내를 감춘다.

"규방에 있는 여인에게 호종이 있었겠나이까. 금무가 신첩을 따른 것은 신첩의 입궁 때부터였사옵니다.”

소형의 손에서 찻잔을 받아 들기는 하나 풀 내 나는 차에 입을 대지 못한다. 소형이 차와 함께 올린 상답(上畓)에 입이 썼다.

“왕후가 입궁하면 숙위에서 믿을 만한 견룡으로 호종하려 하였다.”

결국에는 본심이 나오고 만다. 금무와의 친함이 의심스러워도 투기하지 않는 척 숨기고 있었는데, 그 속내를 들켰나 싶어 얼른 고개를 돌린다. 그러나 외려 더 어쩔 줄 몰라 하는 것은 소형이었다.

“송구하옵니다. 신첩의 사가에서 신첩에 대한 심려가 앞선 나머지, 깊이 헤아리지 못하였사옵니다.”

해가 좋아하는 다과를 따로 담아내다 말고 머리를 조아린다. 지아비의 궁금증이 사가에서 딸려온 금무에 대한 의심이다 생각했기 때문이다.

또한 사실이 그런 터였다. 영기가 소형의 처소를 염탐하기 위해 보내졌던 것처럼, 금무 또한 자파의 밀명을 받아 입궁하였음을 부정할 수 없다. 하루 중 자수전에서 보내는 시간이 가장 긴 왕에, 자수전 침전을 맴도는 것을 의심받지 않을 왕후의 호종이라. 역심을 품고 왕을 해하려 들기에는 제일 쉬운 자리였다. 그런 금무에 대한 의구심은 당연하다.

허나 해가 혼자 갈무리해 가며 삭이는 속앓이는 오롯이 금무 때문이지 자파는 상관없다.

조금 전에도 장문을 넘어 소형과 함께 있는 금무를 보는 순간 숨이 멈추는 줄 알았다. 아니, 정말 목구멍이 꽉 막혀 숨을 쉬지 못했다. 끓어오르는 격분을 다스리기 위해 손을 말아 쥐고 터져 나올 것 같은 분을 겨우 눌러 담았다.

"하오나 신의할 수 있는 자이옵니다. 전하께 해가 될 이는 아니오니 심려치 마시옵소서. 신첩, 어릴 때부터 보아온지라 잘 알고 있답니다."

곡해가 있다 생각하여 금무를 두둔함에 도리어 더 큰 곡해가 생기고 있음을 소형은 모른다.

"비록 신첩의 사가 호종군이었다고는 하나 성품이 곧고 강강하여 옳고 그름에 흐트러짐이 없는 사람이지요."

사나운 눈초리가 자신에게 향해 있다는 것도 모른다. 금무를 감싸는 것에 급급해 차갑게 식은 시선을 의식하지 못한다.

"신첩의 호종무사로 있기에는 아까운 사내이옵니다."

다른 사내를 추어올리는 입술이, 자신을 보지 않는 눈이 미웠다. 너는 누구를 보고 있는 게냐. 뉘를 떠올리고 있기에 이렇듯 드센 시선도 눈치 채지 못하고 있단 말이냐. 태연하게 바라보고 있어도 그 속엔 짙은 노기가 있다.

"됐다. 믿을 만한 사내라니 되었다."

마음에도 없는 말. 사내라는 토막에서 목 막혔지만, 남아 있는 인내심을 끌어 모아 이지러지는 낯을 감춘다. 속마음은 조금도 드러내지 않은 채 소형을 향해 팔을 벌렸다.

더는 무리였다. 속내를 감추기 위해 낯꽃을 고치지 못한다. 답삭 안기는 소형을 무릎에 앉혀 가슴에 고개 묻는다. 속을 뒤집고 다니는 투정을 들킬까 얼굴을 가린다.

"단내가 난다."

꿀처럼 달큰한 음조에 파랗게 빛나는 안광이 매섭다. 소형에게 묻어나는 정과의 단내가 좋지만 마음까지 끓어오르진 않는다. 나긋하게 안겨 있는 온기에 기쁘면서도 화가 났다.

손만 잡아도 곤란해하던 소형이 달라진 게 언제부터였더라. 연경궁으로 이어한 후부터다. 가례를 올린 지도 다섯 달. 처음의 어려움이나 낯설음이 없어진 게라 생각했다. 정이 생겼나 보다 하였다. 지아비와 지어미로 만난 지 벌써 반년이니 당연한 거라고 해는 생각했지만, 그것은 틀린 생각이었다. 가여웠을 뿐이다. 강하지 못한 그가 안쓰러워 보듬어주는 것뿐이었다.

애초에 금무를 대하는 시선부터가 그를 보는 것과 달랐다. 자신과 달리 그는 곧고 강용하며 옳고 그름에 흐트러짐이 없는, 의로운 사내였다. 어쩌면 한번쯤 마음에 품었을지도. 아니, 이미 규방에 있을 때부터 마음에 두고 있었는지 모른다. 지금까지.

'그래서 너는 그 사내를 흠모하느냐. 강하고 늠연한 그자를 마음에 둔 것이냐.'

확인할 수 없는 망상이 입안을 맴돌지만 물을 수 없는 궁금증이다.

그러고 보니 입궁 때부터 유난히 교분이 좋았던 두 사람이다. 말을 잇거나 얼굴을 맞대는 일은 좀처럼 없어도 소형의 눈빛만으로도 믿고 의지하고 있음을 알 수 있었다. 그렇기에 그에게 보이는 사분한 옥안이 싫었다. 워낙에 온화한 성품을 알지만 그를 대할 적의 항시 흐뭇하고 화색이 넘치는 얼굴에 화가 났다. 소형이 그와 같은 자리에 있는 것에도 눈두덩이 화끈거렸다. 그럼에도 못마땅함을 내색지 못한 것은 그가 소형의 그림자 같은 존재였기 때문이다. 한낱 호종 따위에 투기할 정도로 떨어진 자존이 아니었다.

헌데 지금은 대수롭지 않게 넘긴 모습까지 떠올라 머릿속을 태운다. 소형이 연경궁으로 들던 날에는 그저 소형이 왔다는 것에 기뻐 그 허리에 얽혀 있던 사내의 손을 보지 못했다. 사내와 함께 말에 올라 연경궁까지 몸을 붙이고 온 것이었지만, 사내도 말 이상의 존재가 아니었다. 그때엔 소형이 눈앞에 있다는 것이 마냥 좋았었는데 이제 와 그것이 눈구멍을 파고든다. 쉬지 않고 어른거리는 그 상(像)에 두 눈이 버둥거린다.

"소형아."

그것을 감추고 소형을 덩굴처럼 감은 손이 나긋한 허리를 세게 틀어 안는다. 투기심이 목을 조여오고 있었다. 막히는 숨통만큼 움켜잡는 악력도 세지지만 유한 손길에 소형은 그것을 느끼지 못했다. 숨기려 했으나 감추지 못한 것은 용안뿐. 소형의 어깨 너머를 보고 있는 눈은 웃지 않았다.

해의 눈이 멀어간 것은 이때부터였을 것이다. 이미 아무것도 보이지 않았다.

벗어던진 왕좌에 마음이 동한 것도 이날부터였다. 조용히 숨죽여 있던 욕심이 그의 가슴을 흔들었다. 권력에 대한 의지가 아니라, 자신의 것으로 하고 싶은 하나를 손에 넣기 위해, 더 큰, 더 강한 힘이 필요했다.

"내가 다시 설 수 있겠느냐."

연경궁 제일 깊숙한 곳의 금향정, 원노각. 그렇게 묻는 해를 문관도 믿을 수 없었다. 자신이 마주한 사내가 진정 왕인지, 지금 자신이 들은 성음이 왕의 것인지 믿을 수 없다. 무언가를 잘못 보고 잘못 들은 게 아닌가 싶어 눈을 크게 껌뻑이지만, 몇 번을 감았다 떠도 보이는 이는 왕이었다.

망가진 것이라 생각했는데.

발광의 징후는 없어도 정말 미쳐 있는 것이라 여기고 있었다. 자수전 왕후를 모셔다 놓으면 병이 낫는다 믿었던 때도 있으나, 왕후야말로 독이 되어버렸다. 이대로라면 자파가 물러나도 온전한 왕이 될 수 없었다. 하루 종일 왕후마마의 곁을 떠나지 못해 졸졸졸, 옥안을 훔쳐보느라고 슬쩍슬쩍, 옥체에 닿고 싶어 슬금슬금. 한시도 떨어지질 못하니 왕후마마의 품에서 영영 헤어 나오지 못할 듯싶었다.

하지만 지금 문관 앞에 있는 왕은 다른 사람이었다.

"말해보아라. 내가 다시 왕좌에 앉을 수 있겠는지."

그에게 묻고 있다. 아직도 자신이 왕이냐고. 다시 군주가 될 수 있겠느냐고.

"군주께서 일어서시는 법은 없사옵니다."

이제야 다시 비추기 시작한 서광에 문관의 옴켜쥔 주먹으로 힘이 쥐어진다. 늘어지는 입매는 간신히 말아 넣었으나 눈가가 붉어지는 것은 감추지 못하겠다.

"전하께서는 그곳에 계셔주시기만 하면 되옵니다."

그가 있는 곳이 바로 왕좌였으니 다시 일어서는 것은 문관과 궁 밖에서 왕을 지지하며 왕실을 지키고 있는 이들의 몫이었다.

"나는 궁으로 돌아갈 것이다."

원래부터 자신의 것이었던 자리에 이제야 돌아간다. 미련을 보이지 않던 왕의 복위 의지에 문관의 가슴도 벅차올랐다.

그러나 왕께서 다시 용상의 주인이 되고자 하는 까닭은 자수 전 왕후에게 있었다. 원망스러우면서도 어여쁘고, 죽이고 싶으면서도 죽어서는 아니 될 그의 왕후마마에게. 왕을 바닥으로 끌어내렸다 다시 높이 올릴 수 있는 것은 왕후마마뿐. 자파의 숙청을 도모했던 때의 불씨도 그분이었지 않은가. 다름이 있다면, 이전의 결단은 왕후마마의 밝은 옥안을 보겠다는 숙원으로 촉발됐으되 이번은 왕후마마로 인한 아픔으로 일어난 결의라는 사실이다.

"나는 왕이 되어야겠다. 도와다오."

그렇게 말하는 왕의 눈이 문관을 보며 침울하게 가라앉고 있었다. 제 것을 되찾으려 결심한 사내의 눈이 그렇듯 암울했다.

언제나 냉철한 문관이라도, 이번만큼은 알지 못할 일이었다. 왕후의 무엇이 그토록 왕을 상처 입혔는지 알 수 없다.

누구에게도 보일 수 없는 사내의 투기심이었기 때문이다. 문관에게조차 드러내지 못할 부끄러운 감정이었기 때문이다.

그것이 무엇이건 간에 문관은 왕좌를 되찾게 해준 근원에 감사했지만, 해의 심장을 떼어내고 눈을 갉아먹은 그것이 결국 소형마저 잡아먹을 것은 알지 못했다. 왕실의 외척으로 백여 년간 이어온 이(李)가의 권세가 무너지는 것과 때를 같이한 비극이었다.

이(李)가의 몰락은 분에 넘치는 권력에 지나친 오만이 가져온 당연한 결과였지만, 그것의 발단은 실로 자그마한 다툼이었다. 자파와 문하시랑의 노복이 싸움을 벌여 두 집안의 사이가 벌어진 것이다. 표면상으로는 일개 노복 간의 싸움이었으나, 변란 이후 권력을 독점한 자파에 대한 문하시랑의 불만이 전가된 사건이었다.

그즈음, 자파는 왕을 감시하기 위해 연경궁 남궁에 거처하며, 군기고의 갑옷과 무기까지 들여가 호시탐탐 반란의 기회를 노리고 있었다. 그러한 사실은 해도 알고 있었으나 군권을 빼앗긴 왕은 역당을 엄단할 힘이 없었다. 무력한 왕은 두 눈을 빤히 뜬 채로 그가 하는 짓거리를 두고 볼 수밖에 없었다.

하지만 문하시랑이 돌아서면서 입장이 달라졌다. 애초, 자파
가 그와 사돈까지 맺어가며 자신의 세(勢)로 들이려 했던 것도
군권을 장악하기 위해서였으니, 그가 등을 진다 함은 곧 군권을
잃는 것이었다. 그에 엎친 데 덮친 격으로 그가 왕의 호위군이
되겠다 자처하고 나서니 졸지에 위태로운 상황에 놓이고 만다.
결국엔 왕의 어전 안에 무기를 은닉한 사실이 반역의 죄목이 되
어 그의 군사들에게 포박당하게 된다.

　모두가 문하시랑과 자파의 반목에서 촉발된 사태였지만 그것
은 겉으로 드러난 진위였을 뿐, 사실은 문관이 꾸민 계책이었
다. 척(拓)가에 심어두었던 간자(間者)에게서 자파와 문하시랑의
사이가 틀어졌음을 전해 듣고 그를 꼬여냈다. 뜻밖에 자파에 대
한 불만이 많았던 그는 문관의 모책에 쉽게 동요했고, 종당엔
그의 힘을 빌려 자파를 옭아맸다. 더하여 반역의 확증까지 찾는
가 했지만 자파는 끝까지 발뺌하며 죄를 토설하지 않았다. 궁으
로 들인 무기도 왕 전하의 안위를 지키기 위한 것이었을 뿐, 다
른 마음은 추호도 없었다, 발명했다.

　다 잡아놓고도 난처한 지경이었다. 그가 계속하여 발명하는
이상, 어찌할 도리가 없다. 아직도 그를 지지하는 귀족 무리가
있어 국구께서 모해를 당한 것이라 주창하고 있었고, 자파를 독
단적으로 처단하기에 해의 힘은 아직 미약했다. 할 수 있는 일
이라고는 개경 밖, 별저에 연금시켜 두는 게 고작이었으니 다른
물증을 찾아야 했다. 어떠한 발명도 할 수 없을 정도의 확실한

물증이 필요했다.

허나 철두철미한 자파였다. 모두가 역모의 사실을 알고 있으면서도 쉬쉬하는데 물증을 찾는 것이라고 가할런가. 그나마 자파를 개경 밖으로 몰아낸 것만으로도 성공한 거사였다. 일단 국권(國權)에서 멀어진 자파는 더 이상 귀족들에게 이득을 줄 수 없다. 남은 것은 귀족들 스스로가 떨어져 나가길 기다리는 것뿐이었지만, 유감스럽게도 이제 해에게는 그만큼의 인내심도 남아 있지 않았다.

"물증을 찾아와라. 없다면 만들어서라도 가져와."

자파의 목숨만은 살려두어야 한다 했던 이가 뉘던가. 그렇게 소형에게 다짐한 것은 언제였고. 물증이 나온다면 그야말로 참형을 면키 어려울 것인데, 해에게는 자파의 죄를 덮어줄 마음도 없는 것 같으니 유배로 끝날 일이 아니었다.

소형에겐 국공을 죽이지 않겠다 했지만, 마음이 바뀐 것이다. 살려두지 않는다. 아니, 살려둘 수 없다. 확실히 숨통을 끊어놓지 않고서는 안도할 수 없다.

한시라도 숨이 붙어 있으면 돌아올 계책을 꾸밀 자임을 안다. 그가 살아 있다면 언제고 다시 소형을 빼앗으려 들 테니 해는 자파를 죽여야 했다. 그를 죽여야만 온전히 소형을 얻을 수 있다.

하지만 갈급증에 시달리던 해는 자신이 진정 원하던 것이 무엇이었는지를 잊고 말았다. 조급함에 눈이 멀어 눈앞의 것이 보

이지 않았다. 가장 신뢰했던 이가 뉘였는지, 무슨 일이 있어도
믿어야 할 이가 뉘인지를 망각해 버렸다. 그리하여 그토록 귀히
여기던 것을 잃는 것은 머지않은 날이었다.

　아침나절만 해도 다정하게 아침 수라를 나눴던 지아비가 성
노한 용안으로 자수전에 든 것은 해거름이 되어갈 무렵이었다.
　기별도 없이 들이닥쳐 장지문을 열어젖힌 지아비를 일어나
맞을 새도 없었다. 문이 열리는 천둥 같은 소리에 굉음의 진원
을 올려다봄이 고작이었던 소형의 치맛자락을 흙 묻은 신이 밟
고 있었다.
　"어떻게 네가…… 네가 이럴 수 있느냐."
　자신을 바라보는 지아비의 눈길이 이렇듯 무서울 수도 있을
까. 소형을 내려다보는 붉은 자위가 숨이 죄일 정도로 섬뜩하
다.
　"말해보아! 어떻게 이럴 수 있어……. 어떻게 내게!"
　망연해 있는 어깨를 틀어잡은 손도 난폭하기만 하다. 아슬아
슬하게 걸려 있던 이식(耳飾)*이 무거운 머리와의 부대낌에 방
울 소리를 내며 떨어지고, 소형을 거칠게 흔들던 손이 움켜잡은
몸을 억지로 일으켜 세우자 눈이 마주친다.
　뜨거우면서도 차가운 기운이었다. 매섭게 쳐다보는 시선이,
우악스럽게 잡고 있는 손이, 화를 참는 숨소리가 무서우리만치

＊耳飾: 귀걸이

뜨거우면서도 차갑다.

"말해라."

가라앉은 목소리도 너무 낯선 것이었다. 까닭을 알 수 없는 소형은 눈망울만 도랑질칠 뿐이다. 처음 보고, 처음 듣는 지아비의 화가 무섭지만, 알 리가 없지. 아침에는 곰살갑게 손 흔들며 나섰던 지아비인데, 저녁 수라도 함께 하마 약조하며 복숭아 정과를 보낸 것이 겨우 두 식경 전이었는데. 소형에게는 참으로 알 수 없는 겁박이고 횡포였다.

그러나 숫제 모르는 일은 아니었다.

"극제(劇劑)*는 어디 있느냐."

가쁘게 요동치던 숨이 잦아들고, 몸이 떨릴 정도로 요동치던 맥이 떨어진다.

"말하라. 그대가 가지고 있는 극제가 어디 있는지!"

그냥 떠보는 게 아니었다. 해는 소형이 오라비에게 건네받은 극제를 알고 있다.

어찌 알았을까. 처음부터 알고 있었던 것일까.

해의 손에 매달려 늘어진 몸이 후들거렸다. 입술이 바들바들 떨리고 찌르는 시선을 피하지 못하는 눈동자까지 무섭게 떨렸다.

그럼에도 발명을 하지 않는다. 외려 변명조차 하지 않는 지독함에 해의 얼굴이 하얗게 질렸다. 이제는 애원하는 얼굴이다. 불

---

* 劇劑: 독약

처럼 화내고 차갑게 성을 내는 게 아니라 애걸을 하는 용안이다.

아니라고 말해보아라. 아니지 않느냐. 아니지, 아니겠지. 극제 따윈 지니고 있지 않다 말해주길 바라고 있었다. 아니, 그것이 있다 하여도 절대 자신을 배신할 마음은 조금도 가지지 않았다 발명해 주기를 원했다. 그러나 끝내 소형에게서는 아무런 말도 나오지 않았다.

넘어갈 듯 위태롭게 끌어 올려진 소형을 무섭게 내려보다, 잡고 있던 손을 거칠게 놓아버린다.

"지켜준다 하지 않았느냐……. 나를 지켜주겠다 하지 않았어!"

주저앉은 소형 앞에 무릎을 꿇는다.

"말해라……. 말하면 살려주겠다."

애원이고 원망이었다. 화를 내다 애원하고 간청하다 화를 낸다.

하지만 그가 찾으려 하는 극제가 무엇인가. 자파가 역모를 꾀한 물증이자 발뺌할 수 없는 죄의 증거다. 곧, 자파를 죽일 수 있는 제물인 것인데, 그것을 소형이 고할 것이라 생각했는가.

"그래. 살려주겠다."

무엇 때문에 극제를 찾으려 하는지, 자파를 죽이려 했는지는 잊었다. 소형을 잃기 싫어서, 곁에 두고 싶어 그를 죽이려 함을 잊고 말았다. 이제는 오직 극제를 찾는 것이 본연의 뜻이었던 것처럼 소형을 몰아댄다.

"제발 말해다오. 제발 말해라……. 널 버릴 수 없다는 걸 알지 않느냐."

배반감 때문이었다. 목숨보다 귀히 여겼던 이가 제 편이 아니었 다는 절망에 마음을 잃었다. 거기에 난동한 투기가 눈까지 가렸다.

"내가 너 없이 살 수 없다는 걸 알지 않느냐."

웃음이 나온다. 어차피 그것을 알기에 벌일 수 있었던 짓일 터 인데. 지아비가 자신을 버릴 수 없음을 믿고 저지른 짓일 텐데.

"그래……. 난 그대 없인 살 수 없지."

실성한 사람처럼 웃으며 말하는 용안이 운다.

"그러니 말해라. 발명해 보아. 용서하여 준다지 않느냐!"

열이 올라 윽박지르는 눈시울에서 붉은 옥루가 떨어졌다. 무 겹게 떨어지는 그것에 가슴이 조여왔지만 소형은 고개를 돌린 다. 지아비가 아파할지라도 아비를 해하는 말은 담을 수 없다. 지아비를 속이는 거짓도 고하지 않는다. 입을 다물리라 굳게 다 짐했으니 죽어도 말하지 않는다.

계속된 묵묵부답의 외면에 종국에는 해가 소형을 밀치며 일 어났다.

"내가 버리지 못한다 생각하는가!"

뜨거움은 흔적도 남지 않은 싸늘한 음조였지만, 야멸치게 돌 아선 뒤로는 누군가에게서 떨어진 것이 분명한 물기가 소형의 치맛단을 적셨다. 지아비를 붙잡고 싶지만 그에게 닿지 못한 여 린 손도 옥루가 번진 검은 물빛만 더듬었다.

'전하께서도 알고 계시지 않사옵니까. 전하께오서 신첩의 지 아비시라면 그분 또한 저에게는……. 반역을 도모한 죄인이라

도 버릴 수 없는 이 사람의 아버님이 아닙니까.'

소형이 남겨진 자리엔 벗겨진 표(裱)*와 풀어진 고름만이 어지러이 엉켜 있었다. 펼쳐진 치맛자락엔 해가 밟고 지나간 흙색의 족적이 선명했으나, 짓밟힌 것은 의대가 아닌 마음이었다. 그리고 짓밟힌 마음도 소형이 아닌 해의 것이었다. 밟힌 그 마음이 어찌나 아팠던지 해는 소형을 내침이 무엇을 뜻하는지도 몰랐다.

그간 이(李)가의 두 왕후를 폐위시켜야 한다는, 종신과 귀족의 간언이 있음에도 꿋꿋이 그것을 물리쳐 오던 해가 돌연 소형과 소진을 폐비하여 내치던 날에, 소형이 지니고 나간 것은 꽃신 두 짝뿐이었다. 같기는 반역 죄인의 여식으로 내침당하는 폐비였음에도, 오래전 궁에 시집와 죽은 언니와 같은 연덕궁주라는 칭호와 함께 전답과 노비를 하사받은 소진에 비해 초라하기 그지없는 마지막 길이었다.

그리고 소형이 머무는 폐가로 문관이 찾아든 것은 그로부터 보름이 지나지 않은 날의 해 질 녘이었다. 여전히 찾을 길이 없는 극제를 찾기 위해서였다.

"송구하오나 마마의 처소를 살피라는 어명이옵니다."

소형이 쫓겨났으나 주인 없는 자수전에서도 극제는 나오지 않았다. 어디에 숨겨놓았는지 땅을 파보아도, 벽을 뚫어도 없었

---

*裱: 고려시대, 부유층 여인들이 치장하던 오늘날의 숄과 같은 의대

으니 소형이 몸에 지니고 나온 것이라 생각한 게다. 상궁들까지 거동한 것을 보아 처소를 뒤짐하고 소형의 몸까지 훑을 작정인 듯했지만, 폐비가 되었어도 왕의 여인이었던 지엄한 옥체를 함부로 대할 수는 없었다. 견룡과 상궁이 들기 전, 문관이 먼저 독대를 청한다.

"소신, 무슨 일이 있어도 극제를 찾아낼 것이옵니다."

아랫것들 앞에서 욕을 보이기 전에 스스로 내어놓으라는 겁박이었다. 또한 없는 물증이라도 찾아내고야 말겠다는 다짐이었다.

그러나 문관은 극제를 찾지 못할 것이다. 그 누구도 소형이 지니고 있다는 극제를 왕 앞에 가지고 가지 못한다.

"잠시만…… 혼자 있게 해주시겠습니까."

생각할 시간이 필요한 것이리라. 조용히 물러난 문관은 두 식경이 지나도록 소형을 재촉하지 않았다. 처소 안은 이상하리만치 고요했으나 안을 살필 기색도 없다. 처소를 뒤엎는 사달이 벌어지지 않은 것에 안도해야 했지만, 목 상궁은 그것이 외려 몹시도 불길했다. 당장 끝을 낼 것처럼 군관들을 끌고 와서는 시간을 끄는 까닭은 무어란 말인가.

결국 불안을 이기지 못한 목 상궁이 문관을 제치고 문을 열지만 때는 이미 늦었다. 기척이 없는 처소가, 독촉이 없는 문관이 의심스러워 문을 열고 들어간 곳에는 단아한 모습 그대로 소형이 앉아 있으나, 그 눈은 산 사람의 것이 아니었다. 그 용태는 문관이 물러 나올 때와 다름이 없되, 하얀 소례복은 검붉게 물들어 있었다. 차갑게 식은 옥체를 적시고 있는 자색의 뜨거움은 눈물이 아니었다.

"마마!"

대경한 목 상궁이 소형을 보듬으나 소용없는 일이다. 선혈이 낭자한 치마폭에서 손을 잡아보지만 힘없이 늘어질 뿐이다.

그것을 목도한 문관은 조용히 문을 닫았다. 처소 안에서는 곡성이 울리고 있었지만 궁으로 돌아갈 차비를 한다. 지금은 비록 폐비가 되었으나 왕의 총애를 받던 비(妃)가 죽었음에도 태연한 모습이다.

"폐비께서…… 독물(毒物)을 드셨다."

문관의 뒤를 따라 늡사정을 나선 궁인이 뒤를 힐끗 훔쳐보지만, 처소 안 그 자리에서 무슨 일이 있었는지는 소형과 문관만이 알고 있을 뿐 아무도 알지 못했다.

"신첩을 용서하시옵소서. 약조를 지키지 못하고 떠나는 신첩을, 죄인의 죄를 묻고 가는 신첩을 용서하시어요. 전하를 지켜 드리지 못한 신첩을 용서하시어요."

병오년 6월. 해의 두 번째 비로 책봉되고 반년이 지나던 날, 그때 소형의 나이 겨우 열아홉이었다.

현겁(賢劫)

*賢劫 : 과거, 현재, 미래의 삼겁(三劫)
　　 가운데 현재의 대겁을 이르는 말

나비
매듭

第三章

一. 환생

"당신은 알고 있었어요? 알고 있었냐고요!"

내내 평정을 잃지 않던 정운이 초조하게 묻지만 도명에게서는 아무런 대답이 없다.

"삼촌은 알고 있었죠. 그렇죠!"

입을 다문 남편 대신 도하를 채근해 보나 도명보다 입이 무거운 그에게서도 나올 말은 없었다.

"내 딸이에요, 내 딸! 도대체 애한테 무슨 짓을 하고 있는 거야!"

악을 써봤자 알려줄 사람은 없다. 그저 문영에게 큰일이 벌어지고 있다는 불길한 예감뿐. 두 눈을 질끈 감고 의자에 걸터앉아 머리를 감싼다. 과연 다시 보게 될 아이가 이전과 같은 자신의 딸일까 두려움을 느낀다.

돌이켜 보면 이런 불안이 있은 것은 문영을 가지고부터였다. 태기를 느낀 지 얼마 되지 않은 날부터 집안 사람의 발길이 끊이지 않았고, 아직 태어나지도 않은 아이에 대한 대우도 남달랐다. 도명의 말로는 모두가 종가의 어르신이라 했지만, 그때까지 정운은 한 번도 본 적 없는 사람들이었다. 종손도 아닌 자신의 아이가 무슨 의미가 있다고 그렇듯 관심을 보이는 것일까. 그것부터가 정운으로서는 이해할 수 없는 일이었으나 더욱 의아한 일은 문영이 다섯 살 되던 해부터 시작되었다.

앞이 잘 안 보이는 게 아닐까 싶을 정도로 멍해 있을 때가 많은 아이는 잘 놀다가도 울음을 터뜨렸고, 이유없이 터진 울음은 쉬이 그치지 않았다. 그것이 어쩌다 한번이라면 누굴 닮아 저런 울보가 태어났나 한탄하고 지났겠지만, 가벼이 여기기엔 너무나 무겁고 거듭되는 통곡이었다. 거기다 잠을 자며 악몽에 시달리는 것도 점차 도를 더했고, 아이가 경기를 일으킬 때마다 정운의 남편은 도하를 불렀다. 그렇게 일이 생길 때마다 아이의 삼촌이 끼어드는 것이 묘하게 기분 나쁠 정도였는데, 그것이 결국엔 오늘에 이르게 되었다.

"폐비께서 깨어나셨습니다."

그는 반쯤 정신이 나간 조카를 보며 무슨 뜻인지 모를 말을 했다. 그리고 문영을 데려온 곳은 온갖 불화와 연화 문양이 가득한 곳이었다. 마치 사이비 종교의 운둔지 같은 곳에, 그렇지 않아도 불안한 정운의 마음은 더욱 심란해졌지만, 도하는 또 아무 설명 없이 문영을 낯선 사내들 손에 넘겼다. 그것을 도명도 막지 않았다.

문영에게 대체 무슨 일이 일어난 것일까. 무슨 짓을 하려는 거지? 불안을 감출 수 없는 정운은 연신 얼굴을 쓸어내리는데, 몇 분이 지났을까, 문영이 끌려간 방에서 저승사자처럼 검은 예복을 입은 사람이 나왔다.

"……!"

앉아 있던 정운이 벌떡 일어나고, 침착하던 도명도 상황을 묻듯 그에게 바짝 다가갔다. 초조한 마음을 읽은 그는 지체없이 문 앞을 지키던 남자들에게 턱짓을 해 보였다. 드디어 문영의 안전을 확인하는 순간이었지만, 안도한 것은 아주 잠시였을 뿐이다. 하얀 돌바닥 위에 꿈틀거리며 신음하는 딸을 본 얼굴이 굳는다.

"문…… 영아?"

외마디, 딸의 이름을 부른 정운이 경악한 표정으로 입을 막았다.

바닥 한가득 흐트러진 머리카락이 웅덩이를 이룬 피처럼 진득해 보였다. 그것에 휘감긴 문영이 제 목을 움켜쥐고 토정하는데, 끅끅거리는 소리만 울릴 뿐 아무것도 토해내지 못한다. 얼마나 괴로운지 손톱이 깨지고 살이 문드러지도록 돌바닥을 긁은 위로는 온통 붉은 생채기가 나 있었다.

딸을 안아줘야 하는데 가까이 가지 못하겠다. 두려운 광경에 가슴 떨어지는 신음만 삼킨다. 머뭇거리는 정운과 도명 대신 도하가 나서지만 그 앞은 좀 전의 검은 사내가 가로막았다.

"그대는 이(李)가의 봉신이 아닌가."

앳된 얼굴이나 중압감이 느껴지는 태도다.

"그렇다면 마마께서 어찌 늑사(勒死)*당하였는지 알고 있을 텐데."

그 말에 한 걸음 내딛던 도하의 발끝이 오므라들었다. 무례함이 느껴지는 응대이나 감히 거스를 수 없는 목소리다. 매사 태연자약하던 도하가 어찌할 바를 모르고 그 자리에 멈춰 섰다. 사내는 팔짱을 낀 채로 문영을 바라보고만 있었다.

문영이 소형이었던 과거를 받아들이기 위해서는 그때와 똑같이 겪어야 할 고통이었다. 지금의 아파하는 고통도 전생의 수많은 기억 중 하나. 지아비와 아비를 배신하며 아팠던 만큼 울고, 독하디독한 극제를 머금은 그때처럼 피와 살이 타는 고통을 알아야 소형은 환생한다. 전생을 불러들일 힘을 가진 자가 정광명(淨光明)*이라지만, 정광명인 그라도 현세의 문영이 전생의 고통을 기억할 때까지 지켜보는 것 외에 다른 방법은 없다. 냉정하게 문

---

*勒死: 억지로 죽임
*淨光明: 존재하는 모든 것의 근본, 죽음의 순간 나타나 죽은 자를 인도하는 투명한 빛. 살아 있는 모든 사람의 전생과 윤회를 관장하는 존재

영의 고통을 지켜본다. 조용히 소형이 돌아오는 것을 마중한다.

이윽고 무례한 태도를 지운 그가 문영에게 예를 올린 것은 몸
서리치던 몸이 죽은 듯 잠잠해진 때였다.

"어서 오시지요, 마마. 기다리고 있었사옵니다."

하지만 문영에게서는 아무런 반응도 없다. 숨도 쉬지 않는 것
이 무서운 생각을 하게 만드는데, 작게 움직인 손이 아니었다면
정말 죽었다 생각했을 것이다.

움찔움찔. 손끝을 시작으로 죽음의 순간에서 돌아오고 있었
다. 마치 죽은 적이 없었던 것처럼, 다시 태어난 적 또한 없었던
것처럼 900년 전에 사라져 가던 소형의 숨이 문영에게로 옮겨
오고 있는 중이었다.

그리고 마침내 멈췄던 숨이 터지며 푸드득 비칠거리던 몸이
일어났다. 그날의 피 묻은 치마폭에 늘어졌던 손이 바닥을 짚고
몸을 일으킨다. 떨리는 팔에 의지한 몸은 벽에 기대앉는 것이
고작이었지만, 태도만큼은 변함없이 곧고 자약했다.

"문영아."

망연자실. 넋을 놓았던 정운은 이제야 겨우 문영에게 다가갈
정신을 찾지만, 넘어질 듯 급하게 다가가던 발걸음은 정작 문영
앞에서 멈췄다. 겨우 두어 발자국을 남겨놓고는 더는 다가가지
못한다. 아니, 외려 저도 모르게 한 발 물러나고 만다.

천천히 고개를 든 아이가 자신의 아이가 아니었다. 그녀를 바
라보는 눈이 달랐다. 그녀의 딸이라 할 수 없는 한(恨)이 서린 눈

이다. 낯선 여자의 눈으로 정운을 바라보고 있었다. 그렇듯 서러운 표정이라니, 여자는 그녀의 딸일 리 없었다. 불러도 답이 없던 아이가 입을 열어 말함에 느껴지는 것도 안도감이 아닌 생경함일 뿐.

"어머…… 니."

어머니? 어머니이라고?

달싹이는 입술은 분명 그리 불렀지만, 아이가 자신을 그리 부른 적이 있던가. 지금껏 '엄마'였고, '아빠'였던 문영이다. 그렇게 낯설게 자신을 부르는 여자는 정운의 딸이 아니었다. 차분한 목소리까지도 문영이 아니다.

"문영아……."

이번엔 고개를 저으며 뒷걸음질치던 등이 도명에게 부딪힌다. 한기를 느껴 덜덜 떠는 몸을 도명이 감싸 안았지만 한번 시작된 떨림은 멈추지 않았다.

"어떻게 된 거야……. 당신, 말해봐요. 말해보라고요!"

자신의 아이가 어떻게 된 건지, 누구라도 설명해 주기를 바라지만 도하마저 정운을 외면했다. 아이 안에 들어앉은 게 무어냐 따져 물을 것이 한두 가지가 아닌데, 물을 수조차 없었다. 소리 없이 들이닥친 이들에 떠밀려 입을 떼지도 못했으니.

"소인, 문중의 자손으로 마마께 인사 여쭈옵니다."

정광명이라 하는 사내가 그랬듯 그들도 문영에게 극진한 예를 올렸다. 거기에 머리가 새하얀 노인도 예외는 아니어서 모두가 문영 앞에 부복하여 머리를 조아렸으나, 그 안에 선대를 대하는 감동은 없었다. 문영의 무심한 반응은 안중에도 없이, 몇몇은 감시하듯 문영의 주위를 지켰고 연배가 있어 보이는 무리가 사내와 얘기를 나눈다.

후대의 몸으로 현세에 다시 태어난 소형에게는 어떠한 설명도 없이 그들만의 밀담이 오간다. 저들끼리 하는 얘기라 무슨 말인지 알 수는 없으나, 사내에게 역정을 내는 눈치다. 뭔가 단단히 틀어진 모양이다. 그러나 처음부터 검은 사내에게 나이의 많고 적음은 중요치 않았다. 도하가 꼼짝을 못했던 것처럼 그의 굳어지는 표정 하나에 그들 또한 더는 말을 붙이지 못한다. 무엇에 심사가 뒤틀렸는지 팽 돌아선 노장의 얼굴엔 노한 빛이 가득했지만, 문영에게는 애써 표정을 감추며 말한다.

"마마, 가문을 위한 일이오니 따라주셔야겠사옵니다."

정중하나 명령이나 다를 바 없는 말이었다. 도명과 정운에게도 이해를 구하거나 다른 설명은 하지 않는다. 그들에게 문영은 도명과 정운의 딸이 아니었다. 눈앞의 아이는 환생한 그들의 선대였고, 가문을 위해 다시 한 번 죽어줘야 할 희생물에 지나지 않았다.

그들의 빤한 꿍꿍이속에 정광명의 입귀도 비틀어졌다. 필시 이(異)* 가에서 태어난 또 다른 왕후 앞에 데려다 놓으려는 것이렷다. 진정 소형을 죽이고자 함이다.

---

* 異: 다를 이, 李가와는 다른 이씨 집안

하기야 몇백 년 만에 찾아온 기회를 놓칠 수야 없겠지. 가문이 멸문당하고 숨죽여 살아온 세월이 얼만데, 조급도 할 것이다. 과거, 하늘 높은 줄 모르고 치솟았던 가문의 힘을 되찾고 싶어 잔뜩 몸이 달아올랐을 테니, 당장에 죽이고 싶어하는 것도 무리가 아니었다. 소형을 죽인다 하여 문영까지 죽는 것은 아니었으니 거리낄 것도 없다.

더욱이 소진이 환생한 이(異)씨 집안 또한, 잃어버린 가문의 광영을 되찾기 위해서라면 무슨 짓이든 서슴지 않을 권속들이었다. 그들에게는 그들 가문에 소진이 태어난 것만으로도 천운이었으나, 지난날 왕실로서 누렸던 홍복을 다시 누리기 위해서는 소진의 평안과 왕후로서 타고난 명운이 공명해야 했으니, 소진이 원하는 일이라면 무엇이든 할 터였다. 그렇기에 종당엔 그들도 소형을 없애려 들 것이다. 소진이 바라는 것은 해였고 그를 위해서는 소형이 존재해서는 아니 되니 말이다.

하지만 아직은 안 된다. 언젠가 소형을 자멸케 하는 날이 와도 그 때를 정하는 것은 오로지 정광명인 그만의 몫. 이(李)가의 봉신들이 천 번, 만 번 청한다 한들 동조할 수는 없다. 애초에 업을 거두기 위해 다시 태어난 몸. 죄멸의 길이 오직 죽음뿐이라면 죽게 해주는 것이 그의 소명이자 소형을 위한 일일 테지만, 그녀가 아무것도 모르는 지금은 아니었다.

제 몸에 전생을 각인시켜 환생을 거듭해 온 그들과는 다르지 않은가. 날 때부터 전생을 각성해 태어난 소진이나 해와는 다르다는 말이다.

자신이 왜 여기 있는지, 어찌 온 것인지 모른다. 무엇을 위해 환생했는지, 또 무엇 때문에 다시 죽어야 하는지 과거의 지아비와 형제가 존재하고 있다는 사실도 모른다. 지아비를 빼앗긴 원한에 독을 품은 여인이 곁에 있다는 것을, 온 세상에 그녀밖에 없었던 사내가 숨 쉬고 있음을 모른다. 하물며 후대가 작당하여 자신을 죽이려 하고 있는데, 그마저 모르는 사람을 죽일 수는 없다.

게다가 소형을 죽이고 싶어하는 자들만큼이나 절실하게 그것을 막으려 하는 이들이 있었다. 두 이(李, 異)씨 집안과는 다른 뜻으로 소형의 환생을 기다려 온 왕(王)씨 집안의 봉신들이었다.

그들은 지난 십수 년간 이(李)가의 봉신들만큼이나 끊임없이 그를 찾았다. 소형의 존재를 비밀에 부쳐 달라는 이(李)가의 간청에 그쯤이야 입을 다물고 있었지만, 그들도 소형의 환생체가 태어난 것을 알고 있었다. 환생은 했어도 각성하지 못한 문영을 찾아내지 못한 것일 뿐, 소형이 다시 태어났음을 알고 있던 그들은 그녀의 안전을 다짐받으려 했다. 집안의 흥망이 소형에게 달려 있는 것은 이(李, 異)가들과 같되, 그들 집안과 달리 가문을 일으켜 세우려면 소형이 살아 있어야 했기 때문이다.

그러나 정광명이 소형을 소멸치 않는 것에 왕(王)씨 집안과의 의합은 조금도 없었다. 본디 봉신이란 각자 제 가문의 번성을 위해 존재하는 것들이라, 그들끼리 야합하고 반목하는 일은 있어도 정광명이 그들에게 좌지우지되는 법은 없다. 그에게 그들 가문의 흥망 따위야 무슨 상관이겠는가.

어차피 소형의 살고 죽음은 두 가문에 아무런 영향을 주지 못한다. 이(李)가는 저들 가문을 위태롭게 만들 소형을 소멸시키지 않음에 노여워했지만, 소형이 죽어도 멸문한 가문은 다시 세워지지 않는다. 왕(王)가 또한 소형을 차지하면 왕으로 군림한 과거의 영화가 돌아올 거라 믿고 있으나, 소형이 있다 하여 그들의 바람이 이루어지진 않는다.

그들에게 얽힌 복잡한 연을 보지 못한 한때엔, 그도 소형의 죽음만이 소진과 해의 윤회를 멈출 수 있다 믿었지만, 지금은 소형이 죽어도 끝나지 않을 것을 안다. 소형의 소멸은 세 사람을 얽은 고리만 끊을 뿐, 연까지 없애진 못한다. 고리가 끊어진 채로 서로를 찾아 헤매는 윤회는 멈추지 않는다.

소형과 소진, 해를 얽고 있는 업(業)이 그렇게 말하고 있었지만, 그것을 읽지 못하는 봉신들에게는 그저 모든 게 단순해 보이는 모양이었다. 그리 간단히 풀어질 업이 아니건만 모두 모르고 있다. 소형이 없다 하여 소진에게로 돌아설 해가 아님을, 소형이 곁에 있다 하여 온전해질 해가 아님을 그들은 알지 못한다.

이미 900년 전에도 있었던 일인데. 소형이 자진하여 소진은 지아비의 마음을 얻었던가. 그때도 소진은 소형의 대신이 될 수 없었고, 소형이 박혀 있는 해의 마음엔 누구도 들어갈 수 없었다. 소형을 품에 안았던 해는 또 어땠고. 소형을 곁에 두고도 빼앗길까 두려워 투기심과 집착에 미쳐 갔다. 애염에 눈이 멀어 아무것도 보지 못했고, 마음까지 잡아먹혀 앞뒤를 분간하지 못했다. 결국엔 그 극렬한 연심으로 소형을 죽이고 자신마저 광인으로 만들지 않았던가.

지금이라고 그것이 다르지 않다. 소형을 죽이고 또 죽여도 그들이 조우한 900년 전의 기억을 지우지 않는 한, 달라지는 것은 없다. 소형이 죽어 없어져도 해의 정인은 오직 소형뿐이니, 은애하는 이의 마음을 갖지 못한 소진은 또 다음 생에 연심을 얻기 위해 윤회에 윤회를 되풀이한다. 해 또한 소형을 곁에 두고 미치는 것을 반복하며 또다시 억겁의 세월을 헤맬 것이 분명한데, 봉신들은 자신들이 바라는 윤회의 끝이 없음을 모른다.

그 우매함에 정광명은 혀가 절로 차질 지경이었지만, 모르는 것은 윤회의 당사자도 마찬가지였다. 소형이 다시 태어났음을 전해 듣고 제 집안 봉신을 이끌고 나타난 소진이 그랬다.

"어째서 다시 돌아오신 겝니까."

길고 긴 세월이 지나, 다시 만난 혈육을 향한 소진의 첫마디였다.

"그대들은 무얼 했단 말이야! 내 그리 일렀는데."

멀쩡히 자신 앞에 나타난 소형을 향해 입술을 깨물다, 봉신들을 돌아보며 힐책한다.

그들의 무능함에 이가 갈렸다. 갓 전생을 기억한 소형을 없애라 한 게 무엇 때문이었는데. 손톱 살이 빨갛게 드러나도록 물어뜯으며 되뇐 후회와 원망이 무엇이었는데.

언니보다 먼저 지아비를 만났더라면, 아니, 언니가 그와 만나지 않았더라면, 아니, 세상에 그녀가 없었더라면……. 그래, 그랬다면 자신이 지아비의 마음을 가질 수 있었다 원망했다. 저주를 품었다. 그래서 이번에야말로 만나지 못하게 하리라, 눈에 띄지도 못하게 하려 했는데, 눈앞의 이것은 무언지. 원망과 분노가 귓가를 따갑게 한다. 소형으로 각성한 환생체라면 그도 느꼈을 테니 곧 찾으러 올 것이었다. 만나고야 만다.

"어째서 살아나셨는지요. 약조를 잊으셨습니까."

또다시 지아비와 언니가 만나게 될지 모른다는 초조함에 이를 갈아붙이는 소진은 변한 게 없었다. 과거의 소진 그대로다.

"입이 있으면 어디 말을 해보시지요!"

20년이나 지나서야 각성한 소형과 달리, 날 때부터 그녀 자신이었던 소진은 몇 번의 환생을 거듭해도 달라진 것이 없었다. 욕심과 투기, 감찬 성품까지. 몰락한 이(李)가가 아닌, 왕(王)씨 왕조를 무너뜨리고 새로운 왕실을 일으킨 이(異)가에서 환생한 것도, 이(李)가의 봉신을 움직여 소형을 소멸케 하려던 것도 그 변함없는 욕심과 투기심에서 나왔다. 지금도 죽도록 투기하는 마음에 소형을 노려보는 시선은 퍼렇게 날이 섰지만, 그런 소진을 바라보는 소형은 두 눈만 깜빡이고 있었다.

"다시는 나타나지 않는다 하지 않으셨습니까."

지릅뜬 눈과 날카로운 목소리가 위협적이었으나, 몇백 년 동안이나 닫혀 있던 기억 탓에 소진이 말하는 약조가 무언지 생각나지 않는다.

"저를 능멸하셨습니까! 그 약조만을 믿고 전하를 기다려 왔는데, 언니께서는 약조를 지키지 않으시려는 겝니까!"

그악스럽게 화를 터뜨리고도 못다 풀어낸 분노에 소진의 턱 끝은 부르르 떨렸다. 자신은 화가 치밀어 죽을 지경인데 아무것도 기억하지 못한다는 얼굴에 더 부아가 치민다.

"진정 약조를 잊었다 할 참입니까!"

급기야 앙칼진 목소리가 빈실 밖까지 내질러지고 멍멍한 현기증이 소형의 머리를 감쌌다. 그리고 메아리치듯 방울지는 소리.

"약조하마. 다음 생이 있다면 그분을 만나지 않겠다고 내 약조하마. 절대로 그분 앞에 나타나지 않겠다. 다시 태어나지도 않겠다. 그러니……. 그러니 너도 약조해다오. 전하를 지키겠다고 약조해다오."

핏기가 사라진 얼굴이 하얗게 굳는다. 머리를 흔드는 어지러움은 증발했지만, 날아간 아뜩함 대신 잊었던 전생의 한 뭉텅이가 똬리를 틀고, 오래된 영화를 보듯 스크래치 가득한 과거의 기억이 온몸으로 감겨든다.

"약조하마."

그 속의 주인공은 소형, 자신이었다.

"다시 태어나지 않겠다."

그렇게 약조를 했다. 소진에게 약조했었다. 진정 약조를 지키지 않은 것은 소형이었던 것이다.

원래부터 제가 탐내던 물건이 제 것이 되지 않았을 때엔 남도 쓰지 못하게 망가뜨려야 성이 차던 아이였다. 시기심은 많지만 인내심이라고는 없었다. 그런 아이가 다른 여인을 마음에 품은 지아비에게 앙심을 풀지 않고 참았던 것은 모두 그 약속 때문이었다. 그 약속을 지켰던 만큼 내세에 대한 갈망과 기대는 컸을 터. 해의 사랑을 받게 될 것을 믿어 의심치 않았을 것인데 소형이 나타난 것이다. 이번엔 자신의 차례인데, 다음에는 반드시 해를 갖고 말겠다 곱씹으며 기다려 왔는데 헛된 짓이 되지 않았는가.

허탈함을 넘어 약이 오르고 성이 나 견디지 못한다. 그것을 참으면 소진이 아니지.

"차라리 죽어버리세요, 언니. 언니가 그 아이 몸에서 사라지면 되잖아요."

낮고 음습하게 뇌까리는 목소리에 독이 가득하다. 소형을 쏘아보는 눈은 벌겋게 뒤집어져 분노가 넘친다. 눈꼬리에 매달린 눈물도 억울해 죽겠다는 듯 떨어지지 않고 부들부들 떨어댔다. 악을 물고 있는 입가도 분을 참지 못해 움찔거리고 있었다.

"죽어주세요."

"……."

"죽어주세요, 언니."

자신을 언니라 부르는 아이가 죽어달라고, 차라리 죽어버리라 사정하고 있었지만 반박을 할 수도 화를 낼 수도 없다. 싫다는 말은 더더욱 하지 못한다. 자신은 처음부터 돌아오지 말아야 했으니.

아비가 지아비의 목을 조여오던 그때, 절망과 위태로움 속에 택할 수 있었던 것은 그것뿐이었다. 얼마나 절실했는지 나중 같은 건 아무래도 좋았다. 당장 지아비를 지킬 수 있다면 다음이란 없어도 좋았다. 벼랑 끝에 내몰린 소형이 할 수 있는 일은 그것밖에 없었던 것이나, 그때 분명 소진은 약속을 지켰다. 없을지도 모르는 내세에 대한 약속이었지만, 소형의 당부대로 아비로부터 지아비를 지켜주었다. 그러니 이번엔 소형이 약속을 지킬 차례였다.

어차피 약속이 아니라도 각오한 일이다. 그냥 알 수 있었다. 느낄 수 있었다. 자신을 떠받드는 모두가 바라고 있는 게 무언지. 원망 어린 시선과 차가운 곁눈질, 없어지기를 바라는 눈빛. 그들 모두 그렇게 소형을 바라보고 있었다. 소형이 사라지길 원하는 것은 소진만이 아닌 것이다. 어쩌면 지금, 소진과 만나게 한 것도 자멸을 설득키 위해서였을지 모른다.

그것을 알게 된 것도 그냥은 아니리라. 마음 깊숙한 곳에 있었던 죄책감 때문일지도. 다시 돌아간다 해도 결국 같은 선택을 하겠지만, 소형이 지아비를 위해 가문에 등을 돌린 것은 사실. 대의(大義)를 따르기 위함이었다 하나 그것은 소형이 가문에 남긴 빚이었다.

그러니 분풀이라 해도 좋다. 자신이 죽어 그들의 원한이 풀린다면 죽는 것에 한이 될 것은 없다. 그들이 원하는 대로 죽고, 그것으로 소진과의 약속도 지킨다.

"그래. 약조했었지."

옅은 미소로 소진의 악에 받친 얼굴을 응대하고 자리에서 일어난다.

"바라는 대로 해줄게. 이제 나는 그분 곁에 있지 않을 거야."

정광명에게 갈 것이다. 소진과의 약속을 지키고 가문을 멸문시킨 죄를 씻기 위해 자신을 버리러 간다.

그러나 그녀가 거둬야 할 업(業)은 가문을 버린 과오만이 아니었다. 소형의 등을 무겁게 내리누르고 있는 업보는 소진과 가문의 것만이 아니었다. 소형은 자신을 찾아 죽고 살기를 반복해 온 사내 또한 잊지 말았어야 한다.

소진만큼이나 맹렬한 원망과 집착으로 뒤틀려진 사내였다. 아니, 그의 애집(愛執)은 그보다 더 거칠고 사나운 것이라 소형이 어디에 숨어 있든 찾아내고야 만다.

과연 이번에도 사내는 놓치지 않았다. 문으로 돌아선 소형 앞에 그가 있었으니. 침입의 기운은 조금도 없이 다가온 사내가 그곳에서 소형을 바라보고 있었다.

이곳을 어찌 찾았는지는 놀랄 것도 궁금할 것도 없는 일이었다. 소형이 각성한 이상, 정광명의 함묵도 소용없다. 이(李, 異)가들이 흔적을 지우고 냄새를 감춰도 귀신처럼 소형을 찾아낼 수 있다.

외려 놀란 것은 소진이다. 이(李, 異)가 봉신들이 이중 삼중으로 둘러싼 안으로, 어떻게 들어왔는지 의문을 품을 경황도 없이 자리에서 일어난다.

"……전…… 하."

못된 짓거리를 하다 들킨 목소리는 들릴 듯 말 듯 작았지만, 그녀가 말하지 않아도 알 수 있었다. 저기 서 있는, 길게 늘어진 눈이 슬퍼 보이는 사내가 누구인지를 소형은 안다.

사모하고도 사모했던 사람. 그리움에 눈감지 못할 것을 알면서도 떼어버려야 했던 사내. 그녀의 지아비였다.

"……"

용서를 빌어야 할 사람. 미안했다 말해야 하는데 소형의 목에선 소리가 나오지 않는다. 눈이 아프고 가슴이 아픈데 눈물 한 방울 흘리지 못한다.

그에겐 소형이 전부였지만 소형에게는 그가 전부이지 않았기에. 그는 소형을 위해 모든 것을 버렸으나 소형은 아무것도 버리지 못했기에.

"제발 말해다오. 제발……. 널 버릴 수 없다는 걸 알고 있지 않느냐."

소형에게는 화도 내지 못하던 사내였다.

"용서하여 준다지 않느냐."

그런 그를 소형은 뿌리쳤다. 치맛자락에 매달린 그를 뿌리치고 스스로 제 살을 잘라내게 만들었다. 폐비당하여 쫓겨난 것은 소형이었지만 매섭게 내쳐져 서러웠던 것은 그였다. 찢어진 몸에 아파했던 것도 그다. 가슴 아프게 울었던 것도 소형이 아닌 그였다.

"내가 버리지 못한다 생각하는가."

그 속에 숨겨진 애원을 알고 있었다.
'제발……. 널 버리게 하지 마라. 제발, 제발 날 버리지 말아라.'
알면서도 아프게 했다. 당신에게 버림받는 것 따윈 아무렇지도 않아. 난 당신이 없어도 괜찮아. 버림받는 순간까지 꿋꿋하고 의연하게 돌아섰다. 돌아서 몰래 흘린 눈물은 손아래 감추고, 터져 나오는 오열은 입속에 삼켰다. 그것에 더 야속해했을 지아비였지만, 지아비가 자신을, 나아가 자신을 둘러싼 이(李)가를 버리게 하기 위해서였다.

지금도 아프게 해서 미안하다 말해야 하는데, 말하고 싶은데, 입을 열지 못한다. 또다시 그를 버려야 하기에 시선만 마주한다.

그러나 감춘다고 감출 수 있을까. 말하지 않는다고 모를 수 있을까. 굳게 다문 입술 대신 눈이 말한다. 한숨처럼 처진 눈꼬리가 곧 눈물을 쏟아낼 것처럼 슬프다 말한다.

소형을 보는 해의 눈도 그랬다. 연모와 그리움이 가득한 눈으로 소형을 본다. 정광명이 있고, 소진이 있고, 덕윤과 제삼이 있었지만, 보이는 것은 소형뿐이다.

"이제 찾았다……."

희열에 젖은 입귀가 천천히 늘어났다. 놀람과 기쁨에 벌어진 입술이 실성한 사람처럼 웃음을 흘렸다. 숨소리조차 잊어본 적 없는 여인이 그의 눈앞에 숨 쉬고 있었다. 온화한 얼굴로 그를 보고 있다.

정말로 만난 건가. 동그란 얼굴을 만져 보고 싶어 간질거리는 손을 조심스럽게 뻗는다. 조금, 아주 조금 가까이 다가갔을 뿐인데 손끝에 느껴진 따뜻한 기운에 가슴까지 간지러워진다.

정말이구나. 정말로 소형이구나. 이제야 소형을 확인한 해가 해사하게 웃으며 소형의 손을 잡는다. 가느다란 손가락을 감싼다.

하지만 이상하다. 닿지 않는다. 그에게 한 발작 물러난 소형을 만질 수 없다. 욕구를 채우지 못한 손은 움찔거렸지만 소형은 또 한 걸음, 그에게서 멀어졌다.

왜?

갸웃하고 고개를 기울여 바라보는 것에도 손을 내밀어 앞을 가로막는다. 더 이상 다가오지 말라는, 거부의 손짓이었다.

붓꽃과 목단, 금낭화들이 총총히 피어난 내원. 소진의 처소 아이들이 하는 귀엣말을 들은 것은 어느 날 아침이었다. 자줏빛 목단을 한 아름 품에 안은 궁인 서넛이 높은 누각, 정자 아래 화초밭을 지나며 속닥였다.

"손이 너도 보았어? 어제 왕후마마 처소에 들었던 남정네 말이야."

"아니? 난 세주한테 듣기만 했는데. 넌 본 거야? 얘기해 봐. 그게 해시(亥時)*도 넘은 시각이었다며?"

높이 솟은 정자 위 소형이 있는지도 모르고 저들끼리 하는 애

---

* 亥時: 밤 9시~11시

기다 신이 났다.

"글쎄 반 상궁 마마님도 물리고 그 남정네와 독대를 하셨다는데, 뭐 잠깐뿐이라지만 그 안에서 무슨 일이 있었는지는 누가 알겠어? 그것도 그렇게 깊은 밤에 은밀히."

어느새 정자 뒤 연당에 물고기 밥을 던져 주고 있던 시서와 운삼도 귀가 쫑긋해져서 화초밭 위로 자리를 옮겼다.

"그러실 만도 하지 뭐. 전하께서 어디 우리 마마를 여인으로 보아주셨어야지. 마마께 무슨 낙이 있으시겠어."

그들의 얘기를 훔쳐 듣는 운삼의 큰 눈은 대록대록 구르다 못해 빠질 지경, 시서도 어쩔 줄 몰라 소형의 눈치를 살피는 가운데, 날카롭게 숨을 들이마신 목 상궁이 곤성전 궁인들을 향한 난간을 잡았다. 듣자니 곤성전 왕후의 몸가짐이 의심스러운 것은 사실이나, 그래도 자수전 왕후의 혈육. 그에 대한 흠잡음은 곧 자신의 웃전에 대한 험언이 아닌가. 하지만 어린 궁인을 꾸중하려는 목 상궁을 만류한 이는 소형이었다.

목 상궁은 자신의 손을 잡은 웃전을 민망하게 바라보지만 소형은 고개를 저었다. 그것도 모르고 누정 아래 머리를 맞댄 아이들은 속닥임을 멈추지 않았다.

"그러고 보니 나도 어제 삼경(三更)*쯤에 남궁에서 서관 차림의 사내를 본 것 같아. 그때도 그 시각에 웬 서관이 있나 했는데, 지금 생각하니 더 이상하지 뭐야. 전하께서 이궁하신 뒤

---

* 三更: 밤 11시~새벽 1시

로는 대감마님들은커녕 내관도 얼씬하지 않는 곳에 서관이 무슨 일로 입궁했겠냐고. 내가 남궁에서 본 걸 보면 틀림없이 뚫린 담으로 몰래 빠져나간 거야. 관원이 몰래 궁을 드나드는 것도 의심스럽고, 왕후마마와 사연이 있는 사내임이 분명한 거지.”

푸른색의 녹의(綠衣)를 입은 서관이라. 다른 이들은 모두 소진의 숨겨둔 사내라 의심하고 있었지만, 소형에게는 자꾸 다른 이가 떠오른다.

지아비를 죽이려 아비가 움직일 것을 알고 있었기 때문이다. 그 사내가 아비가 보낸 사람임을 직감했기 때문이었다.

이윽고 곤성전 궁인들이 내원을 빠져나가자 목 상궁도 누정을 내려와 처소가 있는 북문을 향해 거종하지만, 소형의 걸음은 다른 곳을 향하고 있었다.

“곤성전 마마를 뵈어야겠다.”

“마마!”

서둘러 소형을 모시려던 목 상궁의 낯빛이 어두워진다. 곤성전 왕후의 고약한 작태를 목도한 것이 벌써 여러 번이었으니 만류하고 싶은 게 마땅한 심정이었으나, 먼저 채비하고 나서는 소형을 말리진 못한다.

“마…… 마마, 어인 일로…….”

소형이 스스로 곤성전을 찾은 것은 이번이 처음이라, 중문에서 마주친 반 상궁도 당혹한 눈친데, 무어에 걸리는 게 있는지

흠칫 놀라 말까지 더듬는다.

"마마를 뵈러 왔네."

그런 반 상궁 뒤로 소반을 들고 따르던 궁인들을 소형은 빤히 쳐다봤다. 과방(果房)*에서 찻상을 들이고 있던 모양인데, 연대 위 덩그마니 올라 있는 두텁떡이 몹시도 수상했다. 입안에 들러붙는 느낌이 좋지 않다. 떡을 싫어하던 소진이었기에 더욱 수상쩍음을 느낀 소형은 소진에게 절을 올리자마자 물었다.

"이것이 무엇입니까."

사사롭게는 언니, 동생인 사이에 깍듯한 대함이다. 소형으로서는 자신보다 앞서 왕후가 된 동생에 대한 예우였으나, 소진은 삐딱하게 돌아앉아 눈만으로 흘겨보며 앙칼지게 되물었다.

"왜요. 지금 내 감시라도 하려 드신 겁니까."

소형의 대접이 아무리 장하고 후하다 한들 지아비에게는 냉대받는 처지였다. 극명하게 다른 지아비의 태도에 쌓인 것은 독기뿐이다. 그러니 소형에게 부리는 패악이 더하면 더했지만 전보다 덜할 수 없었다.

"그래요. 폐하께 드릴 다과입니다. 왜, 안 될 이유라도 있습니까?"

바득바득 이를 가는 소리가 들린다.

"흐흥. 허락이라도 받아야 했나 봅니다. 전하께 다과를 올리는 것까지 자수전에 알려야 하는지 내 몰랐지 뭡니까."

---

* 果房: 수라와 별도로 다과와 차를 준비하는 곳

목 상궁도 진정 두 분이 친자매라는 사실이 의심스럽기만 했다. 소진의 투기 앞에서는 혈육도 소용이 없었다.

"그래, 내 반 상궁을 보내 여쭈어 올릴 걸 그랬지? 아니, 아니야. 이리 오셨으니, 어떻게…… 윤허해 주시겠는가?"

존대를 하고 있지만 명백한 조롱이었다. 궁 안의 법도가 지엄하다 해도 사가의 손위 형제였던 소형을 이리 대할 수는 없는 것이다. 서열이 낮아도 같은 비(妃)의 자리에 책봉된 여인을 이리 막 대할 수는 없다.

괴롭히고자 마음먹은 것이었다. 소형의 고고한 얼굴이 일그러지는 것을 보아야겠다 작심한 것이다.

그러나 동생의 암상스러움을 익히 알고 있는 소형은 동요하지 않았다. 외려 약이 오른 것은 소진이었고, 태연하게 꾸미고 있던 얼굴로 뒤틀린 속내가 드러난다.

"왜 답을 못하는 게지!"

의연한 척하고 있던 얼굴이 새파랗게 변해, 심술로 부푼 입술이 골난 턱과 함께 부르르 떨린다. 자존심을 긁으려 했는데, 별로 성날 게 없다는 태도에 저 혼자 화를 내고 열을 올린다.

"내 후궁 따위에게 전하께 올리는 다과까지 고해야 하느냔 말이다!"

강샘이었다. 유일해야 했을 자신의 자리가 양분됐음에 대한 분노였다.

그러나 소형에게는 그런 악담이 들리지 않는다. 소진이 걸대를 내려치며 모진 소리를 해대는 동안에도 시선을 둔 곳은 오직 두텁떡이 보이는 연대 위다.

"전하께 올릴 다과를 손수 가져가시려 하였는지요."

잠깐이었지만 소진의 얼굴이 얼어붙는 것을 보았다.

"과방에서 직접 들이지 않으시고요."

필시 숨기는 것이 있었다. 그렇지 않다면 찻상을 처소로 들였다 갈 필요가 무에 있을까. 게다가 지아비 전하께 올리는 다과가 두텁떡뿐이라니 이상하지 않은가.

"내 직접 만들어 전하께 올리기 전에 먼저 맛을 보려 한 것이야. 게까지 윤허를 받아야 하는 건 아니겠지."

그럴듯한 말이었지만 소진을 바라보는 소형의 눈매는 가늘어졌다. 서둘러 본연의 낯을 찾기는 했으나 고분고분 답하는 것이 더욱 이상했다. 소진이라면 화를 내야 할 터인데, 네까짓 게 무슨 상관이냐고 고함을 쳤어야 했다.

"허면 신첩이 맛을 보아도 되겠는지요."

새파랗게 변한 소진의 안색을 살피며 소형이 연대로 다가섰다. 고작해야 두텁떡. 궁에서는 흔하디흔한 것을 먹지 못하게 할 이유는 없었다.

"마마께서 손수 빚은 떡이라니 그 맛이 얼마나 좋을지 신첩, 기대되옵니다."

과연 걸대에 기대 있던 소진이 하얗게 질린 얼굴로 일어난다. 여직 찻상을 들고 있던 반 상궁도 하얗게 굳어 손을 쓰지 못하는 중, 소진이 소형의 팔을 낚아챈 것은 순식간이었다. 그리고 한참이 지나도록 소진은 소형을 놔주지 않았다. 고요한 정적 속이었지만 소진의 숨은 거칠었다.

"신첩이 손을 대어서는 아니 되는 것이라면 버리셔야지요."

속삭이는 말에 미간이 팬다.

바로 앞에서 소형을 쏘아보는 눈빛은 표독스럽지만, 한층 기가 꺾인 게 보인다.

"가…… 감히 어디에 손을 대려 함이냐. 전하께 올릴 것에 손을 닿게 할 줄 아느냐!"

잡고 있던 팔을 내치더니 소반을 광창 밖으로 던진다. 단지 그뿐이라면 떡을 내다 버릴 필요까지는 없을 텐데. 되레 화를 내며 감추려 해도 소용없다. 떨리는 손을 주체하지는 못한다. 소형이 알고 있음을 눈치 챈 것이다.

아무렇지 않은 척, 떨리는 손을 감추고 덜그럭거리는 입을 감쳐물어도, 흔들리는 눈까지 감추지는 못한다. 두려워하고 있음이 빤했다.

전하를 위해 손수 만든 다과라 속여 넘기는 짓은 할 수 있어도, 누군가 알고 있다는 위험을 안은 채 그것을 올릴 수 있는 아이가 아니었다. 더구나 목숨이 달린 일. 자신이 떡을 입에 대는 척하는 것으로도 물러나게 할 수 있음을 소형은 알고 있었다.

"목 상궁과 반 상궁은 잠시 나가들 있으시게."

하지만 아비와 소진의 모의를 고변할 생각은 없다. 지아비를 지키고 싶은 만큼이나 아비 또한 지키고 싶으니.

"나가 있으라 하지 않는가!"

안색을 보아하니 반 상궁도 소진과 아비 사이에 오간 밀담을 아는 눈치였으나, 소진과 단둘이 나눠야 할 말이다.

그제야 소진의 눈치만 살피던 반 상궁이 날름 뒷걸음질쳐 물러나고, 소진의 행태에 대경하여 쉬이 자리를 뜨지 못하던 목 상궁도 어쩔 수 없이 물러 나온다. 소진이 심한 횡포를 부리진 않을까 염려가 되었지만, 좀처럼 나지 않던 웃전의 큰소리에 토를 달 수는 없었다.

무슨 일이 벌어지고 있는지 아무것도 모르고 있는 목 상궁과 시서와 운삼, 곤성전의 아기 궁인들까지 나가고 나자 소형은 지금까지의 소형이 아니었다.

"지윤 오라버니께서 오셨었느냐."

조금 전과는 다른, 엄하고 매서운 목소리에 소진의 기가 밀렸다.

"가…… 감히."

갑자기 당하게 된 추궁에 눈도 깜빡 못하고 입술만 달싹인다.

"감히 지금 뉘…… 뉘한테…….

"물었다! 네게 저것을 가져다준 것이 지윤 오라버니인지."

겨우 정신을 다잡아 엄포를 놓으려 하던 것도 소형의 엄한 다잡음에 말문이 막힌다.

"아니면 지원 오라버니였느냐."

이렇게 위험하고 중한 일을 다른 이의 손에 맡길 아비가 아니었다. 푸른색의 서관복을 입은 사내라 했으니 전중 내급사에 제수된 지원 오라버니였음이 틀림없다.

그러나 소진은 긍정하지 않는다. 괜한 말을 보태어 위태로워질 수는 없었다. 행여 밖으로 나간 목 상궁이 떡을 줍고 있는 건 아닌가, 하는 두려움에 다른 생각 할 겨를도 없다.

소형의 말이라면 무엇이든 믿어줄 지아비였다. 소형의 말 한마디면 물증 따윈 없어도 그만이었다.

화를 피하기 위해서는 소형의 입을 막아야 하는데, 변명거리도 쉬이 떠오르지 않는다. 머릿속에 못된 시기심만 가득했지 실상 생각이 깊지 못한 소진은 입도 떼지 못하고 입술만 달싹이고 있는 형편이었지만, 정작 소형은 사실을 밝힐 생각이 없었다.

"내가 약조하마."

당장 대전으로 고하러 가면 어쩌나, 두 근 반 세 근 반 가슴을 졸이던 소진에게는 의심스러운 소리였으나, 소형에게는 간절한 애원이었다.

"다음 생이 있다면 그분을 만나지 않겠다고, 내 약조하마. 절대로 그분 앞에 나타나지 않겠다. 다시 태어나지도 않겠다. 그러니……. 그러니 너도 약조해다오."

"……."

"전하를 지키겠다고, 약조해다오."

그제야 솔깃 마음이 동한 듯 소형을 쳐다보지만, 이내 가늘어진 눈으로 소형을 쏘아본다. 다음 생이 무슨 소용이라고. 지금 당장이 중요한데 훗날에 대한 약속이 뭐라고. 다음 생이 있기나 한단 말인가. 그것을 누가 보장을 해줄 것이며 이 약조를 기억이나 할 것이냐 말이다.

"그딴 약조를 내가 할 거라 생각해?"

지금 당장 가질 수 있다면 다음은 필요없다. 자신이 먼저 갖기 전에는 아무도 줄 수 없다. 차라리 자신이 갖고 난 다음에, 그다음에는 소형에게 주리라.

"설마 아버님을 배신하려는 건 아니겠지?"

그래도 두려움은 남아 있었는지 야멸치게 쏘아붙이고 나서는 소형의 눈치를 살핀다.

"언니 때문에 집안이 멸문당할 수도 있어. 알아?"

끝내 소형이 사실을 발설할 것이 두려운 모양이었지만 가문의 존망에 가슴 졸이며 하는 말은 아니었다. 가문의 안위를 운운하면서도 실상 소진이 겁내고 있는 것은, 멸문으로 자신의 목숨이 위태로워질 사태였다.

"전하께 아뢰지는 않는다. 허나 내가 어찌하는지는 두고 보아."

소형의 말에 안도하는 듯 보이던 얼굴이 다시 굳는다.

"오늘부터 전하의 반상에 오르는 것은 모두 내가 기미할 것이야. 너와 아버님이 모의한 일을 아뢰지 않아도 내가 죽으면 그때는 전하께서도 아시게 되겠지. 나를 죽이지 않고선 전하를 해하지 못한다는 말이다."

아비가 아닌 다른 사람에게서 이 같은 중압감을 느낀 적은 없었다. 오라버니들조차 지금의 소형처럼 어렵고 무서웠던 적이 없다.

"허니 오늘 같은 일은 꾸미지 않는 것이 좋을 게야. 그 목숨 부지하고 싶다면, 살고 싶다면 말이다."

소형이 능히 그럴 것임을 소진도 믿어 의심치 않는다. 조금 전만 해도 두텁떡을 버리지 않았다면 기어이 먹었을 것이다. 제 입으로 고변하지 않고 죽음으로 알렸겠지. 지아비의 목숨을 노리는 이가 있음을. 그것이 소진이었음을. 그리고 종당엔 그것이 자파의 사주였음까지 지아비는 알게 되었을 것이다.

그야말로 자멸이었다. 자신의 목숨까지 내놓아야 하는 짓이었지만, 그것이야말로 소형이 가문을 배신하지 않고 지아비를 지키는 방법이었다. 그것이 소형이 지금껏 살아오고 지켜온 신념이었다.

결국 소진은 소형을 거역할 수 없었다. 그것이 자신의 의지였는지 겁박 때문이었는지는 알 수 없으나, 소진은 역모의 화로부터 왕을 보호했다는 공으로 이(李)가의 멸문지화 속에서도 목숨을 부지했고, 폐비를 당해 궁을 나갔음에도 연덕궁주라는 칭호를 받게 된다.

모든 것이 소형이 말한 대로였다. 소진은 약조를 지켜 안위를 보장받았고 소형은 자신의 의지를 위해 죽었다.

"약조하마. 네가 그분을 지켜준다면……."

그것이 900년 전, 소형과 소진이 마지막으로 나눈 이야기였다. 처음이자 마지막이었던 둘 사이의 약조. 소형이 지켜야 하는, 사라지지 않은 약속이었다.

그래서 소형은 해의 손을 잡지 못한다. 아직도 소진이 해를 죽일 것 같은 두려움이 사라지지 않았다. 약속을 지키지 않으면 지금이라도 해를 죽일까 무서웠다. 애련한 모습이 안타까워 안아주고 싶지만 다시는 태어나지 않겠다 했으니 만나서도 아니될 사람이었다.

'전하께 지은 죄는 다음 생에 거두어가겠사옵니다. 제게 다음 생이 다시 한 번 주어진다면, 그때는…….'

그렇게 속으로 다짐하며 해사하게 웃어 보였다. 지난 생의 마지막은 얼굴도 마주하지 못했으니 이생의 마지막은 웃는 얼굴이어야 했다.

그것이 안녕이라는 것을 알았는지 이번에는 욕심껏 가까이로 손을 뻗어보지만 해에게 잡히는 것은 허공뿐이다.

"마마를 모셔라!"

어느새 몰려든 두 이(李, 異)가의 봉신들이 소형을 에워싸 빈실 밖으로 이끌고 있었다. 그것을 왕(王)가의 봉신들이 저지해보지만 속수무책. 의합한 두 가문의 봉신들은 막무가내로 소형과 해를 떼어놓는다.

그러나 그들 사이를 파고드는 해를 막진 못한다. 날쌔게 이(李)가의 봉신을 밀치고 들어와 소형의 팔을 옭아맨다. 데리고 나가려던 힘이 해의 손에 틀어 잡혀 멈칫거린다.

한 손에 잡히는 가는 팔. 그 짧은 접함으로도 해는 가슴이 벅참을 느낀다. 손바닥으로 전해지는 온기, 살아 있는 소형이었다. 이(李, 異)가의 사람들이 떼어놓으려 하지만 놓지 않는다. 다시는 놓아줄 마음이 없다. 기를 쓰고 달려들어도 떨어뜨리지 못한다.

하지만 그 단단한 손이 풀린 것은 이(李)가나 이(異)가 봉신의 강압 때문이 아니었다. 소형이었다. 소형이 팔을 비틀어 빠져나가 버렸다.

졸지에 당한 역습에 망연자실한 사이, 소형이 멀어져 간다. 다시 한 치의 틈도 없이 에워싼 봉신들에게 끌려가며 뒤를 돌아보지만 그뿐이었다. 소형 스스로 해를 떨쳐 냈다.

남은 이(異)가의 사람들이 소형을 쫓아가 앞을 막아섰으나, 해는 우두커니 서 있을 따름이었다. 소형이 사라진 곳에서 눈을 떼지 못하고 넋을 잃었다. 얼마 만에 다시 마주한 얼굴인데, 믿을 수 없었다. 그 혼자 기다려 왔던 것인가. 그 혼자만 그리워했단 말인가.

"나를…… 피했다."

망연히 붙박여 선 채로 중얼거린다.

"나를…….”

"전하!"

"……소형아……."

뒤늦게나마 정신을 수습하지만 이미 소형은 없다.

"잡아야 돼. 소형이……. 데리고 와야……."

다시금 덮쳐드는 절박한 상실감에 쫓아가려 몸을 곧추세우지만, 소진도 보고 있지만은 않는다.

"전하!"

검은 슈트 자락을 움켜잡는 손이 앙칼지다.

"전하……."

그에 비해 올려다보는 표정은 애절했지만, 소진을 내려다보는 눈빛은 모질고 매서웠다. 주욱 내려다보고 있는 감정없는 얼굴. 소진에게는 아주 조금의 관심도 없다는 눈빛.

"비켜."

낮게 뇌까리는 목소리가 소름이 돋도록 섬뜩했지만, 그보다 더 무서운 것은 그 무심한 눈초리였다. 제 손으로 떨어낼 가치도 없다는 듯 무표정하게 바라보는 눈에 올가미처럼 얽혔던 소진의 손이 떨어지고 말았다.

"전…… 하."

소형에게는 슬퍼 보이나 소진에게는 잔인하게만 느껴지는 눈이었다. 더욱 비참한 것은 그런 마른 시선마저도 소진을 향해서는 오래 머물지 아니한다는 사실이다.

붙잡고 늘어지는 것이 없어지자 소진을 무심히 지나쳐 간다.

몹시도 서두르는 초조한 발소리만이 뒤를 돌아볼 뿐이었다.

"전하."

그래도 소진은 포기하지 않는다. 드높은 자존에 다시 붙잡을 용기는 없으면서 사내를 부른다. 붙잡혀 주기를 바란다.

"전하!"

그러나 수천, 수만 번을 불러도 돌아보지 않을 사내였다. 단 한 번이라도 소진을 돌아본 적이 있던가. 불러도 답해준 적이 없고 잡아도 붙잡혀 주지 않았다. 현세의 20년이 그랬고, 900년 전의 20년이 그러했으니 그것을 아직도 모른다 할 수는 없다. 사내를 갈망하며 저주하는 것 또한, 그 때문이었으면서 여전히 사내를 붙잡는다. 아직도 소형이 없으면 그를 가질 수 있다 믿고 있다.

그럼에도 조금의 시간을 기다리지 못한다. 이제 소형은 자신의 의지로 사라질 테고, 해는 소진의 차지가 될 것이었지만, 끝까지 해를 붙들고 늘어진다.

그것만으로 가슴에 맺힌 분심을 풀 수는 없었기 때문이다. 소형이 없어지는 것만으로 만족할 수 없다.

"소용없습니다."

그도 알아야 한다. 자신이 얼마나 아프고 고통스러웠는지. 얼마나 서럽고 비통했는지. 자신이 아팠던 만큼 그도 아파야 한다. 그를 아프게 해야 했다.

"쫓으셔도 소용없으십니다!"

자신을 뿌리치고 소형을 잡을 수 있다 기뻐하는 그의 가슴을 찢는다. 눈앞의 것을 가지지 못하는 괴로움을 맛보게 한다.

"언니는……."

900년의 긴 세월 동안 쌓이고 곱난 독기가 난동을 부렸다.

"언니는 돌아갈 거니까요!"

기어이 악에 받친 소리로 해를 멈춰 세운다.

'아무리 발버둥 쳐도 당신은 언니를 가질 수 없어. 두고 보라고. 차라리 만나지 말아야 했단 생각이 들걸? 애만 탈 테니까.'

이제야 한 번, 지아비의 발길을 잡았다는 것에 소진은 웃었지만 우뚝 제자리에 멈춘 해의 숨은 멎어 있었다.

"언니는 돌아갈 거니까요!"

'돌아가? 어디로?'

메아리치는 소진의 말에 한 번, 두 번, 숨을 몰아쉬듯 고개를 주억거린다. 먼 곳을 바라보는 눈은 크게 벌어졌다.

'날…… 떠나?'

몸 안의 것들이 쏟아져 내리고 있었다. 심장이 떨어져 나가고 피가 쏟아진다. 머릿속까지 하얗게 비어져 눈앞이 캄캄해졌다.

소진의 말뜻을 알아버렸다. 소형이 다시 그를 떠나려 하고 있음을. 그가 찾을 수 없는 곳으로 사라지려 함을.

왜 숨이 찬지, 이상함을 느꼈을 때야 해는 자신이 뛰고 있다는 사실을 알았다. 차에 오르고 더 이상 숨이 찰 이유가 없어졌어도 숨이 가빴다. 가슴이 조여와 숨을 쉴 수가 없었다.

"정광명에겐 따로 일러둔 것이 있으니 허튼 짓을 하진 못할 것이옵니다."

"그러하옵니다, 전하. 마마께 불측한 일은 없으니 고정하시옵소서."

하얗게 굳어가는 해의 낯빛에 봉신들은 불안을 둘러 삼키며 확언했지만, 유감스럽게도 그들이 포아*에 당도한 것은 이미 늦은 후였다.

그곳에 그들이 아는 비(妃) 마마는 없었다. 다짜고짜 뛰어들어가 어깨를 움켜쥔 해를, 문영은 말갛게 올려다보고 있었다. 문영의 눈에 그는 낯선 사람이었다. 그를 알지 못하고, 기억하지 못한다.

"누구…… 세요?"

소형이 또다시 그를 버렸다.

---

* 포아: 육체로부터 의식체를 분리해 다른 몸속으로 집어넣을 수 있는 능력. 정광명이 머무는 성소를 지칭

몇 번을 죽고, 몇 번을 다시 태어났는지 모른다. 또 몇 번을 외면당했는지 모른다. 그사이 수많은 삶이 그를 스쳤고 오랜 아픔이 곁을 맴돌았지만, 단 한 번, 단 한순간도 그는 자신을 잊은 적이 없었다. 마치 그 오랫동안 한 번도 죽지 않았던 것처럼, 그는 자신의 모든 생과 사를 기억하고 있었다. 때마다 육체는 성장을 거듭했지만 정신은 날 때부터 이미 완성된 것이었다.

때문에 몇 번을 태어나도 현세의 사람은 되지 못했다. 아무리 오랜 시간이 지나도 예스러운 사고와 행동은 변할 수 없었다. 환생을 거듭할수록 시대의 간극은 커졌지만, 자신의 말투와 태도를 바꿔야 한다는 의식조차 해는 느끼지 못하고 있었다.

그것에 익숙한 것은 그의 호종, 한조뿐. 그를 대하는 것이 어려운 다른 봉신들과 달리 어투와 거동에 어색함이 없다. 해의 태동이 있을 때부터 호종으로 정해진 한조 또한 전생의 기억을 가진 환생체였기 때문이다.

그렇기에 누구보다 해를 잘 이해하는 봉신이었으나, 왕의 호종이라는 막강한 위치에서 축출된 것 또한 그 때문이었다. 조상의 혼이 들어온 귀혼(歸魂)*과 달리 해와 같은 환생체로서 봉신이 된 귀조(歸祖)*는 지위나 힘에 있어 귀혼의 봉신보다 막강한 영향력을 가지고 있었지만, 왕(王)가의 유일무이한 귀조인 한조가 어린 귀혼의 봉신에게 밀려난 까닭은 바로 그것. 생생한 과거의 기억을 가진 탓이었다.

해가 소형에 대한 생생한 감정을 가지고 있듯 그도 과거 자파의 횡포가 극에 달했던 때의 전생을 고스란히 기억하고 있었다. 그런 만큼 이(李)가에 대한 분노가 큰 것은 당연했다. 더욱이 그는 자파에게 처결당한 왕당파 중 한 명이었으니, 가문의 영화를 위해 소형의 환생체를 지킨다고는 하나 소형에 대한 증오심까지 감출 수는 없었다.

"확실한가? 폐비의 환생이."

"확실합니다. 그게 아니라면 이(李)가에서 포아를 들락거릴 이유가 없지 않겠습니까."

---

* 歸魂:조상의 혼이 들어온 자. 그를 통해 과거를 볼 수 있다

* 歸祖:돌아온 선조, 환생한 자

기다리던 소형의 환생에도 기뻐하지 않는다.

"그럼, 이제 찾아내기만 하면 되겠구나."

"그럼 모셔오는 겁니까."

순진하게도 왕후였던 소형과의 알현을 고대하는 봉신을 보는 시선이 차가웠다. 해의 앞에서는 조심하고 또 조심했으나 언제나 숨기고 있을 속내가 아니었다. 해가 없는 곳에서는 조금도 감추지 않고 혐염함을 드러낸다.

"아니. 그 천한 핏줄을 집안에 들일 수는 없지. 적당히 떼어버려야 한다."

그가 말하는 천한 핏줄이 소형이었다. 폐비라고는 하나 한때는 왕의 비(妃)였고, 아직도 왕의 총애가 대단한 여인이었다. 그런 여인에 대해서는 그 어떤 봉신이라도 함부로 입을 놀리지 못하는데, 한조의 적대감은 생각 이상으로 노골적인 것이었다. 그래서 그 증오를 들킨 것은 너무 이른 때였다.

"언제나 그렇게 왕후를 욕보여 온 건가."

은밀하게 저희들만 있다 생각했지만, 언제 열렸는지 모를 문 뒤로 서늘한 목소리가 들려왔다.

"저…… 전하."

한조를 사이에 둔 봉신들이 허둥지둥하는 사이, 어두운 방으로 아직은 앳된 소년의 모습이 드러났다. 이제 막 열여덟 살이 된 얼굴에 아직 날카로운 이목구비는 찾아볼 수 없지만, 그들을 노려보는 눈은 사나웠다.

"대답해 보지, 한조. 그런가?"

다른 봉신들은 몸을 숨기느라 정신이 없는 가운데, 정작 실언을 한 한조는 당황한 기색이 아니다. 해의 냉랭한 추궁에도 부정할 생각조차 보이지 않는다. 죽을죄를 지어 폐서인이 된 죄인일지라도 한때는 왕 전하의 지어미였던 여인을 욕되게 하고도 태연하고 당당한 얼굴이다.

"어르신……!"

그 태도에 봉신들은 더욱 큰 불호령이 떨어질 것이다 몸을 사렸다. 폐비에 대해서라면 무서울 정도로 예민한 왕께서 그냥 넘어갈 리는 없었다. 외려 크게 노하지 않음이 더 큰 위압으로 다가왔는데, 뒷일을 예상할 수 없게도 그들이 생각한 큰일은 벌어지지 않는다. 당장이라도 온 집안을 뒤집어놓을 줄 알았던 그들의 왕은 나타났을 때와 마찬가지로 조용히 사라졌을 뿐이다.

어떠한 엄징도 소용없음을 알기 때문이었다. 그들 머릿속 깊이 박혀 있는 분노가 쉬이 지워질 것이 아님을 해도 알고 있었기 때문이다.

오히려 그들을 경계하고 소형을 비호하는 행동이 그들의 화를 부추길 것이었다. 해야말로 가문을 배신하는 것이었으니.

하지만 해는 그들을 위해 태어나지 않았다. 소형을 되찾기 위해, 이번에야말로 소형을 지키기 위해 환생했다.

그들과 가문은 모른다. 실상, 과거 그들이 지키려 했던 것 또한 그가 아닌, 가문과 왕좌였지 않은가. 지금 그를 떠받드는 것도 그를 이용하기 위함일 뿐, 해가 진심으로 원하는 것은 알 바가 아니었다. 그를 온전히 사육하기 위해 겉으로는 소형의 존재를 위하고 있어도 그 속에서는 무슨 생각을 하고 있을지는 모를 일이다.

어쩌면 필요한 만큼 이용하고 소형을 해하겠다는 게 저들 모두의 속셈일지도 모른다. 여전히 소형을 멸문의 원흉으로 여기고 있는 그들이었다.

그렇듯 소형을 저주하는 것은 한조만이 아니었으나, 해는 자신 앞에서도 원념을 감추지 않는 그를 곁에 둘 수 없었다. 소형을 모욕하는 말 한 번은 흘려 버릴 수 있지만, 자신의 앞에서도 감정을 감추지 않는 그가 소형에게 무슨 짓을 할지는 알 수 없는 것이었다.

결국 왕(王)가의 유일무이한 귀조가 성년도 맞지 않은 어린 귀혼의 봉신에게 호종의 자리를 내어줘야 한 것은 그 이튿날이었다.

"신, 제삼. 전하께 인사 올리옵니다."

해의 위엄 앞에서도 침착한 모습은 한조와 다르지 않으나, 아직 혼령과의 동조도 이루어지지 않은 어린아이였다. 그만큼 어설프고 부족한 봉신이었지만, 해가 이 아이를 선택한 것은 그 때문이다.

한눈에 보아도 의식의 혼탁이 짙지 않은 눈이었다. 혼령의 지배가 깊지 못해 받아들인 조상의 기억은 적겠지만, 알고 있는 과거가 희미한 만큼 소형에 대한 원한도 약할 것이었다. 소형을 위협할 위험이 그만큼 적다. 한조처럼 소형에게 무슨 짓이라도 할까 전전긍긍하지 않아도 되는 것이다.

하지만 그 모든 것, 이전의 문제는 정작 소형을 찾지 못하고 있다는 사실이다. 이(李)가 놈들이 어찌나 잘 감춰놓았는지 아무리 뒤져도 머리카락 한 올 찾을 수가 없다.

은밀한 조건을 빌미로 이(異)가와 연대를 맺은 것이 확실했다. 그게 아니라면 이(李)가의 봉신 따위가 이처럼 귀신같이 왕(王)씨 집안을 속일 수는 없다. 소진까지 이(異)가의 사람으로 환생했으니 의심하려야 할 수 없는 상황이나, 그래 봤자 소용없을 텐데. 왕(王)씨 집안에 빚이 있는 두 집안은 무슨 수를 써도 왕(王)가를 막지 못한다. 더욱이 왕(王)씨 왕권을 무너뜨리고 새로운 나라를 세운 이(異)가는, 이(李)가보다 더 큰 죄를 지었다.

어차피 성운(聖運)*이 다해 곧 멸망할 왕조의 운명이었어도, 500년간 이어져 온 왕(王)씨 왕조의 소멸을 앞당긴 것은 그들이었다. 왕(王)가에서 사멸해 가는 성운을 가진 왕의 탄생부터가 비운의 시작이었지만, 왕(王)가에 충성을 바치던 이(異)가에서 더욱 강한 왕의 기운을 가진 자가 태어난 것이 업(業)을 만들어 버렸다. 이미 하늘에서 내린 왕이 존재하는데, 그보다 더 빛나는 성운을 가진 자가 태어나 왕의 존립을 위협한 것이다.

결국 이(異)가는 왕(王)가의 왕조를 무너뜨리고 그 집안을 멸

---

*聖運: 왕의 운, 왕이 될 운

족시켰다. 가장 강한 기운을 가진 성운이야말로 하늘이 내린 제왕의 징표였으니, 이(異)가로서는 새로운 왕조의 건국이 지극히 당연했으나, 그것은 그들이 무거운 업을 짊어지게 될 속박이 되었다.

계속될 줄 알았던 성운이 다하고 그들의 왕조가 허물어진 것도 그리 길지 않은 시간이었다. 종내엔 왕(王)가처럼 모든 것을 잃고 풍비돼, 가문의 허울이나마 되찾을 길은 그들의 업을 지우는 방법뿐이었다. 왕(王)씨 집안에 납작 몸을 숙이고 그들의 눈치를 보는 수밖에 없다.

그나마 왕후의 귀운(貴運)을 가진 소진이 태어남에 이(李)가보다 번성할 수 있었으나, 그렇다고 왕(王)씨 집안에 맞설 정도는 아니었다. 어떻게든 가문을 일으켜 세우겠다 소진을 내세워 수를 쓰고 있지만, 해가 움직여 주지 않는 한, 이룰 수 있는 건 아무것도 없다.

그래도 그들에게는 해의 하나뿐인 여인이 되고 싶다는, 소진의 바람을 이루어주는 것이 유일한 방법이었다. 그것이야말로 소진이 가진 천운을 극대화시킬 수 있는 방법이었으며, 해가 가진 성운과 왕(王)씨 집안의 힘까지 등에 업을 수 있는 길이었으니 욕심을 부려볼 만했다. 또한 그것은 왕(王)가와의 악연을 자연스레 청산할 기회이기도 했다.

그런 그들에게 소형은 눈엣가시일 수밖에 없었다. 무슨 까닭에선지 그간 소형이 해와 같은 때를 빌어 환생한 적은 단 한 번도 없었으나, 문영이 태어난 지금에는 무슨 수를 써서라도 소형의 각성을 막아야 했다.

소형이 환생한 것을 왕(王)가가 모르게 하고, 그것이 불가능하다면 죽여서라도 해와 만나지 못하게 해야 했다. 요행히 이(李)가는 기꺼이 그들과 손을 잡았고, 이(異)가는 소진이 가진 천운과 왕(王)가와의 결합으로 얻게 될 성운을 그들에게 나눠 주기로 약속했다. 소진처럼 고결한 왕후의 운을 가지고 태어났으되, 가문에는 아무런 보탬이 되지 못하는 소형을 넘겨주는 대가였다.

애써 이(異)가에서 환생을 거듭한 소진으로서는 기뻐할 일이 아닐 수 없었다. 굳이 이(異)가에서 환생한 이유가 무엇이었는데, 왕(王)가를 멸절시키고 새로운 왕조를 이룬 왕가의 막강한 힘으로 해를 갖기 위함이 아니었던가.

그럼에도 지난 수백 년간 원하는 것을 갖지 못하고 죽고 태어나기만을 반복했다. 소진은 고귀한 이(異)씨 왕실의 피를 이은 왕족으로 환생했고, 해는 뿔뿔이 흩어져 제 성씨조차 숨기고 살아가야 하는 잔멸한 집안의 태생이 되었으나, 여전히 그의 시선 속에 소진은 없었다. 왕의 성운에 비할 순 없어도, 왕후의 천운을 가진 소진의 환생으로 더욱 융성해진 이(異)가의 세력 속에 소진의 지위는 더욱 공고해졌지만, 그녀는 멸망한 왕가의 자손 하나를 갖지 못해 입술만 깨물어야 했다.

가장 큰 힘을 가진 그때가 그랬는데 지금은 어떨라고. 이(異)씨 왕조가 쇠망하자 믿었던 가문도 그녀를 위해 아무것도 해줄 수 없게 되었다. 왕(王)씨 집안에 대한 업까지 더해져 꼼짝달싹할 수 없는 지경에, 인과응보의 억압에 눌려 왕(王)가의 강한 기를 이겨내지 못한다. 영영 해의 마음을 차지할 길이 사라져 버린 것이다.

그런 때에 이(李)가와의 유대는 더할 수 없이 좋은 기회였다. 그 숱한 환생을 통해 소형이 없다고 가질 수 있는 사내가 아님을 깨달을 만도 하건만, 전생의 약조를 빌미로 소형을 죽인다. 자신의 거짓으로 윤회가 어그러졌음은 모른 채 또 다른 업을 만든다.

그로 인해 이번에도 해는 소형을 놓친다. 이제야 겨우 다시 만난 소형이 그의 눈앞에서 사라진다. 해는 현세에서도 소형의 죽음을 막지 못했다.

三. 홍월(紅月)

붉은 피

"찾았느냐."

영영 내쳐 둘 생각은 없었다.

"찾아냈느냐."

죽게 할 생각은 더욱이 없었다.

"극제가 있었느냐 말이다!"

평생 원망을 듣고 살아도 좋았다. 눈물바람에 가슴이 뚫려도, 무거운 한숨에 가슴이 에여도 좋았다. 곁에 두고 살 수만 있다면 못할 짓이 없었다. 자신의 손으로 그 아비를 죽이고 형제를 죽여도 소형을 놓아줄 마음은 없었다.

하지만 투기에 눈이 멀고 애염에 숨이 막혀 제 손으로 버리고 말았다. 도를 넘은 욕념에 두 손을 묶여 스스로 소형을 놓아버리는 꼴이 되고 말았으니, 문관이 들고 온 것도 구하던 물증이 아닌 애먼 속곳 뭉치였다.

"아뢰옵기 송구하오나 폐비께서 자진을 하셨사옵니다."

결국 손에 쥔 것은 소형이 흘린 고통의 흔적. 검고 붉은 죽음의 조각뿐이었다.

"누가……."

그제야 제가 한 짓을 안다.

"누가!"

손마디가 하얗게 도드라지도록 속곳을 움켜잡고 오열한다.

"누가 죽으라 하였느냐……."

그것에 번진 붉음이 소형의 피 때문인지 자신이 흘리는 눈물 때문인지 분간할 수조차 없었다.

"누가……. 누가, 죽으라 하였느냐!"

그렇게 몇 날 며칠을 비명 쳤는지 모른다.

"누가 죽어도 된다 하였느냐. 누가, 누가! 떠나도 된다 하였느냐!"

화를 내다 웃고, 고함치다 흐느낀다.

"아니야……. 아니야!"

잘못된 망상이라 눈을 가려도 보지만 남아 있는 것은 소형의 피가 스민 비단 속곳뿐.

"이게……. 나는……. 이게 아니야!"

죽는 날까지 그것을 놓지 않고 자신을 원망했다. 결국 한 나라의 제왕이었던 그가 죽으며 가지고 떠난 것도 그 작은 속곳 조각뿐이었지만, 그 안에는 정인에게 돌려받지 못한 연심과 끝나지 않은 집착이 묻어 있었다. 그것은 죽는 순간까지 그에게 찐득한 애염(愛染)을 각인시켰고, 그때의 지독했던 연심은 조금도 닳지 않아서 900년이 지난 지금도 그는 소형을 놓지 못한다. 여전히 지독한 집착과 소유욕으로 주변을 맴돌며 자신의 여인을 다시 찾을 기회만을 노리고 있다.

✻

학교 안 으슥한 곳에 차를 대고, 그 안에 도사리고 앉아 건물을 주시하는 것도 벌써 팔 일째. 다른 이들은 이것을 스토킹이라 말하겠지만, 그가 염탐하듯 숨은 곳은 문영을 훔쳐보려야 잘 보이지 않는 자리였다.

"언제까지 이럴 작정이십니까."

덩달아 웅크리고 있느라 몸이 오그라들 지경인 덕윤이 물어도 그때마다 돌아오는 것은 침묵과 무시뿐. 그가 반응을 보이는 것은 문영이 나오거나 그와 어울려 다니는 사람이 눈에 뜨일 때뿐이었다.

뭐, 그때라고 별다른 행동을 보이는 건 아니라 시선으로 움직임을 쫓는 것 외의 다른 움직임은 없다. 밖으로 나가거나 뒤를 쫓아 차를 움직이지 않는다. 그것은 문영이 집으로 돌아갈 때도 마찬가지. 차 안에서 문영이 보이지 않을 때까지 지켜만 본다. 끝내 한 점이 되어 보이지 않을 만큼 멀어져도 차에서 내리진 않는다. 대신 보기 안쓰러울 정도로 창에 붙어 앉아 사라진 곳을 바라본다. 그렇게 한참이 지나도 눈을 돌리지 못하다, 마지못해 눈을 떼는 것은 수분이 지나서. 그러고 나서야 시트에 기대 눈을 감는다.

"돌아가도 되겠습니까."

몰두할 대상이 사라진 그에게 덕윤이 묻지만, 돌아갈 수 있는 것은 언제나 그로부터 1시간 후였다. 그렇다면 일단 차 밖으로 나오는 것은 어떤가 하지만, 차에서 나오는 것도 그는 허락하지 않았다.

하아……. 속으로만 내쉬는 한숨. 실로 이 난감한 사내를 경호하겠다 계약서에 잉크를 바른 자신의 오른손이 덕윤은 야속할 따름이었으나, 그게 어디 오른손만의 잘못이었으랴. 거물급 경호에 신났다, 두 번은 생각지 않고 덥석 일을 받아들인 자신의 어리석음을 탓하고, 수상한 낌새를 눈치 채지 못한 자신의 둔함을 원망해야 할 일은 그 후로도 계속되었다.

"복숭아가 좋겠군. 복숭아를 좋아했었지."

먼눈이 되어 회상에 빠진 해의 중얼거림 이후, 복숭아를 찾아 헤매야 하는 당황스런 상황에 처하게 된 것도 그런 후회스런 날 중의 하루였다.

하아……. 또 속으로만 내쉬는 한숨. 이제 겨우 봄의 중반. 어디서 복숭아를 구하냔 말이다. 뻣뻣해진 다리를 펼 수 있는 건 좋다지만, 난데없이 복숭아를 구해야 하는 미션을 받은 덕윤은 학교 앞 사거리를 표류한다.

모두가 봉신인 제삼 때문이었다. 그가 중간고사와 맞닥뜨린 문영이 도서관에서 밤을 샌다는 귀하디귀한 정보를 흘린 탓이다. 그렇지 않아도 복숭아를 찾아 헤매느라 불쌍한 덕윤, 오늘은 밤까지 차에서 지새야 함은 모르겠지.

그리고 그날의 자정.

"이게 뭐야?"

도서관에서 불철주야 학업에 정진하던 학생들은 황도 통조림을 받아 들게 된다. 문영 덕에 덩달아 통조림을 받은 다른 학생들은 물론이고, 백도는 없냐 툴툴거리는 문영 또한 이것이 어떤 경로로 전달된 것인지는 몰랐다. 아무도 몰라야 한다는 해의 명령을 덕윤은 잘 수행한 것이었지만 한숨이 나올 정도로 괴상한 과제가 아닐 수 없었다. 참으로 고개를 갸웃할 일이었으나, 복숭아 대신 통조림으로 사태를 무마시키고 가슴 쓸어내리는 것에 정신이 없었던 덕윤은 그 괴이한 행동을 너무 가벼이 넘겨 버렸다. 진정 이상하고 기이한 행각이 그것으로 끝이 아님을 그때는 모르고 있었다.

고요히, 바라보고만 있던 그가 진짜 일을 낸 것은 정확히 한 달 하고도 열흘 만의 일이었다. 평소라면 일찍부터 학교로 향했을 차가 늦은 오후가 되어서야 움직였다. 이제 여자를 훔쳐보는 것에 흥미를 잃은 걸까. 덕윤은 달라진 그의 행동을 단순한 변덕이라 생각했지만, 그것이 그저 방법을 바꾼 것에 불과함을 알게 된 것은 저녁 즈음이다.

휴가라도 온 건가, 쫓아온 별장. 아무것도 모르고 따라 들어간 안에서 굉장한 경계의 기운이 느껴졌다. 잔뜩 몸을 웅크린 고슴도치처럼 무섭게 긴장한 사람의 기운이었다.

확인하고 싶지 않지만, 등골까지 쭈뼛거릴 정도로 섬뜩한 느낌에 저도 모르게 제삼을 쳐다봤다. 거실 한가운데 큼지막한 문 안으로 웅크리고 있을 사람이 누군지, 왠지 알 것 같았다.

"억지로 데려오신 겁니까."

밖에는 제삼을 비롯한 여러 명의 남자들이 지키고 있었고, 안에선 숨죽인 사람의 기척이 느껴졌다.

"강제로 데려오신 거냐고요!"

일을 맡은 지 두 달, 이상하다 느끼긴 했어도 이렇게까지 하리라고는 생각지 못했다. 문영이라는 여자에 대한 집착은 보통이 아니었지만 위험하다고 느낀 적은 없었으니까. 외려 그 집착에 휘둘리는 남자가 측은하고 안쓰러웠다. 오죽하면 저러랴 동정의 시선을 준 것이 사실이다.

그러나 잘못 본 것이다. 지금 그 앞에 있는 남자에게 그때의 나약한 모습은 없다.

"무슨 짓을 하려는 겁니까."

비난의 의도가 분명한 물음에도 침묵으로 일관한다. 그의 추궁은 들리지 않는다는 듯 무시하고 문으로 다가선다.

"안 됩니다!"

그 앞을 막아서자, 그제야 그를 보는 얼굴에 짜증이 서린다. 어떤 말에도 동요치 않더니 자신을 방해하는 것에는 참지 못하고, 없는 사람 취급이던 그를 향해 입을 연다.

"그대는 내게 고용된 호종이 아닌가?"

확인이 아니라 감히 나서지 말라는 말이다.

"다시는 내 앞을 막지 말라."

말을 나눈 것은 몇 되지 않아도 들은 중 제일 차갑다 느껴지는 목소리였다. 서늘함이 뚝뚝 떨어지는 얼굴에서도 왠지 모를 위용(威容)이 느껴지는데, 눈빛만으로 제압당하는 기분이다. 저들이 그를 '전하'라 칭하는 것도 그 때문일까.

결국 덕윤도 앞을 비키고 만다. 열린 문 안에서 날카롭게 숨을 들이마시는 소리가 들렸다. 그들이 들어서자 튀어 오르듯 자리에서 일어난 여자가 벽으로 뒷걸음질치고 있었다.

"……."

겁에 질려 있는 모습이 확연했지만, 그들을 향해 소리를 지르진 않는다. 공포 속에 동그랗게 뜬 눈으로 다가오는 남자들을 주시할 따름.

그러나 그들 중 해를 발견한 눈이 흔들렸다.

문영에게 그는 첫낯이 아니었다. 언젠가도 그녀에게 달려들어 팔을 움켜잡고 끌고 가려 한 남자였다. 삼촌과 다른 사람이 아니었다면 그때 이런 일을 당했을지 모르는데, 그가 가까이 오고 있었다.

싫어. 무서워.

천천히 거리를 좁혀오는 그가 무서웠지만 문영은 떨리는 숨을 참았다. 소리를 지르면 해코지를 당할까 두려웠다. 자신에게 닥쳐올 일이 무서워 눈도 깜빡하지 못하고 다가오는 남자를 노려본다.

하지만 그런 얼굴에도 해는 죄책감을 느끼지 않는다. 가슴이 아픈 것은 자신을 향한 겁에 질린 얼굴 때문. 자신을 보는 소형의 공포 어린 시선, 사모하는 정인의 얼굴이 자신을 보며 하얗게 질리는 것에 손끝이 차가워졌으나 망설임없이 다가간다. 가까이 갈수록 고운 얼굴이 굳어지고 있었지만, 턱 끝까지 달달 떠는 얼굴로 손을 뻗는다. 흠칫 놀라 움츠러드는 움직임에 덩달아 흠칫 놀랐지만 갸름한 뺨을 쓰다듬었다.

"찾았다……."

드디어 표정이 없던 얼굴이 입술을 늘이고 희미한 웃음을 흘렸다.

"찾았다, 소형이……."

까만 눈이 슬프게 웃는가 싶더니 하얗게 질린 문영을 안았다. 갑작스러운 무게에 문영의 눈이 커졌지만, 하얗게 질린 얼굴은 지긋하고 조심스러운, 그러나 단단한 품에 묻혔다.

"내가 못 찾을 줄 알았느냐."

뼈 하나, 살결 한 올까지 확인하고 싶지만, 익숙하게 들어차
는 몸을 안고도 덜덜 떠는 손은 어쩔 줄을 몰랐다. 양껏 끌어안
지는 못하고 떨어대기만 한다.

"내 여자다."

그와 반대로 느릿한 목소리와 함께 문영의 머리 위에서 느껴
지는 턱의 움직임은 부드러웠다. 무겁지만 포근한 무게감으로
문영을 짓눌렀다.

"내 비(妃)다."

그 말대로 문영은 자신이 제 것이 아닌 것 같았다. 몸이, 마음
이 마음대로 움직이지 않았다. 단단한 팔에 질끈 안긴 어깨가
아프지만 벗어날 생각은 들지 않았다. 굳은 가슴에 눌린 뺨이
아팠지만 밀어낼 마음이 들지 않는다. 그가 낯선 사람이었던 적
이 있었나 싶을 정도로 오래된 익숙함을 느꼈다. 몸을 맞대고
온기를 나누는 것이 무서워야 할 텐데 무섭지가 않다. 싫지 않
다. 신기하게도 조금 전까지의 불안이 사라졌다. 정말 그의 것
이었던 것처럼, 원래 있어야 할 곳이 이곳이었던 것처럼 안도감
을 느낀다.

문영과 마찬가지로 무섭게 뛰던 해의 가슴도 이제야 제 박자
를 찾았다. 지난 두 달을 어찌 참았는지. 소형을 기다려 온 900년
보다 눈앞에 두고도 손댈 수 없는 두 달이 더 길고 더뎠다. 참고

견디는 사이, 다른 누군가가 채갈까 눈도 깜빡 떼지 못하고, 초조함과 조바심에 목이 마르고 숨이 막혔다.

"내 아이다……."

어린아이가 장난감을 빼앗기지 않으려 움켜잡듯 이제야 겨우 찾아낸 문영을 끌어안고 되뇐다.

"내 아이다."

정말 갖고 싶은 것을 손에 쥔 아이의 목소리였다. 기쁨과 희열이 넘치는 목소리다.

그러나 먼 곳을 향한 시선은 어두웠다. 경계하듯 흡뜬 두 눈이 웃고 있으나 슬퍼 보인다. 날카로우면서도 어딘지 애처로운 표정이다.

그 애잔한 얼굴에 잔뜩 긴장해 있던 덕윤도 어깨를 늘어뜨렸다. 문영에게 나쁜 짓을 할까 경계하고 있었지만 더 이상은 화를 내지 못한다.

모든 것이 뒤죽박죽이었다. 문영에게 집착하는 해도, 그에게 얌전히 안겨 있는 문영도.

불안함에 오그라든 두 손은 여전히 주먹을 쥐고 있었지만 문영은 해를 밀어내지 않는다. 어떤 감정을 느끼는지 크게 뜬 눈에는 눈물이 맺혀 있지만, 어쩐지 두려움보다는 슬픔이 느껴지는 물기였다.

무엇이 옳고 그른지, 앞뒤를 분간할 수 없는 일이었으나 이날의 일은 실로 작은 사건에 불과했다. 그가 납득하지 못할 일들은 이제 막 시작되었을 뿐이니.

덕윤이 보름에 한 번 휴일을 보내고 돌아온 주말 저녁이었다.

"늦었어."

카우치에 앉아 책을 읽던 제삼이 그를 맞았다.

"그런가?"

별로 늦은 것 같지는 않지만, 웬일로 반기는 기색에 덕윤도 그냥 고개를 끄덕였다.

"이층?"

그리고 물은 것은 언제나 붙어 있어야 할 사람이 보이지 않기 때문이나, 제삼도 모르겠다는 표정으로 책을 내려놓는다.

"위에 계시지 않아?"

그와 나이대가 비슷한 제삼은 다른 봉신에 비해 비교적 편한 상대였다. 물론 알 수 없는 말을 늘어놓는 것은 별반 다르지 않으나 나름대로 덕윤을 이해시키려 노력하는 편이랄까.

"아, 아아……. 이층?"

계단 위를 가리키자 이내 알아들은 모양. 고개를 갸웃하며 웃는 게 수상하다. 다시 책으로 시선을 돌리는 것이 괜한 의심인가 보다 했지만, 이층으로 올라가던 덕윤의 발이 멈췄다. 이상한 기척에 주변을 둘러보던 눈이 가느다란 실눈이 되어 거실 뒤편으로 넘어갔다. 제삼이 앉아 있는 카우치 뒤였다.

다시 한 번 눈을 가느다랗게 접은 덕윤은 살금살금, 그쪽을 향해 발을 돌렸다. 어깨를 잔뜩 구부리고 고양이처럼 털을 바짝 세운 채 옆을 지나는 움직임에, 고개를 숙인 제삼은 웃음을 참았다. 기대하던 대로 소리없는 비명이 이어진다. 고개를 돌린 곳에는 목뒤 솜털까지 몽땅 솟은 덕윤의 뒤통수가 있었다.

제삼에게는 간만의 볼만한 구경거리일지 몰라도 마음의 준비도 없이 일을 당한 덕윤은 이루 말할 수 없이 경악한 얼굴이었다.

또다. 또였다. 또 해가 문영의 얼굴을 집어삼킬 듯 통째로 씹어대고 있었다.

한참이나 눈꺼풀을 빨다 코를 문다. 각도를 바꿔가며 두어 번 열심히 물다가는 발간 혀를 내밀어 날름 콧대를 핥는다. 그리고 덥석 볼을 물어 말캉한 살을 흡착하는데, 빨간 잇자국이 생긴 볼에 자신의 볼이 화끈거리는 것 같다. 결국 목까지 빨개지는 느낌에 돌아서려 하지만 그런 덕윤을 제삼이 잡아 세웠다.

"처음도 아니잖아?"

손과 발이 같이 움직이는 뻣뻣한 걸음이 삐그덕 소리를 내며 멈췄다.

그의 말대로였다. 그날 이후, 그는 언제나 문영의 주위를 맴돌았다. 너무 멀지도 가깝지도 않게 주변을 어슬렁거리다 사냥감과의 거리를 좁혀가듯 천천히, 조금씩 지척으로 다가갔다. 그러다 갑자기 혀를 내밀어 문영의 입술을 핥는데, 하는 짓이 꼭 다 큰 고양이 새끼였다.

분위기를 그럴싸하게 만드는 법은 몰랐다. 너무 정직하고 꾸밈없이 다가갔다. 그래도 야금야금 다가간 덕에 문영은 놀라지 않았다. 할짝거리는 것을 두고 봤다. 입을 맞춰와도, 그러다 점막 깊숙한 곳까지 혀끝을 넣어와도 밀어내지 않았다.

그런 때조차 해는 제삼이나 덕윤이 있는 것을 신경 쓰지 않았다. 눈치를 보는 것은 문영이 싫어하는가였지 그들의 눈이 아니었다. 문영의 허락만 떨어진다면, 안고 싶을 때 안았고 입 맞추고 싶을 때 입을 맞췄다.

그것에 비정상적일 정도로 태연한 것은 제삼도 마찬가지였다. 연인들의 은밀한 행동이란 보여지는 쪽 못지않게 보는 쪽도 민망하고 부끄럽기 마련인데, 제삼에게는 그렇지 않은 모양이었다.

지금도 뒤에서 무슨 일이 벌어지건 말건 책갈피까지 깔끔하게 갈무리하고 나서야 책장을 덮는다. 이제는 뒤로는 고개도 돌리지 못하고 자신을 바라보는 못마땅한 시선이 재미있다기보다 부담스러워졌는지 카우치를 돌아가 발을 내린다.

이제 그들이 있는 곳에서는 문영과 해가 보이지 않았다. 더 이상 민망한 모습을 보지 않게 된 것은 기쁜 일이었지만, 그마저도 당당한 제삼에게는 허탈한 웃음이 나왔다. 자신은 멀리서 보는 것만으로도 고개를 들지 못할 지경인데, 바로 앞에까지 척척 걸어가 발을 내린 그는 진정 무신경한 사람이었다.

그러나 발을 투과한 역광 속에 서 있는 그의 얼굴은 책장을 덮으며 일어났을 때와는 다른 표정이었다.

"왕은 무치(無恥)다."

언제나 무감각한 그답지 않게 근엄하고 비장한 얼굴이다.

"뜻을 모르진 않겠지."

언제나의 유니폼인 블랙 슈트 덕에 압도적인 분위기를 풍기는 제삼 앞에서 덕윤은 묵묵히 듣고 있을 수밖에 없었다.

"저분이 무슨 일을 하시던, 그것은 수치가 아니다. 저분께 해서는 안 될 일이란 없으니까. 저분이 하시고자 하는 일에 얼굴을 붉히거나 다른 생각을 품는 것이야말로 무례고, 해서는 안 될 짓이지."

항상 해를 보며 비정상적이라 생각한 덕윤의 시선을 눈치 채고 있던 모양이다. 이참에 그것을 경계할 생각으로 쐐기를 박아 놓으려는 것이었지만, 해를 왕이라 믿는 자체부터가 덕윤에게는 이해하지 못할 행동이었다. 더구나 그가 하는 말이 지금 세상에 가당키나 한 말이던가. 한발 물러서 해를 왕으로 인정한다 쳐도 말이다.

"그게 말이 돼? 너야말로 언제 적 애길 하는 거지? 왕이라면 아무 여자나 데려다 희롱해도 된단 말이야? 네 말대로 정말 왕이라면 그야말로 수치를 느껴야 할 짓이 아니냔 말이야."

문영이 거부하지 않는 이상 덕윤이 나설 수는 없었다. 묵과하고 있는 것은 그 때문이지 절대 이들의 행동을 납득해서가 아니다. 그에 비해 제멋대로인 해를 옹호하는 제삼이야말로 비난받아 마땅하고 스스로를 부끄럽게 생각해야 했지만, 덕윤의 비난에도 그는 변함없이 떳떳한 표정이다.

"뉘가 아무 상관 없는 여자라 했지? 너도 들었을 텐데. 전하께서 저분을 어찌 부르셨는지……."

"나의 비(妃)다."

그래. 덕윤도 들었다. 그날 문영을 품에 안은 해는 그렇게 중얼거렸다.

그러나 그것은 그가 미치지 않았음을 확인해야만 믿을 수 있는 말이었다.

"뭐…… 우리가 이상해 보이기도 하겠지."

더 이상의 설득을 무의미하다 느낀 제삼도 다시 책을 펼쳤다. 그들에게 덕윤의 이해는 필요치 않았다.

✷

처음이 그랬던 것처럼, 이후로도 문영을 데려오는 방법은 정상적이지 못했다. 매일 학교로 찾아가면서도 학교 근방이나 역에서는 모습을 드러내지 않았다. 문영이 버스를 갈아타거나 인적이 드문 길가로 접어들 때서야 불쑥 납치하듯 차에 태우곤 했다.

일단 데려오고 나서는 돌려보낼 시간까지 떨어질 줄을 모르고 들러붙어 있으면서, 그렇게 잡아오는 것은 일주일에 두세 번. 그것도 날이 어두워진다 싶으면 칼같이 돌려보냈으니 실제 같이 있는 시간은 채 세네 시간도 되지 못했다.

분명 해가 문영을 대하는 것에는 어떤 규칙이 있는 것이었지만, 오롯이 문영과 단둘이 있을 때면 누구의 눈치도 보지 않고 그 어떤 신경도 쓰지 않았다. 아니, 문영과 살을 맞대는 것에 있어서는 누가 있다 해도 상관없었다.

오늘도 덕윤와 제삼이 빤히 보고 있는 것에는 괘념치 않고 제 욕심을 채운다. 입을 맞추는 것으로는 부족한지 끈질기게 깨물고 씹어댄다. 희미하게 미간을 찌푸리는 기색을 느끼고서야 입술을 떼고 볼치로 옮겨가 뺨을 문대지만, 그러다 또 보조개가 움푹 파이는 뺨 언저리를 자국이 남도록 깨물었다.

지금은 아무렇지 않게 관망하고 있는 덕윤도 처음 이 광경을 접했을 때는 파랗게 질렸던 것이 사실이다. 하얀 이빨을 드러내고 입맛을 다시는 모습에 그도 처음엔 대경하였지만, 문영의 얼굴에 온통 침을 묻히고 돌아다니긴 해도 절대 상처를 남기는 짓은 하지 않았다. 콧등을 깨물어 빨갛게 만드는 것도, 뺨을 세게 빨아 이빨 자국을 남기는 것도 이곳에 있는 동안 사라질 정도의 것이었다.

덕윤의 기준에서는 그 자체만으로도 정상이 아니었지만, 이런 모습은 짐승끼리 서로 깨물며 장난치는 것 같아 성적인 냄새도 느껴지지 않았다.

간혹 입을 맞추던 해의 눈이 위험해질 때도 있었으나, 해는 그때마다 스스로를 귀신같이 잘라냈다. 솔직해지자면 더 만지고 싶고, 더 안고 싶을 것인데 그 욕심을 마음에서부터 숨겼다.

그것은 그만의 애염(愛焰)이었으니까. 장난스럽게 코를 깨물 때마다 까르르 웃는 문영은 알지 못하는 그만의 연심이니까.

문영의 기억에서는 사라졌을지라도 그에겐 빠짐없이 남아 있는 과거였다. 자신이 소형을 어떻게 연모했는지. 어떻게 온기를 나누고 살을 맞댔는지. 겨우 반년이 조금 넘는 동안이었지만, 아니, 겨우 그뿐이었기에 더 애틋하고, 살 떨리게 아픈 기억이었다.

그러나 그것이 문영에게는 존재하지 않는다. 과거, 얼마나 큰 연정을 받았는지 문영은 알지 못한다.

지금도 그저 무섭지 않을 뿐이다. 이름도 모르는 사내였지만, 그가 보이는 호의가 싫지 않고 안기는 기분이 나쁘지 않다. 얼굴을 보면 기쁘고 목소리를 들으면 설렌다. 그러다 이유없이 애달픈 표정이라도 보게 되면 덩달아 가슴이 먹먹해 견딜 수 없기도 했지만, 그런 감정은 그 순간만이었다. 그가 눈앞에서 사라지면 모든 것이 무(無)의 상태로 돌아가 버린다. 그의 집을 나서는 순간에 그에게 느낀 모든 감정이 거짓말처럼 사라진다. 그와 보낸 즐거운 시간도, 가슴 아팠던 기억도 잊는다. 무슨 생각으로 그를 따라갔던 것일까 의문도 들지 않았고, 그가 왜 그러는 것일까 궁금해하지도 않는다. 그와 입을 맞추고 숨을 나눌 때의 짜릿함조차 다른 누군가의 것인 양 까마득해지고, 그것이 나쁘다는 생각도 들지 않았다. 아니, 나쁜 짓이라 판별할 필요성조차 느끼지 못했다. 눈에 보이지 않을 때의 그는 문영에게 존재하지 않는 것처럼 무의미했으니까.

그럼에도 그가 손을 내밀면 기꺼이 손을 잡았다. 자신이 먼저 그를 찾진 않아도 그가 자신을 찾는 이상, 피하지 않는다. 그리고 같이 손잡고 있으면 자신도 그를 좋아하고 있다 자각하게 된다. 누가 보아도 이상한 관계였으나 그와의 관계가 정상이 아님을 인지하는 것도 그와 함께 있는 순간뿐이었다. 그때는 자신의 감각이 논리적이지 못하다는 것 또한 깨닫지만, 그를 뿌리치지 못한다.

그런 문영을 덕윤도 물끄러미 바라보곤 했다. 해만큼이나 이상하고 기이한 여자였다.

자상할지라도 해는 낯선 사내다. 무엇보다 그녀를 강제로 데려온 사람이었다. 그 사실만으로도 두려워하고 무서워해야 할 텐데 적개심이라고는 없는 것이 이상했다. 더욱이 그가 드러내는 감정을 피하지도 않는다. 과연 그녀에게 해가 어떤 존재인지 덕윤은 가늠할 수 없었다.

온전한 상태가 아니기 때문이었다. 정광명이 소형의 의식을 지울 수 있었는지는 몰라도 문영의 몸에 각인된 기억까지 지우지는 못했다. 선대의 한(恨)이 자손에게 유전되듯 오랜 세월이 지나도 사라지지 않는, 아니, 오히려 더 무겁게 축적된 기억이 문영과 소형을 공존시키고 있었다.

어리고 발랄하기만 한 문영의 얼굴이 해의 옆에선 고아한 분위기를 자아냈다. 마냥 귀여워 보이기만 하는 미소도 그의 앞에서는 온화하고 자애로웠다.

스스로 기억해 내진 못해도 잊지 않고 있는 것이다. 해를 사모했던 때를, 그의 연정을 받았던 때를. 해를 통해서만 기억되는 감정이었지만 그것만큼은 부정할 수 없는 기억이었다.

정광명이 과거의 매개를 통해 전생을 불어넣듯 해는 자신을 매개로 소형을 이끌어내고 있는 것인지도 모른다.

그러나 그런 안간힘도 누군가 끼어든다면 소용없게 된다. 문영을 해에게서 떼어놓는다면 소형은 영영 돌아오지 않는다. 아직 소형은 자신의 의지로는 나올 수 없었다. 그래서 해는 언제고 문영의 주변을 맴돌 수밖에 없다.

그날도 이르게 찾아온 더위가 잠시 풀어져 간만에 날씨가 좋은 날이었다. 종강을 목전에 둔 문영이 한가로이 수다를 즐기고 있었다. 웬일인지 오늘은 해도 문영과 가까운 자리를 차고앉았다. 되도록 눈에 띄지 않기 위해 멀리 떨어져 있던 때와는 달랐다. 반쯤 열어놓은 창문도 여느 때와 다른데, 선팅된 검은 창에 비친 회색의 문영이 아닌, 빨갛고 파란 문영이 보였다.

벼락치기 공부로 아침만 해도 눈 밑이 검더니 오전 시험을 끝낸 얼굴엔 화색이 돌았다. 덥지도 않은 날씨에 열심히 부쳐 대던 부채로 입을 가리며 웃기도 하고, 옆에 앉은 친구의 어깨를 때리며 장난을 친다. 볼륨을 줄인 텔레비전처럼 소리는 들리지 않지만, 반달로 접히는 눈만 보아도 까르륵대는 소리가 생생한 모습이었다.

"그렇게 좋으십니까."

대꾸가 없을 것을 알면서도 뒷거울을 슬쩍 올려다보며 묻는다. 턱을 괴고 있는 해가 보였다. 자세 한번 바꾸지 않고 문영을 보고 있는 것이 벌써 2시간. 덕윤의 말은 듣고 있지 않았다.

물론 무슨 답이 나올지 짐작지 못한 바는 아니다. 얼굴이 겨우 손톱만 하게 보이는 거리라 뭘 해도 달라 보이지 않는 얼굴인데, 보고 있는 것만으로도 즐거워 보였다. 안쓰러울 정도로 애틋함에 겹다.

하지만 덕윤에게는 여전히 정상이 아닌 행동이었다. 누구에게도 들키지 않게 숨어서 지켜보는 것이 집요했다. 검은 차창에 하얗게 빛나는 두 개의 눈동자가 섬뜩했다.

"언제까지 이러실 겁니까."

이미 몇 번이나 물었다. 처음엔 정말 언제까지 계속될지를 물은 것이지만, 이제는 답을 듣고자 하는 마음도 사라졌다. 답답함에 나오는 한숨 같은 중얼거림이었다.

해의 마음을 모르니 어쩔 수 없었다. 그가 가지고 있는 공포가, 두려움이 무언지 모르는 덕윤의 눈에는 해가 하는 모든 행동이 광적으로 비칠 수밖에.

한 번씩 눈을 감고 뜰 때마다 이 모든 게 꿈인 것 같아 소스라친다. 기다리다 지쳐 만들어낸 환영은 아닌지 불안하다. 900년이 지난 지금에도 소형이 죽었을 때의 상실감이 그를 지배하고 있었다.

두려움과 초조함에 매 순간 소형이 실재하고 있음을 확인하지 않고는 견디지 못한다. 숨 쉬고 있나 확인해야 했고 함께하지 못한 시간만큼 곁에 있어야 했다.

그래서 얼굴을 볼 수 있는 것도 아니면서 문영의 학교를 찾았다. 시선이 닿는 곳에 문영이 있다는 사실에 안도하고, 가까이 있다는 생각만으로 행복했다. 그녀가 있는 곳에 자신이 있고, 똑같은 것들에 둘러싸여 있음이 좋았다. 그것만으로도 그는 소형과 함께 있는 것이었다.

그러나 그것만으로 이렇듯 미소 짓게 할 순 없다. 입이 벌어지는지도 모르고 넋을 잃는 것은 그 때문만이 아니었다.

"내내 보고 싶었다."

잔뜩 가라앉은 목소리. 덕윤이 뒷거울을 올려다본다. 두서없는 말이었지만 그리움이 한껏 묻은 음조에 귀를 쫑긋한다.

"나는…… 한 번도 저 나이의 비를 보지 못했어."

애연한 얼굴이 거울로 비쳤다. 다른 때라면 거리낄 것 없이 정면을 응시했을 눈이 아래를 향하고 있었다.

"함께하질 못했지."

그는 소형이 죽은 후로도 나이를 먹고, 어른이 됐지만 소형은 언제나 열아홉, 아직 앳된 여인의 모습이었다. 옅게 자라나던 수염이 검게 돋고 그의 팔과 손은 더 억세졌지만, 그의 크고 단단한 손이 망상 속에 잡는 손은 작고 연한 아이의 것이었다. 그의 기억 속에 소형은 900년이 지난 지금까지 조금도 자라지 않은, 어리고 여린 여인이었다. 그러니 지금의 문영이 생경하면서도 귀할 수밖에.

"내 비(妃)는 지금의 나이가 되기 전에 죽었다."

알 수 없는 자조마저 느껴지는 지독히도 누군가가 그리운 목소리다. 허망함과 비통함에 침식당한 얼굴이다.

해가 말하는 전생이나 비(妃)에 대해 반신반의하던 덕윤도 그의 애틋함만큼은 진심이라는 것을 의심할 수 없었다. 이 사내, 미친 것인지는 모르나 그 스스로는 사실을 말하고 있었다. 그의 안에서는 이것이 진실이었다.

"왜 그렇게 어린 나이에……."

"내가, 죽였거든."

그답지 않은 즉답이었지만 덕윤의 말문이 막힌다. 놀라서 올려다본 뒷거울로 눈이 마주쳤다. 문영에게 쏠려 있던 시선이 앞을 향하고 있었다. 뒷거울로 자신을 바라볼 덕윤의 시선을 응시하고 있었다.

그 시선에 소름이 돋는다. 머리끝까지 치달린 섬뜩함에 몸이 떨렸다. 빛이 느껴지지 않는 검은 눈동자는 정말로 사람을 죽인 자의 눈빛이었다. 죄책감과 회한에 묻혀 깊이 가라앉은 색이다.

평소처럼 어깨 한 번 으쓱하는 것으로는 넘길 수 없게 되어버렸다. 말도 안 되는 얘기라 치부할 수가 없다. 그의 말이 사실이라면 사랑하는 사람을 죽인 것이다. 얼굴을 보는 것만으로도 좋아서 어찌할 바를 모르는 사람을 죽였다는 말이다.

그래서였을까. 웃고 있어도 슬픈 눈은, 울고 있는 것 같은 눈은 그 때문이었을까.

그런데 왜, 어째서 그런 여자를 죽여야 했을까. 그렇게 사랑했다던 여자를, 그렇게 아꼈던 여자를 그는 어떻게 죽일 수 있었을까. 덕윤은 묻고 싶었지만 입을 다문다. 해의 시선이 문영에게로 돌아가 있었다.

문영을 보고 있을 때의 그는 아무것도 듣지 못한다. 아무것도 보지 못한다. 오로지 문영뿐이다.

쉬지 않고 부채질을 해대는 손에 파닥이는 부채를 따라 이리저리 날리는 머리칼이 어지럽다. 빨대를 잘근거리는 입술에 침이 마르고 의미없이 움직이는 손짓을 시선이 좇았다.

전이라면 상상도 할 수 없는 점잖지 못한 모습에 놀라기도 하지만, 전보다 크고 밝아진 표정에 흥이 났다. 어쩐지 열아홉의 소형보다 더 어려 보인다 느껴지기도 하나, 소형이 살아 있었다면 저런 모습이었을까 생각해 본다.

내내 상상해 온 얼굴이었다. 홀로 망상 속에 그려왔던 모습이다. 스무 살이 되고 더 나이 먹은 여인의 얼굴은 본 적이 없었으니. 볼 때마다 대견하고 뿌듯해 가슴이 조였다. 그러면서도 저런 아이를 자신이 죽여 없앤 게 자신이란 사실에 눈가가 서늘해졌다.

그 얼어버린 얼굴에 그가 미쳤다 생각하던 덕윤도 그를 부정하지 못하게 됐다. 그가 문영을 사랑하고 있음을 부정하지 못한다. 그의 무서운 집착도 결코 문영에게 해가 되지 않을 것임을 믿게 되어버렸다.

"내 아이를 다치게 할까 그러느냐. 내 아이다. 절대 다치게 하지 않는다. 죽어도 다시는 다치게 하지 않는다. 절대로 흠내는 일은 하지 않아."

언젠가 문영을 대하는 태도가 마땅치 않은 얼굴로 그를 바라보았을 때, 그는 덕윤을 돌아보며 말했다.

한 번 죽여보았기에 나올 수 있는 말이었다. 이미 경험했기 때문에 다시는 그러지 않겠다 다짐한 것이다. 죽어도 다시는 다치게 하지 않겠다 다짐할 만큼 후회할 짓을 한 것이다.

그것이 그 혼자만의 망상이라도 미친 세상 속의 그는 자신이 미친 것을 모른다. 그것이 진짜 현실인 것처럼 아파하고 후회한다. 설혹 미친 게 아니라 해도 그의 말이 모두 사실이라면, 그가 정말 사랑하던 사람을 죽인 것이라면……. 그렇다면 그 사실로 종국엔 미치게 될 것이었다. 그런 기억을 가진 정신이 온전할 수는 없을 테니까.

하지만 해와 동조하던 마음은 단조로운 벨소리에 흩어진다. 머리를 흔들어 그에게 동화되어 가던 사고를 끄집어냈다. 제 주인만큼이나 무뚝뚝한 벨소리의 휴대폰을 쥐고 있는 해의 표정이 어두워져 있었다.

발신자가 누군지 한마디 응대도 없이 전화를 끊더니 서둘러 반쯤 열어두었던 창을 올린다. 차창이 밀리며 '지잉' 하고 나는 소리마저 조급했다. 곧이어 미간을 찌푸린 그의 시선은 문영이 아닌 다른 곳으로 옮겨졌고 옆을 지나는 검은 차를 따라 고개가 움직였다.

등나무 바특하니 세운 차에서 사내가 내렸다. 벤치로 다가간 그를 반기는 문영의 태도에 해의 얼굴이 무섭게 변한다. 사내에게 뭔가를 받은 문영이 그의 팔짱을 끼는 순간엔 시트에 기대 있던 몸이 벌떡 튀어 올랐다. 사내는 문영이 자판기에서 뽑은 음료수를 받자마자 돌아갔지만 해는 다시 스쳐 가는 차를 무섭게 노려보았다. 차 안의 온도는 숨이 막힐 정도로 올라가 있었다.

급기야 꼭 닫힌 차창을 주먹으로 내려친 해가 차에서 내렸다. 목구멍까지 깔깔하게 하는 쓴맛은 담배 한 모금에 없어질 것이었지만, 그 쓸쓸함을 그대로 참아낸다. 혀뿌리까지 굳어오는 느낌이었다.

그가 밖으로 나간 것에 놀란 덕윤도 차에서 나왔다. 무슨 일이 있어도 차에서 나온 적이 없는 그였다. 더구나 문영과 너무 가까운 거리지 않은가. 평소 그를 이상하게 생각하던 그조차 문영과 마주치면 어쩌나 걱정이 앞서는데 해는 내려선 그 자리에 서서 문영을 무섭게 응시한다.

풀어놓은 옷깃 사이로 오르락내리락 숨을 몰아쉬는 쇄골이 보였다. 차체를 내리누르고 있는 주먹이 부들부들 떨렸다.

"그때도…… 참지 못해서. 내 그것을……."

"……."

"그때도 다른 사내가 붙어 다니는 것에……."

저도 모르게 되씹는 생각을 읊조린다. 꾸역꾸역 눌러 담으며 참고 또 참아도 치밀어 오르는 토기를 참을 수 없다. 문영에겐 혈육이라는 것을 알면서도 화가 났다. 당연한 것처럼 언제나 곁에 붙어 있는 것이 거슬린다.

지난번 이(異)가의 빈실에서 소형을 떼어간 것도 바로 그자였다. 정광명의 포아에서 문영이 따라간 것 또한 그였다. 자신은 알아보지 못하면서 그를 바라보는 눈은 친근하고 상냥했다.

투정이 끓어올라 견딜 수 없음에 해는 이를 악문다. 투기를 내지른다면 또다시 소형을 빼앗기게 되니 참아야 했다.

하지만 바들거림을 멈추지 못하는 손이 품속의 붉은 주머니를 꺼냈다.

한시도 품에서 놓은 적이 없으나 좀처럼 들춰보지 않던 것이었다. 아니, 그럴 수 없음이 사실이었을 것이다. 보는 것만으로 제 눈을 파버리고 싶은 광증에 휩싸이게 하는 그가 지은 죄의 증거이기 때문이다.

그럼에도 자신을 괴롭히듯 그것을 꺼냈다. 아무리 괴로워도, 죽을 것 같아도 기억해야 했다. 자신이 소형을 어떻게 죽였는지, 그녀가 어떻게 죽어갔는지 잊어서는 안 된다. 그래야 다시는 다치지 않게 할 수 있었다.

그래서 자신에게 상처를 낸다. 베인 자리가 아파 잊을 수 없게, 가장 큰 상처를 다시 만들어 후회하지 않게 이번에도 자신의 눈을 벨 칼을 꺼낸다. 깊은 곳까지 파고들어 고통스럽게 해주기를, 시뻘건 피를 쏟아 질투할 여력 따위 남지 않게 해주기를. 자신의 잔인한 과거까지 파헤쳐 가며 치솟는 투정을 잠재우려 애썼다.

그러나 공연한 짓이었다. 불 같은 질투는 사라졌으되 원치 않던 시선에 얽혀 버렸다. 실눈을 한 문영이 그를 보고 있었다.

알아보지 못하기를 기도했지만 눈이 마주친다. 놀람에서 웃는 얼굴이 된 문영이 다가왔다.

큰일이었다. 낭패였다. 문영과 있는 것을 누가 보기라도 한다면. 그것이 이(李)가의 눈이라면 애써 투기를 억누른 것도 소용이 없다. 석 달간의 인내와 노력이 수포로 돌아갈 순간이었지만, 생긋생긋 웃으며 다가온 문영은 검은색 차체를 이리저리 둘러본다.

며칠 전부터 보이던 차였다. 며칠이나 왔으면서 왜 아는 척하지 않았을까. 아무 말도 없었는데. 자신이 다니고 있는 것을 뻔

히 알고도 내색 한번 하지 않다니. 아무리 생각해도 이상했지
만, 차를 둘러보는 척, 슬쩍 해를 훔쳐본 얼굴에는 어느새 미소
가 번졌다.

아아……. 그래. 그런 거야.

본 것도 아니면서 자신을 지켜보고 있던 것이라 생각한다. 그
의 속에 들어갔다 나온 것도 아니면서 그랬을 거라 확신한다.
지금까지의 그를 보건대 능히 그럴 만한 사람이었다. 봐, 들켜
서 곤란해하고 있잖아.

아닌 체하고 있어도 속으로는 식은땀을 흘리고 있을 것을 상
상하니 웃음이 나왔다. 누군가 자신을 엿본 것에도 가히 기분이
나쁘지 않다면 이상한 것일까. 어떻게 손에 넣었을지 의심스러
운 빨간색의 교직원용 주차 스티커를 보고 히죽 웃고는, 해의
앞에 불쑥 얼굴을 내민다.

"두 시간만 있으면 끝나는데……."

다른 약속은 없다는 언질이었지만, 그 순간 해의 얼굴은 이상
하게 굳어가고 있었다.

자신을 반기는 얼굴을 쓰다듬고 싶지만 손이 움직이지 않았
다. 주위에 따라붙었을 이(李)가의 봉신 때문에 문영과 눈도 맞
출 수 없었다. 평소라면 눈치 챘을 문영의 속내도 읽지 못하고,
불길한 두려움에 사로잡혀 있던 그가 이(李)가에 대한 생각에서
벗어난 것은 직통으로 와 닿는 말을 듣고서였다.

"이따 같이 밥 먹어요."

두근, 튀어 오른 맥박이 가슴을 조이며 어지러움을 촉발시켰
다. 크게 고동치며 떨어진 심장에 눈앞까지 캄캄해졌다.

처음이었다. 문영이 그리 말해준 것은 처음이었다.

"시험 때문에 점심도 못 먹었어. 우리 밥 먹어요."

이제 해의 안중에 다른 사람은 없다. 주위도 날아가 버렸다.
남은 것은 문영이 서 있는 아주 작은 공간뿐.

"그래. 맛있는 거 먹자."

어느새 문영의 흐트러진 머리를 정리하는 해의 눈은 웃고 있
었다.

"조금만 기다려요. 먼저 발표하면 일찍 끝날 수도 있으니까."

그렇게 자신있게 말한 문영은 들고 있던 프링글스 통을 안기
고 친구들이 있는 등나무로 돌아갔다. 그 뒤에 손에 들린 과자
통을 내려보는 해는 피식 웃는다.

누구의 눈에 띌세라 학교에서 데려갈 생각은 없었는데, 제 말
만 하고 뛰어가 버렸다. 제삼을 시켜 따로 데려올까도 했지만
핸드폰 단축 번호를 누르던 손이 멈춘다. 이미 벌어진 일이었
다. 문영에게 사람을 붙였다면 벌써 떼어갔을 테니 나중까지 걱
정할 때가 아니었다.

다행히 당장의 훼방은 없었다. 고작 90여 일이 지났을 뿐인
데 체념하였다 생각한 것일까. 노파심에 주위를 살피지만 수상
한 사람은 없다.

고작 이 정도였단 말인가. 생각보다 이른 이(李)가의 철수에

안도하기보다 혀를 찬다. 문영을 지키기 위한 전력이 겨우 이 정도임에 씁쓸하다.

그러나 그때였다. 다급히 바닥을 울리는 발소리가 가까워진 것은. 이(李)가의 허술함을 비웃으며 차에 오르던 해의 움직임도 멈췄다. 역시 이렇게 쉬이 풀릴 리가 없지, 굳어지던 얼굴은 눈앞의 상대를 보며 다른 의미에서 견고해졌다.

"조금만 기다리라고 했죠?"

차 문 사이에 몸을 반쯤 낀 채로 해는 바라봤다. 프린트와 가방을 아무렇게나 들쳐 안은 문영이 숨을 고르고 있었다.

처음엔 정말 일착으로 발표를 끝낼 생각이었다. 해에게 돌아설 때까지 그랬던 생각이 언제 바뀌었는지 모른다. 친구들 앞에 시큰둥한 얼굴로 돌아와 중대한 결정이라도 한 듯 말하고 있었으니까.

"나, 갈래."

벤치에 있던 프린트 뭉치와 가방을 서둘러 챙겼다.

"야, 야! 너, 발표는?"

조금 전까지 입 밖으로 심장이 튀어나올 것 같네, 너무 떨려 손까지 시리다 안달하며 발표를 준비하던 아이는 어디로 갔을까.

"이거 땡땡이치면 점수 안 나와!"

어리둥절한 친구들은 문영을 말렸지만 소용없는 외침이었다. 중간고사 점수가 좋아 발표만 잘하면 좋은 학점이 나올 거라 기대하고 있는데, 그래서 집에 두고 온 자료를 가져다 달라고 도하까지 걸음하게 만들고, 점심도 건너가며 준비한 과제였는데, 이제 모두 허사가 되었다.

뭐가 그리 초조했는지 모르겠다. 보고 싶었던 것도 아니면서 얼굴을 보자마자 끓어오른 그 마음은 대체 무엇이었을까. 아무래도 제대로 된 학점은 포기해야겠지만 그의 놀란 얼굴만으로 대가는 충분했다.

"땡땡이, 쳤어요."

뛰어온 탓에 숨을 몰아쉬는 문영이 차 문을 사이에 두고 말했다. 소형과 어울리지 않는 말이었으나, 문영에게는 제법 어울리는 말투다. 소형이 아닌 것 같아 섭섭한 한편, 이 또한 소형의 모습이라는 생각에 해는 묘한 기분을 느낀다.

"그래서, 뭐가 먹고 싶은데."

드러내 놓고 문영과 있는 것을 극도로 피하던 사람 같지 않게 지그시 고개를 숙여 문영과 같은 높이에 눈을 맞추며 묻는다. 차 문에 한쪽 팔을 얹고 기대어 문영과 키를 맞춘 자세는 사뭇 장난스러웠다. 진지하게 바라보는 얼굴도 어쩐지 짓궂기 그지없었지만, 그 얼굴이 왜 이리 쓸쓸해 보이는지 덕윤은 알 수 없었다.

문영이 과제를 제치고 나온 이유가 정말 배가 고팠기 때문이라 믿었던 듯 한 시간이 조금 넘게 걸려 도착한 집은 고소한 치즈 냄새로 가득했다. 그 사이 또 누구에게 대령시켰는지, 갖가지 모양의 야채가 소복이 담겨 있는 평상 위로 노르스름한 치즈가 끓고 있었다.

하기야 해는 문영이 먹고 싶은 게 무엇이든 언제나 완벽한 준비를 자랑했다. 어디서 사람을 데려오는지 말하기가 무섭게 재깍이다. 문영으로서는 밖으로 나가고 싶은 때도 있겠지만, 영 나쁘지만은 않은 대접이었다. 아마 해의 시중에 길들여진 탓일 것이다.

오늘도 비단 보료가 깔린 평상 위에서 해가 찍어주는 것을 냉큼냉큼 받아먹는다. 그러다 애써 골라낸 버섯을 모르는 척 찍어주자 미간을 찌푸리고 우물거리는 얼굴이 재밌다. 싫어하는 기색이 역력한 표정이다.

예전의 소형에게는 기대할 수 없는 반응이었다. 싫어하는 것에는 손을 대지 않을 뿐, 겉으로 나타내는 법이 없었으니 여느 지아비였다면 눈치 채지 못했을 투정이다.

안 되겠군.

식성이 변하지 않은 것을 보니 다음부터는 버섯을 대신할 만한 것을 찾아야겠다, 해는 진심으로 생각한다.

"자……."

오물거리던 것을 내키지 않는 표정으로 넘기는 모습에 웃음을 삼키다 싫어하는 걸 부러 먹인 것이 미안해 파릇한 브로콜리에 치즈를 듬뿍 찍어주지만, 어째 받아먹는 얼굴은 시큰둥하다.

왜지? 버섯 때문인가?

뒤늦은 후회에 눈치를 살피는데, 연신 눈을 끔뻑이던 문영이 웅얼거렸다.

"있지요. 나 졸려……."

정말이지 얼굴에 피곤이 가득하다. 조금 전까지는 보이지 않던 곤함이다.

지난밤도 꼬박 샌 것이 분명했다. 그러게 공부는 미리미리 좀 하지 시험 때마다 이게 뭐람. 등 따시고 배부르면 졸린다고 주린 배를 채워놓으니 잠이 쏟아지는 모양이다.

"잘까?"

고개를 끄덕이는 중에도 벌써 졸고 있다. 다른 날은 돌려보내는 것에 급급했지만, 오늘은 문영이 일찍 나서준 덕에 아직 이른 시간이었다.

"들어가자."

잠깐 눈만 감았다 일어날 생각에 머리를 기대는 문영의 팔을 잡아 올린다.

"으응……."

늘어진 몸을 일으키는 것도 귀찮은 문영은 투정을 부렸다. 엉덩이도 떼지 않고 대롱대롱 매달려 해의 허리께에 머리를 기댄다.

"편하게 자야지?"

그것이 또 사랑스러움에 흘리는 웃음을 아는지. 머리를 쓰다

들어 달래는 것에 고개를 든다. 침실과 거리를 가늠하듯 목을 빼고 내다보던 얼굴은 다시 해의 등에 '콩' 하고 고개를 묻지만, 이내 잡혀가는 모습이 질질 끌려가는 곰의 형상이었다.

그 모습을 보고 있노라면 마치 해와 문영, 단둘이 있다 착각할 만도 하나, 아까부터 둘을 주시하고 있던 덕윤은, 제삼과 두던 체스 판에서 말을 옮기는 것도 잊은 상태다.

'뭐야. 왜 들어간 거야! 문은 왜 닫고!'

투시라도 할 것처럼 두 사람이 들어간 침실에서 눈을 떼지 못한다.

"뭘 그래?"

그런 덕윤에게 제삼이 물었다. 질리지도 않게 심드렁한 목소리다. 쳐다보는 눈까지 '처음도 아니면서' 라고 덧붙이는 가운데 덕윤은 말을 더듬을 수밖에 없다.

"뭐……. 뭐뭐뭐뭘 그러냐고?"

그의 말대로 지난 한 달 동안 꾸준히 목격한 모습이었다. 이제 와 새삼스러울 것도 없다. 그러나 그것이 밀실인 적은 없었다. 낯 뜨겁고 민망한 모양을 보여도 제삼이나 그가 있는 앞이지 단둘만은 아니었다.

"뭐냐니!"

아직 해와 문영의 관계를 정의하지 못한 덕윤이었으니 참견하지 않곤 못 배길 상황이나, 문영의 아버지라도 된 양 들썩이던 엉덩이는 나무 말을 내려놓는 투박한 소리에 주저앉고 말았다.

"체크 메이트."

무덤덤한 목소리. 정신을 차리고 내려보지만 판은 이미 끝나 있다.

"네가 졌으니까 불침번은 너다. 불만은 없겠지."

덕윤은 멍하니 체스 판을 바라봤다. 아직도 저 안에 정신이 팔려 있나 싶지만, 인상을 찡그리고 주시하는 것은 애처롭게 포위당한 자신의 말이다.

"한 번만 물러."

어느새 제삼의 말을 옮기며 말한다.

"그저께도 내가 했단 말야."

해와 문영이 신경 쓰이면서도 모르는 척한다. 제삼처럼 눈을 가리고 귀를 막는다.

지금의 상황을 받아들였기 때문인지, 포기한 것인지는 알 수 없다. 어쩌면 회피하는 것일지도 모르지만 제삼에게는 어느 쪽이든 좋았다.

"그럼, 그러지."

깍지를 끼고 조금 물러나 앉으며 씨익 웃는다. 오늘만큼은 몇 번 무르는 것은 대수도 아니었다.

그래. 대수도 아니지.

그저 단순한 변덕이라도 엉뚱하게 나서지 않는 덕윤에게 감사했다.

오늘이니까. 바로 그날이니까.

오늘이었다. 6월 20일. 소형이 죽고, 다섯 번의 되풀이한 환생에서 해가 발광하여 죽었던 날. 그날이 바로 오늘이다.

해가 길어진 탓에 오후가 한참 지난 시간에도 눈이 부신 창문 앞. 눈을 가늘게 뜬 해가 블라인드를 내린다. 해거름의 붉은 햇살은 곧 넘어갈 태세였지만 조금이라도 문영의 단잠에 방해가 되게 할 수는 없었다.

자신의 기척도 방해가 될세라 살금살금 의자를 가져다 앉았다. 쌕쌕 소리가 들린다. 입을 벌리고 잠든 모습은 귀여웠지만 얼마나 곤하면 그럴까 내려다보는 얼굴이 안쓰럽다. 온통 갈라지고 튼 입술. 검은 그림자가 늘어진 눈꺼풀 아래, 혈색 없이 창백하게 굳은 얼굴은 정말 죽은 듯 잠들어 있었다. 정말 죽은 듯 죽은 사람처럼.

죽은 것처럼?

그래. 정말 죽은 것처럼 보였다.

죽었……다?

잘못된 망념에 사로잡힌 것은 그 순간이었다.

죽……어?

　날카로운 숨을 삼키고 한동안 숨도 쉬지 않고 바라보는가 싶더니, 눈이 파랗게 질려서는 문영을 덮쳐 오른다. 잠을 깨울까 조심스럽던 조금 전이 거짓말 같다. 뼈가 굵은 손이 목울대를 더듬어 내려 쇄골을 지나 가슴을 가른다.

　덜덜 떠는 손을 거칠게 놀리며, 문영의 얼굴과 몸, 여기저기를 헤매는 시선은 성한 사람의 것이 아니었다. 귀를 울리는 이명(耳鳴)이 정신을 혼미하게 만들었다. 잠든 게 아니라 정말로 죽은 것이라는 두려움에 침식당한다.

　피 묻은 속곳을 보며, 소형이 어찌 죽었을지를 그려온 그의 상상 속에 죽은 소형의 얼굴은 지금 그가 보고 있는 문영이었다. 하얗게 마른 얼굴, 검게 변한 입술에 생기라고는 없다. 오르락내리락 숨을 쉬는 가슴은 보이지 않고 따뜻한 숨소리도 들리지 않는다. 그저 죽은 사람처럼 눈을 감은 얼굴에 가슴이 덜컥 내려앉는다.

　안 돼.

　오전 내내, 아침부터 불안해 견딜 수 없었던 것은 그 때문이었다. 오늘이 오는 것이 두려웠던 것도 그 때문이다. 그날이 되풀이될까, 그것이 정해진 운명이었음을 확인하는 것이 두려웠다.

안 돼…….

바로 조금 전까지 웃고, 말하고, 숨 쉬던 문영이 죽었을 리는 없다 생각하면서도 불안감에 목이 메고, 가슴이 조인다. 자신은 또 이렇게 미치는 건가. 파리한 문영을 굽어보는 눈이 희미해진다. 지금 보는 아이도 진작에 미쳐 버린 자신이 만들어낸 몽환일지 모른다는 생각에 웃음을 흘린다.

어두운 망념이 문영을 죽은 사람으로 만들어 버렸다. 900년 동안 되풀이된 악몽이 그렇게 믿게 만들었다. 잠결에 뒤척이는 움직임이 아니었다면 정말 그리 믿었을 것이다. 정말 미쳐 버렸을 것이다.

불편하게 인상을 찡그린 문영이 어깨를 움츠렸다. 아무리 곤해도 몸을 짓누르는 무게는 이길 수 없었나 보다. 몸을 뒤척이며 고개를 돌리자 옅은 숨이 손목을 간질인다. 그제야 달싹이는 가슴이 눈에 들어오지만, 그것을 믿을 수 없어 얹은 손바닥을 하나둘, 하나둘, 규칙적으로 오르내리는 작은 가슴이 밀어냈다. 드디어 이명이 걷힌 해의 사위로 숨소리가 들린다.

꿈이 아니구나. 가만히 고개를 기울여 문영의 숨소리를 듣는다. 자신이 만들어낸 허상이 아니다. 동그란 얼굴을 쓰다듬고 따뜻한 살을 더듬는다. 크게 맥박 치는 목덜미에 입술을 부비자 달콤한 피 냄새가 느껴진다. 지분거림이 귀찮은 몸은 투정을 부렸지만 그 또한 살아 있다는 증거였다.

죽지 않았구나. 죽은 게 아니구나. 새삼스러운 확인에 기뻐, 입을 맞추고 점막 안으로 혀를 밀어 넣는다. 잠결에 밀어내는 것도 개의치 않고 축축한 습기를 느낀다. 숨이 막혀 끙끙대지만 그것도 봐주지 않고 끌어내 생기를 마신다. 단잠을 방해할까 경계하던 사내는 어디 가고, 혼자 발정난 짐승이 필사적으로 몸을 비벼대고 있었다.

소형의 죽음에 대한 공포가 숨겨둔 욕념에 불을 붙인 격이었으나, 그게 아니라도 처음으로 문영이 내민 손에 몸이 따끔거릴 만큼 들떠 있던 차다.

"이따 같이 밥 먹어요."

무엇을 하자, 문영이 먼저 말한 것이 처음이었다. 문영 스스로 그에게 온 것도 처음이다. 그것도 보고 싶어 안달이 나 있는 그와 다르지 않게 숨을 몰아쉬며 달려왔다. 그와 있고 싶어 학교까지 내버리고 뛰어왔다.

안고 싶어 몸이 달아오른 것은 그때부터였다. 숨을 헐떡이며 뛰어온 문영을 끌어안고, 질척할 정도로 입을 맞추고 싶었던 것이 바로 그 순간이었지만, 욕념을 숨기고 쓰게 웃기만 하였다.

밥을 먹자는 말만으로 좋아 몸을 두들기는 욕정 따윈 접어둘 수 있었다. 그에게 보이는 미소 하나에 다른 건 아무래도 좋았다.

하지만 그렇게 간신히 붙든 마음이 흔들리고 말았다. 검은 과거의 기억이 기분 좋을 정도의 흥분을 위험한 욕념으로 바꿔놓았다.

어느새 제 스스로를 달래기 위해 문영을 이용하고 있다. 자신도 모르는 사이 그의 팔이, 그의 다리가 문영을 둘러싸 뿌리를 내렸다. 침대에 눌러 버릴 것처럼 끌어안아 가닥가닥 뼈를 더듬어 내리고, 다른 곳으로 갈 수 없게 붙들고 늘어진다.

그러나 그 옭아맨 힘이라는 것도 작은 칭얼거림에 풀어질 정도의 것이었다. 바르작거리며 보챔에 화들짝 팔을 거두고 물러난다. 비몽사몽인 몸으로 들어가 욕정하고, 토정하고 싶은 것을 참고 몸을 일으킨다.

혼자 욕정하여 쾌락하는 것만큼 외로운 일은 없으니까. 반응하지 않는 상대에 발정해 신음하는 게 얼마나 쓸쓸한 짓인지 누구보다 잘 알고 있으니까.

처음 소형을 자수전에 앉혔을 때에는 그도 몰랐던 괴로움이었다. 그때는 소형을 얻은 것으로 더는 원하는 것이 없으리라 생각했다. 옥안을 보는 것으로 족했고, 온기를 나누는 것이 극락이지, 그 마음까지 탐내게 될 줄은 몰랐다. 천 날, 만 날, 마음 없는 웃음에도 기쁠 줄 알았지, 뒤돌아 가슴 움켜쥐는 허망함을 알게 되리라고는 생각지 못했다.

그저 몸을 부비는 것이 좋아, 제가 하고 싶은 대로 할 수 있는 것에 취해 다른 것은 몰랐다. 소형도 자신을 원하는지, 자신만큼 희열하는지 살피지 못했다. 도망가지 아니하니 좋아하는 것이라 여겼고, 미소 짓는 얼굴을 은애하는 마음이라 믿었다. 그 미소에 깃든 마음이 사내를 대하는 것이 아님은 조금도 알지 못한 채 그것이 실은 지아비에게 순종하는 것뿐이었음을 깨달은 것은 욕정한 자신의 아래서 유하게 미소 짓는 소형을 목도했을 때다.

그 순간, 그의 몸은 뜨거움과 차가움으로 토막났다. 육신은 뜨거운데 가슴은 차갑게 얼었다. 소형의 다정을 옥안을 좋아했지만, 그 순간 그가 바랐던 것은 온화함이 아니었다. 그녀도 평정을 잃기를, 왕후가 아닌 여인이기를 바랐다. 그녀도 자신만큼 절실하기를 바랐다. 언제나 꽃 내음이라도 즐기는 듯 평온한 얼굴 앞에 발정하는 것은 해, 혼자였다. 담담하기만 한 소형에게 몸을 주체하지 못할 정도로 욕정하는 그에게 질린 것도 그 자신이었다. 그런 자신이 미운 한편, 가여워 미칠 듯하여 자기 자신을 조소한 것도 한두 날이 아니었다.

지금도 같은 짓을 벌이다 떨어졌지만, 그때와 조금도 달라지지 않았다. 미련이 남은 손은 주책없이 떨리고, 가라앉히지 못한 숨은 문영의 입술 언저리를 맴돈다. 멈칫멈칫, 포기하지 못한 마음이 문영의 주위를 서성인다. 그러다 옴찔거리는 손을 뒤로하고 풀썩 드러누워 버린다. 그리고 문영의 작은 손을 그녀의 몸인 양 가슴에 품고 눈을 가린다. 속으로 외치며 다짐한다.

또다시 그 짓을 할까 보냐. 다시는, 다시는 하지 않는다.

그러나 아무리 마음을 다잡고, 손을 잡아도 가슴이 아픈 것은 어쩌지 못한다. 손을 잡고 있어도 외로워 죽을 것 같다. 900년 만에 다시 찾은 밤은 혼자가 아니었으나 어둡고 추웠다. 소형과 나란히 누운 게 언젠지 모르는데, 해는 또다시 악몽에 사로잡힌다.

“아뢰옵기 송구하오나 폐비께서 자진을 하셨사옵니다.”

소형의 피를 더듬던 그날로 되돌아간다. 소형은 없고 그 홀로 남겨진 암흑 속이었다.

새벽. 문영이 문득 잠을 깬 것은 아무것도 느껴지지 않는 적막감 때문이다.

‘몇 시지?’

작은 불빛조차 없는 주변을 둘러보며 눈을 깜빡인다. 낮결에 잠시 눈을 붙인다는 것이 어느새 밤인 모양. 집에는 아무 말도 하지 않았는데 전화라도 드려야지. 어둠에 익숙해진 눈이 문을 찾지만, 침대를 더듬어 내리던 몸은 얼어붙는다.

“……!!”

어두운 가운데 하얗게 비치는 두 눈에 숨이 멎었다.

"누구……."

희미하게 윤곽이 잡히는 형상을 향해 가늘게 뜬 눈으로 누군가 보인다.

해였다.

"뭐…… 해요?"

물어도 답하지 않는 것이 이상하다.

"어디, 아파요?"

놀란 마음은 어느 사이 걱정으로 바뀌었다.

"괜찮아요?"

나쁜 꿈이라도 꾸는 건가? 이상하리만치 얌전한 그에게 손을 뻗지만, 얼굴을 가린 머리를 헤치고 이마를 짚는 순간, 문영의 가슴은 덜컥 내려앉는다.

"왜……."

머리카락 아래 드러난 눈이 문영을 빤히 바라보고 있었다.

"왜, 그래요?"

"……못했다. 내가."

이윽고 미동도 없던 해가 입술을 움직이지만, 숨을 쥐어짜듯 토막난 목소리는 문영의 가슴을 움켜잡는다.

"내가…… 잘못했다. 잘못했다. 소형아……."

그녀가 아니었다. 그녀의 이름이 아니다.

소형. 언젠가도 들은 이름. 잘못 들은 것이라 여겼으나, 그 언젠가도 그는 문영을 그리 부른 적이 있다.

어쩌면 그가 보고 있는 사람은 자신이 아닐지 모른다 깨달은 것은 이미 그때부터였다. 그의 앞에는 그녀가 있어도 그가 찾는 사람은 자신이 아닌 것이다.

그런데 가슴이 아픈 이유는 뭘까. 그가 찾는 사람은 자신이 아닌데, 다른 이를 부르는 목소리에 이리 가슴이 아픈 이유는 무얼까.

울고 있는 해의 얼굴을 쓰다듬는다. 작게 떨리는 몸을 끌어안는다. 죽을 것 같은 얼굴로 하는 말이 꼭 자신에게 하는 말인 것 같아 머리보다 몸이 먼저 움직였다.

"나를 버리지 마라."

자신에게 하는 말이 아닌데, 그럴 텐데 눈물이 났다.

"버리면 안 된다."

위태위태 흔들리는 목소리가 살이 아플 정도로 아프게 가슴을 파고든다.

"나도 데려가다오."

그 말에 더 세게 끌어안고 만다. 품에 안고 속삭인다.

"아무 데도 가지 않아요."

그의 애원 속에 섞인 울부짖음이 들렸다. 몸부림치고 있는 그가 보였다.

"여기 있어요."

알 수 없는 설움이 복받쳐 머리를 감싼다.

"여기 있을 거예요."

그와 한 몸인 듯 아픔이 느껴졌다.

"그러니까 울지 말아요."

똑같이 아플 그의 몸을 쓸어안으며 말한다.

"울지 마요."

저도 울먹이고 있으면서 마른 등을 쓰다듬으며 말한다.

소리없는 울음이었지만 문영에게는 들렸다. 자신을 원망하듯 서러운 눈물 소리가 귓전을 맴돌고 있었다.

"아무 데도 가지 않아요. 여기 있어요."

알 수 없는 그의 발작이 잦아진 것은 그렇게 몇 번이나 문영의 다짐을 들은 뒤였지만, 자리에 눕고도 해는 눈을 감지 못했다. 잠이 들라 치면 소스라치게 놀라 눈을 떴다. 잡고 있는 손으로는 마음을 놓지 못해 옆에 있는 것을 눈으로 지켰다. 문영의 얼굴을 보고 있어야 안심할 수 있었다.

"자요. 여기 있을 테니까."

졸음이 몰려와 무거운 눈꺼풀을 끔벅이면서도 고개를 젓는다.

"정말 아무 데도 안 가요."

그래도 고집스레 고개만 젓는 것에 잡혀 있던 손을 뺀 문영이 팔을 베고 눕는다. 어디라도 가는 줄 안 몸은 단박에 굳어들지만, 얇은 머리칼이 닿자 안도하는 눈치. 옴짝달싹못하게 문영을 안고 눈을 감는다.

악몽에 시달리지 않은 게 언제였는지, 정말 얼마 만에 이루는 단잠인지 모른다. 정말 오래간만의 평온 속에 해는 잠이 들었지만, 얼마나 잤을까, 몽중에 눈을 뜬 그의 입꼬리가 올라간다. 마냥 기분 좋은 꿈을 꾼 얼굴이다.

소형의 손이 그를 쓰다듬었다. 보듬어주었다. 꿈이라 할 수 없는 또렷한 감촉으로.

지금도 아스라이 향내가 느껴진다. 체취까지 남은 듯 생생한 꿈이었다. 아직도 소형이 안겨 있다 착각하게 하는 팔의 무게가 좋기만 한데, 소형의 머리카락이 간지럽다 느낀 순간, 모든 의식이 잠결에서 빠져나온다.

진짜였다. 꿈이 아닌 진짜 소형이었다.

"왜……."

눈앞의 작은 이마에 목뒤가 싸늘해진다.

"왜, 네가 여기 있지?"

팔 안에 잠들어 있던 문영을 일으켜 뒤흔든다.

"왜 여기 있는 거야!"

겁박하듯 어깨를 잡아채 잠을 깨우지만, 졸음을 지우지 못한 눈은 멍하니 바라볼 뿐, 왜 화를 내는지 모르겠다는 얼굴이다.

'안 돼…….'

절망 속에 부정해 보나 부질없는 짓. 그의 잘못이었다. 도하를 향한 투기심에 정신이 나가고, 문영이 다가와 준 것에 경계심을 잃었다. 바보같이 안도하여 잠든 꼴이라니.

"데려다 주겠다."

아프게 잡고 있던 손을 거두고 침실을 나선다.

"무슨……."

뒤늦게 잠이 날아간 문영은 눈을 비볐다. 애초에 데려온 사람이 누군데. 가지 못하게 붙잡은 사람은 누군데! 되레 화를 내는 그를 이해할 수 없다.

하지만 해는 상냥할 여유가 없다. 조급하게 제삼부터 찾는다.

"제삼이 있느냐!"

야심한 시각, 그가 없을 수 있다는 의심은 없다. 그 믿음에 부응하듯 나지막한 목소리가 울리자 검은 형체가 다가왔다.

"찾으셨습니까."

갑작스런 부르심에 무슨 일이 생긴 게다, 어둠 속에 표정을 살피는데 환하게 등이 밝혀진다.

"무슨 짓이지?"

낮게 웅얼거리는 목소리가 거칠었다.

"모르지 않을 텐데."

언제나 날이 어두워지기가 무섭게 문영을 보낸 그였다. 함께 있는 시간이 애틋해도 그 때를 놓친 적은 단 한 번도 없었는데, 그 이유를 누구보다 잘 알고 있을 제삼이 시간을 채근하지 않은 것에 짜증을 낸다.

낮지만 매서운 노성에 곁방에서 눈을 붙이고 있던 덕윤도 잠을 깼다. 살짝 문을 열고 밖을 살핀다.

그렇지 않아도 문영이 돌아가지 않아 깊게 잠들지 못한 참이다. 아니, 사실은 요 근래 유난히 예민한 제삼 때문에 바짝 긴장해 있던 턴데, 무슨 이유에선지 제삼은 변명 한마디 없이 해의 노여움을 받아내고 있었다.

"너도 한조와 같았나. 임기응변이 통할 것이라 믿어?"

그렇다. 제삼도 한조와 같은 왕(王)가의 봉신이었다. 해를 지키기 위해서라면 무슨 짓이든 한다.

그래서 이리 노여워할 것을 알고도 문영을 보내지 않은 것이었다. 침실로 들어간 둘을 방해하지 않았다.

불안함에 끼어들 수가 없었다. 어제가 어찌 되고 오늘이 어찌 될지 알 수 없음에 두려웠다.

그것이 제삼이 그들과 똑같이 가지고 있는 불안이었다. 왕(王)씨의 다른 봉신들과 같은 두려움이었다. 해의 스무 번째 탄신일이 있던 지난 경무(庚戊)년 이후, 그들은 오늘이 되는 날이면 아무것도 하지 못하고 밤을 지새웠다. 돌연 미쳐 버리는 그의 과거가 반복될까 전전긍긍, 오늘이 오는 것을 두려워했다.

그것이 소형을 찾았대도 장담할 건 없었다. 소형이 있어도 미쳐 버리는 것은 아닐지, 곁에서 떼어놓지 못했다. 소형과 조금이라도 떨어진 틈이 그를 미치게 할까 보낼 수 없었다.

오늘, 문영이 돌아가지 않음으로 이(李)가의 의심을 산다 해도 어쩔 수 없었다. 그들이 문영을 감추고 내어놓지 않는 일이 생겨도 지금 당장이 더 중요했다.

그 증거로 소형을 빼앗길지 모른다는 두려움에 해는 하얗게 질렸지만, 그를 보는 제삼은 안도한다.

혼란스럽게 움직이는 눈에 발광의 징후는 없었다. 어제와 다르지 않은 그다.

"차비하여라. 서울로 갈 것이다!"

소형에 대한 집착도 변하지 않아 아직도 그들을 속일 수 있다 믿는다. 들키지 않고 넘어갈 수 있다 미련을 버리지 못한다.

"집으로 가도 되겠는지요. 너무 이른 시간이온데……."

그의 명에 덕윤은 주차장으로 튀어나갔지만, 제삼은 시계를 내려다봤다. 지금껏 그랬듯 이(李)가 놈들 모르게 문영을 데리고 가기에는 이미 늦었다. 놈들은 벌써 문영을 찾기 위해 혈안이 돼 있을 것이었다.

그제야 시간을 확인한 해가 재킷을 내려놓았다. 하얗게 질린 얼굴로 침실로 돌아간다.

느닷없이 호통 세례를 당한 문영이 보로통히 앉아 있었다.

그런 문영을, 갖가지 생각이 뒤엉킨 눈으로 바라본다.

'감출까? 찾지 못하게? 어디로 가야 하지? 어디라야 찾지 못할까.'

한참을 가만히 보고 있다 문영을 끌어안은 해의 속은 온갖 생각으로 가득하지만, 그것을 모르는 문영은 자신 앞의 남자를 마주 안는다.

'아니에요. 나는 소형이 아니에요.'

하고 싶은 말이 입안을 맴돌고 있었지만, 측은한 남자의 얼굴에 토라져 있던 마음은 사라져 버렸다. 붙잡지 않으면 녹아 없어질 것 같은 몸을 끌어안았다. 알 수 없는 묵직함에 눌려, 그의 머릿속을 점령하고 있는 조악한 생각은 읽어내지 못하고 그를 위로하기에 급급하다.

그러나 문영을 움켜쥔 손은 더욱 우악한 힘으로 끌어안는다. 900년 전, 하얗게 타버린 집착이 다시 고개 들고 있었다.

소형을 죽인 욕심이자 지금도 남아 있는 검측한 마음이었다. 900년 전과 똑같이 어리고 미숙한 그의 실체였다. 하지만 이번엔 다르다. 돌아오지 못할 것을 알면서 제 손으로 데려간다. 다시 찾아오기 위해. 돌려받기 위해.

"데려다 주겠다."

그럼에도 문영을 안은 손은 더욱 웅크러 들었지만, 그들이 문영의 집에 도착한 것은 날이 새기 전이었다.

"친구 집에서 자고 왔다고 해도 되는데."

차에서 내리던 문영이 중얼거렸다.

"이 시간에 어떻게 벨을 눌러."

오는 내내 손을 꼬물거리더니 기어이 불만을 터뜨린다. 어차피 외박은 외박인 것을, 조금 더 일찍 들어간다고 나아질 게 있느냔 말이었지만, 허탈하게 웃은 해는 집 앞을 주시할 뿐이다.

도대체 무슨 꿍꿍이인지 알 수 없는 고요함이었다. 그의 아파트나 집 쪽은 벌써 두 이(李, 異)가들이 진을 치고 있을 게 뻔한데 말이다.

하지만 날카로운 속내를 숨긴 해는 문영의 머리를 쓰다듬었다.

"알고 보니 거짓말쟁이로구나."

나무라는 것으로 들은 문영이 입술을 내밀며 돌아서지만, 두 팔로 다시 잡아온다. 갸름한 목을 받쳐 안고 코를 묻으며 속삭인다.

"하지만 나는 거짓말쟁이도 좋아하지."

한껏, 향내를 빨아들이는 숨이 깊었다. 목덜미를 스치는 손가락에 문영이 어깨를 움츠리는 듯했지만, 금세 고개를 들어 해의 체취를 맡는다.

해의 머스크 향이 좋았다. 그것이 머리의 박하 향과 섞인 달콤 쌉싸래한 냄새도 좋다.

어느새 입을 맞추는 것처럼 숨이 엉키고 호흡이 섞였다. 입술은 조금의 접함도 없지만, 혀끝이 아린 문영은 왠지 눈물이 날 것 같은데, 깨물 듯 문영의 뺨에 입을 맞춘 해는 웃으며 고개를 들었다.

정말로 문영이 좋았다. 그 앙큼한 머릿속이 좋았다. 자신이 보고 싶어서 하는 거짓말. 자신과 헤어지기 싫어서 하는 거짓말.

하지만 문영의 머리카락을 쓸어 넘기는 해의 얼굴은 슬펐다. 눈이 웃고, 입술이 웃어도 얼굴은 웃지 않는다.

"같이 들어가면 좋겠지만……. 내가 잘못한 건데 말이다."

나쁜 짓은 조금도 하지 않았다지만, 바깥 잠을 자게 하고 말았다. 부모님의 걱정을 듣는 것도, 변명을 하는 것도 그의 몫인데, 그는 같이 들어가는 것조차 해주지 못한다.

지금은 조용히 숨죽여 있어도 달려들 기회만 노리고 있을 그들, 그들이 있는 곳이었다. 그가 들어가면 무슨 일이 일어날지는 자명했다.

그러니 아직은 아니었다. 문영을 데려오기 위해 싸우는 것도, 그녀의 핏줄을 해하는 것도 다음. 지금은 참아야 한다. 피해야 한다. 다시는 그녀를 아프게 하지 않는다 했으니 싸우지 않을 방법을 찾아야 했다. 마지막까지 참아야 한다. 그럼에도 끝내 문영을 보내려 하지 않는 손은 작은 온기를 놓지 못하고 있었지만, 샐쭉 웃은 문영은 돌아섰다.

"이제 가요. 들어갈게요."

새벽바람을 몰고 온 것도 모자라 남자와 동행이라니. 오히려 더 크게 걱정 들을 일이었다. 그러나 서둘러 고개를 돌린 것은 눈물이 나올 것 같았기 때문이다. 우두커니 서서 바라보는 모습이 왜 그리 아픈지. 이상하게 서러운 기분. 자꾸 망설이는 발이 땅에 붙을까 뒤도 돌아보지 않고 계단을 뛰어올랐다. 멋대로 움직인 몸이 그에게 돌아갈까 뒤를 돌아볼 수 없었다.

그런 문영의 뒤를 지키는 해의 시선은 아득했다. 문영을 천 리 밖, 만 리 밖으로 떠나보내는 듯 애련하다. 보내겠다 마음을 정하고도 미련이 남아 있었기 때문이다. 아무렇지 않게 보내면서도 손톱은 아프게 손바닥을 파고들고, 가슴이 조이는 소리를 내지 않으려 입귀가 비틀어졌다. 지금이라도 붙잡고 싶은 충동에 주먹을 움켜쥔다.

소형이라면 보내지 않았을 것이었다. 아무도 찾지 못할 곳에 숨겨두고 돌려주지 않는다. 평생 도망치고 숨어 사는 한이 있어도 놓아주는 일은 없다.

그러나 소형이 아니었다. 문영은 소형이 아니다.

자파의 포악을 보지 못했다. 제 아비와 형제, 자매의 잘못을 모른다. 그래서 피와 살의 정이 남아 있을 아이는 잡아두지 못한다.

언젠가 부모가 그립다 슬퍼할 아이였다. 집으로 돌려보내 주지 않는 그를 미워할 아이다.

그 원망과 미움을 받아들일 자신이 그에겐 없었다. 또다시 미움받고, 거부당하고 싶지 않았다.

잡고 있으면 이번에도 망가뜨리게 될 뿐이었다. 과거에도 그랬듯 손에 쥔 채 죽인다.

그래서 돌려주는 것이었다. 온전히 돌려받기 위해 지금은, 놓아준다.

알게 해야 하니. 핏줄과 떼어내려 하는 그가 잔인한 것이 아님을. 그들이 한 짓을, 그들의 실체를 깨닫게 해야 하니. 스스로 정을 끊게 하기 위해. 스스로의 선택으로 돌아오게 하기 위해서.

돌려보내는 것은 그렇게 만들 자신이 있기 때문이다. 감출 것을 알면서도 보내는 것은 찾아낼 자신이 있기 때문이다.

결국엔 자신에게로 돌아올 아이. 숨겨도 소용없다. 어디에 있어도 찾아낸다. 지금은 저들 스스로 보낼 기회를 주는 것이나, 보내지 않는다면, 그때는 다시 찾기 위해 무슨 짓이든 한다. 그러니 이번 한 번만 혼자서 보내는 것이다.

문영이 들어가는 것을 끝까지 지켜본 해는 도발하듯 사라지지 않고 있는 2층 창문의 그림자를 올려다봤다. 문영과 차에서 내릴 때부터 내려다보고 있던 사람의 그림자였다.

어찌해야 소형을 뺏을 수 있을까 머리를 굴리고 있겠지만, 쓸데없는 짓. 해는 조소를 흘리며 돌아섰다. 어떻게 찾은 아인데, 빼앗길 것 같은가. 다시는 빼앗기지 않는다.

"지키고 있거라, 제삼."

그리 명하며 제삼을 바라보는 파란 눈자위가 섬뜩했다. 푸르스름한 기운 속에 하얗게 비치는 눈은 이미 반쯤 미쳐 있었다.

어찌할꼬. 왕께서 발광하지 않았다 안도하던 제삼, 밝아지는 붉은빛에 집어 먹히는 그를 보며, 아직 그날이, 오늘이 지나지 않았음을 깨닫는다.

어느새 창문으로 비치던 사람의 그림자는 사라진 후였다.

四. 반연(絆緣)

얽혀서 맺어지는 인연

언제나 해를 갉아먹은 후회는 소형을 폐하여 늡사정으로 내
쳤다는 것. 그러나 그보다 앞선 후회는 이(李)가를 멸하고 자파
를 죽이려 했던 사실.

그를 개경 밖으로 유배시키는 것에 만족했어야 한다. 이(李)가
권속들을 왕실에서 몰아내는 것에 그쳤어야 한다.

이(李)가를 멸문시키고도 소형이 무사하길 바랐는가. 아비를
죽인 자신 곁에서 소형이 살 수 있으리라 믿었는가.

애초 소형을 지키기 위해 자파를 없애겠다 한 생각이 잘못이
었다. 성급함이 화를 부르고, 얕은 인내가 후회를 남겼다. 말은
소형을 빼앗기지 않기 위함이라 했지만, 그가 한 짓이야말로 소

형을 잃는 것이었다.

어쩌면 깊은 마음 어디쯤엔 자파에게 당한 설움을 되갚아주려는 앙심이 있었는지도 모른다. 그래서 죽이려 한 것인데, 그러고도 소형이 웃어주기를 바랐으니 욕심이 아니었다 할 수 있을까. 결국 자파와 이(李)가를 멸한 손에 남은 것이 소형의 피뿐이었던 것은 당연한 결과였다.

아직도 선연한 그날의 일이었다. 한때는 왕의 비(妃)였음에도 댓 명의 상궁, 나인 외에는 호종도 따르지 않던 초라한 행보. 힘없이 끌리는 치맛자락으로 후원 뒷문을 따라 쫓겨 나가던 초라한 뒷모습.

이제는 그때의 핏자국마저 희미해진 낡은 조각을 보는 해의 얼굴은 창백했다.

이번만큼은 참고 참으리라 다짐했지만, 슬슬 기다리는 것도 지쳐 가고 있었다. 초조하고 불안하여 차라리 무슨 일이든 터져주기를 기다린다.

언제까지고 아슬아슬한 그림자 속에 숨어 있을 수는 없었다. 드디어 시작된 이(李)가의 움직임에 안도한 것은 그 때문이었을 것이다.

"마마께서 움직이십니다."

나흘 만에 확인한 문영의 행방이었다.

그날 이후, 제삼과 봉신들이 앞을 지키고 있었지만, 나흘 전 그날을 마지막으로 문영을 본 이는 없었다. 이(李)가의 사람으로 보이는 무리만이 집 안을 드나들고 있는 와중, 수상한 낌새를 느낀 제삼의 고개가 기울어진 것이 바로 오늘이었다.

문 앞 가까이 세운 차로 사람이 오르지만, 한눈에 보아도 제 발로 걷는 것이 아니다. 사람들 사이로 질질 끌려 나와 짐짝처럼 차에 태워진다. 왜소한 무리 틈에 세워 눈속임하려는 심산이나 소용없지. 제삼의 눈에는 아무리 봐도 여자다.

문영을 빼돌리려는 속셈이 틀림없었다. 지난밤, 이(李)가의 봉신에게 전한, 문영을 내어놓으라는 경고에 대한 저들의 반응이었다.

"마마를 다른 곳에 모시는 것 같습니다."

이어진 제삼의 보고에 해의 눈이 매서워졌다. 다시 생각해 볼 것도 없었다.

[따라붙어라.]

낮게 떨리는 음성. 짙은 독기가 전해진다.

[절대로 놓치지 마라.]

그럴 일은 없을 것이었다.

"여기는 우영이와 지욱이가 지킨다. 지표와 세명인 대기하고, 나머진 나와 간다."

해와의 통화가 끝나자마자 무전으로 연결된 봉신들을 대기시킨다. 앞서 출발한 차가 눈속임일 때를 대비한다. 한꺼번에 움직이는 것이 미행을 따돌리려는 모양이나, 제삼도 만반의 준비를 한 터였다.

저들이 미행을 떼어냈다 믿도록, 길목마다 배치시킨 차로 바꿔가며 뒤를 쫓는다. 수상한 차가 보일 때마다 지체없이 분산시켜 일말의 실수도 없게 한다.

워낙 많은 봉신을 동원한지라 어렵지는 않다. 국도에서 수많은 길로 갈라지는 차를 일일이 뒤쫓는다는 각오로 이(李)가의 뒤를 밟는다. 결국 그렇게 미행한 수많은 차 중 하나. 그 안에 문영이 있었다.

"마마께서 계신 곳을 찾았습니다."

산속 깊숙한 곳의 별장. 멀찍이 떨어진 대나무 숲 뒤에서 제삼이 보고를 올린다. 이번엔 제 발로 걸어 들어가는 사람, 망원렌즈에 보이는 얼굴은 문영이었다.

[어디지?]

전화기만 붙들고 있던 태도와 다르게 차분한 목소리의 해가 물었다.

"정읍입니다."

[……정읍?]

감정이 느껴지지 않는다. 무슨 생각을 하는지 알 수 없는 목소리다.

[돌아와라. 내가 직접 가겠다.]

덕윤이 전화를 끝낸 해의 눈치를 살피지만, 동요의 기색은 없다. 그게 외려 더 무서울 정도. 제삼이 돌아올 때까지는 꽤 오랜 시간이 걸렸으나, 무슨 차비를 벌이는지 아무런 지시도 내리지 않는다. 고요한 소란이 느껴지는 가운데, 시간만 흘렀을 뿐이다. 그리고 반나절 만에 돌아온 제삼도 덕윤에게 관심을 보이지 않기는 마찬가지.

"모시겠습니다."

눈가는 퀭해도 얄미울 만큼 단정한 얼굴이다.

"준비는 끝내두었습니다."

'준비라니, 무슨?'

어쩐지 매일처럼 갖춰 입은 슈트가 오늘따라 험악해 보였다. 고상함과는 거리가 먼, 날카롭게 날이 선 모양이 해와 제삼, 둘 다 똑같아 보이는데, 그것에 덕윤을 동참시킬 생각은 없는 듯 제삼이 받쳐 준 재킷을 걸치고 커프스 단추를 채운 해는 말했다.

"너는 없어도 된다."

덩달아 몸을 곧추세우고 있던 긴장이 풀리는 말이었다.

"예?"

무슨 일인지 궁금한 한편, 섭섭한 것이 사실이나 어쩌겠는가. 그는 고용된 사람에 불과한 것을. 제삼처럼 왕(王)씨 집안 사람도 아니니 집안일에 끼어들 명분도 없다. 더군다나 그가 아니라도 주변을 경호할 사람은 많았다.

해를 배웅하기 위해 나간 바깥으로 예닐곱 대의 차가 대기하고 있다. 그들만으로도 서른이 넘는 수인데, 그것으로도 끝은 아닌 모양.

"내가 갈 때까지 기다리고 있으라 전하라."

계단을 내려가기 전 명한다. 그리고 줄지은 무리 앞으로 해가 나서는데, 덕윤의 마음이 바뀐 것은 그때였다.

"저도 가겠습니다."

그의 나섬에 뒤돌아 빤히 쳐다보는 눈에는 역시나 역정이 서려 있다. 서둘러 가는 길을 방해받은 것이 마음에 들지 않는다는 표정이다.

"너는 필요없다."

하지만 덕윤은 물러서지 않는다.

"가야겠습니다, 저도."

무슨 일인지도 모르는데, 제가 생각해도 무슨 고집인지 모를 오기다. 그에 해는 미간을 찌푸리지만, 시간을 지체할 때가 아니었다.

"방해는 용서치 않겠다."

무슨 뜻인지 알 수 없는 말이나, 진의를 물을 여유는 없었다. 올라가는 차창 사이 덕윤을 바라보는 눈이 싸늘했다. 제삼과 떨어져 사정을 물을 이도 없는 덕윤, 어디를 가는지조차 모르고 있었다. 그러나 곧 그 말뜻을 이해한 얼굴은 아연실색, 낯빛부터 변한다. 그보다 앞서 도착한 봉신들 손에 들린 죽도와 쇠파이프로 더 이상의 설명은 필요없어졌다.

"안으로 들어간다."

어느새 그들 한가운데 들어간 해가 명했다. 그 말이 떨어지기 무섭게 제삼을 필두로 한 봉신들이 철문과 담을 뛰어넘었다. 제법 높은 담이라지만, 저들이 타고 온 차를 밟고 뛰어오르니 굳게 닫힌 문도 소용이 없다. 난리가 시작되고 잠깐, 해의 앞을 막고 있던 문이 열린다.

"전하를 뫼시어라! 안으로 들어간다!"

왕(王)가의 봉신에게 이(李)가는 속수무책. 해를 막겠다 세워 둔 방어책은 실로 허무했다. 이쪽이 필사적일 것을 알면서도 허술하고 안일했다. 저희가 막아야 할 상대를 제대로 파악하지 못한 탓이었다. 그 결과 훤하게 트인 앞으로 들어간다.

저택 가까이에 이르자 제법 쓸 만한 힘을 가진 이(李)가의 봉신이 앞을 막지만, 그것도 어림없다. 급소만 찍어내는 그의 목검에 박히면 다시 일어나지 못한다. 그나마 몇몇 남아 있던 자들은 다른 봉신들이 처리하는 사이, 저택 바로 앞까지 다가간다. 이(李)가의 수장, 서면이 바로 앞에 있었다.

그들을 가르고 있는 것은 안과 밖을 나눈 유리뿐. 투명한 창을 사이에 둔 해와 서면이 서로 노려본다. 서서히 굳어지는 서면의 얼굴과 달리 해의 입꼬리는 나긋하게 올라갔다. 바로 옆에서는 무구가 휘둘러지고, 피가 튀고 있었지만 그만은 다른 공간에 있는 듯 여유로운 웃음을 지으며 나른하게 입을 열었다.

"왕후를 찾아온다."

그러자 명을 기다리고 있던 제삼이 앞으로 나섰다. 서면의 앞을 쿵쿵, 두드리고 눈을 가느다랗게 좁힌다. 뭔가 생각하는 듯했으나, '까딱까딱' 손짓을 하자 해에게서 한 발작 떨어져 있던 남자가 고개를 끄덕인다. 대체 무얼 하려고. 남자가 등 뒤로 꺼내는 것에 덕윤은 눈을 가늘어졌지만, '앗' 하는 사이, 날아간 무언가가 서면을 향해 꽂힌다.

"대체 뭘……!"

그것을 믿을 수 없어 바라보는 덕윤의 눈은 동그랗게 커졌다.

화살이었다. 유리벽 위이긴 하나, 거대한 화살이 정확히 유리를 통해 보이는 서면의 얼굴에 박혀 있었다.

"위험하지 않습니까!"

방해하지 말라는 다짐도 어기고 소리치지만 소란에 묻힐 외침이었다. 그의 경악에는 아랑곳없이 그것은 두 번이나 더 계속된다. 드디어 단단히, 깨지지 않을 것 같던 유리에 균열이 생기고, 이제는 제삼이 나설 차례. '쩍—!' 하는 소리와 함께 틈이 생긴 주변으로 두꺼운 금이 갔다.

"무슨……!"

믿고 있던 방탄유리도 소용없다. 예상치 못한 화살의 위력에 서면은 벌써 뒤로 물러났지만, 제삼은 유리에 꽂힌 쇠파이프를 뽑아 두 번, 세 번 가격하는 것을 멈추지 않는다. 그것이 몇 번 되지 않는데, 유리벽이 부서져 내리기 시작했다. 그 순간, 조각나 떨어지는 유리 너머로 문영이 보였다.

"전하!"

망설일 새가 없었다. 아직 완전히 부서지지 않은 유리 사이로 해가 들어간다. '바스락' 그의 구두 굽 아래, 바스러지는 유리 조각 소리가 외부와 단절된 정적을 깨고, 모든 시선을 집중시켰다.

"이문영."

문영을 잡고 있는 것은 이(李)가의 사람이었지만, 파랗게 날이 선 눈은 문영을 바라봤다. 날카로운 유리 날에 한 가닥 핏물이 관자놀이를 할퀴고 지나갔대도 옷깃 하나, 머리카락 한 올 흐트러지지 않은 채다. 그 압도적인 위엄에 서면은 물론 문영마저 뒤로 물러나는데, 그보다 더 빠른 걸음으로 거리를 좁혀온다. 문영을 지키던 사내들이 저지하려 나서보나, 눈 깜짝할 사이 고꾸라진 그들을 한 명, 한 명 구둣발로 밟아 누르며 다가온다.

그런 중에도 문영을 향한 시선은 놓지 않았지만, 그런 해를 보는 문영은 겁에 질려 있다. 조금 전까지는 집안 사람들을 뿌리치던 몸짓도 잠잠하다.

제삼을 보는 순간 머릿속이 뒤엉켜 버렸다. 몇 번이나 보아온 사람이 처음 만난 사람인 듯 생경했다. 온순하게 눈인사를 건네던 사내는 없었다. 망설임없이 쇠파이프를 휘두르는 남자는 문영이 아는 제삼이 아니었다.

그 앞에 서 있는 사내 또한 문영이 알던 사람이 아니다. 목검을 들고 있는 모습이 낯설다. 아무렇지도 않게 사람을 해치고 짓밟는 그가 무섭다.

"이리 와."

고개를 젓는다. 가까이 다가오는 것에 저절로 몸이 물러난다.

어쩌면 엄마와 아빠, 삼촌이 옳았을지도 모른다 생각한다. 그가 이렇게 무서운 사람이라 다시는 만나지 못하게 멀리 데려온 것이리라.

하지만 문영은 그를 완벽하게 외면하지 못한다. 자신에게 내민 손을 바라본다. 가늘게 떨리는 손가락 끝을 본다. 문영의 시선 위로 시퍼런 물체가 호를 그린 것은 그 순간이었다.

"전하—!"

제삼의 외마디 소리가 들리고, 비명도 지르지 못한 문영이 입을 막으며 몸을 움츠렸다. 해와 제삼의 시야가 닿지 않는 곳의 이(李)가 봉신이 해에게 각목을 휘두른 것이나, 제삼의 파이프에 다리가 꺾인 남자는 그대로 쓰러진다.

다행히 해에게는 손가락 하나 까딱하지 못한 채였지만, 제삼의 귀 뒤로 소름이 돋았다. 조금만 더 나갔다면 머리를 내려치고도 남았을 거리였다.

정말로 해의 머리끝에 닿은 각목은 그의 머리카락을 스치고 떨어졌으나, 얼굴색 하나 변하지 않은 해는 그저 쓰러진 남자를 흘끔 바라볼 뿐 오히려 하얗게 질린 것은 문영이다.

뭐야, 이게……. 이게 뭐야.

바닥을 뒹구는 남자와 해를 번갈아 바라본다.

이 사람, 무슨 짓이지?

아무것도 모르는 자신이 봐도 사람을 죽이려는 일격이었다. 진짜 죽을 수 있었다.

그래도 무사한 해를 문영은 안도한 표정으로 바라봤지만, 그 순간 해는 자신이 다쳐도 좋았을 것이다 생각한다. 그랬다면 저들이 얼마나 간악한지 알 텐데. 저의 피붙이 손에 피를 쏟은 자신에게 주저없이 와줬을 것인데.

그러나 정작 혼란스러워하는 문영을 보며 후회한다. 차라리 모르게 할 것을. 이것을 보이기 위해 돌려보낸 것이었지만, 씁쓸한 생각에 주먹을 움켜쥔다. 그들의 실체를 받아들여야 할 문영 때문에, 혈육의 무서움을 인정해야 할 문영 때문에 이번에도 자신이 잘못한 것인가 자책한다.

"이리 와, 이문영."

자꾸 도망가는 문영에게 화가 난 듯 한 자, 한 자 힘주어 말하지만, 굳게 다문 입술은 가늘게 떨리고 있었다.

혹여 싫다는 말이 나올까 달싹이는 문영의 입술만 바라본다. 무슨 말이 나올지 몰라 두려움에 웅크릴 준비를 하고 있다. 관망하듯 지켜보고 있지만, 뒷걸음치는 문영이 도망가는 것은 아닐까 잠시도 눈을 떼지 못한다.

그 시선에 문영의 가슴도 철렁 내려앉았다. 오그라지는 가슴과 함께 손마디가 오그라든다.

지난 사흘, 머릿속을 맴돌던 얼굴이었다. 질끈 눈을 감아도 지워지지 않았던 모습이다.

또 울고 있을 텐데……. 아무 데도 가지 않겠다 다짐해 놓고 약속을 지키지 못했다.

자신이 가지 않으면 또 그런 얼굴을 하겠지. 가슴이 뭉클 조여 도하에게서 팔을 잡아 뺀다. 어디서 나왔는지 모를 힘으로 네댓의 장정을 밀치고 발을 뗀다.

"문영아!"

정운이 부르는 소리에 뒤돌아보지만, 발은 멈추지 않는다.

"막아라! 마마를 보내서는 안 된다!"

뒤늦게 서면의 명이 떨어지나, 수적으로 밀리는 이(李)가는 왕(王)가를 상대하는 것만으로 벅차다. 누구보다 해를 잘 안다 생각했던 도하도 허를 찔려 넋을 잃었다.

그의 과거 생을 똑똑히 알고 있으면서도 이런 상황은 예상치 못했다. 아니, 너무 잘 알고 있었기에 짐작하지 못한 결과다.

유약하고, 담소했던 그는 이런 짓을 꾸미지 못한다. 이런 식으로 문영을 빼앗아가지 못한다. 현생의 그가 과거와 다르다는 것을 생각지 못한 것이 그의 실수였다.

"뭐 하느냐, 도하! 마마를 막지 않고!"

다급해진 서면이 채근하지만, 막지 못한다. 어쩔 도리가 없음을 깨닫고 말았다.

눈이 있다면 보라지. 문영은 제 발로 걸어가고 있다. 이(異)가와 손을 잡으면, 문영을 빼내간 왕(王)씨 집안을 압박하는 것은 일도 아니나, 문영은 정운도 뿌리치고 해에게 간다.

과거의 기억은 사라졌는지 몰라도 그 안에 소형은 그대로 남아 있는 것이었다. 소형까지 사라지진 않았다.

그러니 붙잡아도 소용없는 짓. 그녀가 살아 있는 이상, 문영은 언제고 돌아간다. 해가 원하는 한 몇 번이든 집안을 버린다.

결국엔 한 가지 길밖에 없다. 문영을 죽이는 것. 소형을 없애려면 문영도 같이 죽이는 수밖에 없다.

그러나 그것을 깨닫지 못한 봉신들은 문영을 보내지 않으려 발버둥 치고 있다. 왕(王)씨 집안 사람에게 치이고 밟혀도 다시 일어난다. 쓸데없는 발악임을 알면서도 앞을 막는다. 그 소란 속에 멀거니 서 있는 사람은 도하뿐이었다. 끝까지 문영이 별저를 빠져나가는 모습을 멀거니 바라보고만 있다.

제아무리 이(李)가 봉신의 우두머리인 그라도 그것만큼은 할 수 없었다. 소형은 죽었을지 몰라도 문영까지 죽이지는 못한다. 그렇게까진 할 수 없다.

별저를 빠져나와 차에 오른 문영은 귀를 막았다. 이제는 들리지 않는 소리였으나, 정운의 목소리가 뒤를 쫓고 있었다.

"듣지 말아라."

그것을 피해 몸을 웅크린 문영을 해가 덮쳐 안았다.

"아무것도 들리지 않는 거다."

문영을 주저하게 만든 단 하나의 이유가 무서웠다. 두려운 것이 분명한 눈을 하고도 그에게 뛰어오던 문영을 붙잡은 단 한 사람의 목소리. 지금이라도 문영의 선택을 뒤집을 수 있는 그 사람으로부터 문영을 지키기 위해 세뇌한다. 숨이 막힐 정도로 빈틈없이 껴안는다.

그런 해에게서 문영은 비릿한 피 냄새를 느꼈다. 가느다란 생채기 외에는 다른 상처도, 피가 튄 흔적도 없는데 이상한 냄새였다. 목소리마저 차분한 그에게서는 싸움의 흔적을 찾을 수 없는데, 속을 뒤집는 혈향이 그를 따랐다. 순간, 사람을 밟고, 집을 때려 부수는 난장 속의 그가 떠올라 귀밑이 섬뜩해졌지만, 문영은 머리를 안아오는 손을 뿌리치지 않았다. 오히려 그의 품으로 파고든다.

"모르겠어."

피 냄새가 묻은 그가 싫고 무서우면서 자신의 보호막인 양 둘러쓰고 중얼거린다.

"왜 안 된다는 거지? 왜 만나면 안 된다는 거야? 왜, 내가……. 당신을 따라온 거야? 왜?"

후회하고 있다. 정운을 외면하고 해를 따라온 것에 자책하고 있다. 부모보다 남자가 좋다고 집을 나온 꼴인 자신을 이해하지 못한다.

"모르겠어. 내가 왜 여기 있는지."

그러나 그렇게 말하면서도 해의 자켓을 말아 쥔 힘은 더욱 세졌다. 돌아갈 마음은 없었다.

"왜 당신을 따라왔지? 왜, 내가……."

스스로를 원망하는 중얼거림에 문영의 머리를 지분거리던 입술도 움직임을 멈췄다. 걱정과 불안이 섞인 얼굴. 문영은 자신을 붙잡던 정운을 떠올리고 있었지만, 해는 이상할 게 없다는 듯 무심히 말했다.

"그게 당연한 거다."

지독히도 무덤덤한 목소리였으나, 문영의 정수리에 턱을 괸 해의 목구멍은 뜨거웠다. 가슴으로부터 뜨거운 것이 치솟고 있었다.

지금을 믿을 수 없었다. 불가능할 것이라 생각한 일이었다. 문영이 바로 그의 앞에 다가왔어도 확신할 수 없던 일이었다.

그 순간, 그가 할 수 있는 일은 기다리는 것뿐이었다. 질끈 눈을 감고 숨을 멈췄을 뿐이다. 하나, 둘, 셋……. 그렇게 열을 세고도 문영이 오지 않는다면, 그때는 제 손으로 끌어올 것이었다.

그래서 문영이 오는 것을 보지 못했다. 도하를 물리치고 오는 것을 알지 못했다. 열을 세어도 오지 않는 문영을 원망하며 눈을 떴을 때야 문영이 보였다.

환영을 보는 것이라 생각했다. 그토록 바라 마지않던 일이었지만, 문영의 선택을 믿지 못했다. 그저 문영이 이(李)가의 봉신을 뿌리치는 것을 멍하니 보고만 있었다. 화들짝, 정신이 돌아온 것은 정운의 부르짖음 때문이었다.

문영이 정운을, 뒤를 돌아봤다. 그에게 등을 보이고 있었다.

'안 돼.'

다급함에 팔을 낚아챘다. 한계에 달한 인내심이 더는 시간을 주지 않았다. 마음이 약해진 문영이 돌아갈까 선택의 기회를 박탈했다. 돌아가고 싶어도 가지 못하게, 그대로 끌고 나왔다.

어디에도 가지 않는다 하지 않았느냐. 버리지 않겠다 하지 않았더냐. 별저를 벗어나고도 갈퀴처럼 휘어잡은 팔을 놓지 않았다. 정운에게 돌아가려는 문영을 놓아주지 않는다. 어떻게 다시 잡았는데. 몇 년을 기다려 온 것인데. 이제 와 미련이 남았대도 놓아줄 수는 없었다. 손안의 몸을 움켜잡고 일말의 의심도 갖지 못하게 속삭인다.

"그게 당연하다."

생각 따윈 할 틈을 주지 않는다. 이유는 몰라도 좋다. 옆에만 있으면 된다. 몇 번이나 같은 말을 읊조리며 문영을 조여 안는 해는 이전의 그가 아니었다.

어찌해야 소형을 지킬 수 있는지를 안다. 그러기 위해 못할 짓도 없다. 묵묵히 차를 모는 제삼도 그가 소형의 껍데기라도 갖기 위해 무슨 짓을 했는지 알고 있었다.

서서히 문영의 의식부터 침범해 갔다. 야금야금 안으로 파고 들어 소형의 잔재를 파헤치고 자신을 되새겼다. 그것을 들키지 않으려 제 살을 뜯어먹고, 죽은 시체처럼 몸을 낮췄다. 소리를 죽였다. 그를 경계하는 이(李)가의 눈을 벗어나기 위함이었다.

수많은 봉신이 있음에도 덕윤의 경호를 받은 것도 그 때문이다. 혹여 문영의 곁을 맴도는 집안 봉신의 흔적이 잡힐까 이(李)가가 모르는 얼굴이 필요했다. 자신의 존재를 숨기기 위해 주변부터 감췄다. 그러고도 한참을 주변만 맴돌다 그 앞에 자신을 드러내고도 지독한 인내심은 변하지 않았다. 문턱이 닳도록 드나들었으나 문영조차 그가 주시하고 있음을 몰랐다. 날이 어두워지면 어김없이 돌려보냈지만, 집 앞으로는 데려다 주지 않았다. 이(李)가의 눈을 속이기 위해서라면 아주 작은 위험의 여지도 남기지 않았다.

그런 치밀함은 소진을 대할 때에도 마찬가지. 적당히 냉정하고 무관심하게. 너무 상처받지도, 들뜨지도 않게. 문영 주위에 붙어 있는 눈을 떼어내려면 소진의 눈부터 가려야 했다. 그가 문영에게 흥미를 두고 있는 사실을 모르게 소진을 안심시키고, 이(李, 異)가의 경계를 없앴다.

그런 마음에도 없는 짓은 쓴 속을 삼키게 했지만, 그는 900년 전의 나약한 왕이 아니었다. 원하는 것을 갖기 위해서는 거짓으로 웃을 줄도, 이를 갈며 참을 줄도 안다. 거기에 갖고 싶은 것을 빼앗기 위한 사람을 짓밟는 잔인함까지 배웠다.

태어날 때마다 진화해 온 것이었다. 어떻게 하면 소형을 완전히 가질 수 있을까만을 곤구하며 치밀하고 집요하게 변태(變態)하였다.

그에 비해 완전히 무방비상태였던 이(李)가에게 제삼은 조소했다. 하기야 이런 방법으로 문영을 찾아갈 것이라고 생각이라도 해봤을까. 유하기만 하던 왕이 야차 같은 얼굴로 문을 박살 내는 모습은 그도 상상치 못한 일이었다.

새삼 그것을 목도한 덕윤이 얼마나 놀랐을까를 생각하니 또 웃음이 나온다. 아마 폭력이니 범법이니 조잘대면서 난리를 쳤을 게 뻔하다. 그러고 보니 '아차!' 그를 아수라장에 두고 온 것이 생각나지만, 차를 돌릴 생각은 없다.

문영은 계속되는 해의 지분거림에도 꾸덕꾸덕 졸고 있었다. 사흘 전부터 등도 편히 기댄 적이 없는 해에게도 휴식이 절실하기는 마찬가지. 물론 제삼 자신에게도 말이다.

불쌍한 덕윤. 누군가 그를 주워와 주기를 기도하는 수밖에.

집을 떠난 불안에도 이상한 안도감에 잠이 들었던 문영이 눈을 떴다.

더 이상 역한 핏내는 나지 않았다.

"잘 잤나."

아직도 잠이 부족한 탓에 억지로 뜬 눈은 뻑뻑했지만, 뿌옇게 흐린 시야에도 문영은 자신을 내려다보는 해가 웃고 있다는 것을 알 수 있었다. 그가 웃음을 죽일 때마다 새어 나오는 묘한 한숨이 느껴졌다.

"자……."

깍지를 끼고 있던 손이 빠져나가며 손가락 사이를 훑는 느낌에 문영이 팔을 쓰다듬는데, 어느새 차에서 내린 해가 다시 손가락을 엮었다. 먼저 차에서 내려 문영의 손을 잡아당기지만, 한쪽 발만 땅에 디딘 문영은 해를 올려다봤다.

문영의 주저함을 느낀 해의 얼굴이 어두워졌다.

"왜. 무서운가?"

고개를 젓는다. 손을 놓은 잠깐이 불안했다고 말할 수는 없었다. 떨어진 것은 아주 잠깐뿐인데, 그사이 문영이 느낀 불안은 말로 설명할 수 없는 것이었다.

"잠이 덜 깼나 보구나."

접점을 빼앗긴 초조함은 다시 맞닿아온 커다란 손에 사그라들었지만, 그에게 이끌려 나온 문영은 또 한 번 말을 잃었다.

까만 주변을 둘러싼 달무리에 놀라고, 자신을 둘러싼 석벽의 높이에 놀란다. 줄이라도 타면 모를까 보통의 사다리로는 닿을 수 없을 정도의 높은 담이 문영의 눈앞에 있었다. 석벽 꼭대기에는 안팎을 감시하는 초사가 있어 줄을 매는 것조차 불가능해 보이는 이곳에서 과연 누가 문영을 빼돌릴 수 있을까. 정읍 별장을 떠올리니 허탈한 웃음만 나올 만큼 이곳은 완벽한 요새였다.

그래도 높은 담 안의 집채는 아담하고 고즈넉했다. 버섯같이 둥근 지붕을 얹은 모양새가 석벽과 어울리지 않는다. 그러나 작은 단층 정도의 크기와 달리, 2층으로 이어지는 계단으로 해는 문영을 앞세워 올라갔다. 더는 따르지 않는 제삼이 난간 아래에서 꾸벅 인사를 올리지만, 보이지 않는다. 얼결에 밀려 올라가던 문영이 멈춰 선 곳은 계단의 끝이었다.

멍한 표정으로 둘러보는 사이 등 뒤의 장지문이 닫히고, 그와 문영이 있는 곳은 거대한 밀실이 됐다.

붉은색의 비단 보료가 깔린 검은 공단 침상과 연꽃이 띄워져 있는 수조가 묘한 분위기를 자아내는 방이었다. 낮은 자개장 위에 타고 있는 향초 또한 몽환적인데, 부담스러울 만큼 화려한 내실이 어색하지 않은 것은 그 향내 때문이었다. 방 안 가득 달콤 쌉싸래한 향. 그것은 해의 체취였다.

주변을 둘러보던 문영이 그 향을 쫓아 붉은 향로에 고개를 숙였다. 해가 가진 것보다 독하지만, 머릿속까지 나른해지는 기분. 아직까지 귓가에 남은 정운의 목소리가 아득해지며 그대로 잠들고 싶어진다.

하지만 재킷을 벗어 던진 해가 평상 위로 문영을 끌어다 앉혔다.

"내가 나올 때까지 기다릴 수 있지?"

어깨를 꾹 눌러 앉히는 것이 마치 움직이지 못하게 묶어놓은 느낌이다.

"그대로 있는 거다?"

그는 문영이 고개를 끄덕이는 것을 두 번이나 확인하고서야 무겁게 내리누르던 손을 거뒀다.

문영은 약속대로 그 자리에 앉아 해가 유리 벽 사이로 사라지는 것을 멍하니 바라봤다. 불현듯 아무것도 없는 곳에 나타난 문의 존재에 깜짝 놀라지만, 그것은 또 감쪽같이 없어진 뒤였다.

가까이 다가가 봐도 손잡이나 이음새는 보이지 않는다. 검은 대리석엔 문영의 얼굴만 비치고 있을 뿐인데, 그 안쪽에서는 해가 문영의 얼굴을 더듬고 있다. 아무것도 보이지 않는 밖과 달리 그에게는 문영이 서 있는 곳이 훤하게 보였다.

작은 눈을 동그랗게 뜬 얼굴이 호기심으로 가득 차 있었다. 해가 보고 있는 것도 모르고, 안을 노려보다 벽을 두들기고 천장을 올려다본다. 유리벽 한 장을 사이에 두고 입을 맞출 듯 달뜬 것은 해 혼자뿐인 듯 문영의 관심은 해에게 있지 않았다. 해의 손가락은 문영을 따라 움직이지만, 문영의 눈은 해를 보고 있지 않다.

야속하기도 하지. 그는 고작 얇은 벽에 가로막힌 사이에도 문영이 사라질지 모른다는 불안과 두려움에 눈을 떼지 못하는데.

쏟아지는 물줄기에 몸이 젖어들고 있었지만, 해는 옷을 벗는 것도 잊은 채였다. 어서 몸에 묻은 핏내를 씻어내야 했다. 희미하게 남아 있는 비릿함이 조금 전 자신이 한 짓을 되새김질시키며 숨겨둔 광기를 들춰내려 하고 있었다.

하는 짓이 달라졌다고 천성까지 바꿀 수는 없는 노릇이었다. 그 누구보다 온유하고, 다른 이를 측은히 여기던 그가 아니었던가. 다른 사람의 뼈를 부러뜨리고 피를 보는 것에 눈 하나 깜짝않고 있던 것은 그가 아니었다. 눈앞에서 피가 튀어 오르고 비명이 들리는 난리가 자신 때문이라는 사실에 소름 끼치고 끔찍

했던 것은 그 누가 아닌 그 자신이었다.

하지만 누구를 부수든 설혹 누군가를 죽이는 일이 있어도 저어하지 않았을 것이다. 그 죄책감에 망가지는 한이 있어도 멈추지 않는다.

어느새 눈꺼풀의 무게를 이기지 못해 고개가 기울어지는 문영을 보는 눈이 아련하다.

이것이 끝이 아님을, 그는 알고 있었다. 그녀가 눈앞에 있다고 자신의 것이 된 게 아님을 안다.

문영이 온전히 그를 선택했다고 믿는가. 언제고 다시 선택할 날이 온다. 문영이 가족을 버리고 그에게 남아줄 것인지, 그들에게 돌아갈지.

오늘 문영이 그의 손을 잡은 것은 막연하고도 충동적인 선택이었다. 그를 선택함이 곧 부모와의 절연을 의미함을 모르기에 가능한 결정이었다. 다시는 정운과 도명을 만날 수 없음을 알게 돼도, 그때도 문영이 그의 손을 잡아줄까. 과거에도 그랬듯 버려지는 것은 해가 될지 모른다.

그러나 문영이 그들을 택한다 해도 해는 문영을 놓지 않는다. 도망치는 것이 소용없음을 깨달을 때까지 빼앗고 또 빼앗아 온다.

해가 나왔을 때 문영은 잠들어 있었지만, 물기 젖은 손이 뺨을 더듬는 감촉에 부스스 눈을 뜬다. 잠이 가득한 문영의 눈을 보는 해의 눈은 따뜻했지만, 입술을 비틀어 미소 짓는 얼굴은 어두웠다.

'자…… 이제 어떡할까. 그대를 잃지 않으려면 또 무슨 짓을
해야 하지.'

문영의 손을 잡아 침대로 이끄는 해와 그의 손을 잡고 침대로
오르는 문영의 검은 그림자가 장지문으로 비쳤다. 곧 사방을 밝
히던 등불이 꺼졌지만, 밤새도록 꺼지지 않는 향초의 연기가 두
사람이 잠든 침대 위로 자욱하게 내려앉고 있었다.

아침이라 하기엔 조금 이른 새벽. 찾아도 보이지 않는 화장실
을 찾아 계단을 내려오던 문영이 이것저것을 늘어놓고 붕대를
감는 제삼을 발견했다. 용케 한 손으로 붕대를 감은 참이지만,
좀처럼 마무리하지 못하는 모양에 핀을 빼앗으며 말을 건넨다.

"어제는…… 무서웠어요."

소리없이 숨을 들이마시는 것이 불쑥 나타난 문영에 놀란 눈
치다.

"그런 거, 처음이거든요."

문영의 말에 핀을 꽂는 손을 내려다보는 얼굴이 수그러들었
다. 면목없는 목소리로 답한다.

"죄송…… 합니다."

그가 생각해도 놀라고 무서운 게 당연했다. 그의 손이 아픈
것도 그 때문이었으니까. 악귀처럼 박살 내고 목도를 휘두른 손
이었다. 그것도 그녀가 보는 앞에서 그녀 가족들에게 해를 가한
장본인.

그런 자신의 손을 보이는 것도 민망한데, 문영은 그의 머리까지 거두며 이마의 상처를 살폈다. 유리벽을 부술 때 찢어진 상처였다.

하지만 그것이 왜 생겼는지에 대한 당혹감보다 문영과 너무 가까이 있다는 데서 오는 낭패감에 제삼은 얼굴이 붉어졌다.

"상처에 신경 쓰지 않는 건 좋지만, 병원에 가야 하지 않을까요. 찢어진 건 꿰매야지요."

이것저것 벌여놓은 것 중에서 연고를 찾은 문영이 약을 바르는 감촉에 소름이 돋는다. 상처의 쓰라림보다 문영과의 접함 때문이었다.

"괜찮습니다."

얼른 떨어져 앉지만, 오싹한 기운이 등골을 달리는 느낌이 역시 범상치 않다. 아니나 다를까, 섬뜩한 눈으로 내려다보고 있는 시선과 마주친다. 제삼을 차갑게 쏘아보는 해가 계단을 내려오고 있었다.

"예서 무얼 하고 있을까."

제삼의 경직된 얼굴에 뒤를 돌아본 문영이 반색하며 그에게 갔지만, 냉랭한 기운은 사라지지 않는다. 문영의 머리를 쓰다듬으며 웃어도 그 불쾌한 기색이 문영에게까지 전해진다.

"맛있는 걸 먹여줄 테니까 옷 갈아입고 오는 게 좋겠다."

상냥한 목소리에서 느껴지는 차가움에 문영은 지체없이 고개를 끄덕였다. 애초에 1층으로 내려온 볼일이 남아 있었지만, 토를 달지 못하고 계단을 오른다. 마지막 계단을 밟으며 살짝 뒤돌아보자 그는 여전히 부드러운 시선으로 문영을 배웅하고 있지만, 그럼에도 사라지지 않는 무거운 기운에 문영은 서둘러 장지 안에 몸을 숨겼다.

문영이 사라지자 해는 제삼을 돌아보며 말했다.

"왕후께 올릴 수라를 준비하거라."

그때까지 2층을 바라보던 얼굴은 이제 완전히 바뀌어 있었다. 문영을 대할 때의 온화함은 물론, 제삼을 향했던 잠깐의 진노도 찾을 수 없다.

"어찌 준비하라 이를까요."

"평소대로."

목소리까지 속내를 읽을 수 없이 차분한 것이 곧 문영을 따라 올라갈 것처럼 보였지만, 별것 아닌 약 꾸러미를 뒤적이고 있다.

"……."

연고를 집어 관찰하듯 쳐다보더니 이내 그것을 탁자 위로 던지며 그는 말했다.

"이건 다시 붙여라."

그리고 순식간에 다가온 손이 제삼의 이마에서 밴드를 뜯어내는데, 거즈가 떼어져 나간 작은 충격에 이마를 만지작거리는 제삼은 그의 손에 들린 밴드를 보며 슬며시 웃는다.

얼마나 샘이 나고 배가 아팠으면. 왕후의 손을 탄 것을 아까워 어찌 버리려고.

그러나 마냥 흐뭇해할 때가 아니었다. 문영의 사소한 행동 하나에도 노여워하는 극렬한 투기심과 집착이 그를 미치게 하는 것이었으니.

그 자신이 아닌 사내라고는 내궁의 금군이나 내관밖에 없는 자수전에서도 호종무사 하나를 어찌하지 못하고 전전긍긍했는데, 이젠 문영을 궁 안에 묶어두지도 못한다. 더욱이 문영은 남자들과의 친밀한 사귐도 이상할 게 없는 생활을 해온 터였다. 예전처럼 그만 바라보게 하는 것은 불가능하다.

과연 그것을 해가 견딜 수 있을까. 다른 남자와 말을 나누는 문영을, 그들을 향해 곱게 웃을 그녀를 참고 보아줄 수 있을까.

시큰거리는 이마를 누르던 제삼은 고개를 저으며 한숨 같은 웃음을 터뜨렸다.

가능할 리가 없지 않은가. 그는 절대로 참아내지 못한다. 사내가 아닌 어떠한 것이라도 문영이 그가 아닌 다른 것에 한눈을 파는 것을 용납하지 못한다.

묶어놓는 수밖에. 그만 보도록. 듣는 것도 말하는 것도, 그만을 위한 것이게 더 깊숙이 가둬두는 수밖에 없다. 품에서 놓아주지 않던 예전처럼 말이다.

지금도 눈에 거슬리는 반창고를 떼어내고 올라간 해는 문영을 안고 있었다.

"갈아입을 옷이 없잖아요, 나."

그에게 엉거주춤 뒤돌아서 있는 문영을 끌어안고, 새삼 몸만 달랑 가출한 처지임을 깨달은 문영의 당황한 목소리에 피식 웃으며 말한다.

"내가 아무 생각 없이 모셔온 줄 아는가 보구나."

쭈뼛거리며 그의 가슴에 기대 있는 문영의 뺨으로 웃음이 전해졌지만, 사실 여분의 옷 때문이 아니었다. 없는 옷을 어떻게 갈아입냐 볼멘소리도, 따라 올라온 그에게 어색하게 구는 것도 그 때문이 아니었다.

그의 기분이 언짢은 데서 오는 불안감. 잘못한 것도 없이 자신이 그를 화나게 한 것 같다는 막연한 느낌이 당황스러웠다.

'왜 화났어요?'

묻고 싶지만, 그사이 그는 상냥한 남자로 돌아와 있었다. 아무 잘못도 없이 눈치를 살피는 자신에게 짜증이 났지만, 화가 풀린 그에게 안도하여 한숨을 내쉬는 코끝이 찡했다. 긴장감에 잊고 있던 볼일도 이제야 생각났다.

"근데 화장실은 어디 있어요?"

그에 해는 손가락으로 앞을 가리켰다.

"저기잖아."

알고 있지 않냐는 표정으로 그가 가리킨 곳은 알리바바의 '열려라, 참깨!' 처럼 그가 들어가는 것은 보았으나, 문은 찾을 수 없던 벽이다.

"여기요?"

가만가만 벽을 더듬어 간 문영이 물었다. 가히 부유한 자들만
이 할 수 있는 독특한 인테리어였다. 욕조에 돈을 채워놓은 것
도 아니고, 화장실까지 비밀일 필요가……. 외관상 그곳이 보이
는 것도 기분이 나쁜 것일까. 그뿐 아니라 방 크기만 한 나무 욕
조는 더욱 장관인지라 감히 미천한 몸을 담글 생각도 들지 않는
데, 무엇보다 으뜸인 것은 가장 은밀해야 할 공간이 훤히 뚫린
것처럼 다 보이고 있는 사방이었다.

그것을 문영은 세수를 하다 알았다. 나무 향이 은근한 세면대
에서 얼핏 고개를 돌린 시야에 정면으로 보이는 것은 분명 어제
자신이 앉아 있던 평상이었다. 그에 경악하여 둘러보던 눈과 마
주친 것은 처음부터 쭉 그 자리에 있었던 것처럼 문영을 보고
있는 해의 눈이다.

"보고 있었죠?"

세수를 하다 말고 나와 소리 지른다. 불쑥 튀어나온 얼굴에
주춤거리던 해는 질색하는 문영에게 영문을 모르겠다는 표정이
었으나, 그렇지 않다면 눈이 마주쳤을 리가 없지.

"봤다구요. 보고 있었잖아요."

어디 한구석 찔리는 데가 없다는 얼굴에 발끈한 문영은 안팎
으로 훤히 보이는 벽을 가리키며 추궁했지만, 해는 여전히 거리
낄 것이 없다는 표정으로 문영의 손가락이 향한 곳을 가리키며
말했다.

"아니, 난 보이지 않아."

정말로 어제 문영이 본 것 같은 그냥 벽이었다. 아무것도 보이지 않는 곳에는 오히려 해와 문영의 얼굴이 반사되고 있었다.

"정말 보이지 않아요?"

그의 말대로 안은 보이지 않는 것 같은데, 이런 벽을 만들 건 뭐람. 혼자 바보가 된 기분에 문영이 작게 미간을 찌푸리는 사이, 문영의 젖은 손을 자신의 셔츠에 문질러 닦은 해는 문영의 목욕물을 받고 있었다.

"아침상을 들여오면 부르러 오겠다. 옷은 준비해 두었으니 마음에 드는 것으로 갈아입고."

뭘 얼마나 준비시켰기에. 평소 하는 짓을 보아 알고는 있었지만, 이 정도일 줄은 몰랐다.

"역시…… 부자였군요?"

문영의 혼잣말에 온도를 맞추던 해가 쳐다봤다. 그리고 마치 이제야 알았냐는 듯 걷어 올린 소매를 내리며 맥없이 웃는다.

"그럴지도 모르지. 부귀를 타고났다니까."

사실이 그랬다. 왕후장상의 씨는 따로 없대도 왕이 될 운명은 타고나는 것. 왕재(王材)의 천운은 고귀함과 호화로움 그 자체였으니 그와 부귀영화는 날 때부터 한 몸이었다. 물론 같은 왕재의 운이라도 망조를 타고난 왕의 운명은 달랐지만, 해는 풍요의 시대를 타고난 왕이었다. 오래전 명멸한 왕(王)가의 운명까지 완전히 바꿀 수 있을 정도로 해의 천운은 막강했다.

그러나 그는 그것을 자신의 손으로 몇 번이나 끊어냈다. 스스로를 광인으로 만들어 가문의 창성을 수포로 만들었다.

소형이 그를 버렸기 때문이다. 소형이 없는 곳에서는 그도 살 수 없었다.

"창문 가까이는 가지 말아라. 거긴 밖에서도 보일 게야."

주의를 주고도 불안한지 창가에 발을 내리는 얼굴이 어둡다.

이따금씩 가슴을 덜컹 내려앉게 하는 낯빛이었다. 눈빛이나 목소리는 따뜻한데, 얼굴은 웃지 않는, 그의 얼굴에는 때때로 그늘이 있었다.

그런 얼굴을 볼 때마다 문영은 가슴을 움켜잡지만, 정작 본인은 아무렇지도 않았다. 찰랑찰랑한 높이로 채워진 욕조에 말린 꽃 뭉치를 띄우며 말한다.

"그리고 나는, 보고 싶은 것은 보고 싶다고 말한다."

진지한 얼굴로 짓궂은 말을 한다.

어느새 그가 집어넣은 조각들이 붉은 꽃으로 점점이 떠오르고 있었다.

"그러니 훔쳐볼 걱정은 하지 않아도 돼."

나긋하게 잎을 펼친 붉은 꽃을 머리에 꽂아주며 속삭이는 말에 문영의 얼굴은 꽃만큼이나 빨개졌지만, 거짓말이었다.

사실은 보고 있었다. 문밖에서 벽 넘어 어딘가에 있을 문영을 보았다. 눈에 보이지 않아도 보고 있어야 했다. 그렇지 않으면 불안한 마음을 다스릴 수 없다.

병이었다. 문영이 있어도, 소형을 되찾아도 고칠 수 없는 병.

젖은 손에 달라붙은 꽃잎처럼 그의 마음은 말라 있었다.

해와 함께 12첩 반상을 받으며 놀란 게 엊그제. 그날 문영은 한 상 가득 차려진 상을 받고도 맛있겠다는 감탄보다 김치는 왜 종류별로 있으며 국이 있는데 전골까지 끓고 있는 이유는 무언지에 대한 의문이 먼저 떠올랐다. 일일이 접시에 덜어주는 해 덕분에 이제 세 개의 상에 나누어 받는 반상에는 익숙해졌지만, 매번 놀라지 않고 익숙해져야 할 것은 그것으로도 끝은 아니었다. 해가 보여주는 것은 모두 신기하고 놀라운 것들뿐이었다.

오늘도 도미면으로 가볍게 점심을 먹고 읽을 만한 책을 골라 주겠다 하여 따라나선 참인데, 그를 따라 별채 건물로 들어선 문영은 한동안 멍하니 서 있을 수밖에 없었다. 'ㅁ' 자 구조의 3층 건물 전체가 온통 책으로 가득 차 있다.

"이게 모두 책이에요?"

손때 묻은 고서가 부드러운 빛을 발하고 있었다. 창으로 들어오는 햇살에 뽀얗게 내려앉은 먼지도 포근해 보이는데, 넓은 책장을 둘러보던 문영은 '킁킁' 냄새를 맡는다. 퀴퀴한 것이 곰팡이 냄새와 비슷해도 왠지 들뜬 기분이 들게 하는 오래된 책 냄새가 좋다. 하지만 붉은 비단이 엮인 책을 펼치다가는 시무룩해져 마룻바닥에 쪼그려 앉는다.

"한자 모르는데……."

세로쓰기로 인쇄된 글자가 온통 한자였다. 고등학교 때 죽도

록 외운 고사성어도 기억하지 못하는 판에 다른 책을 펼쳐 보아
도 사정은 마찬가지.

"다 옛날 책이네⋯⋯."

그래도 혹시나 싶어 제법 최근 것으로 보이는 책을 잡아드는
문영을 뒤에서 다가온 손이 끌어가 안았다.

"읽을 수 있다."

어느새 뒤에 앉은 해가 문영을 다리 사이에 앉힌다. 그리고
아이에게 동화책을 읽어주듯 서책을 읽어 내려갔다.

"張思叔座右銘에 曰, 凡語를 必忠信하며 凡行을 必篤敬하며
飮食을 必愼節하며 字劃을 必楷正하며 容貌를 必端莊하며 衣冠
을 必整肅하며 步履를 必安詳하라."

그의 목소리는 꽤나 즐거운 듯했지만 미간을 좁힌 문영은 여
전히 심각한 얼굴이다. 자주 본 글자는 있어도 무슨 뜻인지 알
수가 있어야지.

"무릇 말을 할 때에는 반드시 정성스럽고 참되게 하며, 무릇
행실은 반드시 돈독하고 공경히 하며⋯⋯."

공자님 말씀인가? 명언을 줄줄 읊는 해 앞에서 무슨 책인지
도 알지 못하는 자신이 몹시 미천하게 느껴진다.

"몸가짐은 반드시 단정하고 엄숙히 하며, 옷매무새는 반드시
단정히 하며, 걸음걸이는 반드시 점잖게 하라."

아무리 들어도 모를 것에 다른 곳으로 눈이 돌아갈 법하지만,
문영은 그대로 있는다. 해의 목소리가 들릴 때마다 울리는 진동

이 기분 좋았다.

"凡使奴僕에 先念飢寒이니라."

"……."

"무릇 종을 부리는 데는 먼저 그들의 춥고 배고픔을 생각해야 한다."

해의 가슴이 오르내릴 때마다 기분 좋게 흔들리는 몸에 정신이 나른하게 풀어진다. 책을 펼치면 언제나 그렇듯 눈이 감긴다. 곧 잠이 들 것처럼 머릿속이 아득해져 가고 있었지만, 넘어간 책장에 문영의 눈이 커졌다.

"이거! 이 글자 알아요. 내 이름."

끔뻑끔뻑 졸던 와중에도 어찌 보았는지 글자를 꼭꼭 짚어가며 이제야 재미난 책을 발견한 기색이다. 해도 신이 난 문영의 손가락에 손을 겹치고 손끝에 있는 글자를 읽는다.

"雯…… 暎."

지금껏 불러온 이름이 어째 낯설었다. '문영'이라고 불러도 그의 마음이 부르는 이름은 '소형'이었으니까. 문영이란 이름은 소형을 부르는 껍데기였을 뿐인데, 참 이상하기도 하지. 분명 그랬을 텐데 새삼 귀한 느낌이 솟아난다.

"아름다운 구름이 비치다?"

알 수 없는 일이지만, 한 자, 한 자 뜻을 새기자 희락이 차오른다.

"아름다운 구름무늬라."

그 생경한 기쁨에 해는 문영의 글자를 더듬으며 말했다.

"예쁜 이름이구나."

진심이 담긴 말에서 애정이 묻어났다.

"문영이라……."

하지만 그 느낌이 부끄러운 문영은 고개를 숙였다. 붉게 달아오른 귀는 머리카락에 가려 다행이었지만, 활자를 쓰다듬는 해의 손가락에 계속 이름이 불리는 것 같아 피부가 따끔거렸다. 묘하게 가슴이 간질거린다.

"조금 쉬운 책으로 읽어요. 너무 어려운 것 같아."

계면쩍은 마음에 책을 빼앗지만, 해는 그것이 수줍어하는 것임을 모른다. 응석을 부리는 것인 줄 알아 눈앞에 아른거리는 문영의 머리를 쓰다듬는데, 왠지 부끄러워하는 낯을 들킨 것 같아 말머리를 돌린다.

"당신 이름은 뭔데요?"

그러나 흘끔 쳐다보는 문영과 눈이 마주친 해는 말이 없다.

"내…… 이름?"

말을 흐리는 것이 이상한데, 잠시 멈칫거리는 듯하더니 책을 덮는다. 그리고 들창이 많아 언제나 먼지가 쌓여 있는 창가로 손가락을 가져간다.

『楷』

왕의 이름은 휘(諱:꺼리다, 멀리하다). 함부로 써서도 입에 담아서도 안 되는 그 이름이 책에 있을 리 없었다. 부러 잘 쓰지 않는 자를 찾아 짓는 게 왕의 이름이었으니까.

한참 동안이나 그의 손가락이 쓴 것을 내려보던 문영은 이상하다는 듯 뒤를 돌아보았다. 고개를 갸웃하며 묻는 눈빛에 해는 부드러운 얼굴로 답해주었다.

"외자다."

문영은 그러하구나 고개를 주억거렸지만, 그리 말해줘도 모르는 글자였다. 가끔이라도 본 기억이 없다. 비슷하게 떠오르는 한자도 없다. 거기에 그동안엔 한 번도 궁금해한 적 없는 사실까지 문영을 덮쳐 왔다.

'이 사람 이름이 뭐지?'

지금껏 그의 이름을 한 번도 부른 적 없다는 사실이 문영의 머리를 때렸다. 애당초 이름을 알지 못했으니 불러보려야 부를 수 없지 않는가.

충격이었다. 도대체 자신은 어떻게 된 아일까. 이름도 모르는 남자 때문에 집을 나온 것도 문제고, 그 남자의 이름도 궁금해하지 않았다는 게 말이 되는가. 어찌나 자신이 한심한지 한자 읽기에 골몰하느라 잡혔던 미간의 주름은 아예 딱딱하게 굳어버렸다. 이상한 것은 이름을 알려주지 않은 그도 마찬가지였으나, 그는 별로 중요하게 생각지 않은 듯.

"해다. 해라고 읽는다."

문영이 우물쭈물하는 것을 모르는 글자 때문이라 여긴 모양으로, 문영의 머리 위에서 말한다.

"……해?"

마치 남들도 하나씩 가지고 있는 이름일 뿐이라는 것처럼 무미건조한 목소리였지만, 그 울림에 문영은 오싹함을 느꼈다. 가슴이 '덜컥' 하고 떨어졌다. 더운 여름에 오들오들 떨며, 그의 이름을 불러보는 입술까지 달싹였다.

"해?"

조금 전, 자신의 이름엔 그렇게 수줍어했으면서 먼지가 하얗게 쓸린 글자 주변을 어루만진다. 조용히 그의 이름을 읊조린다.

기대 있는 몸이 굳은 것은 모른다. 자신이 그 이름을 부를 때마다 긴장한 근육이 움츠러드는 것을 느끼지 못한다. 분명 자신이 무슨 짓을 했는지도 모르고 있었다.

미동도 않고 앉아 있었지만, 문영의 머리꼭지를 내려다보는 눈은 무거운 열에 들떠 있었다. 나지막하게 말하는 목구멍이 뜨거웠다.

"그래. 바르고 곧은, 근본이라는 뜻이다."

그렇게 말하고, 소리없이 웃는 미소가 끊어질 것처럼 아련하다. 웃는 건지 우는 것인지 알 수 없는 가슴 아픈 웃음을 짓는다.

누군가 이름을 불러준 것은 900년 전, 부왕이 승하하신 이후로 처음이었으니까.

일찍이 모후와 부왕을 잃고, 왕실의 어른마저 전무한 궁에서 감히 그를 그 이름으로 부를 수 있는 사람은 없었다. 그의 연심을 한 몸에 받았던 소형조차 함부로 부를 수 없었으니 애당초 그는 이름이 있어도 없는 것과 마찬가지였다.

그래서 그 이름 따위야 알아도 그만, 몰라도 그만이라 치부해 버린 것인지 모른다. 아니, 어쩌면 그조차 자신의 이름을 잊고 있었는지도.

그런 그에게 사모하는 이가 이름을 불러주는 것은 가슴 시릴 정도의 뻐근한 아픔이었다. 가슴이 벅차 눈물이 날 것 같은 뿌듯함이다.

중요하지 않다고, 이름 따위야 무슨 상관이랴 생각해 왔지만, 눈물이 날 정도로 기뻤다. 좋아서, 너무 좋아서 문영을 안고 있는 것만으로 부족함없이 소형을 가진 기분이다.

"그럼 성은? 성은 뭐예요?"

이미 서책에서 관심이 사라진 지 오래인 문영이 눈을 동그랗게 뜨고 묻는 것에 해는 또 대수롭지 않게 글자를 쓰지만, 잠시의 침묵 후.

"왕?"

문영에게서 터져 나온 것은 파안대소(破顔大笑)였다.

"왕…… 해? 이름이 왕해?"

진짜 그의 이름이 웃겨서 웃는 것이었지만, 그 이유도 모르는 해는 문영의 웃음에 덩달아 웃는다.

"진짜, 왕해예요?"

다시 물은 문영은 또 까르르르.

간밤의 소나기가 초여름의 더위를 쓸고 지나간 낮결. 광창으로 쏟아지는 햇살 속에 문영과 해를 감싼 먼지 알갱이가 춤추고 있었다.

문영이 정읍을 떠나온 지도 벌써 보름이 지났다. 그사이 문영은 철옹성 같은 별저를 벗어난 적이 없다. 마주하는 얼굴도 해나 제삼, 덕윤 정도였으나, 따분하다거나 지루해하는 기색은 없다. 아무리 별저가 넓다 한들 갇혀 지내는 것과 다를 바 없는 생활에 갑갑함을 느낄 때도 되었건만, 해와 낮잠을 자거나 정원의 꽃길을 산책하며 소소한 즐거움으로 하루하루를 보내고 있다. 해가 없을 때엔 강무와 순자를 데리고 노는데, 그래도 명색이 진돗개인 녀석들이 이상하게 문영에겐 얌전했다.

이날도 문영은 순자의 이름에 한참을 웃는 중이었다.

"순자? 이 아이 남자애 같은데?"

털이 부드럽고 복슬복슬하여 유순해 보이는 강무와 달리, 날렵한 근육질의 다리가 튼튼해 보이는 녀석의 이름이 순자라고 한다. 그것에 까르르 웃기 시작한 문영은 고개를 갸웃거리는 순자 앞에 쪼그리고 앉아 한참을 일어나지 못하고 있었다. 해는 그 옆에서 강무를 쓰다듬고 있었지만, '탁탁' 바닥에 부딪혀 가며 흔들고 있는 순자의 꼬리에 씁쓸히 고개를 젓는다. 문영을 경계하지 않는 건 다행이라 쳐도 그렇듯 신나게 따르는 모습을 보면 왠지 좀 그랬다.

순전히 제게 복종하는 강무가 귀여워 어쩔 줄 모르는 문영에게 섭섭한 것이나, 그것이 못마땅하면서도 산책을 나설 때마다 휘파람으로 개들을 부르는 것은 해였다. 문영을 보면 해나 다른 식구들에게 하는 것처럼 귀를 젖히고 몸을 납작 엎드리지만, 둘이 싸우는 광경은 여전히 무서운 듯 간혹 두 마리가 장난을 치다 으르렁거릴 때면 문영은 해에게 바짝 안겨왔다. 그러다 다시 서로 앞발로 툭툭 치며 노는 모습으로 돌아오면 슬며시 감은 팔을 풀었지만, 그 잠깐이 너무 좋아서 해는 어쩔 줄 몰랐다.

그러나 그런 것들이 아니라도 해는 문영과 함께 연못을 돌아 정원을 산책하는 시간이 좋았다.

마치 소형과 처음 조우했던 때로 돌아간 것 같았다. 그 순간만큼은 자신이 소형을 죽였던 과거도, 소형을 잃고 느껴야 했던 고통도 잊을 수 있었다. 소형이 자신을 기억하지 못한다는 사실마저 망각할 수 있었으니, 언제나 그를 따라다니는 불안까지 떨쳐 낼 수 있는 한때였다.

하지만 지금의 세계에 소형은 없었다. 문영은 소형이면서 소형일 수 없는 존재였다.

"마마를 정광명에게 보이는 것이 어떻겠습니까."

이따금씩 어두워지는 용안에 제삼도 조심스레 물었다.

정광명은 이미 전생의 기억이 없던 문영에게 소형을 불러온 적이 있었다. 어쩌면 다시 한 번 소형의 기억을 되살릴 수도 있는 터였다.

어차피 이(李, 異)가의 저지는 문영이 해의 손에 있는 한 아무런 방해도 되지 못한다. 정광명 또한 어느 한쪽의 이익을 좇는 존재가 아니었으니 과거의 회귀, 재인식쯤이야 어려울 것이 없었다.

남아 있는 것은 해의 의지뿐이었지만, 역시나 그는 아무런 말이 없다. 가능성이 있다는 걸 알면서도 이제껏 정광명을 찾지 않은 것이 외려 이상한데, 검게 가라앉은 눈이 무슨 생각을 하는지 도무지 읽을 수가 없다.

"나는…… 비(妃)가 나를 싫어하지 않는 것으로 족하다."

한참 만에 입을 연 해는 그렇게 말했지만, 여전히 그늘이 걷히지 않은 용안은 어딘지 아슬아슬해 보였다. 아무런 방해 없이 지금의 상태가 유지된다면 나빠질 것도 없는 상황이겠으나, 문제는 시시때때로 바뀌고 있는 상황이었다. 물론 그중 제일 큰 문제는 시간이 지나며 변할 문영의 마음이었다. 그래도 아직은 괜찮다고, 해는 자신을 안심시키고 있었지만, 그 위태로움의 실체가 드러난 것은 그로부터 며칠 상간이었다.

“……엄마.”

[문영…… 이니? 문영이야?]

전화를 걸고도 한참 망설이다 꺼낸 말에 반색하는 정운의 목소리가 들렸다.

[문영아, 어디야. 지금 어디 있어? 엄마가 갈게. 엄마가 얼마나…… 얼마나 걱정했는데!]

“엄마…….”

[그래, 문영아. 엄마가 갈게. 데리러 갈게, 응? 어딘지 말해. 엄만 말리지 않을게. 어떤 사람이든 상관하지 않을 테니까 우선 집으로 와.]

“…….”

[문영아, 그러자. 그러는 거지? 대답해. 문영아!]

정운에겐 한 달 만에 듣는 딸의 목소리였다. 정읍에서 사라진 이후, 어디서 어떻게 지내는지 찾을 수 없어 애타던 마음이 진정되지 않는다.

[싫으면 꼭 집이 아니어도 돼, 문영아. 잠깐, 얼굴이라도 보자. 응?]

집을 나와 지금껏 아무렇지 않게 생활해 온 문영도 이제야 올바른 사고가 돌아왔다. 울먹이는 정운의 목소리에 불현듯 자신의 행동이 무모했음을 깨달았다. 다급한 발소리가 다가오고 있었지만, 정운에 대한 미안한 마음에 다른 소리는 들을 여유도 없다. 손에 있던 핸드폰을 거칠게 빼앗기며 정운의 목소리가 끊길 때까지 누가 다가오는 기척을 느끼지 못했다.

[문영아, 듣고 있⋯⋯.]

문영이 아무 말도 하지 않는 것에 정운이 달래는 찰나, 전화가 끊긴다.

"누구지?"

문영의 손목을 난폭하게 잡아챈 해가 낮게 물었다. 그의 손에 들린 핸드폰에서 벨이 울리기 시작하지만, 그는 차가운 얼굴로 배터리를 분리해 던졌다. 그동안에도 시선은 문영에게서 떼지 않는데, 이렇게 무서운 해는 처음이었다.

"누구한테 한 거야?"

표정이 보이지 않는다. 정읍 별저에서의 그도 무서웠지만 지금만큼은 아니었다. 그 화가 문영을 향한 적은 없으니까.

"이건 어디서 났지?"

핸드폰을 보이며 묻는다.

"말해. 누구한테 했는지."

노기가 느껴지지 않는 얼굴이 오히려 무섭다. 대답하지 않는 문영을 노려보고 있다.

거실로 정적이 흐르고 있었다. 흡사 태풍의 눈에 있는 것처럼 조용하고 고요한 기운이다. 문영은 그 팽팽한 정적에 마른침을 삼키지만, 해가 왜 화를 내는지 알 수 없다. 잘못한 게 아무것도 없다는 생각에 입을 연다.

"엄마가 보고 싶어요."

　동시에 문영을 움켜잡은 손에 힘이 쥐어졌다. 그렇지 않아도 세게 잡고 있던 손에 문영이 얼굴을 찡그리지만, 가느다란 팔이 부들거릴 때까지 해는 힘을 풀지 않았다. 두려워하던 일이 벌어지고 있는 것에 그 손만이 문영과의 유일한 연결고리인 양 놓지 못한다.

　전화를 걸었다고 해봤자 고작 제삼의 핸드폰이었다. 그것으로는 위치도 추적하지 못할뿐더러 할 수 있다 해도 문영을 데려갈 수 없다. 문영이 정운과 통화를 한 것에 이렇듯 격노할 이유가 없는 것이다.

　사실은, 두려운 것이었다. 슬금슬금 가족을 그리워하기 시작한 문영 때문에 겁을 먹었다. 제 속의 공포를 어쩌지 못해 화풀이를 하고 있다. 혈육이 그리운 것이 당연한데, 무슨 권리로 그것을 막으려 한단 말인가.

　"모셔오면 되는 건가."

　잡고 있던 팔을 놓아주며 묻지만, 속내를 알 수 없는 얼굴은 그대로다. 아무런 표정 없이, 무감각한 얼굴이 아직도 화를 내고 있는 것처럼 보이는 이유는 언제나 눈 끝에 걸려 있는 미소가 사라졌기 때문이다.

　"어머니…… 만나게 해주면 되나?"

　목소리에서도 따뜻함이 사라졌다. 낮고 차가운 음조에 상냥함이라곤 없다. 정운을 만나게는 해주겠지만, 진심은 아닌 것이다.

　"다른 곳은 안 된다."

문영이 그토록 보고 싶어하니 정운만 데려올 생각이다. 이(李)가의 다른 놈들은 얼씬도 하지 못하게 정운만 들여오고 문영은 움직이게 하지 않는다. 이(李, 異)가 놈들이 함정을 파놓고 도사리고 있을 곳에 문영을 들이밀 수는 없다.

그러나 저들과의 반목을 모르는 문영은 그것을 이해할 수 없다.

"집에 가고 싶어요."

"다른 곳은 안 된다고 했다!"

문영의 고집에 해의 목소리가 노기로 떨렸다. 그에게 그것은 문영이 자신을 버린단 말이었다. 자신을 두고 영영 집으로 돌아가겠다는 뜻이다.

근심없이 즐거워하던 문영의 모습은 그의 바람이었던 것인가. 문영이 자신을 싫어하지 않는다는 사실 하나에 안주해서는 안 되었던 걸까. 무엇이 어디서부터 잘못되었는지, 해의 머릿속은 혼란으로 뒤엉키고 있었지만, 그가 본 문영의 모습은 거짓이 아니었다.

정운의 목소리를 듣기 전까지는 그와 함께 있는 것이 너무 당연함에 집을 나온 자신의 처지조차 인지하지 못하고 있었다. 적어도 며칠 전까지는, 해의 곁에서 위기감을 느끼기 전까지는 말이다.

사실, 문영이 처음 그것의 존재를 안 것은 이곳에 도착한 이튿날이다. 해와 함께 주변을 돌아보다 발견한 별채엔 꽤나 많은 사람이 있었다. 그들 중 몇몇은 주방 일을 하거나 집안 관리를 맡은 여자들이었고, 대부분은 건장하고 날렵한 몸집의 사내였다.

문영이 있는 안채에 출입하는 사람은 제삼과 덕윤, 제삼의 동생 몇 명이었으니 그들과 마주할 일은 많지 않았다. 드문드문 마주치게 되는 이들은 얼굴도 익히기 힘든데, 주위를 어슬렁거리며 자신을 경계하는 기색에 신경이 쓰이기 시작한 것은 어느 날부터였다.

"저 사람들 누구예요?"

"정원사와 관리인이다."

문영의 물음에 해는 별로 신경 쓸 일이 아니라는 얼굴로 답했지만, 이상하게 그럴듯하면서도 납득이 되지 않는 말이었다. 별장이 워낙에 넓어서 그런가 보다 수긍했다가도 매일같이 검은색 슈트로 차려입은 그들을 볼 때면 새록새록 의심이 생겨났다. 정장을 갖춰 입고 낙엽을 쓴다거나 잔디를 깎는 정원사와 관리인을 상상하는 것도 힘들지만, 그보다 이상한 것은 자신을 바라보는 그들의 시선이었다.

문영을 좇는 그들의 시선은 감시의 눈길이었다. 마치 그녀가 해에게 들러붙은 기생체라도 되는 것처럼 경계하고 혐오하는 눈초리. 그것에 주눅이 들어 바깥을 나가도 멀리는 가지 않고 강무와 순자를 불러 문 앞에서 놀곤 했으나, 괜한 노파심인가 하여 해에게는 말하지 못했다. 그저 그들을 피해 다녔을 뿐이다. 눈에 띄지 않게.

하지만 정작 문영의 평정을 깨뜨린 것은 그들이 아니었다. 처음의 시작은 그들이었을지 몰라도 문영이 집으로 도망치고 싶다 생각하게 만든 것은 다른 사내였다.

그는 해보다 나이가 많아 보이는 남자였으나, 문영과 처음 대면함에 문영에게 고개 숙여 인사를 올렸다. 그에 문영은 몸 둘 바를 모르고 얼굴까지 빨개졌지만, 진짜로 피가 쏠리게 된 것은 숙였던 고개를 들어 자신을 내려다보는 그의 눈빛 때문이었다. 겉치레로 예를 갖춘 그는 경멸 어린 눈으로 문영을 비웃었다. 기분 나쁘게 바라보는 남자들의 시선에는 그저 마음이 상할 뿐이었으나, 그의 미소엔 소름이 돋았다. 마치 서늘한 칼날에 뺨에 베인 것처럼 섬뜩했다. 그 얼굴이 무서우면서도 처음 보는 사람에게 미움을 살 리는 없다, 잘못 본 것이다 치부해 버렸지만, 노골적으로 훑어보는 시선은 다음에도, 그다음에도 달라지지 않았다.

그날도 해에게 받은 나비 모양 풍경을 창문에 달고 있을 때였다. 기척없이 올라온 사내가 문영 뒤에 있었다.

"위험할 텐데……."

웃음기 섞인 목소리에 화들짝 놀란 문영이 서둘러 의자에서 내려왔다. 창문 밖으로 몸을 내민 문영이 걱정스럽다는 듯 의자를 잡아주고 있었지만, 문영은 그 손이 자신을 밀어버리려 하는 것처럼 느껴졌다.

"무슨 일로……. 그분은 계시지 않아요."

문영이 창가에서 떨어졌어도 그의 눈은 문영의 움직임을 놓치지 않고 따라왔다.

"네. 그런 것 같군요."

그는 해의 부재를 확인하고도 내려갈 생각이 없어 보였다.

"아니, 사실 저도 알고 있었지요."

그럼, 왜?

장식으로 걸어놓은 진검의 몸체를 만지다 때때로 문영에게 던지는 눈길이 음습하고 불길했다. 내리깐 눈에서는 약간의 비웃음과 피곤함마저 느껴졌다. 마침 해가 돌아오지 않았다면 문영은 그 시선을 견디지 못해 그 앞에서 도망쳐 나왔을 것이다.

수박 화채를 들고 올라오다 그를 발견한 해가 매섭게 다그쳤다.

"무슨 일이지, 한조?"

한 자, 한 자 끊어 말하는 것이 몹시 언짢다는 의미였다.

"여긴 올라오지 말라 했을 텐데."

평소라면 한참이나 웃어른인 그를 대하는 불손한 태도가 거슬렸겠지만, 문영은 얼른 그의 뒤로 숨었다. 그러자 어깨 너머로 문영을 내려다본 해가 쟁반을 들지 않은 다른 손으로 문영의 손을 잡았다. 자꾸만 자신의 뒤로 숨어드는 문영의 불안한 기색을 읽었다.

"어딜 보고 있는 거지."

해는 한 손에 쟁반을 받쳐 든 모양새였지만, 그 말에 사내는 얼른 고개를 숙였다.

"별채에 계시지 않아 모시러 온 길이옵니다. 길손 회장께서 뵙기를 청하고 있습니다."

"내가 기다리라 말해두었는데, 못 들었다?"

일부러 알면서도 온 것이리라. 언제든 별채에 드는 날이면 안채 주변을 서성거렸으니까.

"글쎄⋯⋯. 듣지 못한 듯하온데⋯⋯. 그럼, 기다리고 있겠습니다."

다 알고 있다는 해의 추궁에도 그런 얘긴 듣지 못했다, 태연히 대꾸한 사내는 그제야 발을 돌렸다.

"괜찮아?"

그가 사라지고 나서야 얼굴이 풀린 해는 뒤돌아 긴장한 문영의 뺨을 쓸어 올리며 물었다.

고개를 끄덕인 문영은 다시 본연의 얼굴로 돌아온 그에게 화채를 받아 들었다. 아무것도 먹고 싶지 않지만, 걱정스럽게 바라보는 시선에 수저를 들었다. 자신은 입도 대지 않고 쳐다보는 통에 살며시 웃어 보였으나, 그때 자신이 불청객이라는 자각이 들었다.

돌이켜 보면 이곳에서 문영을 반겨준 사람은 해와 제삼, 덕윤뿐이었다. 있지 말아야 할 곳에 있는 느낌. 가는 곳마다 부딪히는 험악한 시선에 집으로 돌아가고 싶다 생각이 들었다. 자신이 왜 여기 있을까 의문이 들기 시작했다.

그러던 중 무방비하게 놓인 제삼의 핸드폰이 눈에 들어온 것이 오늘이다.

무작정 정운의 목소리가 듣고 싶어 전화를 걸었다. 무조건적으로 자신을 반겨줄 정운이 보고 싶었다. 따뜻함이 느껴질 자신의 집으로 돌아가고 싶었다.

집에 가고 싶다는 것은 단지 그 때문이었다. 해를 떠나는 것을 염두에 두고 한 말이 아니었다.

그러나 세게 오므린 해의 주먹은 혈관이 터질 정도로 부풀어 올랐다.

"약속해라."

손끝에서 심장으로 몰려오고 있는 공포에 얼굴이 굳은 해가 못을 박듯 말했다.

"다시 돌아오겠다고 말해."

두려운 것은 문영을 빼앗기는 것이 아니었다. 무서운 것은 흔들릴 문영의 마음. 문영이 돌아오겠단 의지만 있다면 언제든 데려올 수 있다. 그러니 문영만 약속해 주면 된다.

"다녀…… 올게요."

결국엔 허락하는 것임을 안 문영은 아래로 내려뜨린 해의 손을 잡으며 약속했다.

"돌아올게요."

그 말에 해는 자신의 어깨에 고개를 묻은 문영의 머리를 쓰다듬으며 말한다.

"대신 나도 같이 갈 것이야. 혼자는 보내지 않는다."

물론 그와 문영, 단둘만은 아니었다.

문영의 집에 방문을 통보한 것은 며칠 뒤였다.

봉신들이 뒤를 따르는 가운데 문영과 해가 차에 올랐다. 해의 차를 선두로 죽 늘어선 검은 차들이 비포장도로의 산길을 벗어나 논둑이 늘어선 시골의 도로를 달렸다. 그러고도 한참이 지나서야 어둡게 뭉쳐 있는 도심의 몸체가 보였다.

그때까지 해는 문영의 손을 꾹 잡고 있을 뿐, 아무 말도 하지 않았다. 그의 온몸을 감싼 긴장감이 문영에게도 전해졌다. 문영도 가만히 그의 손을 잡고 있었다. 그리고 드디어 문영의 집과 가까운 중심가로 들어서는데, 아직도 지하도 공사가 끝나지 않은 사거리는 복잡했다.

몇 번을 가다 서다, 느리게 움직이는 차 안에서 문영이 밖으로 고개를 돌린다. 오래간만에 보는 도시의 혼잡에 반가움을 느낀 것도 잠시, 오가는 사람도 몇 없는 한가로운 가로수 길로 접어들지만, 이제 문영의 몸은 완전히 차창 가까이로 돌아앉았다. 매일같이 버스를 타고 지나던 낯익은 길을 반짝이는 눈으로 내다본다.

해도 그런 문영을 물끄러미 바라봤다. 자신에게 몸을 돌린 문영이 짜증스러울 만도 했지만, 지금 그에겐 문영을 이(李)가로 들여보내는 것에 대한 압박이 먼저였다.

눈을 가느다랗게 접고 저들이 무슨 계책을 세웠을지 생각해

본다. 수만 가지 예측을 해도 예상치 못한 착오가 있는 법. 가능한 모든 봉신을 동원했지만, 알 수 없는 일이었다. 그래도 문영만은 절대로 빼앗기지 않으리라 온몸을 팽팽하게 긴장시키는 사이, 차가 멈췄다.

밖은 이미 수십 대의 차가 에워싸고 있었다. 주택가 길목을 꽉 채운 그들 사이로 해와 문영이 내리자, 차에서 나온 봉신들이 해를 향해 허리를 숙였다. 그들 맨 앞에는 제삼이 해를 바라보고 있었다. 해가 고개를 끄덕이자 그가 두엇의 봉신과 먼저 집으로 들어갔다.

"실례하겠습니다."

기다리던 문영이 아닌, 낯선 남자의 침입이었지만, 정운에게 놀라는 기색은 없다. 미리 연락을 받은 도명과 도하도 말없이 소파에 앉아 있는데, 의심스런 구석은 없나 살펴본 제삼이 몇 명의 봉신에게 고개를 끄덕였다. 도하의 존재가 꺼림칙하나, 그들 봉신이 주위를 포위한 지금 문영을 빼돌리진 못할 것이었다.

"모셔라."

그리고 문영이 들어왔다.

"문영아!"

해와 함께 문영이 들어오자 불안하게 앉아 있던 정운이 일어났다. 묵묵히 있던 도명도 벌떡 일어난다.

"엄마……. 아빠……!"

주춤주춤 문영이 다가오자 정운이 문영을 끌어안았다.

"어디 있었던 거야. 얼마나 걱정했는지 알아?"

생각보다 차분한 반응이었지만, 문영을 안은 정운의 손은 무섭게 떨리고 있었다.

"아픈 덴 없고? 잘 지냈어?"

문영의 얼굴을 쓸어내리며 묻는다. 아무도 모르게 눈물범벅이 된 얼굴로 문영을 걱정스레 바라보고 또 바라본다.

"으…… 응……."

문영도 코를 훌쩍이며 고개를 끄덕였다.

"엄마가 얼마나 걱정했는데……."

그렇게 말하며 다시 한 번 문영의 얼굴을 쓰다듬는 정운의 얼굴은 몹시 야위고 검어져 있었다. 문영의 뺨을 만지는 손도 거칠었다. 그런 정운의 손을 더듬으며 문영도 울음을 터뜨렸다. 대답은 하지 못하고 고개만 끄덕이며 울기만 한다.

그 얼굴을 보는 해의 낯빛은 어둡게 굳었다. 자신을 책하는 얼굴, 문영의 마음이 변할 것 같아 불안했다. 그들과 남겠다, 그를 버릴 것 같아 무섭다. 정운과 떼어놓으려는 몸이 움찔 움직였지만, 겨우 다리를 붙잡고 있었다.

그것도 모르고 도하는 말했다.

"안으로 들어가시지요, 형수님."

차갑게 쳐다보는 해의 시선은 허락할 수 없다는 뜻이었으나, 그의 이유는 그럴듯했다.

"이렇게 사람이 많아서야 얘기나 제대로 할 수 있겠습니까."

감시당하는 자리가 편할 리 없었다. 그것도 가출한 것과 같은 문영의 사라짐에 너무 오래간만인 그들의 대면이었으나, 해에게 그것을 이해해 줄 여유는 없었다. 이만큼 한 것도 많이 물러나 준 것이었으니까.

저들이 무슨 말로 문영을 꼬여낼지 모르는 상황에, 그의 시선이 닿지 않는 곳에 문영을 보낼 수는 없었다. 그곳에서 문영의 마음이 어떻게 변할지 모르는데, 그들이 무슨 얘기를 하나, 하나도 빠짐없이 지켜보고 있어야 했다.

하지만 돌아보는 문영의 얼굴이 너무 간절했다. 울먹이는 얼굴이 안쓰러워 가슴이 아프다. 그것에 가슴이 아프면서도 화가 난다.

'왜 그런 얼굴이지?'

그가 아닌 다른 사람 때문에 그런 표정을 보이는 문영이 미웠다. 자신보다 그들이 더 중요하다 말하는 듯하여 가슴이 욱신거린다. 그것이 더욱 못마땅함에 허락할 마음은 없었지만, 무섭게 인상을 쓰면서도 고개를 끄덕이고 만다. 문영과의 힘겨루기에서 언제나 정해진 승자는 문영이었다. 거기다 자신의 봉신이 포위한 곳에서 문영을 어찌할 수는 없을 것이란 생각이 그를 안심시켰다.

하지만 실수였다. 문영이 방으로 들어간 뒤에 소파에 앉은 해의 표정이 날카로워졌다. 묘하게 불쾌한 기분. 그것이 집안 가득 은근하게 퍼진 백난 향 때문이라는 것을 깨달았을 때는 너무 늦었다.

점점 진해지는 향내에 가느다랗던 눈이 커진다. 불안하게 문을 바라보다 얼굴이 하얗게 질려 일어서는 것에 문 앞을 지키던 도하가 흠칫 몸을 굳혔지만, 방으로 들어가는 것을 막진 않는다.

"너희들…… 무슨 짓을 꾸민 거지?"

문이 잠긴 것을 확인하고는 히스테릭하게 웃으며 묻는다.

"이번엔 저 아일 죽이려는 건가?"

떨리는 그의 어깨가 웃음 때문인지, 아니면 울고 있기 때문인지 알 수 없다.

"전하……!"

방 안까지 샅샅이 확인했는데. 당황한 제삼이 문을 열기 위해 나서지만, 도하가 막지 않는 것에서 이미 늦은 것을 그도 깨닫는다. 무슨 일을 벌이는지 몰라도 들어가 봤자 소용없는 것이다.

"……마."

제삼이 문을 열려 애쓰는 동안, 해의 웃음소리는 잦아들었지만, 마른 소리와 함께 사그라지듯 무릎 꿇은 해는 알 수 없는 말을 중얼거렸다.

"하지…… 마."

고개 숙인 바닥으로 물기가 번진다.

"빼앗지 마. 빼앗아가지 마……!"

오래전 그는 소형을 얻기 위해 소형을 죽였다. 소형을 욕심내다 영원히 잃고 말았다.

그래서 이번엔 욕심내려 하지 않았다. 껍데기뿐인 소형이라도 좋으니 곁에 있어주기를 바랐다. 기억해 주지 않아도 같이 살아주기를 원했다.

정광명이 소형을 되돌릴 수 있단 사실을 알면서도 찾지 않은 이유가 무엇이었는데.

버림받을 것을 알았기 때문이다. 소형이 또 자신을 피해 달아날 것을 막연히 느끼고 있었기 때문이다.

사실을 말하자면 그 누구보다 원하고 있었다. 소형과 다른 눈으로 웃는 문영을 볼 때마다, 소형을 되찾고 싶은 것이 하루에도 수십, 수백 번, 수만 번이었다. 이 아이가 자신을 기억하는 소형이었으면, 예전과 같은 얼굴로 웃어주는 소형이었으면 하고 바라고 또 바랐다.

가슴 저리도록 삼키고 삼켰던 그 뜨거운 열망은 언제나 그의 목을 조여왔지만, 영영 소형을 잃는 것이 두려워 모른 척했다. 그리하면 문영마저 떠나 버릴 것이다, 자신을 타이르고 충동을 눌러 담았다. 그것 하나만으로 문영의 낯선 눈을 견뎌왔다. 가슴 시린 아픔을 참았다.

그런데 이젠 그 눈도 자신을 보아주지 않을 것이다. 문영의 눈으로도 그를 보아주지 않는다.

"이러지 마……."

느낄 수 있었다. 저 안에 소형이 돌아왔음을.

“안 돼……. 나한테 이러지 마…….”

문을 두들기는 손이 점점 무거워진다. 돌이킬 수만 있다면 문을 뜯어내고라도 들어갈 그였지만, 집 안에 느껴지는 몽롱한 향이 정광명의 향취란 사실을 깨달은 순간 벌써 늦은 일이었다. 이제 들어가 봤자 자신을 외면할 소형을 마주하게 될 뿐이다. 그것에 들어가지는 못하고 문 앞에 매달려 있다.

“전하…….”

제삼도 손쓸 수 없는 상황에 어찌해야 할 바를 모른다.

더는 문도 두들기지 못하고, 문틀에 머리를 기댄 해의 흐느낌이 바닥으로 스미고 있었다. 어깨가 울고 가슴이 우는 것이 곧 숨이 멎을 것 같다.

“소형일 돌려줘. 제발……. 빼앗지 마.”

그저 문 앞에 무릎 꿇고, 누구를 향한지 모를 애원을 한다.

“제발……. 제발.”

무너져 앉아 자신의 가슴에 대고 빈다.

“제발…….”

그것은 오래전, 꽃신을 품고 눈물 흘리던 사내의 모습이었으나, 그의 애원에도 방에서는 문영의 비명 소리가 들려오고 있었다.

第四章

비화(悲話)
슬픈 이야기

나비
매듭

一. 비화(秘話)

비(秘) 숨기다, 비밀
화(話) 말하다, 이야기하다
……숨겨진 이야기

그것은 낡고 바래져 버린 오래전 비밀.

아무도 알지 못했고, 알았다 한들 잊혀진 과거.

그렇기에 누구도 슬퍼하지 못한 이야기.

"신첩, 전하께 아뢸 것이 있사옵니다."

어긋난 과거는 그 거짓된 발고(發告)로부터 시작되었다.

아비와 어미가 팔관보에 연금되었다는 급보에도 겁을 집어먹
지는 않았다. 그간 집안의 세(勢)를 먹고 산 귀족이 몇인데 별일
이야 있으랴 싶었다. 급기야 아비가 유배를 당했을 때에도 곧
개경으로 다시 돌아올 것임을 믿어 의심치 않았다.

그러나 아비가 유배를 당하고 보름도 지나지 않았는데, 하나둘 등을 돌리는 권문이 생기기 시작했다. 거기에 무신에게는 정삼품 이상의 벼슬을 내리지 않는 전례를 물리고 문하시랑에게 종일품의 문하시중 벼슬이 내려졌다.

그가 정이품의 문하시랑 평장사에 제수된 것도 그를 필요로 하는 자파의 독단이었는데, 왕께서 어명으로 문하시중 중서령에 그를 취했다 함은 아비의 죄를 눈감아주지 않겠다는 완강한 뜻이었다. 문하시중에 대한 그 같은 총애는 아비를 처단한 공이었으니.

그에 국구(國舅)인데 죽이기야 하겠느냐 싶던 마음이 와르르 무너졌다. 점점 깊어가는 불길함에 조급증이 생겼다. 더는 가문이 자신을 지켜주지 못한다는 사실을 깨달아 버렸다. 소진이 지아비를 찾은 것은 그 때문이었다. 자신을 지켜야 했다. 그대로 앉아 죽음을 당할 수는 없었다.

"아뢰옵기 송구하오나 자수전을 살펴보시옵소서."

혈육을 모해하는 것에 죄책감이란 없었다. 진작 험구하여 밀어내고 싶던 언니였으니.

"필시 극제(劇劑)가 있을 것이옵니다."

짐짓 망설이는 듯 말을 흐리며 눈물을 보이지만, 아비의 죄를 용서하여 달라는 것이 아니었다. 지아비 앞에 몸을 숙여 비는 것은 자신이 살기 위함이다.

"송구하옵게도, 국구(國舅)의 오라비들이 무시로 자수전을 출입하고 있었다 하옵니다.”

단 한 번도 옳게 바라봐 준 적 없던 용안이 그제야 비로소 그 녀에게 향했다.

“하오나 신첩의 자수전 언니도 어쩔 수 없는 일이었을 것이옵 니다. 효심 지극한 언니가 어찌 국구 아버님의 뜻을 거역할 수 있었겠사옵니까.”

무슨 뜻인지 알겠나이까. 소진은 애처로운 눈물을 보이며 지 아비가 자신의 마음을 헤아려 주기를 바랐다.

“신첩…… 비록 역모의 대죄를 지은 죄인의 여식으로 죄인인 것은 같으나, 감히 전하께 혈육이 지은 죄를 용서해 달라 빌고 있는 것이옵니다.”

넌지시 소형이 독제를 품고 있음을 전하는 소진의 말을, 그 은밀한 고함을 해는 믿을 수 없다는 형색이지만 낯빛은 이미 하 얗게 굳었다.

“자수전으로 가겠다.”

그럴 리 없다는 듯 한동안 넋을 잃고 있다 결국 엎드려 있는 소진을 남겨두고 대전을 나선다. 지아비의 외면이 한이 되었던 소진이지만 이번만큼은 분심이 느껴지지 않는다.

하얗게 질린 지아비의 옥안을 보았는가. 믿었던 이에게, 연모 하는 이에게 배신당한 얼굴이다.

그 분노로 소형을 죽이라지. 그리 애닳은 연심도 모두 쓸모없 는 것이거늘. 뛰어가는 것처럼 빠르게 멀어지는 지아비를 노려보는 눈은 웃고 있었다. 우는 얼굴로 웃는, 기이하고도 사악한 낯으로 소진은 제 언니가 내쳐지는 것을 소원했다. 그리고 그 바람대로 거짓된 밀고는 해와 소형을 뒤흔든다.

"말해라. 극제가 어디 있는지."

소진의 함고(咸告)를 듣는 순간 이번에야말로 자파를 찍어 누를 기회라 생각했다. 그 순간 무엇을 위해 그를 죽이고자 했는지는 잊었다. 반드시 자파를 사해야 했고, 그러기 위해 물증을 찾아내야 한다는 생각만이 그를 지배했다.

"말해라. 그대가 가지고 있는 극제가 어디 있는지."

그토록 애지중지하던 이의 처소를 흙발로 짓밟는다. 불시에 급습당해 앉은 채로 그를 맞은 소형의 붉은 치맛단을 잔인하게 짓밟으며 다그친다. 난폭한 손에 이식이 떨어져 나가고 가채가 비틀어졌지만 소형을 일으켜 휘두르는 손은 멈추지 않았다.

"지켜준다 하지 않았느냐."

"신첩의 아비가 두려우십니까."

잿빛으로 변한 머리칼을 쓸어주던 소형은 약조했었다. 연경궁에 유폐되어 망가진 그를 안아주며 소형은 약조했었다.

"두려워하지 마셔요. 신첩이……. 신첩이 전하를 지켜 드릴 것이옵니다."

아직도 그때의 나긋한 손끝을 고운 목소리를 기억하는데, 지금은 자신의 목을 조르는 소형을 용서하지 못한다.

"그래⋯⋯. 용서할 수 있다."

"⋯⋯."

"발명하여라. 그대완 상관없다고 말해. 그대는 용서해 주겠다. 국구 혼자 꾸민 짓거리가 아니더냐!"

그래도 믿고 싶어 화를 내다 달래고 애원하지만 소용이 없다. 입을 다문 소형은 고변을 하지도 그렇다고 발명을 하지도 않는다. 그것에 더욱 노기가 차올라 숨을 끊어버릴 듯 움켜쥐었던 몸을 거칠게 밀치며 돌아선다.

"내가 버리지 못한다 생각하는가."

지독히도 싸늘한 목소리였다. 그 서늘함에 놀라 소형은 무심결에 손을 뻗지만, 냉랭하게 돌아선 지아비를 붙잡으려던 팔은 허공에 멈췄다. 붙잡아 무얼 하려고. 무슨 말을 하겠다고. 자신은 잘못이 없다고? 아비가 보낸 독제 따위 지니고 있지 않다고? 아비가 지아비를 독살하라 쥐어준 적은 있으나 받지 않았다고? 지금 사실을 고변해 아비가 꾸민 역모의 사실을 스스로 들추려는 것인가?

애초 지원이 가져온 극제는 소형에게 있지 않았다. 그날, 그는 그 흉한 것을 전하지 못했으니까.

가문을 버리지 못할 아이, 가문은 버려도 아비와 오라비들은 버리지 못할 누이. 자파의 말처럼 소형이 저들을 저버리지 않으리라 지원도 믿어 의심치 않았지만, 그것은 그들의 잘못된 바람이었다. 그때는 아직 그것을 깨닫지 못한 지원이 기어이 소형의 손에 극악한 것을 쥐어줬던 것은 사실이나 소형이 그것을 받았다 함은 거짓이었으니.

해가 소형을 내치고 그녀를 반역도당과 한패로 만들어 버린 이 모든 거짓의 발아는 지아비를 학문소로 떠민 소형이 문안 들었던 사가의 오라비를 내치고, 금무를 불러들인 날에 시작되었다. 그날은 금무와 마주한 소형의 고운 옥안에 마음이 상하고, 이내 그 상처의 곱나듦으로 소형을 죽인 해가 처음으로 자신의 잔악한 투기심과 대면한 날이기도 했다.

"이것이…… 무엇입니까."

그날, 오라비가 올린 염낭을 내려보며 소형은 물었다.

"아버님께서 마마께 올리라 당부하신 것이옵니다."

그때 조금의 동요도 보이지 않는 오라비의 낯색에 아무런 곡해 없이 오라비의 말을 받아들인 소형은 야물게 묶인 매듭을 풀었다. 제아무리 야욕에 잠식된 아비라도 여식에게 지아비를 죽이라 할 줄은 몰랐던 것이나, 뉘가 볼까 겹겹이 싼 독제를 훤한 대낮에 광창을 열어놓은 채로 펼치는 누이의 배포에 지원은 이번에야말로 아비의 뜻이 이루어지는 것이라 믿은 순간이었다. 결국 몇 번이나 비단을 덧댄 약포가 연대 위로 떨어지고 지원은 만족한 웃음을 띠었지만, 그런 오라비를 보는 소형의 얼굴은 차가웠다.

"오라버니께서는 저를 모르십니까."

누이의 웃는 얼굴조차 제대로 본 적 없던 지원은 그 차가움이 화라는 것을 몰랐다. 굳은 목소리를 듣고서야 자신이 자수전 왕후를 잘못 보았음을 깨달았다.

"진정, 이것을 주고 가실 참이라면 쓰겠습니다. 쓰지요."

약포를 내려보는 얼굴은 혐염의 색으로 가득했다.

"허나 전하께 쓰지는 않습니다."

그럼 어디에……. 소형에게 묻고 싶은 지원의 입술은 달싹였지만, 곧 굳게 닫혔다. 염낭을 건네주었던 손끝도 얼어붙었다.

"말씀이 끝나셨으면 이만 돌아가시겠습니까, 오라버니."

아무것도 느껴지지 않는 옥안에 일어설 수 없었다. 저렇듯 마음을 드러내지 않는 이는 그의 누이가 아니었다.

언제나 상냥한 아이였다. 항상 정이 넘치는 눈을 지녔던 아이다. 그런 자신의 누이가 지금은 죽은 얼굴을 하고 있는 이유를 지원은 알 수 있었다.

자신을 죽이려는 것이었다. 자신이 죽으려 함이다.

그 의중을 눈치 챈 지원이 소형 앞에 떨어진 약포를 덥석 주워 들었지만, 누이동생의 목숨을 지키기 위함은 아니었을 것이다. 그다음이 두려웠을 테지.

그리 정성스레 겹쳐 온 싸개엔 넣지도 못하고, 약포만 움켜쥔 채 돌아선 것이 그랬다. 자줏빛 포 자락이 뒤집어지도록 서둘러 남궁을 향하는 걸음이 그랬다.

그렇게 추한 오라비의 뒷모습을 본 날에 소형은 오늘을 예감했다. 극제 따위 가지지 않아도 이날의 일을 함구한 것에 죄를 치러야 할 것을.

하지만 아무 말도 하지 않는다. 아비가 지아비를 죽이려 했던 사실도, 자신의 결백을 밝히기 위해 극제를 돌려보냈단 말도 하지 않는다. 아비의 죄를 덮기 위해 그런 일은 하늘에 맹세코 없었다 거짓을 고하는 일도, 저 혼자 살겠다 아비의 역모를 고변하는 일도 없다.

이미 자멸해 가고 있는 아비였으나 자신이 나서 아비의 명을 끊을 수는 없었다. 그렇다고 사실이 아니다 거짓을 고하지도 못한다. 자신이 극제를 받아 들었던 것은 사실이니. 그 행방을 밝힐 수 없음에 입을 다물 뿐이다.

그래서 폐비가 되어 궁을 쫓겨나는 순간에도 눈물 한 방울 보일 수 없었다. 지아비를 배신하는 것임을 알면서도 사실을 고하지 못한 죄가 너무 컸다.

그러나 그 또한 해에게는 배신이었다. 상처받은 자존심에 소형을 가여워하지 않을 거라 다짐했지만, 끝내 참지 못해 멀리 선인문을 바라보던 해의 마음은 태연한 소형의 모습에 더욱 모질어졌다. 빌기를 원했는데, 내치지 말라 매달려 애원하기를 바랐는데 부질없는 바람이었다.

죄인의 몸으로 정문으로는 지나지 못하고 북쪽 후원 뒤 선인문으로 쫓겨가는 소형의 울고 있는 옥안이 해에게는 보이지 않았던 까닭이다. 눈물을 보이지 않으려 감춘 얼굴 대신 처량하게 울고 있는 뒷모습을 해는 보지 못했다. 온전한 그였다면, 투기심에 눈이 멀고 배신감에 미치지 않은 그였다면 모를 리 없었을 텐데.

그러나 그것이 마지막이었다. 소형이 그를 버리는 날은 너무 빨리 찾아왔으니까.

"송구하오나 마마의 처소를 살피라는 전하의 명이 계셨사옵니다."

어명을 받든 문관이 늡사정을 찾은 날이었다. 소형이 폐비된 지 닷새가 지나지 않은 날의 낮.

"소신은 무슨 일이 있어도 극제를 찾아낼 것이옵니다."

그리 말하며 소형 앞에 내밀어진 것은 하얀 싸개에 싸인 작은 꾸러미였다.

"극제는 이곳에 있습니다. 신은 그것을 반드시 전하에게로 가지고 갈 것이옵니다."

문관이 올린 하물을 풀어 본 소형의 입귀로 미소가 스몄다.

"잠시만…… 혼자 있게 해주시겠습니까."

용단을 내릴 시간이 필요하다는 것은 그도 알고 있는 터. 몇

번 눈을 깜빡여 소형을 바라보다가는 발을 돌려 처소를 나오는
데, 목뒤를 붙잡는 옥음에 멈춰 섰다.

"홍 내관……."

"……."

무슨 말이 하고 싶은지 그를 불러놓고도 한참이나 말을 잇지
못하던 소형은 그의 등을 향해 다정한 말을 전했다.

"전하를 부탁드립니다."

돌아보지 말아야 했으나, 저도 모르게 고개를 돌렸다. 보지
말아야 했으나 고개를 돌린 그의 앞에는 소형이 웃고 있었다.

"그분을 지켜주세요."

그것이 그가 본 소형의 마지막 미소였다. 마지막으로 들은 목
소리였다.

두 식경이 지났을까, 다시 대면하게 된 소형은 이생의 사람이
아니었다.

"마마!"

시신을 부여잡고 오열하는 목 상궁의 소매 아래로 검붉은 선
혈이 보였다. 내장이 뜯겨지고 뼈가 녹아나는 고통이었을 텐데
신음 소리 한번 내지 않았다.

"폐비께서…… 독물을 드셨다."

목 상궁과 시서, 운삼이 대성통곡함은 당연했고, 어명에 따라
문관과 함께 당도한 금군들 또한 대경하였지만 문관만은 침착
하였다. 아니, 잔인할 정도로 낯빛 하나 변하지 않았다.

"역당, 이(李)가가 왕을 시역하라 보낸 독제로 자결을 하셨다."

"무슨 말씀을……. 홍 내관! 그럴 리가 없지 않습니까!"

자신을 노려보며 외치는 목 상궁의 항변도 뒤로한 채 문관은 아직 피가 마르지 않은 속곳을 잘라낸다.

"그런 것, 마마께서는 가지고 계시지 않았사옵니다! 마마께오서는……. 무슨 짓이옵니까!"

목 상궁과 마찬가지로 문관의 모해를 참지 못한 시서도 울부짖지만, 소형의 시신에 들이대는 칼날에 놀라 비명을 지른다.

"무슨 짓이오, 홍 내관! 감히 왕후마마의……."

"이젠 왕후마마가 아니오. 폐비가 아니신가."

문관의 싸늘한 반응에 그를 움켜잡던 목 상궁의 손이 떨어졌다.

"어찌…… 어찌 이러실 수가 있습니까. 마마께 어찌……."

올려다보는 얼굴은 망연했지만 피 묻은 속곳을 잘라내는 문관은 단호했다. 모든 것은 그가 꾸민 일이었으니, 그래야 했다.

그의 왕께서 다시 찾은 왕좌를 지키기 위해서는 하루라도 빨리 자파를 없애야 했다. 호시탐탐 개경으로 돌아올 기회만 노리고 있을 그를 내버려 둘 수 없었다.

지금은 세를 잃었다 하나, 언제고 힘을 키워 왕실을 조여올 자였다. 죽이지 않고 살려두면 다시금 왕을 죽이고 그 자리를 차지할 욕심을 키운다. 그런 그에게 소형은 언제든 돌아올 비책

이었고, 지금은 비록 내쳤다 하여도 소형을 그대로 버려둘 전하
가 아니었다. 분명 슬금슬금 떠오르는 연모의 정을 참지 못해
다시 궁으로 불러들이고 말 것이다. 죄인의 여식을 왕후의 자리
에는 앉히진 못해도 다른 지어미에게 정을 줄 리는 없으니 그녀
의 몸에서 세자가 생산될 것이 자명하다.

그리되면 자파도 국구로서의 힘을 되찾는다. 오히려 세자의
외조부로서 더한 세를 떨칠 게 틀림없다. 또한 그와 함께 몰락
했던 이(李)가의 부흥에도 불이 붙고, 그때쯤이면 해 또한 자파
의 폐악을 망각한 채 소형과 이(李)가의 손에 다시금 휘둘리게
된다.

그러니 그전에 자파를 죽여야 했다. 만일 그러지 못한다면 소
형이라도 죽여야 했다. 소형이 없다면 자파도 끈 떨어진 연인
즉, 훗날의 화근을 없애기 위해서 자파를 옭아맬 물증을 만들거
나 그렇지 못한다면 소형을 없애야 했다.

하지만 내심 자파보다 소형이 죽어주기를 바라고 있었다. 그
래서 자진할 것을 알면서 택하게 만들었다.

처음부터 있지도 않은 극제였으나, 자신이 왕후로 모시던 분
이 어떤 분이었는지는 그가 제일 잘 알고 있었다.

극제를 품에 가지고 간 것은 그 때문이었다. 자파가 왕을 독
살하기 위해 들여보냈다는 그 극제를 찾아내기 위해 소형에게
극제를 건넨 것은 그였다.

"극제는 이곳에 있습니다. 신은 그것을 반드시 전하에게로 가지고 갈 것이옵니다."

덮을 길은 없다 겁박한 것이었다. 자신이 가져온 극제를 쥐어주고 자파가 보낸 것을 찾아낸 양 역모의 물증을 왕 앞에 올릴 생각이었으나, 그녀가 그리 놔두지 않을 것을 알고 있었다. 홀로 있고 싶다는 청을 순순히 들어준 것도 그것을 위해서였다. 아비의 죄를 덮어쓸 성정을 알고 있기에 재주껏 숨겨보라 준 말미였지만, 감추려 해봤자 숨길 곳은 여덟 자 남짓의 좁은 처소. 결국엔 죽으라고 던져 준 것이었다. 방 안은 궁인들이 죄다 들어 엎을 것이니 감출 곳은 제 몸밖에 없었다.
　그것을 소형은 알고 있었다. 아비를 죽일지, 자신이 죽을지 택해야 함을. 문관이 내민 하물을 보았을 때 이미 알았다.

"전하를 부탁드립니다."

이미 자신이 죽으리라 마음먹은 것이었다. 그런 각오로 한 말이었다. 그러면서도 미소 짓던 옥안에 피 묻은 속곳을 쥔 문관의 손이 떨렸다. 환한 옥안이 떠올라 눈가가 뜨거워진다. 얼마나 억울하였을까. 얼마나 고통스러웠을까. 문관은 뒤늦게 새어 나오는 뜨거움을 삼킨다.
　울지 마라. 네가 한 짓이니까.

그는 소형의 죽음에 울어서는 안 될 죄인이었다. 가슴 아픈 척해서도 안 되는 악한이었다. 그러나 그만이 아니었다. 또 한 명. 소형의 죽음에 슬퍼해서는 안 될 죄인이 있으나 문관이 전한 피 묻은 속곳에 얼굴을 묻은 그는 가슴을 찢을 듯 비명 친다.

"누가……."

자파를 죽이는 것에 골몰하여 다른 것은 보이지 않던 눈에 이제야 소형이 보이기 시작한다.

"누가 죽으라 하였느냐!"

그러나 보이는 것은 소형이 아니라 피 묻은 속곳뿐이었다.

"누가 죽어도 된다 하였느냐. 누가 나를 떠나도 된다 하였느냐!"

자신은 소형을 버렸어도 소형이 자신을 버릴 수는 없다 믿었다.

"누가……. 누가!"

밀어낸 것은 자신이면서 밀려간 소형을 용서하지 못한다. 그것도 자파의 죄를 덮어주기 위해, 물증을 없애기 위해 스스로 독을 삼켰다는 사실을 더더욱 용서하지 못한다.

자신이 아닌 아비를 택한 것이었다. 제 곁에 있어주기보다 아비를 지키려 했던 게다. 마지막까지 소형이 남기고 간 것은 배신과 아픔뿐인 것이었다. 끝까지 그의 연심을 조롱하고 조소한 것이다.

그 지독한 상처에 해는 끝내 소형의 얼굴을 다시 보지 않았다. 소형의 죽은 몸이 땅속으로 들어가는 날조차 소형을 찾지 않았으니, 참으로 야속한 처사였으나 곧 후회할 일이었다. 소형의 흔적은 모조리 쓸어버리겠다 다짐한 날에서야 그녀를 버린 것은 자신이었음을 깨달았다.

이제는 소형의 체취도 싫다는 듯 자수전 세간과 함께 닷새가 지나도록 손에서 놓지 않던 것을 불태우라 문관에게 던진 날이었다.

"진정이시옵니까."

재차 물어오는 문관에 나가라는 손짓을 해 보였지만 본심이 아니었다. 문관이 나간 뒤를 쫓아 회랑으로 뛰어나간다. 자신을 버린 소형 따위, 자신도 버리면 그만이란 오기였으나 진심은 그렇지 못했다.

"홍 내관은 어디로 갔느냐!"

대전에 배립해 있던 숙직내관을 다그쳐 쫓아가 문관에게서 속곳을 빼앗는다. 자수전 세간이 타고 있는 불더미 속으로 던지기 직전이었다.

별안간에 손엣 것을 빼앗긴 문관이 돌아본 곳에는 한쪽 끄트머리가 그을린 비단 조각을 움켜쥔 해가 숨을 몰아쉬고 있었다.

"어찌 죽었느냐."

급하게 뛰어온 탓이었지만 숨통이 죄어오는 것은 그 때문만이 아니었다.

"말해보아라. 왕후께서는 어찌 죽었는지!"

문관의 함묵에 숨을 몰아쉬던 해의 언성이 높아졌다.

"마마께오서는…… 자진을 하셨사옵니다."

해의 손에 들린 속곳을 바라보던 문관이 맥없이 복명(復命)하지만, 그것을 묻는 게 아니었다. 어찌 죽었는지를 물었다. 얼마나, 어떻게 고통스러워했는지를 묻고 있었다.

"편안히…… 가셨느냐."

이번에는 문관의 함묵에도 화내지 않는다. 물어서 무얼 할까. 온몸을 말라붙게 하는 극제인데, 이렇게 많은 피를 흘렸는데 어찌 고통스럽지 않았을까.

"그래. 이렇게 피를 보았는데……."

핏물이 낭자한 속곳에 목이 멘다.

얼마나 아팠을까. 얼마나 괴로웠을까. 그리고 또 얼마나 원망했을까. 얼마나 서러웠을까.

그러나 자신을 버린 것을 용서하지는 못한다. 그렇게 아껴주었는데, 중히 여겨주었는데…….

"왜……. 왜!"

진정으로 자신이 버렸다 생각한 것일까. 진실로 이젠 필요없다 한 줄 알았는가.

설령 죽어버리라 말했어도 죽어서는 아니 되었다. 그리 말하면 매달려 줄 줄 알았으니. 가라고 떠밀었어도 곁에서 맴돌아주길 원했으니.

처음부터 버릴 생각은 없었다. 자신을 죽이려던 것이 본심이었다 해도 버릴 마음은 조금도 없었다. 자신보다 아비를 더 아낀 것에 화가 났을 뿐. 곧 다시 거둘 화였다.

그래서 곧 데리러 가려 하였다. 내쫓았어도 다시 모셔오려 하였다. 분명 그러려 했는데…….

쌓였던 분이 사그라지며 힘이 풀린다. 분노가 빠져나간 자리에 억눌러진 슬픔이 들어차며 이제야 소형이 없다는 것을 자각한다.

다시는 볼 수 없는 것이었다. 이제는 그의 곁에 있지 아니한다.

해는 땅이 꺼져 버리는 기분을 느낀다. 곧이 서 있을 수가 없다. 비틀거리던 용체가 무너져 허리가 꺾이며 오열을 쏟아냈다.

조금 전까지 소형은 죽지 않았다 자신을 속이던 그였다. 늡사정에 있는 소형은 자신이 용서해 주기만 하면 언제든 궁으로 돌아올 것이다 눈을 가렸다. 하지만 받아들이고 싶지 않아도 결국엔 그가 저지른 짓이었다. 이제 와 자신의 탓이 아니라 자위해도 소용없다.

그러게, 말하지 그랬느냐. 아비가 꾸민 짓이었다고. 너는 모르는 일이라고. 그런 것 너는 모른다 말하지 그랬느냐.

괴로운 마음을 감추려 소형을 탓해보지만 애초에 탐이 났던 것은 그런 아이였기 때문이었다. 그렇듯 옳고 곧고 의로웠기에 갖고 싶었다.

아비를 죽일 수 없어 제가 죽기를 택했지만, 그에겐 아비를 죽이라 했던 소형이다. 아비를 죽이지 않으면 아비가 그를 죽일 것이니, 그의 손으로 제 아비를 죽여도 된다 하던 그의 지어미였다.

그런데 제 편이 되어주지 않는다 쫓아내었다. 제 아비를 죽일 물증을 내놓으라 벼랑 끝으로 몰아가 죽게 했다.

"내가…… 언제…… 언제 죽으라 하였느냐. 누가 죽어도 된다 했느냐. 누가 마음대로 죽어도 된다 하였느냐. 언제…… 죽으라 하였느냐……."

자신에게 애원 한 번 하지 않았던 소형을 원망하다 곧 낄낄거리며 자신을 조롱한다.

"내가 한 짓이 아니냐."

웃음과 울음이 섞인 공허한 음조로 자신을 책망했다. 움켜잡은 속곳으로는 말라붙은 피가 다시 묻어나는 것처럼 젖어들고 있었다.

"왜 나를 말려주지 않았느냐."

소형에게 용서를 비는 듯 자수전에 무릎 꿇은 해는 지어미의 마지막 남은 체취를 부여잡고 오열했다.

"어찌 살란 말이냐. 너 없이 나는……."

너무 늦은 후회였다. 이제는 잘못을 빌 수도, 소형을 다시 볼 수조차 없으니 모두 소용없는 자책이다.

그런 해를 문관은 체념의 눈으로 바라봤지만, 그가 자신의 잘 못을 깨달은 것 또한 너무 늦은 후였다.

이(李)가의 두 왕후가 폐비되고 새로운 왕후를 맞아들여 가례를 치러야 했지만, 해는 소형에게서 헤어나지 못했다. 숫제 소형이 죽은 사실을 잊었다. 주인도 없는 자수전에서 침식을 하고, 속곳의 작은 조각을 소형인 것처럼 모시고 다녔다. 침수에 들 때에도 옆자리에 반듯하니 펼쳐 놓고 침수 청하셨으니 온전치 못한 것이 분명했다.

시신이라도 가까이 모시면 나아지시려나, 문관은 소형의 묘를 찾지만 낭패였다. 아무도 소형이 있는 곳을 알지 못했다. 이(李)가의 가인(家人)들은 가까운 측근부터 노비까지 유배를 당해 시신을 수습하기는커녕 소형의 죽음조차 알지 못했다. 마지막까지 소형을 지키고 있던 이는 목 상궁과 자수전 궁인들이었지만, 왕후가 죽은 후로 환궁하지 않은 그들이 어디에 거취를 두었는지는 찾을 길이 없다.

오기를 부리는 게 아니었다. 늡사정에서 소형의 시신을 거둬간다 할 때 가야 했다. 그 얼굴이라도 보아둘 것을. 선인문을 나갈 때도 제대로 보지 않았는데, 그날의 처량한 뒷모습이 마지막이 되었다.

요행히 연통이 닿은 중광전 내인들이 목 상궁의 사가를 알아냈으나, 그녀도 소형의 유모라 하는 노파와 어린 계집종이 시신을 수습하였다 아뢸 뿐, 그 자리가 어딘지 그들이 어디에 사는 누구인지를 몰랐다.

유모라면 이(李)가의 노복이었을 텐데, 몰락한 가문에서 흩어져 나간 노파가 제대로 된 묘나 만들어주었을지. 소형이 있는 곳을 찾지 못하고 돌아온 해는 그 길로 자수전에 틀어박혀 이틀 동안을 나오지 않았다.

삼 일째가 되는 날에야 자수전을 나온 그는 이전의 그가 아니었다. 연경궁에 유폐되었던 때를 보는 것 같다. 두 밤이 지나는 동안 퀭해진 두 눈은 납빛으로 흐려져 있었다. 어딜 가든 피 묻은 속곳을 쥐고 다니는 손은 갈퀴처럼 날카로운 뼈가 도드라졌다. 편전에 들어 정무를 논하고 학사들과 강학을 여는 것에는 거름이 없으나 온전한 사람의 몰골이 아니었다. 또한 온전치 못한 것은 모양새만이 아니어서 멀쩡히 중광전을 지키고 있다가도 선인문으로 뛰쳐나가 무언가를 찾아 배회했다. 그러더니 어느 날부터는 선인문으로는 누구도 범접치 못하게 령을 내려 선인문으로는 아무도 지날 수 없게 되었다.

그나마 정신을 놓지 않을 때만큼은 완전한 왕이었지만, 하루 중 제정신을 가지고 있는 때는 얼마 되지 않았다.

다과상을 받아 복숭아정과를 입에 넣다가도 고개를 돌려 문관에게 묻는다.

"왕후가 좋아하는 것이로구나. 헌데 왕후는 말도 없이 어딜 갔느냐."

그러나 문관에게 물어놓고 주위를 둘러보던 안색이 어두워진다.

"아⋯⋯. 아아. 그래."

소형에게 집어주려던 복숭아정과를 내려놓으며 중얼거린다.

"그래⋯⋯. 그랬지. 이제 없지."

그렇게 하루에도 수십 번씩 자신이 소형을 죽였음을 각인했다. 매일같이 곪은 상처를 헤집는 꼴이니 죽은 소형에 대한 연병(戀病)은 나을 새가 없었다. 아니, 낫는 것은 고사하고 병증이 더욱 심해져 곧 죽을 태세였다. 그래도 소형을 찾다 체념하고 자책하는 것은 별게 아니었다. 며칠 간극으로 뒤집어진 눈이 되어 자수전을 들어 엎는 그는 이미 광인이었다.

"왕후를 보지 못했느냐!"

문관과 내전 궁인들이 말려도 자수전을 들어엎는 것을 멈추지 않는다.

"예에 있으라 하였다. 예서 기다리라 하였는데 어디로 간 것이냐!"

소형이 광창에 매달려 있을 리도 없는데 이미 몇 번이나 여닫은 광창을 열어보고 수발과 휘장을 걷어낸다.

"전하, 고정하시옵소서. 전하!"

지금은 아무리 말해도 들리지 않는다. 무어라 소리를 질러도 소형이 죽었음을 자각할 때까지 그만두지 않는다.

몇 번이나 장문과 침전을 오갔는지 모른다. 침상의 계수를 걷

던 용체가 굳는 것에 이제야 정신이 드셨나 하지만, 계수를 움
켜쥐고 격노하여 소리 지른다.

"놈들이 데려갔다. 이(李)가 놈들이 소형일 데리고 갔어!"

이미 모든 가솔이 유배를 떠나 멸문한 것이나 다름없는 이(李)
가를 찾아가려는 분을 문관이 겨우 잡았다.

"놔라, 문관! 놈들이 소형일, 내 왕후를 데려갔단 말이다! 내
가서 데려올 것이다!"

"전하!"

이 여윈 몸 어디에서 이런 드센 힘이 나오는 것일까.

"왕후마마께서는 이미 전하를 떠나지 않으셨사옵니까. 아무
리 찾으셔도 마마께서는 계시지 않습니다."

험한 몸부림은 문관이 사실을 고하고 나서야 잦아들었다. 소
형을 빼앗긴 게 아니란 사실에 안심한 것인지, 빼앗길 수조차
없이 죽어버렸다는 것에 낙담한 것인지 장문을 잡고 있던 손이
힘없이 떨어지는데, 눈에서도 툭하니 용루가 터졌다.

"아아……. 그래. 그랬지……."

힘없이 내뱉는 말이 남의 일을 얘기하는 것 같다.

"나는 자꾸 잊는다. 이젠 왕후가 없다는 걸……. 나는…… 나
는 자꾸 잊는 것 같구나."

체념한 용안에 허탈한 웃음이 섞였다.

"그런데 어쩌지? 나는……. 보고 싶어서 어쩌지?"

자신이 가여워 미칠 것 같다.

"난 자꾸 왕후가 옆에 있는 것 같은데……. 어떡한다?"

차라리 아무것도 모르게 완전히 미쳐 버렸으면 좋겠다 생각한다. 살아 있어도 찾을 수 없는 그리움에 미치는 것과 죽어서 다시는 만날 수 없음에 미쳐 버리는 것 중 무엇이 더 괴로울까.

해는 어떻게든 마음의 평안을 얻기 위해 필사적이었지만 공허한 생각이었다. 무엇이 더 괴로울지 괘념할 게 무에 있냐, 누군가 비웃는다. 죽어버리면 될 것을.

나는 왜 살아 있지? 소형이 없으면 죽는다 하지 않았던가. 여기가 아파 견디지 못한다면서, 난, 왜 아직 살아 있는 게지.

큰일이었다. 이런 사념까지 떠오를 때의 해는 정말로 광인이 되어버린다. 이미 자수전과 중광전의 모든 자기와 철기를 치우게 했지만 제 몸을 부딪치는 자해까진 막을 수 없다.

"전하……!"

문관이 만류하나, 부서진 광창 나무에 살이 찢기고 기둥에 머리를 찧어 붉은 상흔을 만든다.

"고정하시옵소서, 전하!"

의대에 가려 보이지 않는 옥체까지 그보다 더한 상창이 생겼을 것인데, 이날따라 발광은 쉬이 끝나지 않고 점점 도를 더해만 갔다. 그 광기에 이리저리 끌려 다니는 게 고작인 문관은 이제야 자신의 잘못을 깨달았다.

어찌 이리되었을까. 이대로 가다가는 옥체가 상하고 만다. 완전히 망가지게 된다.

"전하……. 전하!"

더 이상 그의 왕이 무너지기 전에 멈춰야 했다.

"왕후마마께서는 이런 전하를 원치 않으십니다!"

외마디 소리에 광창을 뜯어내던 움직임이 멎었다. 아직도 험하게 오르내리는 어깨에 숨소리도 거칠지만, 난동을 부리던 용체가 멈칫거리며 광증에서 벗어난다.

"마마께서 전하를 부탁하셨습니다."

그의 잘못이었다. 소형을 죽이지 말았어야 했다.

"전하를 지켜달라…… 신에게 명하셨사옵니다."

자신의 과오를 깨달은 문관은 품 안에 숨겨두었던 마른 꽃을 꺼내 피로 짓이겨진 어수에 쥐어주었다. 그의 왕후가 죽는 순간까지 쥐고 있었던 것이다.

"왕후마마께서 남기고 가신 것이옵니다."

그것을 보는 해의 눈이 검게 일렁였다.

"마지막까지 놓지 않으셨던 것이옵니다."

문관의 말이 제대로 들리기나 하는지, 손안의 것을 망연히 바라보더니 움켜잡는다. 그것을 쥐고 어쩔 줄을 몰라 하다가는 울컥 솟아오르는 낙루에 눈을 가렸다. 손가락 사이로 스민 눈물에 마른 꽃잎이 빨갛게 물들어갔다.

정을 떼게 하려 고하지 않았던 것이었다. 감추려 했던 것이다. 죽는 순간까지 그를 마음에 둔 소형도, 가례를 올렸을 적의 파화(播花)를 소중히 간직한 소형도 모르게 하려 했다.

오직 그녀로 인해 광인이 되기 전에 떼어버려야 한다는 생각뿐이었다. 소형에 대한 집착이 정상이 아님을 알았어도 연심쯤이야 정을 떨어뜨리면 쉽게 사그라질 거라 믿었다. 소형이 자파를 위해 죽는다면, 더더욱 쉽게 떼어낼 수 있다 생각하고 저지른 짓이었지만, 모든 것은 잘못된 생각이었다. 왕이 소형 때문에 미칠 것이라 믿은 것부터가 틀렸다. 소형이야말로 미쳐 가는 왕을 붙잡고 있었는데.

처음부터 성정이 유하고 나약한 그가 버틸 수 있는 왕실이 아니었다. 왕권이 아닌 목숨마저 위협당하는 불안 속에 그는 이미 미쳐 가고 있었다.

그런 그에게 소형은 환한 빛이었고 그를 감싸주는 따스한 온기였다. 단 하나뿐인, 절대적인 믿음을 가질 수 있는 바르고 곧은 사람이었다.

그래서 잃고 싶지 않았던 것이다. 그 광적인 집착도 자신의 유일한 밝음을 빼앗기고 싶지 않은 발버둥이었다. 음습하고 추한 것뿐인 궁에서 외롭게 미치고 싶지는 않았으니.

헌데 그 귀한 것을 그가 빼앗아 버렸다. 지키고자 하였던 왕을 이렇듯 미치게 만든 사람은 바로 문관 자신이었다. 죽어야 했던 것은 자파도 소형도 아닌 그였다.

"소형이 나를 걱정해 주었느냐? 소형이…… 나를?"

가슴 아픈 낙루와 가슴이 벅찬 한숨이 섞인다.

“나를 버린 게 아니었나?”

얼마 만에 보는 미소인지 모르겠다. 비어져 나오는 옥루는 슬
펐지만 용안은 웃고 있었다. 그러나 곧 가슴이 뜯기는 고통에
눈썹이 기울어진다.

“나는 버렸는데……. 나는…… 버렸는데?”

자신을 책망하는 신음은 울고 있는 가슴에 갇혀 무겁게 울렸
지만, 반쯤 부서져 흔들거리는 광창으로 해를 비추는 햇살은 따
뜻한 소형의 미소와 닮아 있었다.

그것이 위안이 되었는지 그 후로 발광이 일어나는 일은 없었
다. 피 묻은 속곳을 모시고 다니는 것은 여전했지만, 자수전 근
처는 걸음조차 하지 않았고 중서령의 여식 임씨를 새로운 왕후
로 맞이했다.

이윽고 자파가 사라진 왕실은 평안을 되찾고 하늘은 맑았다.

그러나 그들이 모르는 파란(波瀾)은 먼 곳에서 일어나는 중이
었다.

＊

“웬 놈이냐!”

수상한 기척에 잠을 깬 소진이 검은 복면 차림의 야객(夜客)에
비명을 질렀다.

“조용히 해주시지요, 아씨.”

의외로 복면을 내려 얼굴을 보인 사내가 조용히 속삭였다.

"호위…… 장이 아니신가."

칼을 앞세워 내침한 사내에게 겁을 집어먹었던 소진은 익히 아는 얼굴에 안도했으나, 소진에게 향한 검날은 거둬지지 않은 채였다. 외려 얼굴 가까이로 다가오는 서늘한 칼의 기운에 무언가 잘못되었음을 깨닫는다.

"어찌 이러느냐. 칼을 치우거라."

곧 자신을 해할 것 같은 두려움에 소진은 명하지만, 사내의 살의는 거둬지지 않았다.

"죄를 갚아주셔야겠습니다, 아씨."

"내…… 내게 무슨 죄가 있다 이러느냐!"

"아씨께서 제일 잘 알고 계실 테지요."

슬금슬금 뒤로 물러나며 눈을 굴려보지만 도망갈 길은 없다.

"아씨 때문에 대감마님께서 객사를 당하지 않으셨는지요. 가문이 멸문했는데 대감마님을 배신한 아씨께서 이리 사셔서는 아니 되기에 소인, 대신 죄를 갚아드리려 왔사옵니다."

음산하게 입귀를 올리며 하는 말이 진심이었다. 정말로 소진을 죽이려 함이다.

"오해다. 오해를 하고 있는 게야!"

역모를 저지른 죄인의 여식으로 폐비가 되었음에도 사저와 전답, 노비를 하사받아 놓고 발뺌하면 믿어줄 줄 아는가. 살짝 고개를 비튼 사내는 소용없다는 얼굴로 소진에게 다가왔다.

"나는 아니다. 내가 아니야! 언니……. 그래, 언니야! 아버님께서 보낸 떡을 후원에 버리게 한 것도, 탕을 올리지 못하게 내 발을 건 것도 언니였어! 내가 아니라고!"

다급하게 외치는 발명이 비명과 같다. 제 발이 저려 악을 쓰며 발명하는 것이지만, 더는 물러날 곳이 없어 벽에 붙은 소진의 귀로 칼을 들이댄 사내가 분개한 목소리로 몰아붙였다.

"소용없습니다, 아씨. 대전에 대감마님의 일을 고해바친 것은 아씨가 아니신지요. 대감마님께서 극제를 보내셨다 발고한 것은 아씨의 짓이 아니었는지요!"

"아니야. 전하께서는 이미 알고 계셨다. 내가 아뢰기 전부터 언니가 극제를 지니고 있던 것을 알고 계셨어! 전하께 탕을 올리는 것도 훼방놓은 것이 언닌데 고해바치지 않았을 리가 없지 않느냐. 언니다, 언니야! 맹세코 나는 아버님을 배신한 적이 없어!"

필사적인 발명이었으나 사내는 믿지 않는다. 소형과 소진이 태어나기 전부터 이(李)가에 살을 붙이고 살아온 그가 소형의 성정을 모르겠는가.

"소용없다 하지 않습니까."

드디어 사내의 검이 소진을 갈랐다.

"무…… 무슨! 까―――― 아아아아악!"

눈앞에서 하얀 호를 그리는 검날을 본 순간, 소진은 주저앉고 말지만 사내가 거둔 검에 핏물은 없다. 그 고귀한 신분으로 처절하게 발버둥 치는 모습이 참으로 딱해 목숨만은 살려주기로 했다. 머리터럭이 싹둑 베어져 벌벌 떨고 있는 소진이 주인의 여식이기 때문도 했다.

"평생, 속죄하는 마음으로 사시지요. 국구께서 용서하실지 모르겠지만."

동정하듯 바라보다 혀를 차고 돌아선다. 그리고 처소를 나와 기울어져 가는 달로 시각을 가늠하며 말했다.

"궁으로 간다."

깊은 밤이었으나, 그의 사주를 받은 숙직상궁이 굳게 닫혀 있던 선인문을 열면서 일개 가문의 사병이라기엔 많은 수의 가병들이 궁으로 난입했다.

"금무……. 금무!"

자파의 반역으로 옥사에 감금된 금무도 낯익은 목소리에 잠을 깼다.

"청위?"

복면을 쓰고 있어도 그가 누구인지는 목소리만으로도 알 수 있었다. 다른 옥사에 갇혀 있는 가병들도 도주를 시키는지 옥문을 여는 소리가 여기저기서 들려왔다.

"궁에는 어찌 들어왔느냐."

금무는 몸을 숨기고 있어야 할 이가 스스로 옥사를 찾아든 것에 의아함을 느꼈지만 청위는 옥문을 열며 다급하게 재촉했다.

"어서 나와. 시각을 지체할 때가 못 돼."

불길했다. 경계가 삼엄한 궁에 혼자 들어오지는 못했을 터. 고작 자신을 도주시키기 위해 궁을 난입했을 리는 없고, 큰일이 벌어지고 있는 예감에 도주를 서두르는 청위를 옥사 안으로 잡아들인다.

"무슨 일이지? 이제 이곳에 볼일은 없을 텐데."

옥사장을 매수했어도 넉넉지 못한 시간이었다. 초조함에 입술을 핥은 청위가 주변을 둘러봤다.

"닷새 전, 국구께서 서거하셨다."

그리고 다급하게 금무의 팔을 옥사 밖으로 끌어내며 작은 목소리로 속삭인다.

"우리가 국구의 원수를 갚는 거다."

"……."

"너…… 소형 아씨께서 변을 당하신 건 알고 있나."

자신과 같은 뜻인 줄 알았던 금무의 멈칫거림에 청위는 소형의 흉사를 끄집어내지만 금무는 모르는 일이었다.

"폐비를 당하시어 자진을 하셨다더군."

옥사에서는 알 수 없었다. 아씨께서 돌아가셨다니. 자진을 하셨다니.

금무의 시계(視界)가 하얗게 부서진다.

"대인은 어디 계시지?"

순간 정신을 잃은 듯 눈앞이 흐려졌지만, 곧 차가운 눈이 되어 묻는다.

"대인께서는 대전으로 가셨다. 우리도 서둘러야 돼."

그 또렷한 눈에 그도 정변의 뜻을 굳힌 것이라 청위는 그를 앞세워 대전으로 향했으나, 그들은 금무의 옥사 문을 열어주는 게 아니었다. 왕을 죽이고 싶었다면 금무는 끌어들이는 게 아니었다. 그것을 막아선 것이 금무였으니.

"무슨 짓이냐, 금무……."

이제 막, 비명한 주인의 원수를 갚으려는 송부의 칼을 금무가 막았다.

"물러서라!"

자파의 호위장이었던 송부의 음습한 일갈에도 금무는 물러서지 않았다. 대인께 맞설 참이냐는 청위의 욕지거리가 들려왔지만 그에겐 지켜야 할 약조가 있었다.

"죽고 싶은가 보구나."

몇 번이나 휘둘러진 검에 한쪽 팔을 베이나, 애초 스승이었던 송부를 이길 수 있다 생각하지 않았다. 더 많은 금위군들이 올 때까지 송부의 상대가 될 만한 견룡이 당도할 때까지 그저 기다릴 뿐. 자파의 죄과는 모르고 원수를 갚겠다 하는 벗에 대한 걱정 따윈 들지 않는다. 죽어서도 지아비를 지키고 싶어했던 소형의 마음이 애달팠다.

"죽고 싶지 않다면 도망치십시오, 대인."

또 한 번 검이 부딪히며 금무의 말이 이어지지만 송부는 소리없이 웃었다. 죽음이 두려웠다면 궁으로 들어오지도 않았다.

"도망쳐야 할 건 네놈이겠지!"

제 목숨이야 어찌 됐든 왕을 죽이는 것이 목적인 송부는 금무의 목을 노렸다. 금군이 오기 전에 왕을 처단하려면 금무부터 죽여야 했다.

하지만 금무의 목에 검을 꽂아 넣으려는 순간 견룡행수와 견룡의 검이 그에게 겨눠졌다. 다른 가병들도 금군의 위협에 검을 버리고, 살아남은 수도 얼마 되지 않았다.

"금무, 네가 무슨 짓을 했는지 아느냐."

이미 실패로 끝난 복수였으나, 대여섯의 칼에 겨누어지면서도 송부는 금무를 향한 검을 거두지 않았다.

"네놈은…… 네놈을 거둬주신 대감마님의 은혜를 잊었단 말이냐!"

견룡행수의 검날이 목을 파고들어 오고 있었지만, 물러서지 않는다. 청위처럼 금무를 부추기기 위해 소형이 어찌 죽었는지를 늘어놓기 시작한다.

"폐위되신 소형 아씨께서도 너를 그리 아끼셨는데!"

그러나 금무는 그 언설을 자르며 송부에게 다가갔다.

"네. 그 소형 아씨께서 이놈에게 당부하신 겁니다."

송부의 명검답게 조금 스쳤을 뿐인데도 금무의 턱에는 피가 스민다.

"소형 아씨께서는……. 왕후마마께서는 제게 전하를 지켜달라 말씀하셨지요."

저들이 무어라 말하든 금무는 알고 있었다.

"혹 내게 무슨 일이 생긴다면……. 내가 전하의 곁에 없는 날이 온다면 말이다."

국구에서 대인이 찾아오고 그를 배웅한 소형이 그리 당부했을 때, 그때 이미 그는 알았다. 언젠가 소형이 죽게 된다면 그것은 국구로 인한 죽음이 될 것을 말이다.

"그래서 이놈은 그리하겠다 약조하였습니다. 왕후마마께 전하를 지키겠다 맹세하였습니다."

그렇게 말한 금무는 송부의 검에 더욱 가까이 목을 내어줬다. 견룡이 그를 포위하고 있으니 이제 자신은 죽어도 상관없었다. 이제 겨우 열아홉, 고왔던 소형의 옥안을 떠올리는 눈이 애석하게 흔들릴 뿐. 소형과의 약조를 지켰으니 되었다는 얼굴이다.

그러나 지어미의 존함이 일컬어졌을 때부터 해의 눈은 어둡게 가라앉고 있었다. 소형과 금무가 맺은 약조를 알게 된 순간

에도 금무의 목소리가 너무 아득하여 아무것도 생각할 수 없었
다.
　그를 괴롭히던 투기심은 그토록 허망한 것이었다.

二. 비화(飛花)

비(飛) 날다, 떨어지다

화(花) 꽃

……꽃이 지다

중광전으로 자객이 든 것은 자시(子時)* 즈음. 늦은 시각에도 침수 들지 않았던 해가 후원 연당에서 돌아왔을 때였다.

"무엇 하는 놈들이냐! 감히 예가 어디라고!"

문관이 일갈하고 나서지만 대전을 덮친 무리는 견룡을 압도하는 수였다. 그까지 나서 상대해도 왕을 호위하기엔 역부족. 검을 쥔 그의 오른팔은 이미 소매가 찢겨진 사이로 길게 베인 살이 드러났다. 해를 지키는 것이 아니라 제 목숨 부지하기도 어려울 지경이다. 그것은 견룡들도 같은 형편이어서 틈이 생기고 말았다. 어전(御前)이 자객의 검에 그대로 드러나 버린다.

하지만 해는 자신에게 휘둘러지는 검을 피하지도, 검을 들어

막지도 않는다. 초두로 날아든 칼이 어깻죽지를 베고 목덜미를 노려왔지만, 조금도 움직이지 않았다. 울컥 피를 뿜은 어깨를 손으로 감쌀 뿐 자객이 달려드는 것을 그대로 보고 있다.

이제는 두셋의 놈이 덤비는 통에 어느 놈의 칼날이 어디를 베는지, 얼마나 깊이 박히는지도 가늠할 수 없다. 문관이 자신 앞의 자객을 밀치며 호위하려 하나 난당의 수가 너무 많다. 두 놈을 막으면 또 어디선가 한 놈이 나타난다.

"전하!"

문관은 무기력하게 난도당하는 해를 보며 애가 타지만, 자객들 사이로 용안을 보는 순간 소름이 돋는다.

무자비한 칼의 휘두름 속에 해는 웃고 있었다.

"전⋯⋯ 하?"

오히려 평온함이 느껴지는 용안이었다. 죽음 따윈 두렵지 않은, 차라리 죽을 수 있어 다행이라는 얼굴이다.

"전하⋯⋯."

온전해졌다 생각한 것은 그의 착각이었다. 스스로 죽지 않았을 뿐, 죽을 날만 기다리고 있었다. 마치 누군가 죽여주기를 기다리고 있었던 것처럼 역당의 우두머리가 검을 내리꽂는데도 꿈쩍 않고 그대로 서 있다. 외려 불시에 나타난 누군가가 그것을 저지함에 참으로 애석한 얼굴이 된다.

"무슨 짓이냐, 금무."

옥사에 있어야 할 그가 나타난 것에 의아한 것도 잠시, 문관은 곧 저들이 자파의 수족 노릇을 하던 호종이라는 것을 눈치챘다. 죽은 주인의 원수를 갚겠다 궁으로 난입한 것이 분명했다. 이상한 것이 있다면 그들과 같은 무리인 금무가 왕을 감싸고 있는 사실이다.

"죽고 싶지 않다면 도망치십시오, 대인."

난적을 가로막은 금무가 말했다.

그것이 어떤 이유건 문관은 해가 위험에서 벗어났다는 것에 안도했지만, 그런 문관과 달리 금무의 뒤에서 비칠거리던 해는 낙망한 얼굴로 가주(架柱)*에 기대앉았다.

"소형 아씨께서는……. 왕후마마께서는 제게 전하를 지켜달라 말씀하셨지요."

그 뒤에 길게 헝클어진 수발과 피로 가려진 용안이 보이지 않는다. 금무의 말에 기뻐하는 것인지 아파하는 것인지 알 수 없는 안색이다.

그러나 보이지 않는 것은 그의 마음속에 도사린 마귀의 얼굴도 마찬가지. 들끓는 투기심에 소형에게서 떼어내고 싶었던 것도, 자파를 잡아들이며 제일 먼저 죽이고 싶었던 것도 금무였다. 그가 아니었다면 소형을 그리 만드는 일은 없었다고, 초조함에 자파를 참하는 것에만 집착하는 일 또한 없었을 것이라 그를 원망했다. 그 모든 것이 결국엔 자신의 잘못이었는데.

언제나 자신을 보아주던 소형에게 그는 무얼 더 바랐던 것일까.

---

* 架柱: 기둥

의대를 적시고 있는 자신의 피를 보며 소형을 떠올린다. 소형도 이렇게 아팠겠지.

결국 왕을 시역하려던 자객은 금군에게 포박되어 끌려가고, 민구할 정도로 상한 옥체의 창상을 살핀 태의는 왕께서 천행으로 목숨은 보존하셨다 안도했으나, 해는 숨을 쉬고 있어도 살아 있는 게 아니었다.

피 흘림이 심하여 안정을 갖춰야 할 위중한 용태라는 태의의 걱정이 있었음에도 새벽녘, 사라진 해의 행방은 아무도 알지 못했다.

필시 자수전으로 가신 게다 달려가 보지만, 소형이 출거한 이후 휑휑하기만 한 처소는 누군가 다녀간 흔적이 보이지 않았다. 자수전도 아니라면 그 옥체로 어딜 가셨는가. 궁 안에 온통 홰를 밝히고 행적을 찾는데, 내시복사에서 용마 한 필이 없어졌음을 전해온 것은 두 식경이 더 지난 인시(寅時)*였다.

설마 성치 않은 용체로 말에 오르셨단 말인가. 아직 날도 밝기 전이니 궁을 나가셨을 리는 없다 생각하고 있었으나, 후원 연당을 살피던 견룡의 고함에 선인문으로 달려간다.

열린 문어귀로 점점이 흩어진 핏자국이 땅에 스미지 않고 남아 있었다. 자객과의 난리로 수가 적어진 금군이 자리를 돌며 번을 서는 사이 왕은 아무도 지키지 않는 선인문으로 나가신 것이다.

바닥에 몸을 수그린 문관의 손끝으로 흙의 척박함과 차갑게

---

* 寅時: 새벽 3시~5시

식은 피의 질척함이 느껴졌다.

"늡사정이다."

발 앞에 떨어져 있는 왕의 한(恨)을 읽은 그는 몸을 일으키며 말했다.

"서둘러야 한다!"

다른 곳은 생각해 볼 것도 없었다. 소형이 머물었던 늡사정으로 향한다.

역시나 초라한 싸리문 앞에는 주인을 잃은 적마가 버정이고 있었다.

"전하!"

그러나 안도한 마음에 훌쩍 말에서 내린 문관이 반쯤 열린 싸리문을 밀고 마당으로 들어섰다.

"전…… 하."

안도한 것도 잠시. 그 뒤를 따라 점점이 이어진 피에 얼굴이 싸늘하게 굳는다. 어깨 너머 보이는 붉은 털의 적마가 제 빛과 다른 찐득하고 어두운 물기에 물들어 있는 것이 그제야 눈에 들어온다.

"전하."

가슴이 두근거린다. 검은 핏물이 진하게 번진 섬돌로 다가가는 발길이 산득하다.

"전하."

“…….”

“전하…….”

아무리 불러도 답하지 않는 그의 왕은 섬돌 앞에 무릎 꿇고 작은 꽃신을 안고 있었다.

장안으로 미행 나갔을 적에 소형에게 꼭 맞겠다며 문을 닫는 점주에게 다섯 곱이나 더 주고 품어온 신이었다. 손수 꿰어 신겨주는 지아비에게 왕후께서 환한 웃음을 보인 꽃신이다.

“전하, 옥체를……. 옥체 보중하시어야지요.”

조용히 잠들어 있는 해를 내려다보는 문관의 얼굴이 희미하게 미소 지었다. 연모했던 이의 신을 두 손 가득 소중히 품어 안고 있는 사내의 얼굴에도 미소가 걸려 있었다. 소형에게 안겨 있을 때처럼 평안한 옥안이다.

“마마를 뵈러 가셔야 하지 않습니까, 전하.”

조금씩 날이 밝아오는 주변은 그들이 처음 조우하던 날처럼 탐스러운 운꽃이 만개하려 하고 있었다.

『나비매듭』 2권에서 계속……